Hrsg. Sandra Florean

THE U-FILES
DIE EINHORN AKTEN

Eine Anthologie

Besuchen Sie uns im Internet:

www.talawah-verlag.de
www.facebook.com/talawahverlag

TALAWAH
VERLAG

erschienen im Talawah Verlag

1. Auflage 2017
© Talawah Verlag
Umschlaggestaltung: Marie Graßhoff,
www.marie-grasshoff.de
Bildmaterial: ©Shutterstock
Illustrationen: Manuela P. Forst, Torsten Perne,
Melanie Phillipi, Marie Luise Strohmenger, Isabel
Kritzer, Anne Hartwig, Martina Ohler
Ornament: Designed by Vexels.com
Satz: Marlena Anders
Printed in Poland 2017
ISBN: 978-3-9817829-6-7

AKTENVERZEICHNIS

Jörg Fuchs Alameda 41

DOKTOR ZORN UND
DER EDLE ED

Oha, eine Express-Sendung mit elektronischem Zustellnach-weis.« Karl grinste und überreichte sie dem Schülerprakti-kanten. »Du bist an der Reihe. Erst den Strichcode scannen, so geht das, jetzt muss Doktor Zorn nur noch hier auf dem Display unterschreiben, vorher darfst du ihm die Sendung auf gar keinen Fall aushändigen!«

»Zorn?«, unterbrach ihn Sandro. »Hier steht aber Tierarztpra-xis Dr. med. vet. Armin Funke.«

Der Postbote schmunzelte nur und drängelte den Jungen samt Paket und Scanner aus dem gelben Lieferwagen nach draußen.

Sandro stolperte auf ein schmiedeeisernes Törchen zu. Bevor er es öffnete, inspizierte er das Haus, das ganz und gar nicht zur gepflegten Nachbarschaft passte. Mit der überquellenden Zei-tungsrolle, dem Wildwuchs im Garten und den mit Holzläden verbarrikadierten Fenstern glich es vielmehr einer Absteige für Landstreicher als einem Ort, an dem Tieren geholfen wurde.

»Vorsicht, schlecht gelaunter Köter!«, las er auf dem Warn-schild. Er blickte ein letztes Mal zum Transporter und wunderte sich über Karl, der sich vor Lachen kaum auf dem Sitz halten konnte.

Um nicht in einen Hundehaufen zu treten, stakste Sandro wie ein Storch durch das kniehohe Gras bis zur Haustüre. Dort presste er sein Ohr gegen das Holz und lauschte. Sein rechter Zeigefinger tippte zögerlich auf die Schelle. Keine Reaktion. Nach einer gefühlten Ewigkeit – er war sich sicher, dass niemand zu Hause war – gab er der Verlockung nach, den Rhythmus des *Rocky*-Soundtracks zu klingeln.

Plötzlich schepperte es im Haus. Kurz darauf schrie jemand: »Welches Arschloch will eins auf die Fresse?«

Erschrocken wich der Praktikant einen Schritt zurück. Die Tür flog auf. Sandro lief ein Schauder über den Rücken. Wäre der Tod ein Mensch, dann würde er genau so aussehen, dachte er.

Der hagere Sechzigjährige hatte ein Handtuch um seine Hüfte gewickelt und musste seinen Schädel einziehen, um aus dem Türrahmen zu treten. Jeder einzelne Knochen drohte, aus der vergilbten Lederhaut herauszuplatzen. Wassertropfen glitzerten zwischen seinen weißen Bartstoppeln und den dazu passenden Borsten auf dem Haupt.

»Sind Sie Herr Funke?«

»Kannst du nicht lesen?« Er deutete mit einem Baseballschläger, den er locker in der Hand hielt, auf das Türschild.

Sandro bildete sich ein, die Reibeisenstimme unter seinen Fußsohlen vibrieren zu spüren. Übertrieben lächelnd streckte er dem Alten die Lieferung entgegen.

Doktor Zorn fletschte die Zähne, knurrte und boxte die Kiste mit dem Handrücken in den Hausflur.

»Sie müssen den Erhalt noch quittieren!«

»Kacken und Pissen muss ich. Sonst gar nichts.« Der Griesgram drehte sich um und knallte die Tür hinter sich zu.

Der Junge überlegte, ob Karls tagelanges Genörgel wegen der fehlenden Unterschrift oder eine weitere Unterhaltung mit diesem verrückten Opa leichter zu ertragen wäre. Er schellte erneut.

Als sich die Tür wieder öffnete, sah er gerade noch, wie das Handtuch des Alten just in dem Moment von der Hüfte rutschte, als er mit dem Baseballschläger ausholte. Dann spürte Sandro einen wuchtigen Schmerz in der Hand und der Scanner flog durch die Lüfte.

»Zufrieden?«, krächzte der Nackte und schlug die Tür endgültig zu.

Durch das gekippte Fenster im Hausflur hörte Armin den Jungen wimmern und den anderen Postboten schimpfen. Sie faselten etwas von *Nachspiel*, *Polizei* und *Anzeige*. Es war ihm egal.

Er hastete ins Schlafzimmer, schlüpfte in eine Feinripp-Unterhose, polterte in die Küche an den Kühlschrank, schraubte den Deckel von der Whiskeypulle, setzte an und schluckte so lange, bis etwas weniger von Doktor Zorn und etwas mehr von dem Menschen übrig blieb, der einst Armin Funke war.

Im Flur stolperte er über das Paket. Er setzte sich auf den Teppich und betrachtete den Absender. Es war von seiner Schwägerin. Sie nervte Armin schon seit Jahren damit, dass sie ihn besuchen müsste, um ihm eine geheime Hinterlassenschaft von Hannah zu überreichen. Angeblich hatte sie ihrer Schwester versprochen, diese Dinge persönlich an ihn auszuhändigen. Armin konnte nur vermuten, dass sie seine ständigen Ausflüchte am Telefon leid war und deshalb den Postweg gewählt hatte.

Nach einem weiteren Schwall Alkohol riss er das Klebeband vom Karton und klappte die Laschen nach oben. Ein weißes Plüschtier reckte ihm sein goldenes Horn entgegen. Gierig nahm er das Einhorn in die Hand und rieb es feste auf seiner Nase. Er inhalierte ein paar Mal, drehte und wendete es dabei, doch der erhoffte und vertraute Geruch seiner verstorbenen Frau wollte sich nicht einstellen. Enttäuscht darüber schmetterte er das Stofftier an die Wand. 33 Zeilen

Dann zog er ein kleines Büchlein aus dem Karton. ›Hannahs Welt‹ stand darauf. Es war mit einem billigen Schloss versehen, das bereits nach einem einzigen Schlag gegen die Kante des Schuhschrankes zerschellte.

Er wölbte das Papier wie ein Daumenkino und ließ die Seiten im Schnelldurchlauf vor seinen Augen vorbeiziehen. Belanglose Kritzeleien und Prosa wechselten sich ab, ohne den geringsten Effekt auf Armin auszuüben. Er wollte das Buch schon weglegen, doch plötzlich entdeckte er den Schriftzug *Unser Licht,* der kunstvoll eine ganze Seite schmückte. Daneben skizzierten gekonnte Bleistiftstriche einen Fluss, auf dem eine brennende Kerze weggetrieben wurde, und eine Blumenwiese, auf der ein Mann vor einer Frau kniete. Armin konnte sich nur noch vage an seinen Heiratsantrag am Mainufer erinnern. Das Einzige, woran er seit etwa zehn Jahren dachte, waren die schweren Stunden, in denen er nicht die nötige Stärke aufgebracht hatte, um sich von seiner Frau zu verabschieden.

Noch immer sah er sie im Totenbett liegen, von Tumoren zerfressen und Tag für Tag ein Stückchen weniger lebendig. Trotzdem lächelte sie ihn liebevoll an, während er nur weinen konnte. Irgendwann ertrug er es nicht mehr und verließ das Zimmer. Seine Hannah musste allein sterben. Noch immer verabscheute er sich dafür.

Für Armin konnte es nur einen plausiblen Grund geben, warum Hannahs Zeichnung ausgerechnet jetzt zu ihm gelangte: Sie musste ihm verziehen haben.

Mühsam richtete er sich auf, schlurfte zu der Kommode im Wohnzimmer, wühlte in einer Schublade und zerrte schließlich ein Lederetui zwischen allerlei Krimskrams heraus. Er öffnete es vorsichtig und prüfte, ob noch alles da war: eine Spritze samt Kanüle und eine kleine Ampulle, gefüllt mit einem Barbiturat, das ausreichen würde, um ein ganzes Pferd einzuschläfern.

»Hast du dir das gut überlegt, meine Liebe?«, flüsterte er. »Ich bin nicht hübscher geworden. Auch nicht netter.« Erneut starrte er auf die Zeichnung, die allmählich vor seinen feuchten Augen verschwamm, und beschloss, sein Leben genau dort zu beenden, wo sie sich einander versprochen hatten. »Vielleicht bin ich dieses Mal mutiger.«

Wenig später stieg er in seinen siebzehn Jahre alten, 147 PS starken Opel Vectra, wobei man nicht ausmachen konnte, ob er oder der Wagen mehr knarzte. Bevor er seinen Arm nach hinten überdehnte, um den Gurt zu greifen und den beißenden Schmerz, der dann von der Schulter über die Bandscheiben bis ins Bein ziehen würde, auszuhalten, starrte er auf den Beifahrersitz, auf dem Hannahs Büchlein und das Lederetui mit dem Narkosemittel lagen. Er entschied, dass es bei seinem Vorhaben Unsinn war, sich anzuschnallen, und fuhr los.

Die Bundesstraße 8 von Hanau nach Karlstein war eine halbe Stunde vor dem Einsetzen des Feierabendverkehrs nicht sonderlich belebt, dennoch fühlte er sich verfolgt. Während beidseitig Laubbäume an ihm vorbeizogen, blickte er immer wieder in den Rückspiegel und ließ sich sogar von einem Roller überholen.

Das ungute Bauchgefühl wuchs zu einem Monster heran, das ihn beinahe zur Umkehr bewogen hätte, wäre da nicht dieses hypnotisierende Weiß am rechten Waldrand aufgetaucht. Immer wieder schimmerte es durch kahle Stellen im Dickicht und schien dem Vectra hinterherzujagen. Mal überholte es ihn und lag eine Wagenlänge vorne, dann ließ es sich zurück auf Armins Höhe fallen.

»Herrgott, hat man denn nur auf dem Scheißhaus seine Ruhe?« Armin drückte das Gaspedal bis zum Boden. 110 km/h, 120, 130, sein Verfolger ließ sich nicht abschütteln, 140 km/h, 150.

Für einen kurzen Moment wurde seine Aufmerksamkeit auf die gegenüberliegende Straßenseite gelenkt. Eine bunte Zirkuswelt unterbrach dort den Wald.

Plötzlich stoppte jegliche Bewegung. Das Auto fuhr nicht mehr. Motorengeräusche verstummten. Ein paar Amseln hingen leblos in der Luft. Die eben noch im Wind schwankenden Baumkronen froren ein. Auch Armin konnte sich nicht rühren. Nur sein Herz raste mit seinen Gedanken um die Wette.

Blaue Lichtblitze erhellten die Atmosphäre in kurzen Intervallen. Der stroboskopische Effekt verzerrte den Fluss der Zeit. Wie ein Gummiband dehnten sich die Millisekunden zwischen den Lichtexplosionen, um dann mit Wucht nach vorn zu schnellen. Armin drehte seinen Kopf zum Wald nach rechts. Alles wirkte wie eine Abfolge stehender Bilder. In Schüben schoss ein schneeweißes Pferd aus dem Gebüsch. Die Läufe weit von sich gestreckt, flog es auf ihn zu. Die Luft glühte. Es roch nach Ozon. Armin dachte an den Gurt, den er nicht benutzt hatte. Er trat mit seinem rechten Fuß auf die Bremse. Die Tachonadel klebte bei 110 km/h. Das Weiß vor ihm wurde stoßweise größer. Fassungslos starrte er auf das Horn, das über den tiefschwarzen Augen des Tieres bläulich flirrte. Er riss das Lenkrad nach links und presste sich in den Sitz. Ihm wurde klar, dass er einen Unfall nicht mehr vermeiden konnte. Das Heck brach nach rechts aus. Der Opel stellte sich quer und stolperte über die Reifen der Beifahrerseite. Die Fahrerseite hob vom Boden ab. Statt mit dem Einhorn zusammenzuprallen, blendete ihn ein noch grelleres und satteres Blau, wobei der komplette Wagen ruckartig in die Höhe gerissen wurde und sich über das Tier hinweg schraubte. Abrupt endete das Blitzlichtgewitter. Glas zersplitterte. Armin wirbelte durch die Luft. Der Vectra überschlug sich mehrfach und blieb dampfend auf dem Dach liegen.

Im Innenraum seines Opels auf einem Teppich aus Scherben kauernd, wunderte sich Armin darüber, keine Schmerzen zu haben. Ihm war schwummrig zumute. Nachdem er sich vorsichtig durch die geborstene Frontscheibe gequetscht hatte, rappelte er sich auf, prüfte, ob alle Glieder beweglich waren und staunte abermals über seinen guten Zustand im Vergleich zum zerknautschten Auto.

Einer der Idioten wird wohl ein Handy dabei haben, dachte Armin und torkelte auf den Stau zu, der sich hinter dem Unfall gebildet hatte. Dann stellte er fest, dass in den ersten drei Autos niemand saß, und schwankte fluchend zurück. Er stockte. Was er auf der anderen Seite der Unfallstelle erblickte, prügelte sich durch den letzten Rest seines Moralverständnisses. Nach einer Schockminute lief er auf die Menschentraube zu, die sich in zwanzig Metern Entfernung um einen blutigen Körper herum formiert hatte, und fragte sich, wen er angefahren hatte und ob derjenige noch lebte.

Er drängelte an den Gaffern vorbei. Ein junger Mann kniete über dem Verletzten und führte eine vorbildliche Herzdruckmassage aus. Mit verschränkten Händen und gestreckten Armen presste er immer wieder das Brustbein des Betroffenen fünf Zentimeter nach unten, ohne sich von dem Geräusch der knacksenden Rippen irritieren zu lassen. Armin trat näher heran. Jetzt erkannte er, dass es sein Körper war, der sterbend am Boden lag.

Es dauerte nicht lange, da hatte sich Armin wieder gefangen und befand, dass ein Unfall besser war als Selbstmord, wenn auch der Ort für sein Ableben nicht seinen Wünschen entsprach. Zudem war er froh, niemanden verletzt zu haben.

Nachdem er sich abgetastet und seine Hände prüfend gegen das Sonnenlicht gehalten hatte, aber dabei nichts Geisterhaftes an seinem Leib feststellen konnte, fiel ihm auf, dass sämtliche Geräusche gedämpft klangen, so als läge alles hinter einer großen Fensterscheibe. Die Stimme der hübschen Dame, die direkt vor seiner Nase mit ihrem Handy den Notarzt alarmierte, war nur ein weit entferntes Nuscheln.

Nach dreißig Mal Pumpen im Takt zu *Highway to Hell* presste der Retter seinen Mund auf Armins Lippen und blies Luft in seine Lungen.

»Pah! Das ist ja widerlich! Kann das nicht die Blonde übernehmen?« Armin verpasste dem Ersthelfer eine Kopfnuss, doch dieser merkte nichts davon. »Du machst das viel zu gut, Junge! Am Ende rettest du den alten Kotzbrocken noch. Sei kein Idiot! Lass ihn krepieren! Die Welt ist ohne ihn besser dran!«

Er hatte die Worte noch nicht ganz ausgesprochen, als er einen heißen Atem im Nacken spürte. Er wirbelte herum und stolperte vor Schreck rückwärts über seinen eigenen Körper. Während er aus der Menschentraube hinaus krabbelte, hörte er, wie ihm Hufschläge auf dem Asphalt folgten.

Das Tier blieb etwa fünf Meter von ihm entfernt stehen. Armin musterte es genau. Es war sehr viel größer als ein Pferd, und tatsächlich kräuselte sich ein sechzig Zentimeter langes Horn wie ein Schneckenhaus aus der Stirn. Es leuchtete zwar nicht mehr, doch es glitzerte, als wäre es mit vielen kleinen Diamanten gespickt. Der buschige Schweif und die Mähne wirkten wie Fäden aus Gold.

»Ist *das* dein Ernst?« Er deutete mit beiden Händen auf das Einhorn und starrte genervt gen Himmel. »Du schickst mir einen Gaul? Sind dir die verdammten Engel ausgegangen?«

»Niemand schickt mich!« Das Tier näherte sich Armin und bewegte dabei die Lippen. »Ich bin wie Sie, edler Herr, nicht hier und nicht da. Wer ist schon gerne allein im Nicht-hier-und-nicht-da?«

Armin verdrehte die Augen. »Spinne ich, oder bist du wirklich Mister Ed, das sprechende Pferd? Ach nein, entschuldige, du bist ja ein *Einhorn*. Edler Ed, so sage mir, was will ein Fabelwesen von einem Stinkstiefel?«

»Mein Name ist Kasper. Allzu gern würde ich meine Entdeckung mit Ihnen teilen. Doch mir dünkt, Sie würden den Weg nicht schaffen. Ausnahmsweise gestatte ich, auf mir zu reiten.«

»Und mir dünkt, dir hat man etwas auf den Kopf getackert.« Armin griff nach dem Horn.

Kasper stupste die Hand weg und schüttelte die Mähne. »Das geziemt sich nicht. Die Berührung könnte Sie umbringen.«

»Ach, wäre ich dann toter als tot? Du bist ja ein echter Spaßvogel!«, foppte Armin und verdrehte die Augen. »Meine Knochen sind zu alt für einen verkackten Gaul!«

»Ein Ritt auf mir erscheint mir als ausgezeichnete Alternative gegenüber den Phantomschmerzen, die beim Anblick des eigenen Sterbens demnächst einsetzen würden.«

Armin schaute zu seinem Körper, dann wieder zu Kasper. »Da bekomme ich glatt Lust, auf dir zu reiten, so nett wie du das sagst.«

Damit Armin aufsteigen konnte, stellte sich Kasper neben einen kleinen Hügel. Armin hievte sich umständlich auf den Rücken des Tieres. »Ich hoffe, dass das, was du mir zeigen willst, nicht bloß ein alberner Heuballen ist! Menschen ticken da ein wenig anders als Pferde.«

Unverhofft bäumte sich Kasper auf, wieherte und preschte los. Nach einem kurzen Anlauf entlang der Leitplanke folgte ein Sprung über eine Brombeerhecke mitten ins Gehölz.

Kaspers Galopp und Doktor Zorns Fluchen zerschnitten die Ruhe, während sie tiefer und tiefer in den Wald gerieten. Mehr und mehr verwandelte sich das leise Rauschen der Blätter in ein Geflüster. Irgendwann verlangsamte Kasper seinen Schritt, bis er schließlich auf einer Anhöhe stehen blieb. Sie blickten ins Tal hinunter auf einen riesigen See.

»Horchen Sie! Der Wald wiederholt sich nicht.«

Aus den Baumkronen wisperte es. »Nicht was dir fehlt, sondern was du hattest, nimmst du mit. Dein Licht ist längst erloschen, doch ihres brennt noch immer. Eine Kerze, die eine andere entzündet, verliert nichts.«

Übellaunig stieg Armin ab. »Lass mich raten. Ist es der See der Erkenntnis?«

»Was sonst sollte Ihnen ein *Einhorn* im Nirwana zeigen?«
Kasper verzog die Lippen zu einem Lächeln.

»Ein Mann, der einem Gaul in den Arsch tritt, verliert auch nichts!«, motzte Armin und stolperte hinter Kasper her. »Und hör endlich auf, mich zu siezen!«

Nach einer Weile erreichten sie das Ufer. Die schönsten Pflanzen blühten in bunten Farben rund um den See. Armin hatte noch nie einen herrlicheren Ort gesehen. Er wollte es nicht zugeben, doch die sanften Töne, die hier und da aus dem Wasser stiegen und klangen, als würde man mit dem Finger am Rand eines dünnen Glases entlang fahren, berauschten ihn.

»Berühre es!«, verlangte Kasper.

Armin neigte sich über den See und ließ seine Hände durch das Wasser gleiten. Augenblicklich bildeten sich Kreise, die bald die gesamte Oberfläche durchzogen. Überall dort, wo die Kreise auf das Ufer trafen, verwelkten die Blumen auf der Stelle. Sein Spiegelbild zeigte ein Skelett.

»Soll das witzig sein? Ich weiß auch ohne Hexerei, dass ich bald unter der Erde verrotte.«

»Nein, mein Freund. Dein Spiegelbild zeigt nicht deine Zukunft. Es zeigt, was du in diesem Augenblick bist! Für wahre Erkenntnis musst du in die Tiefe tauchen.«

Genervt zog Armin die Hände aus dem Wasser. »Mein edler Ed, es ist mir scheißegal, was dein dämlicher See von mir hält. Lass uns von hier verschwinden! Sofort!«

Kasper wirkte enttäuscht. Wortlos beugte er sich nach vorn, sodass Armin aufsteigen konnte.

»Tauchen? Dem hat man wohl ins Gehirn geschissen. Da wäre mir sogar ein Heuballen lieber gewesen«, brabbelte Armin.

Kasper legte die Ohren an, riss seine Nüstern auf und bleckte die Zähne. »Runter von mir, du garstiger, alter Knochen!«

Wie ein Ochse beim Rodeo katapultierte er sein Hinterteil wieder und wieder in die Höhe, um seinen Reiter abzuwerfen.

Dieser krallte seine Finger in die dichte Mähne und war so sehr damit beschäftigt, nicht herunterzufallen, dass er zu spät bemerkte, wie Kaspers Horn anfing zu glühen.

Kasper bäumte sich auf, wieherte fast schon diabolisch und wetzte los. Die Zeit ächzte im Takt seiner Blitze. In stroboskopischen Schüben hoben die Vorderbeine ab, die Hinterbeine pressten Energie in den Sprung.

Als sie in das Wasser eintauchten, erstrahlte der gesamte See in Kaspers blauem Licht. Abermillionen von Luftbläschen sprudelten um sie herum. Armin wusste nicht mehr, wo oben und unten war, und kämpfte mit dem Gefühl zu ersticken.

»Atme sie ein!«, befahl Kasper.

Die Bläschen sahen merkwürdig aus: bunt und etwas bewegte sich darin. Als Armin genauer hinsah, erkannte er Hannah in einer der Kugeln. Er saugte sie wie eine Spaghetti auf. Sofort schwappte er in eine Erinnerung hinein: *Er liegt mit dem Kopf auf Hannahs Schoß. Sie streichelt ihn.* Für einen Augenblick war er bei ihr und konnte sie spüren. Dann spuckte ihn der Zauber zurück in den See.

Er sog die nächste Kugel auf: *Hannahs Hand hält die seine. Sie küssen sich. Ihre Lippen schmecken nach Erdbeeren.*

Immer gieriger atmete er eine Erinnerung nach der anderen ein: *Ihre schwarzen Haare wehen ihm ins Gesicht. Sie duften nach Rosen. … Beide stehen vor dem alten Häuschen, das sie bald kaufen würden. … Sie singt ein Lied am Lagerfeuer. Er spielt Gitarre dazu. … Die schwimmende Kerze verschwindet hinter der Flussbiegung. »Ich weiß nicht, wohin unser Licht reisen wird, oder wie lange es brennen wird, aber es ist unseres, jetzt und für immer«, flüstert Armin und fällt auf die Knie, um ihr einen Heiratsantrag zu machen. … Freudentränen bei der Eröffnung der gemeinsamen Tierarztpraxis. … Die ersten Patienten: Zottel, das verschnupfte Meerschweinchen, und Gisbert, der angefahrene Kater mit dem gebrochenen Schwanz. … Barfuß am Strand, salzige Ostseeluft,*

kaltes Wasser, warme Sonnenstrahlen, stundenlange Gespräche ...
Die Diagnose ... unzählige Arztbesuche ... Das Meer der Tränen ...

Armin merkte nicht, dass sie den Grund des Sees erreicht hatten. Kasper weckte ihn aus seinen Träumen, indem er ihn abwarf.

»Da wartet jemand auf dich!«, sagte er schnell, bevor Armin schimpfen konnte.

Dieser war noch ganz benommen. Was bedeutete der verpatzte Abschied von Hannah, der sein Leben so verbittert hatte? Nichts, gemessen an all den Stunden, in denen er den steinigen Weg ihrer Krankheit mitgelaufen war, gar nichts, gemessen an dem Glück, das sie gemeinsam erlebt hatten. Das war ihm nun klar.

In der Ferne schritt eine Silhouette auf ihn zu. Trotz der unzähligen Luftblasen, die das Wasser trübten, erkannte er Hannah am Gang.

»Wie sehe ich aus?«, fragte er aufgeregt.

»Grenzwertig. Aber wer weiß, wir Pferde ticken da vielleicht anders.«

Mit Entsetzen registrierte Armin, dass er die Gestalt eines Skelettes angenommen hatte. Kasper versuchte, ihn zu trösten. »Am Ende zählen doch nur die inneren Werte.«

»Ernsthaft?«, rief Armin und verscheuchte einen Fisch, der durch seine Rippen huschte.

Allmählich stiegen die letzten Erinnerungskugeln an die Oberfläche und bildeten einen bunten Himmel über ihnen. Das Wasser beruhigte sich.

Hannah tänzelte vergnügt auf Armin zu. Im Gegensatz zu ihm hatte sie nichts von ihrer Schönheit verloren. Nach einer langen und heftigen Umarmung ergriff sie Armins Knochenhände. »Du bist tatsächlich auf einem Einhorn geritten? Erzähle mir alles! Welche Länder hast du erkundet? Wie war dein Geburtstag im Urwald?«

Armin hatte keine Ahnung, wovon sie redete. Hilfesuchend blickte er zu Kasper, der mit einem fragenden Gesichtsausdruck den Kopf schüttelte.

Hannah schaute ihn streng an. »Die To-Do-Liste in meinem Tagebuch, hast du sie gelesen?«

»Du hast mir gefehlt. Da habe ich getrauert. Sonst nichts. Aber jetzt wird alles gut.«

Misstrauisch bohrte sie weiter: »Wie läuft es mit unserer Praxis? Hast du einen Todgeweihten gerettet?«

Armin tippelte verlegen von einem Bein aufs andere. »Ohne dich machte die Praxis einfach keinen Sinn mehr.«

Hannah wich einen Schritt zurück. Jetzt erst bemerkte sie erschrocken, wie hässlich Armin aussah. »Dann stimmt es also, was die Bäume erzählen? Du bist zu tot für unseren Himmel?«

Traurig zog Armin die Schultern nach oben. Darauf wusste er nichts zu antworten.

»Es ist meine Schuld«, schluchzte sie. »Ich habe dich zu früh verlassen. Es tut mir leid.« Sie wandte sich von ihm ab.

Mit lautem Getöse setzten die Luftbläschen wieder ein. Dieses Mal waren sie leer und grau und schwirrten wie Bienen um Hannah herum.

Armin wollte ihr folgen, doch seine Beine steckten im Schlamm fest und versanken immer tiefer, je energischer er es versuchte. Vergeblich rief er nach ihr, denn seine Worte verwirbelten im sprudelnden Wasser zu inhaltslosen Lauten.

Dann war sie verschwunden.

Kasper und Armin ließen den See hinter sich und galoppierten durch den Wald zurück zur Straße. Mittlerweile war der Notarzt eingetroffen und platzierte die Elektroden des Defibrillators auf der Brust des Verletzten.

»Also gut, du darfst es anfassen, ausnahmsweise.« Kasper ließ Armin absteigen und beugte seinen Kopf nach unten.

Armin lächelte ein wenig und streichelte das bläulich flirrende Horn. Eine Woge der Geborgenheit durchströmte ihn. »Ich will noch nicht sterben!«, flüsterte er in Kaspers Ohr.

»Das ist alles, was ich von dir hören wollte.« Ohne Vorwarnung peitschte Kasper an den Gaffern vorbei. Blaue Wellen verformten die Zeit. Er senkte sein Horn und …

… das Letzte, was Armin wahrgenommen hatte, bevor er im Krankenhaus erwachte, waren ein greller, blauer Blitz und ein unsägliches Gefühl der Freundschaft.

Nun fiepten und surrten die Geräte, mit denen er verbunden war. Er freute sich über die Schmerzen, die ihm bezeugten, dass er noch lebte. Er richtete sich auf, zog die Sauerstoffmaske von seinem Gesicht und schaute sich im Zimmer um. Hannahs Büchlein lag auf dem Nachtschrank. Er küsste es und begann, es Seite für Seite zu studieren. Die Schwestern, die ab und zu nach ihm schauten, registrierte er nicht. Als der Arzt ihn untersuchen wollte, winkte er ab. Er konnte *Hannahs Welt* nicht mehr aus der Hand legen, bis er endlich fand, wonach er gesucht hatte:

Hannahs To-Do-Liste gegen Trauer und Einsamkeit

Feiere deinen Geburtstag im Urwald.
Reise mit dem Fahrrad um die Welt.
Übernachte in einem Baumhaus.
Tauche nach Fossilien.
Singe vor Publikum.
Gewinne ein Rennen auf dem Nürburgring.
Pflanze einen Baum in der Stadt.
Erfinde etwas Nützliches.
Eröffne ein Tierheim.
Reite auf einem Einhorn.

Die letzte Aufgabe auf der Liste wühlte ihn besonders auf: *Rette einen Todgeweihten.* Kaspers Worte spukten in seinem Kopf herum: *»Ich bin wie Sie, edler Herr, nicht hier und nicht da. Wer ist schon gern allein im Nicht-hier-und-nicht-da?«*

Plötzlich wusste Armin, was er tun musste. Er entfernte alle Kanülen, Schläuche und Messgeräte von seinem Körper. Sofort ertönte ein Warnsignal. Ein Arzt und eine Schwester stürmten das Zimmer. Vergeblich versuchten sie, ihn zur Vernunft zu bringen.

»Auf eigene Gefahr!«, belehrte der Arzt. »Sie müssen das unterschreiben!«

»Kacken und Pissen muss ich. Sonst gar nichts!« Das war alles, was er ihnen zu sagen hatte.

Er ließ sich von einem Taxi nach Hause fahren und packte ein, was sein verstaubtes Behandlungszimmer an Medizin und Instrumenten hergab. Dann ließ er sich zu dem Unfallort bringen. Man konnte die Stelle anhand der Blut- und Ölspuren sowie der Scherben am Straßenrand noch gut erkennen.

Armin kletterte mit seiner Ausrüstung über die Leitplanke und kämpfte sich durchs Gestrüpp. Sein Herz raste. Er fühlte, dass ihm nur wenig Zeit blieb. Fieberhaft suchte er nach einem Orientierungspunkt.

Auf einmal raschelte es hier und da in den Baumkronen. Armin schaute nach oben. Er atmete tief ein, schloss die Augen und lauschte. Er verstand nicht, was sie flüsterten, aber er spürte, dass sie ihm helfen wollten.

Baum für Baum ließ seine Blätter rauschen und lockte ihn tiefer und tiefer in den Wald.

Hinter einer Anhöhe entdeckte er einen mickrigen, halb ausgetrockneten Tümpel. Obgleich nichts von der Schönheit des großen Sees übrig war, erkannte er den Ort. Er eilte die Böschung hinunter. Tränen schossen in seine Augen. Vor dem Schlammloch lag ein kleines, geflecktes Shetlandpony. Es rührte sich nicht mehr.

Doktor Funke rutschte das letzte Stück auf den Knien zu dem Tier. Es hatte einen Strauß aus bunten Federn auf der Stirn, genau dort, wo Kaspers Horn gesessen hatte. Armin erinnerte sich an den Zirkus auf der anderen Straßenseite und vermutete, dass es sich von dort hierher geschleppt hatte. Als er es an der Stirn berührte, öffnete es die Augen. »Ja, ja, ich weiß, bloß nicht das Horn anfassen.«

Armin untersuchte das kleine Pony. Es streckte seine Läufe schräg von sich weg. Sein rechtes Hinterbein war halb zertrümmert. Hohes Fieber, vermehrter Speichelfluss und vor allem die Sägebockstellung ließen auf einen Wundstarrkrampf schließen.

Er wühlte in seinem Koffer. Das Lederetui mit dem Barbiturat zum Einschläfern von Tieren glitt zwischen seine Finger. Ihm wurde klar, dass er zu spät gekommen war.

»Garstiger, alter Knochen?«, murmelte Armin und kramte zunächst ein Schmerzmittel aus seiner Tasche. »Nach einem Tag mit mir solltest du deutlich besser fluchen können.« Er zog die Spritze auf und verabreichte Kasper das Flunixin. »Sag deinen Schmerzen ade.«

Schweren Herzens saugte er nun das Barbiturat in die Spritze, um das Pony endgültig von seinem Leid zu befreien. Er hasste sich jetzt schon dafür.

Kasper öffnete noch einmal die Augen. Es schien, als wollte er seinen Kopf drehen, doch der verkrampfte Nacken ließ es nicht zu. Stattdessen deutete er mit seinen Ohren aufgeregt auf den Tümpel.

»Dein Ernst? Die Drecksbrühe wird dich umbringen.« Armin legte die Spritze zur Seite, schöpfte mit einer Nierenschale Wasser aus dem Tümpel und tröpfelte es Kasper in den Mund.

In dem Moment, als das kalte Nass Kaspers Lippen berührte, krachte, bebte und plätscherte es plötzlich hinter ihnen. Reflexartig ging Armin in Deckung. Als er unter seinem Arm durchlugte, konnte er nicht fassen, was er sah. Bunte Blumen schossen aus der Erde, verdorrtes Geäst stellte sich wieder auf. Sekundenschnell wuchsen überall neue Blätter, das Grün kehrte in die Pflanzen zurück. Baumstämme blähten sich auf, der Tümpel füllte sich mit Wasser. Jede Faser dieses Ortes sog frisches Leben in sich hinein, die Natur nahm einen gewaltigen Atemzug. Als das Schauspiel endete, war es immer noch ein kleiner Teich, jedoch einem Einhorn würdig.

»Dramaqueen! Hättest du nicht einfach wiehern können?« Nachdenklich streichelte Armin seinen Freund. »Kein Tierarzt der Welt wäre bescheuert genug, um dich nicht einzuschläfern.« *Rette einen Todgeweihten*, hämmerte es in seinem Kopf. »Aber du musstest ja ausgerechnet an Doktor Zorn geraten«, flüsterte er und injizierte das Mittel, nicht alles, nur so viel, um Kasper operieren zu können. Als dieser eingeschlafen war, fing er an zu sägen …

Es stellte sich heraus, dass Kasper tatsächlich dem Zirkus entlaufen war, als sie ihn aufgrund der schweren Verletzung hatten einschläfern wollen.

Nun stand er im Guinness Buch der Rekorde. Ein Pony, das mit drei Beinen laufen konnte. Der Medienrummel war gigantisch. Das Staunen fing im Internet auf sozialen Netzwerken an, wanderte durch die lokale Presse und erreichte über das Fernsehen die halbe Welt.

Es wurde so viel Geld gespendet, dass Armin einen Spezialisten anheuern konnte, der für Kasper eine Beinprothese entwickelte. Kasper lebte noch sechs Jahre unter erheblichem Pflegeaufwand. Doch es waren stolze Jahre, in denen er das Maskottchen von Armins Tierheim *Zum Edlen Ed* sein durfte.

Doktor Zorn ließ sich ganze siebenundzwanzig Jahre Zeit, bis er in unseren Himmel einzog. Warum musste ich ihm auch eine so lange Aufgabenliste hinterlassen?

Die Mitarbeiter des Hospizes, in dem er lag, weigerten sich, den alten Stoffel zum Sterben an den Main zu kutschieren. Böser Fehler, denn er hatte noch genug Kraft, um seine Krücke in die Weichteile des Pflegers zu rammen und mit dessen Autoschlüssel abzuhauen.

»Genieße dein Leben«, rief er dem Bestohlenen zu, der hechelnd hinter seinem Auto her rannte. »Auch wenn es dann und wann ein Arschloch ist!«

Dann stieg er auf das Gaspedal und wartete voller Freude auf das blaue Licht …

Tina Alba

LICHTBRINGER

Die alte schmuddelige Frau starrte ihn an, geblendet, verängstigt und doch voller Ehrfurcht. Er wusste, er hatte die richtige Wahl getroffen. Schon bei dem Jungen war es richtig gewesen, diesem heimatlosen, von allen abgewiesenen Kind. Und auch all die anderen – so voller Schmerzen, einsam, haltlos, perspektivlos. Abfall der Gesellschaft. Für niemanden wichtig, ohne Beziehungen. Diese Menschen waren wie er. Vergessen, verblasst, zu nichts mehr zu gebrauchen. Aber wenigstens für die Menschen gab es noch Hilfe.

Er sah die Frau an und wusste, dass in seinen großen dunklen Augen jetzt ein warmer Glanz stand. Ein Blick voller Liebe und Wahrheit. Dann berührte er sie zärtlich an der Wange – es musste sich anfühlen, als würde ihr jemand mit einem samtenen Taschentuch die Tränen abwischen.

»Bald bist du zu Hause.« Er sprach die Worte nicht, aber er wusste, dass sie im Geist der Frau erklangen und ihr aufgeschrecktes Herz zur Ruhe brachten. »Ich bringe dich an einen besseren Ort. Ohne Schmerzen. Ohne Leid. Ohne Einsamkeit und Kälte. Hab keine Angst.«

Er neigte den Kopf.

Ein Schrei durchschnitt die Stille der Nacht und verhallte ungehört.

Regentropfen klatschten Freddy auf den Kopf und in den gebeug-
ten Nacken. Sie durchnässten seine fadenscheinigen, dreckigen
Kleider, als er die Straße hinunterrannte. Hoffentlich war unter
der Brücke noch ein Plätzchen frei. Irgendwann trafen sie sich
alle dort, wenn so ein Sauwetter herrschte. Freddy unterdrückte
einen Fluch, als er im Halbdunkel in eine tiefe Pfütze trat. Wasser
rann durch ein Loch in seinen Schuh und durchnässte den Fetzen,
der einmal eine Socke gewesen war.

Na toll.

Es würde Jahre dauern, bis ihm wieder warm war.

Ich werde zu alt für dieses Scheiß-Leben.

Niemand musste heutzutage obdachlos sein, hatten sie auf
dem Amt immer wieder gepredigt. Niemand musste auf der
Straße leben, wenn er es nicht wollte. Freddy wollte es. Er hatte
sich einmal überreden lassen, in ein Obdachlosenheim zu gehen,
und war mitten in der Nacht geflüchtet. Die Enge, die schwit-
zenden, schnarchenden Körper um ihn herum, das perspektivlose
Gejammer, das war nichts für ihn.

Da kann man sich doch gleich von der nächsten Brücke stürzen.

Freddy hatte nur ein Zuhause – die Straße. Das war schon
immer so gewesen. Er hatte das Gefühl, hier draußen geboren
worden zu sein, und er wusste, irgendwann würde er auch auf
der Straße sterben. Er war dreiundfünfzig, soff wie ein Loch,
rauchte wie ein Ofen und hatte seit gefühlten drei Jahren einen
hartnäckigen Husten.

Die beste Krankheit taugt nichts.

Vor ihm tauchte im Dämmerlicht aus frühem Abend und
Bindfadenregen die Brücke auf. Freddy beschleunigte seine
Schritte. Er war außer Atem. Vielleicht sollte er doch aufhören
zu rauchen?

Als er das Licht aufflammen sah, blieb er so plötzlich stehen,
dass er einige Meter über den feuchten Boden schlitterte, stolperte
und lang hinschlug.

»Scheiße!« Diesmal schimpfte er laut. Wasser drang in seine Klamotten, innerhalb weniger Sekunden klebten sie klitschnass und kalt auf seiner Haut. Er kniff die Augen zusammen, doch das Licht drang durch seine Lider. Freddy keuchte und drückte das Gesicht in die Armbeuge. Seine Nasenspitze berührte klammen Matsch. Mit geschlossenen Augen blieb er liegen. Ihm war, als würde das Licht mit tastenden Fingern über seinen Rücken streichen. Dann hörte er den Schrei.

Etwas in ihm zog sich zu einem eiskalten Klumpen zusammen. Zum ersten Mal seit ewigen Zeiten spürte er ein Gefühl, das er schon lange abgelegt zu haben glaubte: Angst.

Was ging da vor? Wie eine Razzia sah das nicht aus. Irgendwas stimmte hier nicht, das spürte Freddy. Er musste hier weg. Schnell, bevor es ihn erwischte, was auch immer *es* war. Freddy robbte langsam rückwärts, bis seine Füße an eine Hauswand stießen. Jetzt erst öffnete er die Augen. Das Licht war verschwunden. Der Regen hatte nachgelassen. In der Ferne hupte ein Auto, dann war es still. Freddy rappelte sich auf. Seine Klamotten waren durchgeweicht, er zitterte. Nicht nur, weil ihm so hundekalt war. Er wollte rennen, weg, nur weg von hier. Vielleicht war das eine von diesen irren Gangs gewesen, die immer wieder Obdachlose überfielen, weil sie Spaß daran hatten, wehrlose Menschen zu verprügeln? Aber er konnte nicht anders. Er musste nachsehen. Mit unsicheren Schritten tappte er zur Brücke zurück, tastete sich an der Häuserwand entlang und rutschte die matschige Böschung hinunter. Im diffusen Licht der Straßenlaternen sah er einen unförmigen Schatten am Boden. Als er nähertrat, erkannte er die Gestalt einer Frau. Einer ziemlich toten Frau.

Trödel-Anna hatten sie sie genannt. Sie hatte alles gesammelt, was nicht niet- und nagelfest war und in einem geklauten Einkaufswagen mit sich herumgeschoben. Der Wagen lag umgestoßen im Schlamm, Annas Besitz unter der Brücke verstreut. Sie lehnte unter der Brücke an der Wand, das strähnig graue

Haar um ihr fahles, in einer Maske aus Erstaunen und Entsetzen zugleich erstarrtes Gesicht ausgebreitet wie ein Heiligenschein. In ihrer Brust klaffte ein tiefes Loch, aus dem Blut sickerte. Freddy würgte. Gewaltsam riss er den Blick von Annas toten Augen los und rannte.

Am nächsten Morgen stand es in der Zeitung. Freddy hatte sie am Kiosk mitgenommen, wo er für ein paar zusammengeschnorrte Münzen ein belegtes Brötchen, billige Zigaretten und ebenso billigen Fusel besorgt hatte.

»Hat wieder einen erwischt«, hatte Kiosk-Theo gesagt.

»Was?«

Theo hatte ihm ohne ein weiteres Wort die Zeitung hingelegt. Auf der Titelseite ein Foto von der Brücke, überall waren Polizisten und Absperrband, dazwischen lag ein in einen dunklen Sack gehülltes Bündel. Freddy hatte mit zitternden Händen die Zeitung in seine Tüte gestopft, Kippen und Branntwein bezahlt und war gegangen. Jetzt saß er auf einer Bank im Stadtpark, kaute an seinem Brötchen und buchstabierte sich mühsam den Artikel zusammen. Die schrieben von vier weiteren Morden. Alle Opfer waren durch einen Stich ins Herz getötet worden. Die Waffe, vermuteten sie, hatte einen runden Querschnitt und einen Durchmesser von mindestens fünf Zentimetern an der dicksten Stelle. Freddy kratzte sich am Kopf. Musste eine komische Waffe sein. Eine spitz zugefeilte Stange vielleicht? Er las weiter. Alle Opfer waren Obdachlose gewesen. Ein achtzehnjähriger Junkie ohne festen Wohnsitz. Eine demente Alkoholikerin, die von ihrem Mann vor die Tür gesetzt worden und einige Nächte herumgeirrt war, bis sie ihrem Mörder begegnete. Die anderen drei Opfer waren Penner wie Anna gewesen. Freddy knüllte die Brötchentüte zusammen und warf sie in den Müll, dann riss er den Artikel aus der Zeitung, steckte ihn in die Hemdtasche und rollte den Rest der Zeitung zusammen.

Unter die Kleider gestopft hielt sie in kalten Nächten warm. Er fischte den Branntwein aus der Jackentasche und betrachtete die golden schimmernde Flüssigkeit. Zum ersten Mal dachte er darüber nach, dass er nicht trinken musste. Er konnte die Flasche wegwerfen und noch einmal zum Kiosk gehen. Sein Geld reichte sicher noch für eine Cola.

»Verdammt, glaubst du, die wären nicht umgebracht worden, wenn sie keine Junkies, keine Säufer gewesen wären?« Freddy schüttelte den Kopf, schraubte die Flasche auf und kippte sich den Schnaps in den Hals. Danach fühlte er sich ein wenig besser, aber seine Gedanken krallten sich an dem fest, was er gerade erfahren hatte. Warum hatten die alle sterben müssen? Und vor allem: Wonach suchte dieser Irre seine Opfer aus? Freddy tastete unbewusst nach seiner Brust. Er führte nicht gerade ein Luxusleben, aber er war nicht unglücklich und hatte nicht die geringste Lust, der Nächste zu sein. Er dachte an seine Freunde. Horst mit dem alten Hund, Jo und Caro, die kleine Rotzgöre, die erst vor Kurzem zu ihnen gestoßen war. War sie nicht sogar mal eine Weile mit diesem Junkie zusammen gewesen? Freddy spürte ein dumpfes Gefühl im Magen. Hatte sie sich deswegen die vergangenen Tage rar gemacht? Suchte sie vielleicht sogar nach diesem Irren? »Kacke, Mann!«

Entschlossen warf Freddy den leeren Flachmann in einen Müll, nahm seinen abgewetzten Rucksack und hetzte zum Supermarkt. Er musste mit Caro reden, bevor sie Mist baute. Vielleicht hatte einer von den anderen auch etwas gesehen? Dieses Licht, dieses verdammte helle Licht. Das musste man doch bemerken. Freddy kniff die Augen zusammen, als er sich daran erinnerte. Kein Blaulicht, kein Suchscheinwerfer.

Golden wie Sonnenlicht.

Am Supermarkt war bereits ziemlich viel los, auch Caro war da. Freddy schnaufte. *Gott sei Dank.* Ihre pinkfarbenen Haare standen in alle Himmelsrichtungen, und bei jeder Bewegung klirrten die Nieten und Ketten, die sie an ihre knallengen, karierten Hosen gehakt hatte. In ihrer Augenbraue und am rechten Nasenflügel funkelten Piercings. Mit ihren viel zu großen Springerstiefeln sah sie aus wie ein trauriger Clown. Neben Caro saß Jo und wedelte mit einer Zeitung. Er sprach mit seiner dröhnenden Bassstimme auf Horst ein, der stumm neben ihm auf der Parkplatzabsperrung hockte und sich den fast kahlen Schädel kratzte. Caro schnorrte gerade eine Kundin an, die ihr mit einem Seufzen und dem Standardspruch »Aber kauf keinen Schnaps dafür« ihr Wechselgeld gab. Caro grinste und verschwand in der Bäckerei. Als Freddy zu den anderen stieß, kam sie mit einer Tüte Kuchen vom Vortag wieder heraus.

»Jungs, Frühstück!«

»Geil.« Horst fischte einen Amerikaner aus der Tüte, Jo einen Schokomuffin. »Hey, Freddy! Caro gibt einen aus!«

Freddy setzte sich neben Horst auf die Absperrung und umarmte Caro kurz, bevor auch er sich ein Teilchen aus der Tüte fischte. »Na, Kleine, alles paletti?«

»Hm.« Sie nickte.

»Schon 'ne Zeitung in die Finger bekommen?«

»Jau«, sagte Jo. »Es hat Anna erwischt.«

Freddy nickte. »Kanntet ihr eigentlich einen von den anderen?« Er sah Caro an.

»Markus«, sagte sie leise. »Der Erste. Ich hab mit ihm rumgehangen.«

Freddy nickte. *Also doch …*

»Als er weg war, habe ich mir nichts dabei gedacht. Erst als er nicht wieder auftauchte.« Sie zuckte mit den Schultern, aber Freddy sah, dass ihre Augen verräterisch glitzerten.

»Hast ihn gemocht, Mädchen, was?«

»Nein! Ich … ja, verdammt, ich mochte ihn.« Sie fuhr sich mit dem Ärmel über die Nase.

»Fiete«, brummte Jo. »Einer von denen war Flaschen-Fiete. Ist was, Freddy?«

»Nee.« Freddy biss in seinen Kuchen, um nicht gleich antworten zu müssen, und strich Caro über den Rücken.

»Wir müssen aufpassen«, sagte er dann. »Dieser Kerl ist nicht ganz dicht. Was meint ihr, womit er die anderen kaltgemacht hat?«

»Keine Ahnung. Vielleicht hat er so'n Japanschwert. Die Teile sind doch total in. Kommt sicher von diesen Computerspielen.«

»Quatsch«, sagte Caro. »Ein Schwert macht keine Löcher. So eins nicht. Die sind sauscharf. Man sieht im ersten Moment noch nicht mal Blut. Angeblich tut's noch nicht mal weh.«

»Vielleicht eine spitzgefeilte Stange«, sagte Freddy.

»Krank. Solange der sich hier rumtreibt, penn ich im Heim. Allein losziehen sollte auch keiner mehr.« Horst stand auf.

»Kommste mit, Freddy?«

»Nee. Einmal und nie wieder. Da krieg ich keine Luft.«

»Nur solange dieser Irre hier rumrennt?« Horst sah ihn an.

»Nein. Ich pass schon auf. Caro, du gehst mit. Ab mit dir.«

Caro runzelte die Stirn, schwieg aber, während sie das letzte Stück Kuchen Horsts Hund zwischen die kaum noch vorhandenen Zähne schob.

»Ob es Zeugen gibt?«

»Ja.« Freddy sah in die Runde.

»Wie jetzt?« Jo sah ihn an.

»Ich hab gestern was gesehen«, sagte er.

»Und was?«

»Bei der Brücke, da wo sie Anna gefunden haben. Ich wollte da pennen, goss ja so letzte Nacht. Auf einmal war da alles hell. Zuerst dachte ich an die Bullen und bin abgehauen. Aber da waren keine Bullen. Das Licht war zu ... ich weiß nicht, gleichmäßig. So wie ein Kind einen Engel malt. So'n Kitschlicht eben. So wie Weihnachten.«

»Du spinnst ja. Was haste gestern Abend gesoffen?« Horst zeigte ihm einen Vogel.

»'nen Tetrapack Wein, mehr nicht.«

Horst nickte. Er schien zu wissen, dass es bei Freddy inzwischen mehr als nur einen Liter Wein brauchte, damit der weiße Mäuse sah. »Stimmt das auch? Oder haste was geraucht?«

»So was rauch ich nicht. Ich hab das Licht gesehen, ich schwör's.«

Caro holte tief Luft. »Ich glaub dir«, sagte sie. »Ich hab's auch gesehen.«

Freddy ließ fast seinen Kuchen fallen. »Wann?«

»Vor ein paar Nächten. Keine Ahnung, wen es da erwischt hat. Aber mir kam's gleich so komisch vor. Ich war in der Fußgängerzone, muss so gegen Mitternacht gewesen sein. Ich bin einfach rumgelaufen. Und da hab ich in einer Seitenstraße das Licht gesehen. Ich war tierisch durch den Wind. Und ich glaube, ich hab auch Schreie gehört. Ich bekam Schiss und bin weggerannt. Auf jeden Fall sah's so aus wie das, was du beschrieben hast, Freddy. Irgendwie *heilig*.«

»Genau! Heilig. Heilig sah es aus.«

Jo tippte sich an die Stirn. »Seid ihr sicher, dass ihr nicht beide dasselbe geraucht habt?«

»Er raucht so was nicht, Jo«, sagte Caro. Sie trat zu Freddy und legte ihre Hand in seine. »Ich geh heute Nacht mit dir. Ich will nach diesem Licht suchen. Um uns kümmert sich keiner, es ist den Bullen egal, ob wir leben oder sterben. Jeder Mord an einem von uns ist für die nur Ärger. Freddy – ich will wissen, wer ... was ... den Markus umgebracht hat. Aber ich hab mich nicht getraut, allein zu gehen.«

Freddy drückte Caros Hand. Die Kleine könnte seine Tochter, seine Enkelin sein, aber er sah in diesem Moment nur eins in dem Mädchen mit dem pinkfarbenen Haar und den Sicherheitsnadeln in den Ohren: eine Verbündete, die er nur zu gut verstand.

»Ich will auch wissen, was hier abgeht«, sagte er. Die anderen schüttelten die Köpfe. »Ihr spinnt ja.«

Sie streiften beinahe allein durch die Dämmerung. Für Nachteulen war es noch zu früh, der größte Feierabendverkehr war verschwunden. Die Läden schlossen. Caro zog an ihrer Zigarette. »Wo gehen wir hin?«

»Keine Ahnung. Haste 'ne Fluppe für mich?«

Caro zupfte eine Selbstgedrehte hinter ihrem Ohr hervor, reichte sie Freddy und gab ihm Feuer. Sie rauchten schweigend. Dicht nebeneinander wanderten sie die dunkle Straße hinunter und schlugen in stillem Einverständnis den Weg zum Stadtpark ein.

»Zum Teich?«

Freddy nickte und Caro übernahm die Führung. Sie schlichen durch den dunklen Park wie zwei Einbrecher auf der Suche nach einem Versteck für ihre Beute.

»Ob er kommen wird?« Caro schnippte ihre Kippe weg.

»Was meinst du? Wie sucht er seine Opfer aus?«

»Keine Ahnung. Es will kaputte Typen. Sind wir kaputt genug?« Sie zitterte, und Freddy legte einen Arm um sie.

»Bisher sind immer nur die angefallen worden, die allein unterwegs waren. Vielleicht sollten wir uns trennen. Oder zumindest so tun, als ob.«

Caro blieb stehen. »Okay. Ich wollte schon immer mal Köder spielen.«

»Nee, Kleine. Ich mach das. Du versteckst dich und holst Hilfe.«

»Vergiss es. Ich kann dir nicht helfen, wenn dich was Großes anspringt. Du mir vielleicht schon. Freddy – ich mach das für Markus. Ich hab ihn wirklich gern gehabt. Ihr seid meine Familie. Er war mein Bruder, und du … ich mag dich auch. Ich will, dass das aufhört. Und es wird nur aufhören, wenn wir rausfinden, was hier los ist.«

Freddy seufzte und strich ihr durch das strubbelige Haar. »Okay.« Ihm war nicht wohl dabei.

»Ich geh rüber zu den Weiden.« Caro deutete auf ein paar Bäume mit tiefhängenden Ästen am Seeufer. »Da hab ich im letzten Sommer ein paar Mal gepennt, ist richtig nett da. Wenn du da auf den Hügel steigst und dich im Gebüsch versteckst, kannst du eine Bank sehen. Ich setz mich da hin und warte.«

Freddy war flau im Magen. Sein Mund war trocken. »Okay. Sei vorsichtig!«

»Pass du gut auf!« Caro zwinkerte, dann huschte sie zum See hinunter und schlüpfte zwischen dem dichten Weidengeäst hindurch. Es hing so tief, dass es Kreise aufs Wasser malte, als Caro es zur Seite schob. Freddy wandte sich ab und stieg auf den Hügel. Von dem Gebüsch aus konnte er sehen, wie sich Caro auf die Bank setzte. Ob ihn vom Weg aus jemand sah, war ihm egal, das Wichtigste war, dass er Caro im Auge behielt. Dieses Kind. Eigentlich sollte sie zur Schule gehen und ihr Abi machen, aber sie hatte nach der Elften keinen Bock mehr gehabt, angefangen zu schwänzen und war schließlich auf der Straße gelandet. Ihr Vater war ein Säufer, ihre Mutter weggelaufen. Freddy verstand solche Eltern nicht. Dass ein alter Penner wie er auf der Straße herumhing, war eine Sache, aber so ein Küken? Er kauerte sich ins Gebüsch und schaute zu Caro. Sie hatte sich auf dem Rücken auf die Bank gelegt und schaute in den Himmel. Es war still. Hin und wieder raschelten Blätter im Wind, in der Ferne ratterte ein Zug. Sonst nichts. Freddy kam es vor, als seien er und Caro die einzigen Menschen auf dieser Welt.

Er wanderte durch die Dunkelheit, ein Schatten in den Schatten. Immer wieder hob er den Kopf und witterte. Seine Ohren fingen jedes noch so leise Geräusch auf. Die Stimmen des Tages verstummten und aus der Stille erhoben sich die Stimmen der Dämmerung und der Nacht. Die Menschen gingen in ihre Häuser. Nur die Streuner waren noch da. Menschliche Streuner, die wie magere Katzen in den

Mülltonnen suchten, was der Wohlstand in all seinem Überfluss nicht mehr haben wollte. Er schnaubte. Sie hatten so viel, aber anstatt zu teilen, warfen sie es weg. Sie könnten so glücklich sein, aber jeder Wunsch, den sie sich erfüllten, machte sie nur unglücklicher. Er verstand diese Welt nicht mehr.

Er scharrte in der Erde. Es duftete nach Moos und Pilzen hier im Park. Da, wo die Autos fuhren, stank es nach Benzin, Abgasen, Abfall, Dreck und Tod. Sie zerstörten in ihrer Habgier die Erde. Sie erstickten sie im Müll. Die, die schon am Rand lebten und nichts außer ihrem Leben besaßen, die würde er retten. Nur jene, die es verdient hatten, gerettet zu werden.

Menschengeruch stieg ihm in die Nase. Was für ein Glück! Da waren sie. Die, die er gesucht hatte. Der Mann und das Mädchen. Die, die sein Licht gesehen hatten. Die, die er mitnehmen musste, damit sie aufhörten zu reden und nicht mehr suchten. Der Mann kauerte auf dem Hügel und beobachtete das Mädchen. Sie lag unter der Weide auf der Bank und starrte den Himmel an, dann setzte sie sich auf und ließ den Blick schweifen. Sie sah ihn nicht, aber er sah sie, sah jede ihrer Bewegungen, jedes Detail ihrer abgewetzten Kleidung, die Schatten unter ihren Augen, die Linien, die in ihrem jungen Gesicht nicht hätten sein dürfen. Er zitterte. Sie sahen aus, als würden sie warten. Auf ihn?

Ein Mädchen.

Hatte ihm das nicht irgendwann einmal etwas bedeutet?

Ein Mädchen.

Ihr Geruch wehte zu ihm herüber. Er atmete tief ein.

Unberührt.

Zitternd verharrte er. Warum waren da auf einmal so viele Bilder in seinen Gedanken? Warum spürte er diesen grässlichen Schmerz in seinem Inneren? Er schüttelte den Kopf.

Das Mädchen hob den Kopf. Sah in seine Richtung. Berührte ihn mit ihren Blicken. Er sah, wie sich ihre Augen weiteten. Sie hatte ihn gesehen. Und sie hatte ihn erkannt.

Caro starrte in die Dunkelheit und wusste, dass Freddy genau dasselbe tat. Gemeinsam suchten sie nach einem Licht, das nicht da sein sollte. Caro schauderte. Das Gefühl, beobachtet zu werden, machte sie wahnsinnig, auch wenn sie wusste, dass es nur Freddy war.

Oder?

Sie sah sich um. Am Seeufer bewegte sich etwas. Ein Schatten, mehr nicht. Groß hob er sich gegen das Mondlicht ab. Caro blinzelte. Das Ding scharrte mit einem Huf in der Erde. Es bewegte sich wie ein Pferd, hatte den Hals elegant gebogen, den schmalen Kopf leicht gesenkt. Der Schweif sah seltsam aus, dünn, mit einer dichten Quaste am Ende. Und doch war da etwas, das nichts an einem Pferd zu suchen hatte.

»Ich glaub, ich spinne.« Caro kniff die Augen kurz zusammen und sah wieder hin. Das Wesen war noch da. Auch das Horn auf seiner Stirn verschwand nicht, so sehr sie auch blinzelte.

»Scheiße, was haben die mir in den Tabak getan?«

Wenn das ein Trip war, dann der abgefahrenste, den sie je gehabt hatte. Das Einhorn stand am Ufer und rührte sich nicht. Nur hin und wieder zitterten seine schlanken Glieder, und Caro glaubte, ein Schnauben zu hören. Ob Freddy es auch sah? Sie schaute zum Gebüsch auf dem Hügel und wandte dann den Kopf demonstrativ zum Seeufer. Freddy musste das Wesen sehen. Das Einhorn. Den … Mörder?

Sie hatten ihn gesehen. Jetzt gab es kein Zurück mehr. Er musste beide mitnehmen, und es musste schnell gehen. Zuerst den Mann. Keine Zeit für schöne Worte.

Der Hügel leuchtete gespenstisch in dem Licht, das sein Horn aussandte.

»Das Licht!« Caro wusste nicht, dass sie geschrien hatte, bis sie ihre eigene Stimme die Stille zerschmettern hörte. Das Licht bewegte sich, es kam auf sie zu. Dann schwenkte es um und floss den Hügel hinauf. Den Hügel, auf dem Freddy im Gebüsch saß.

»Freddy!« Caro rannte. Das Donnern von Hufen erfüllte ihre Ohren, im gleichen Rhythmus erklang der dumpfe Laut ihrer Stiefel auf dem trockenen Gras. Das Ding raste auf die Büsche zu und senkte den Kopf. Sein Horn schimmerte im Licht. Spitz war es, leicht nach oben gebogen wie ein japanisches Schwert – und es war rostrot, genau wie die Stirn des Tieres.

»Nein!« Caro rannte und wusste, dass sie Freddy nie rechtzeitig erreichen würde.

Freddy arbeitete sich aus seinem Versteck heraus, als er das Hufdonnern hörte. Die Gestalt des Wesens verschwamm in dem gleißenden Licht, das von ihm ausging.

Ich bringe dich nach Hause, erklang eine Stimme in Freddys Kopf. Er schüttelte sich, schlug sich gegen die Stirn. *Du leidest hier. Und du hast zu viel gesehen. Ich muss dich wegbringen, aber du wirst nichts bereuen. Ich bringe dich an einen besseren Ort. Du kannst nur gewinnen. Hab keine Angst. Lauf nicht weg. Ich werde dich mitnehmen, und deine kleine Freundin auch.*

»Freddy!« Caros Stimme überschlug sich, wurde zu einem schrillen Kreischen. Freddy sah nur noch weiß. In seinen Ohren donnerte Trommelschlag, in seinem Kopf sang eine fremde Stimme. Das war's. Jetzt wurde er wahnsinnig. Hatte er es doch geschafft, sich das Hirn wegzusaufen.

Er versuchte, beiseite zu springen, aber das Ding war zu schnell. Wer um alles in der Welt hatte ein verdammtes Pferd in diesem Park freigelassen? Ein riesiges Pferd, schmutziggraues Fell, Augen, in denen es rot glühte, und dann dieses Horn … Das Biest hatte ein Horn auf der Stirn und es stank nach Blut und Tod wie ein Schlachthof.

»Scheiße, Mann!« Freddy hechtete beiseite, das Horn verfehlte seine Brust und streifte seinen Arm. Es tat höllisch weh.

Er stolperte, fiel, rollte den Hügel hinunter. Da war Caro. Caro, die noch immer wie von Sinnen seinen Namen schrie. Dann war das Ding wieder da, es rannte, es senkte den Kopf wie ein Stier und donnerte auf ihn zu.

»Nein! Nicht noch mal!«

Caro.

Sie sprang.

Freddy spürte einen dumpfen Stoß in den Bauch, für einen Moment tanzten Sterne vor seinen Augen und die Luft blieb ihm weg. Jemand schrie. Alles wurde weiß.

Sie hatte sich ihm in den Weg geworfen. Warum? Warum hatte sie das getan? Er beugte sich zu ihr. Sie keuchte, rang nach Luft, Blut rann aus der Wunde in ihrer Seite. Sie hustete, Blut quoll zwischen ihren Lippen hervor. Ihre Augen hielten seinen Blick fest, ihre Hand tastete nach ihm wie ein flatternder Vogel auf der Suche nach einem Ast, auf dem er landen konnte. Sie berührte ihn. Seine Gedanken tasteten sich in ihre.

»Was glaubst du, kannst du tun, Mädchen? Ich werde ihn mitnehmen, genauso wie ich dich mitnehmen werde. Du wirst sehen, alles wird gut, wenn du erst auf der anderen Seite bist. Mit ihm.«

»Ich will nicht noch mal jemanden verlieren, den ich mag! Warum hast du das getan?« Caro keuchte. Es tat so verdammt weh. Sie bekam keine Luft mehr. Das Einhorn stand über ihr und sah sie an. In seinem Blick spiegelten sich alle Fragen, Sorgen und aller Schmerz, alles, was sie jemals an Leid gefühlt hatte. In den Augen des Einhorns sah sie Menschen sterben; Krieg, Mord, Hunger, Krankheiten, vergiftete Flüsse, vergifteten Boden, Luft, die niemand mehr atmen konnte.

Ich will nur retten.

»Retten? Du wolltest Freddy umbringen! Und jetzt hast du mich erwischt! Retten?« Caro hustete und spuckte Blut, ihr

Körper krümmte sich zusammen. Sie konnte kaum atmen, und doch musste sie voller Selbstironie lachen.

»Noch nicht mal die Scheißmärchen sind wahr. Du bist kein Heiler. Du bist nicht gut. Mörder!«

Retter. Ich bringe dich nach Hause. Du wirst nie wieder wie Dreck behandelt werden. Du wirst frei sein. Du wirst leben. Da, wo ich dich hinbringe, ist die Welt noch heil. Kein Krieg, keine Umweltverschmutzung, kein Tod, kein Hunger. Du wirst ein Zuhause haben.

Caro erwiderte den Blick des Wesens. Sie sah ihr Blut, das von dem gewundenen Horn tropfte und auf den Boden fiel. Durch einen Schleier aus Schmerz bemerkte sie Freddy, der sich hochrappelte, der sie entsetzt anstarrte und auf sie zutaumelte. Seine Lippen bewegten sich, aber sie hörte nicht, was er sagte.

»Aber ich habe ein verdammtes Zuhause! Ich habe eine Familie. Ich habe Freunde. Ich will nicht verrecken!«

Aber du bist mir in den Weg gesprungen.

»Weil ich … Freddy, er ist mein Freund, verdammt. Freund, weißt du, was das bedeutet? Weißt du, was es bedeutet, jemanden zu lieben? Du ermordest meine Freunde. Markus. Anna. Fiete. Hör auf damit!«

Ich kann nicht. Ich bin geschaffen, zu heilen und zu retten, aber ich kann in dieser Welt nicht heilen. Ich kann euch nur hinüberbringen. Aber ihr müsst eure Körper zurücklassen. Wenn du mitkommst, wirst du Markus wiedersehen.

Caro spürte Tränen auf ihren Wangen.

»Aber das bedeutet, ich muss Freddy alleinlassen. Er ist doch auch mein Freund.« Caro sah das Einhorn an, mit beiden Händen klammerte sie sich an seinen blutverkrusteten Kopf.

»Sagst du die Wahrheit? Kann so was wie du lügen?«

Das Einhorn schüttelte den Kopf.

»Geht es meinen Freunden wirklich gut?«

Es geht deinen Freunden gut. Freunde. Liebe. Er hat an dich gedacht, als er starb. Er hat deinen Namen gesagt. Caroline.

Das Einhorn zitterte. Sein Atem ging stoßweise. Es trat von einem Huf auf den anderen, sein Licht flackerte unstet.

Liebe. Freunde. Es gab so etwas noch? Hier? Hier unten, im Müll?

»Hilf mir ...«

Caros Kopf sank zur Seite.

Dann fiel etwas auf ihr Gesicht. Es war wie Regen, warm und feucht, etwas berührte sie, etwas blies sie an. Der Schmerz verschwand.

Du hast gesiegt.

»Caro, Mädchen! Caro! Oh Gott, Caro!«

Sie öffnete die Augen. Alles tat ihr weh. In ihrem Mund war ein ekliger Geschmack, metallisch und süß. Sie blinzelte. Das Licht war fort.

»Freddy!« Sie sah ihn an. »Freddy, wo ... wo ist es? Wo ist das Einhorn?«

»Weg.«

»Wie weg?«

»Weg. Ich wollte zu dir, ich wollte das Ding verscheuchen, aber ich kam nicht zu euch. Ich wollte dich wegziehen, aber ich bin wie gegen eine Mauer gerannt. Und dann legte sich das Ding neben dich, und ich schwöre bei Gott, es fing an zu weinen.«

Caro nickte. »Ich weiß. Ich hab's gefühlt. Es wurde alles weiß um mich und warm. Und dann war der Schmerz weg. Ich dachte, ich wäre gestorben.«

»Das bist du wohl auch beinahe, glaube ich. Aber du hast irgendwas gemacht mit dem Vieh. Es hat dich in Ruhe gelassen, es hat nur bei dir gelegen. Als es aufstand, war sein Horn weiß. Das Blut aus seinem Fell war weg. Seine Augen waren nicht mehr rot. Sie waren blau. Es hat mich angeschaut. Und dann hat es danke gesagt. Ich habe es gehört, in meinem Kopf. Und dann ist es gegangen. Einfach so. Hat sich umgedreht und ist abgehauen.«

»Und jetzt?« Caro richtete sich auf. Freddy stützte sie und half ihr auf die Füße. Sie lehnte sich an ihn.

»Keine Ahnung.« Freddy zuckte mit den Schultern. »Wie geht's dir?«

Caro sah zur Stadt. Die ersten Lichter leuchteten bereits. »Ich brauch einen Kaffee.«

»Und dann?« Freddy legte einen Arm um Caro und half ihr hoch. »Oh Kacke, das ganze Blut!« Er zog seine Jacke aus und hängte sie Caro um die Schultern. Sie lehnte sich an ihn.

»Dann geh ich ins Heim, ich will duschen. Und dann entschuldige ich mich bei dem Streetworker, den ich letzte Woche so angemotzt habe.«

Nach dieser Nacht hörten die Morde auf.

Valerie Gaber

DER LETZTE FUNKE

Ich lief – was blieb mir auch anderes übrig? Um die Ecke, noch eine weitere, schließlich fand ich eine klaffende Lücke in der bröckeligen Mauer und schlüpfte hindurch. Sofort umschloss mich der modrige Duft alter, verlassener Gebäude. Das surrende Geräusch der T-14 Drohne kam näher und näher. Ängstlich presste ich mich in die hinterste Ecke und stellte das Atmen ein. Sie kam noch etwas näher. Auf meiner Haut kribbelte es. Alles in mir schrie, ich solle weiter rennen. Doch jetzt meinen Platz zu verlassen, würde die Drohne erst recht auf mich aufmerksam machen und noch hatte sie mich nicht bemerkt, noch drehte sie nur ihre übliche Runde über das Gelände – zumindest hoffte ich das aus vollem Herzen. War sie stehen geblieben? Das Surren blieb, dröhnte in meinen Ohren, obwohl es gar nicht so laut war. Scannte sie schon die Umgebung? Mir wurde schlecht. Schweiß rann über meine Stirn und die Wangen hinab, sickerte in meine Bartstoppeln und in die Wunde am Hals, die sofort zu brennen begann. Auch meine Lungen meldeten sich, teilten mir mit, dass sie Luft bräuchten. Das war alles ganz wunderbar!

Nach zähen Sekunden, die sich eher wie Tage anfühlten, entfernte sich die Drohne wieder, zog weiter ihre Kreise um dieses abgesperrte Areal.

Erleichtert atmete ich aus und dann, um meinen Lungen einen Gefallen zu tun, sehr tief ein. Mit meinen schmutzigen Händen rieb ich mir übers Gesicht, musste den Schweiß aus meinen Augen bekommen, um wieder richtig sehen zu können. Ich konnte nicht sofort weiter. Zuerst musste ich mich um meine Wunde kümmern. Den elektromagnetischen Zaun auszutricksen und mir Eintritt in diesen Bereich zu verschaffen, hätte mich bereits fast umgebracht. Liana, meine ältere Schwester, würde jedoch nicht recht behalten – schon alleine, weil sie dachte, ich würde hier sterben, durfte ich das gerade nicht!

Müde und mit zittrigen Knien ließ ich mich auf den Boden gleiten. Kaum saß ich auf dem kalten, rauen Stein, kaum berührten meine Fingerkuppen die Kälte, den Schmutz, begann mein Herz schneller zu schlagen. Nicht aus Furcht, sondern vor flatterhafter Aufregung. Ich strich wieder und wieder über dieses Material, das so ganz anders war als alles, was ich kannte. In unseren Städten gab es nur Kunststoff. Glatte Oberflächen, weiß und blau und gelb. Kein Staubpartikel. Kein Dreck. Nur diese kühle, präzise Perfektion, die alles Leben zu ersticken drohte. Das Leben, wie es hier zu spüren war, sperrten sie in diesen Zäunen ein, auf dass keiner es sah und zu begehren begann, was sie nicht begehren sollten. Fasziniert hob ich einen kleinen Stein auf. Er war alles andere als perfekt. Nicht rund und nicht eckig. Er war schief und schräg und besaß drei verschiedene Farben.

Meine Familie wollte es nicht hören und nichts davon wissen. Sie hatte sich in ihre Gefangenschaft gefügt, denn als nichts anderes konnte man unser Leben bezeichnen: eine Gefangenschaft. Wir arbeiteten in den Städten, wohnten dort, aßen graue Pampe mit Geschmack, redeten uns ein, wir wären privilegiert und frei, aber am Ende dienten wir dem Rat der Zwölf und ihren Maschinen. Wenn sie es wollten, dann starben wir. Wenn sie es verlangten, dann töteten wir uns gegenseitig.

Mehr schlecht als recht säuberte ich meine Hände an der Hose. Da diese jedoch schon vor Dreck stand, vermischte ich wohl einfach nur den einen Schmutz mit dem anderen. Danach legte ich meine rechte Hand an den Hals, direkt an die Schnittwunde, die ich mir bei meinem Einbruch zugefügt hatte, und drückte fest dagegen. Es kostete mich einiges an Konzentration und Kraft, aber schließlich konnte ich den Funken Magie in mir mobilisieren und ihn in meine Hand schicken. Heiß prickelnd verschloss sich die Fleischwunde. Als ich mit den Fingerspitzen darüber fuhr, zeugte nur noch der Schorf von der Verletzung. Zumindest würde ich nun nicht sofort verbluten.

Der Einsatz der Magie hatte noch etwas mehr an meinen Kräften gezehrt. Daher blieb ich weiter in dem muffigen Gebäude sitzen. Mit kindlicher Begeisterung beobachtete ich die kleinen Staubpartikel, die in dem kalten Sonnenstrahl, der durch ein Loch in der gegenüberliegenden Wand drang, tanzten. Sie reckten sich in die Höhe, sanken elegant wieder zu Boden, nur um erneut ihren Tanz zu beginnen. Hätte ich nicht etwas zu tun gehabt, ich wäre noch eine ganze Weile hier sitzen geblieben, aber ich wollte bald den Wald erreichen. Wenn er denn tatsächlich existierte. Wenn ich in die richtige Richtung rannte. Wenn die Drohne mich nicht entdeckte und auslöschte.

Mit zusammengebissenen Zähnen richtete ich mich auf. Ich musste mich an der Wand abstützen, um nicht sofort wieder das Gleichgewicht zu verlieren. Kurz tanzten schwarze Sternchen vor meinen Augen, bildeten einen dichten Schleier, durch den ich nicht blicken konnte. Doch zu meinem Glück legte sich der Nebel schnell wieder und ich konnte es wagen, aus dem zerfallenen Haus zu treten. Bevor ich aber endgültig durch die klaffende Lücke nach draußen schlüpfte, überprüfte ich noch einmal meine Sachen. Um meine Hüfte trug ich an einem ausrangierten, alten Waffengürtel zwei Plasmakanonen, die ich meinem Schwager gestohlen hatte. Das Gewicht fühlte sich fremd an, gab mir aber auch ein wenig Sicherheit. Ich würde mich verteidigen können – hoffentlich. Wird schon schiefgehen! Mit diesem Gedanken trat ich hinaus auf die verlassene Straße dieser vergessenen Stadt, die die Ruinen unserer Geschichte barg.

Wenn ich den alten Schriften trauen durfte – und ich wäre nicht hier, wenn es anders wäre –, dann lebten wir Menschen früher – sehr viel früher – im Einklang mit der Magie und ihren Wesen. Ich hatte Skizzen von Feuervögeln, von Feen und Meerjungfrauen entdeckt, von Drachen, Greifen und Einhörnern. Doch dann wandten sich unsere Vorfahren etwas Neuem zu. Der Technik. Zu Beginn existierten beide Mächte nebeneinander, bis der Rat der Zwölf die Führung übernahm. Er löschte die Magie aus, verbannte sie und vernichtete über die Jahrhunderte hinweg alle Erinnerungen daran. Dass die Schriften, die ich fand, so lange überlebt hatten, grenzte an ein Wunder, doch allein wegen dieses Wunders fand ich mich in dieser Situation wieder. So hatte ich das Areal entdeckt. Darum wusste ich, dass ich den Wald finden musste. Und dann … Dann mal sehen!

Jedes Mal, wenn eine der T-14 Drohnen in meine Nähe kam, duckte ich mich in eines der Gebäude. Noch standen einige davon hier. Manche hatten den Zahn der Zeit gut überstanden. Bröckelten und staubten, aber sie standen noch trotzig, reckten ihre Häupter in den Himmel. An andere wiederum erinnerten nur noch die Schutthaufen, die elendiglich zusammengesackt die Ränder der Straßen säumten.

Langsam aber sicher neigte sich der Tag seinem Ende zu. Wind blies über die Straße und wirbelte den Staub auf, pustete mir ins Gesicht, bis meine Augen tränten. Aber ich liebte ihn! Wind, wie gut er doch roch. Nach kühler, frischer Luft mit der Note von etwas Dunklem, Herben, das ich nicht benennen konnte. So etwas hatte ich noch nie gerochen! Auch der Himmel leuchtete hier ganz anders als in den Städten unserer Zivilisation. Zu Hause wurde das Licht elektronisch geregelt. Maschinen steuerten den Wechsel von

Tag und Nacht. Wenn es zu dem Wechsel kam, dann veränderte sich das Licht, wie es Algorithmen berechnet hatten, um den Menschen das Aufwachen und Schlafengehen so leicht wie möglich zu machen. Nie würden wir in einer der Städte geblendet werden, nie herrschte zu viel oder zu wenig Licht. Aber hier draußen glühte die Sonne rot und senkte sich gen Horizont. Ihre Strahlen griffen um sich, als versuchten sie, sich an der Erde festzuhalten. Sie klammerten sich an den Boden, um nicht zu vergehen. Aber ihre Herrin sank weiter und weiter und sie verloren den Halt.

Fasziniert beobachtete ich das Schauspiel, während ich mich von einer schattigen Häuserecke zur nächsten schlich. Die Ohren hielt ich gespitzt, um das leise Surren der Drohnen nicht zu verpassen. Schließlich erreichte ich den Rand der Stadt. Er hatte sich durch die kleineren Häuser, die immer verfallener und mickriger geworden waren, angekündigt. Im Schatten des letzten großen Hauses hielt ich mich versteckt, wartete und wartete ... Vorher flogen doch diese dummen Drohnen wie verrückt hier herum und wo blieben sie jetzt?

Ungeduldig starrte ich über die Schutthaufen hinweg zu dem offenen Feld, das in einem Wald endete. Mein Herz beschleunigte seinen Rhythmus. Ich hatte ihn gefunden! Zwar war er noch nur eine dunkelgrüne Linie am Horizont, aber da – wirklich und wahrhaftig da! Vor Aufregung wäre ich am liebsten sofort losgerannt. Aber das konnte ich nicht riskieren. Die Drohne sollte an mir vorüberziehen, dann hätte ich ein wenig Zeit. Gesetzt den Fall, dass in der Nacht nicht noch mehr davon hier herumschwirrten. Oder Minen unter der Erde lauerten. Andererseits, wieso sollte der Rat diesen Ort so genau bewachen, wenn er nicht davon ausgehen konnte, dass überhaupt jemand hier herein kam. So oder so ähnlich versuchte ich mich zu beruhigen. Jetzt schien es mir eindeutig zu spät, um umzukehren.

Dann endlich das fast schon erlösende Surren der Drohne. Ihr silberner, geschwungener Körper war klein, mit zwei Fühlern, in denen die Scanner und Kameras eingebaut wurden. Um auf Nummer sicher zu gehen, duckte ich mich hinter eine eingefallene Mauer, zwischen zwei größere Schutthaufen. Ich machte mich ganz klein, gleichzeitig spannte ich aber alle Muskeln an und verlagerte mein Gewicht so, dass ich, falls es nötig wäre, weglaufen konnte. Konnte man vor einer Drohne davonlaufen? Hatte das je jemand probiert? Ich glaubte nicht. Andererseits gab es für alles ein erstes Mal.

Das Summen schwoll an, bis ich mir sicher war, dass diese Drohne direkt über meinem Kopf schwebte. Aber ein kurzer Blick nach oben belehrte mich eines Besseren. Ich musste meine Hände zu Fäusten ballen, um nicht vor Nervosität zu zerplatzen. Meine Haut kribbelte. Ich stellte mir vor, wie ich aufsprang und der T-14 einen Lichtblitz um ihren glänzenden Körper warf. Diesen Blitz hatte ich bis jetzt nur einmal hinbekommen, als ich heimlich in den stillgelegten Abwasserrohren geübt hatte, aber warum nicht träumen? Diese Option hielt ich mir aber doch lieber für den Notfall auf und harrte stattdessen aus.

Die Drohne zog weiter. Ihr kleines, silbernes Gehäuse reflektierte die letzten Sonnenstrahlen. Dann war sie weg und ich zögerte nicht länger. Ohne einen weiteren Gedanken zu verschwenden, sprintete ich los. Ich verließ den Boden der Straßen und lief plötzlich auf etwas Weichem. Fast wäre ich gestolpert, so irritiert war ich von diesem Wechsel. Noch nie lief ich auf etwas Ähnlichem. Aber meine Füße kümmerten sich nicht weiter um meine Verwirrung und gleichzeitige Entzückung, sie trugen mich weiter und weiter. Bis meine Lungen brannten, rannte ich. Erst da machte ich eine kurze Pause. Der Wald kam näher und sah nun anders aus. Ich konnte einzelne Wipfel sehen, konnte das erkennen, was in den Schriften als Bäume bezeichnet wurde. Sie bewegten sich im Wind, der nach wie vor herrschte und nun den Schweiß auf meiner Stirn trocknete.

Lange konnte ich nicht verweilen. Immerhin stand ich auf offenem Feld. Nichts gab mir Sichtschutz. Kaum dachte ich es, hörte ich auch schon das Geräusch, das eine herannahende Drohne ankündigte. Verdammt, wo kam die denn her? Doch dieser Frage konnte ich mich nicht wirklich widmen, denn schon leuchtete ein roter Punkt auf meinem Arm. Sie hatte mich gefunden. Nein, schlimmer! Sie zielte bereits auf mich!

Mit einem Hechtsprung zur Seite konnte ich gerade so dem Blast ausweichen, der mich eigentlich hätte auslöschen sollen. Der weiche Boden der Erde spritzte auf und flog in alle Richtungen. Die Sonne spendete kaum noch Licht und so musste ich heftig blinzeln, um mich orientieren zu können. Im ersten Schreck fand ich den Wald nicht, doch dann kam er in mein Blickfeld. Ich hörte auf zu denken, sondern sprang auf und rannte los. Ich würde einen Kampf trotz Waffen und Magie nicht überleben. Zwar jagte ich einem Traum hinterher, aber größenwahnsinnig war ich trotzdem nicht. Und ich hing an meinem Leben – irgendwie. Also rannte ich, raste über die Erde und schlug Haken. Immer wieder ertönte ein hoher Ton hinter mir. Auf den Ton folgte eine Explosion, die Erde gegen meine Beine und meinen Rücken schleuderte. Aber sie traf mich nicht, also konnte so viel Dreck auf mir kleben, wie es nur ging, Hauptsache ich erreichte den Wald in einem Stück.

Die T-14 kam näher. Der nächste Blast streifte mein Bein. Zischend sog ich die Luft ein. Verdammt, tat das weh! Die Wunde brannte, als stünde sie in Flammen. Der Schweiß, der mir am ganzen Körper entlang lief, sorgte nicht für mehr Wohlbefinden, ganz im Gegenteil. Aber schließlich, halb humpelnd und mich nach vorne in die Büsche werfend, erreichte ich den Waldrand. Ich fiel in die Blätter, riss weitere Haut an den Ästen auf, aber das machte nichts, denn schließlich krachte ich mit einem leisen Stöhnen auf den Boden. Nun wusste ich, was dieser dumpfe, herbe Geruch war, den ich schon die ganze Zeit wahrnahm. Die Erde roch so! Auf dieser besagten Erde begann ich vorwärts zu robben, bedacht darauf, immer verdeckt durch die Büsche zu bleiben. Diese Taktik verfolgte ich, bis ich müde und erschöpft, schwer atmend und halb ohnmächtig liegen blieb. Kein Surren schwebte unheilvoll über mir. Ich hatte es geschafft, ich hatte den Wald erreicht und lebte! Schwarze Sterne begannen vor meinen Augen zu tanzen. Ich schaffte es nicht einmal mehr, die Wunde an meiner Wade zu heilen, sondern fiel in einen traumlosen Schlaf.

»So etwas habe ich schon lange nicht mehr gesehen.«

»Ist es gefährlich?« Ein amüsiertes Schnauben.

»Gefährlich? Diese Kreaturen? Wohl kaum.«

»Was machen wir damit?«

»Wartet, seht! Es wacht auf.«

Ich hörte das Rascheln von Blättern und Atmen, geräuschvolles Atmen, wie ich es noch nie gehört hatte. Es brauchte einiges an Überredungskunst, um meine Lider davon zu überzeugen, sich zu heben und meinen Augen den Blick freizugeben. Doch schließlich konnte ich die Augen öffnen und blickte … Ich sah auf Hufe! Dunkelgraue, schimmernde Hufe!

»Ich hab's geschafft!«, rief ich krächzend aus. Ich richtete mich dabei auf und stützte mich mit meinen Händen ab, sodass ich gerade sitzen konnte, um mehr zu sehen. Ich wollte alles sehen, es aufnehmen und festhalten, denn das, was ich da erblickte, war ein Wunder. Eine Herde von sieben Einhörnern stand zwischen den Bäumen. Ihre Körper waren schlank und groß. Ihre Mähnen leuchteten silbern, wie die Sterne, die ich zuvor gesehen hatte. Und auf ihrer Stirn, zart, als wäre es nur ein Lichtstrahl eingefangen in Glas, thronte ein Horn. Sie waren wunderschön. Doch dann sah ich genauer hin. Ich sog zischend die Luft ein, verschluckte mich vor lauter Aufregung und begann zu husten.

»Schaut, es kann nicht einmal atmen.«

»Es muss sehr dumm sein.«

Meine Wangen glühten von der Anstrengung. Erst als mich der Husten nicht mehr schüttelte, konnte ich erneut die Szenerie vor mir aufnehmen. Ja, da standen Einhörner vor mir.

Wunderschön und elegant, erhaben in ihrem Wesen, aber nicht so, wie ich sie mir vorgestellt hatte, nicht so, wie sie in den Schriften beschrieben wurden. Das Tier, das mir am nächsten stand, dessen Hufe ich zuerst erblickt hatte, besaß ein Bein aus Metall und auch am Hals entdeckte ich unter der wallenden Mähne Schläuche, die wiederum in ein Metallgebilde führten. Sollten das nicht die magischen Wesen sein, die Wesen, die ich um Hilfe bitten würde? Gerade war ich mir nicht mehr sicher. Warum waren sie Maschinen, warum waren sie Teil der Machenschaften des Rates?

»Was ist mit euch geschehen?«, stellte ich die erste Frage, die mir in den Sinn kam. Das Einhorn mit dem Metallbein, scheinbar ihr Anführer, kam näher.

»Was soll denn mit uns sein, kleiner Mensch?«, wollte er wissen. Seine Stimme war tief und dunkel, sie jagte Schauer durch meinen Körper. Unwillkürlich griff ich nach meiner Wunde an der Wade und heilte sie, sodass ich mich aufrichten konnte. Erst als ich stand, sprach ich weiter.

»Warum seid ihr Maschinen?« Ich musste etwas Lustiges gesagt haben, denn alle sieben Wesen begannen schnaubend zu lachen. Mir waren die Einhörner mit einem Mal unsympathisch.

»Das nennt man Anpassung«, grollte der Anführer und kam noch näher. Er überragte mich bei Weitem. Doch nun senkte er den Kopf, sodass sein Horn auf mich zielte. Ich musste mich zwingen, nicht zurückzuweichen.

»Was heißt Anpassung? Seid ihr keine magischen Wesen mehr?« Die Verzweiflung konnte ich nicht aus meiner Stimme bannen. Immerhin war ich verzweifelt, verdammt verzweifelt! Wieder dieses Lachen.

»Magie? Ja, die besitzen wir. Aber nicht mehr genug. Ihr wurdet zu stark, und bevor wir starben und untergingen wie unsere magischen Brüder und Schwestern, gingen wir auf einen Tausch ein.«

Ungläubig starrte ich sie an. Das also sollten die edlen und unbeugsamen Wesen aus den Schriften sein? Vielleicht gab es irgendwo noch andere Einhörner?

»Was für ein Tausch?«, hakte ich nach, zu neugierig, um einfach umzudrehen und zu gehen – ich wusste ja auch nicht, wohin ich mich wenden sollte.

»Die Erde gehört euch, aber dieses Land ist unseres alleine. Wir verbanden uns mit den Maschinen, als Zeichen des guten Willens, und nun leben wir, während alles andere um uns herum stirbt.«

»Und das ist in Ordnung für euch?!« Die Wut wallte ganz plötzlich in mir auf und bahnte sich ihren Weg nach draußen, über meine Zunge und meine Lippen hinaus in die Welt, sodass ich sie dem arroganten Einhorn entgegenschleudern konnte.

»Warum sollte es nicht? Wir leben.«

»Und was mit dem Rest der Welt geschieht, das ist euch egal?« Nun wich ich doch einen Schritt zurück, nur um sogleich wieder einen nach vorne zu machen.

»Der Rest der Welt ist uns egal, ja. Außerdem wolltest du fragen: Und was ist mit uns armen, armen Menschen? – Nun, ihr seid uns auch egal.« Wie konnte etwas so Schönes so kalt und grausam sein?

»Nein, nein! Ihr seid Monster!« Tränen traten mir in die Augen. Wussten sie denn nicht, welche Hoffnungen ich an sie gebunden hatte? Freiheit, Magie, ein Leben – all das wollte ich erobern, mit ihrer Hilfe. Sie sollten der Anstoß sein, der Funke! Aber nun wusste ich, sie würden mir nicht helfen. Sie würden nur lachen, sie lachten doch jetzt bereits. Ich wollte nur noch all die Frustration nach draußen schreien; wenn die Drohnen kamen, dann sollte es mir recht sein.

»Monster? Nein, das seid ihr Menschen. Ihr habt vernichtet, was ihr nicht ganz haben konntet. Magie war ein Geschenk, aber davon haltet ihr wenig. Ihr wollt nur haben, besitzen – ohne zu teilen. Ihr habt die Magie vernichtet, unsere Welt vernichtet und uns vertrieben. Also wage es nicht, kleiner Mensch, uns als Monster zu beschimpfen.«

»Aber … aber ihr solltet doch gut sein. Ihr solltet uns doch helfen!«

»Helfen? Wofür? Ihr nähert euch dem Ende und es kommt verdient. Und wenn ihr schon lange nur noch Staub seid, werden wir nach wie vor auf der Erde wandeln und vergessen, dass es euch je gab.«

»Aber …«

»Das ist alles, was zu sagen bleibt. Geh jetzt. Schreite deinem Tod entgegen, denn er wartet auf dich da draußen.«

»Wie könnt ihr so herzlos sein?« Mich verließ die Kraft. Diese Einhörner hatten mir zuerst die Hoffnung genommen, dann hatte ich meiner Wut freien Lauf gelassen und nun blieb nichts mehr übrig außer Leere, die sich in meinem Körper ausbreitete und mich lähmte. Der Anführer der Einhörner richtete sich nun wieder ganz auf. Der Rest seiner Herde zog sich zwischen den Baumstämmen bereits zurück. Sie verblassten zu Schatten. Nur er blieb da. Er mit seiner tiefen, kalten Stimme und den silbernen Augen, die mich amüsiert und selbstgefällig musterten. Ich wusste, mein Leid bereitete ihm Freude.

»Oh, wir haben ein Herz, nur lassen wir keine Wesen mehr ein, die unwürdig unserer Liebe sind.« Es schien, als wäre das das Letzte, was er mir zu sagen hatte. Das Einhorn drehte sich um. Sein Leib schimmerte im Licht der Sterne und ich konnte nicht umhin, trotz der Leere in mir, seine Schönheit zu bewundern. Nur dass es eine eisige Schönheit war, die keinen Platz für Güte ließ.

»Ihr seid so ganz anders als die Geschichten, die ich über euch las …«, flüsterte ich mehr zu mir selbst als zu ihm. Ich rechnete gar nicht mehr mit einer Antwort.

»Nun, darum sind es auch Geschichten. Sie erzählen, was man hören will, nicht was wahr ist. Für die Wahrheit musst du nur deine Augen aufmachen und den Mut haben, auch zu sehen.«

Klang seine Stimme anders? Weicher? Vielleicht wünschte ich es mir auch nur. Vielleicht wollte ich es, denn das würde bedeuten, das magische Wesen hatte doch ein Herz. Dann würde mein Traum nicht ganz sterben. Bitter gestand ich mir ein, dass es keinen Unterschied machte, dass es egal war. Die Einhörner würden mir nicht helfen. Ich hatte verloren, musste meinen Traum aufgeben.

Ich sah zu Boden, spürte, wie meine Knie nachgaben, und wenig später landete ich auf der Erde, vergrub meine Hände darin. Die kühle Feuchtigkeit konnte mir keinen Trost spenden. Auch der neue, lebendige Geruch erfreute mich nicht mehr. »Wir sind verloren«, hauchte ich. Ich musste die Worte aussprechen und hören, damit mir die ganze Bedeutung meines Scheiterns bewusst wurde. Mit der Magie der Einhörner hätten sich die Menschen erhoben, da war ich mir sicher. Immerhin kannte ich viele, die nur darauf warteten, dass sich jemand wehrte, jemand mit einer Chance ...

Als ich wieder aufblickte, war ich allein – natürlich. Mühsam erhob ich mich und kämpfte mich durch die Büsche zurück. Wie lange war ich weggetreten gewesen? Durch das Blätterdach konnte ich den grauen Himmel sehen. Der Morgen kündigte sich an. Bis ich mich zum Waldrand durchgekämpft hatte, glühte der Himmel bereits in orange, rosa und gelb.

Wie erstarrt blieb ich stehen. Der Anblick traf mich tief und berührte etwas, das ich für tot geglaubt hatte – Hoffnung. Der Sonnenaufgang erinnerte mich daran, dass die Welt ein schöner Ort sein konnte. Ja, die Menschen hatten viele Fehler gemacht. Immerhin hatten wir alle Magie aus unserem Leben verbannt, hatten so wunderschöne, edle Wesen wie die Einhörner zu dem verwandelt, was sie nun waren – aber wir konnten uns ändern. Wir konnten es besser machen. Noch gab es Magie. Einzelne Funken zwar, aber wenn ein Funke ein Feuer entfachen konnte, dann wollte ich versuchen, einen Brand auszulösen.

Tanja Hammer

GOLDROTE TRÄNEN

Väterchen Frost näherte sich den Landen von Rokhanos ausgreifenden Schrittes. Bereits seit Tagen mischte sich die schneidende Kälte seines ihm weit vorauseilenden Atems unter die laue Herbstluft, kündigte sein alljährliches Erscheinen an und bereitete die zwölf Königsstädte mitsamt ihren kleinen Dörfern, den sorgsam gepflegten Feldern und durch allerhand Nutzgetier bevölkerten Weiden sowie die freien Ebenen und Gebirge auf die Ankunft seines Herrn vor.

So würde sich schon bald der gesamte Kontinent unter seinen dichten, schimmernd weißen Fittichen wiederfinden, um in der klirrend kalten Ruhe des Winters frische Kraft für ein neues Lebensjahr zu schöpfen.

Ebenso wie jedes andere Lebewesen spürten dies auch die wilden rokhanischen Kaltblutpferde. Übermütig, als bestünde die gesamte, an die vierzig Tiere zählende Herde des Nordens aus nichts weiter denn wenige Wochen alten Fohlen, stürmten sie in gestrecktem Galopp über die saftigen Hügelwiesen. Aus ihnen sprach die pure Lebensfreude, angestachelt durch die letzten, von der langsam zurück gen Horizont wandernden Sonne zu Boden geschickten, warmen Strahlen, deren sachtes goldenes Licht die hinter den Wiesen aufragenden herbstbelaubten Wälder in ein orangerotes Glühen tauchte. Derweil erweckte die Herde den Eindruck eines wogenden Meeres aus braun, schwarz und weiß gescheckten Körpern, welches mit aufbrausendem Wellenschlag zwischen den mal mehr, mal weniger stark geschwungenen Hügeln umher jagte; unermüdlich, von rechts nach links, vor und wieder zurück, begleitet vom Donnern ihrer Hufe, die dem Getöse eines Sommergewitters ernsthafte Konkurrenz boten.

Über Tighan O'Brannicks Gesicht huschte ein amüsiertes Schmunzeln, als er von einer am Waldrand befindlichen höheren Kuppe aus das ihm dargebotene Schauspiel beobachtete. Für ihn gab es kaum etwas Schöneres, als den wilden Kaltblütern dabei zuzusehen, wie sie ihre Freiheit in vollen Zügen auslebten; besonders, wenn er seine getreue Stute Jyntie unter ihnen wusste.

Sie war eine Wildgeborene, die er vor sieben Jahren allein und verlassen neben dem leblosen Körper ihrer Mutter vorgefunden hatte. Niemals würde er den Blick des nur wenige Tage alten Tieres vergessen, dieses hoffnungsvolle Leuchten, dieses Sehnen nach Rettung in seinen glänzend braunen Augen, sobald es ihn erspäht hatte.

In diesem Augenblick hatte Tighan sein Herz an das kleine, zitternde Fohlen verloren und kurzerhand beschlossen, sich seiner anzunehmen. Seitdem waren Jyntie und er unzertrennlich; es sei denn, sie besuchten – so wie heute – ihre ungezähmten Verwandten.

Dann war die Stute nicht mehr zu halten, gab sich ganz der Wildheit hin, die ihr im Blute lag, und sorgte dafür, dass O'Brannick im Stillen frohlockte. Wenn er sie mit der Herde galoppieren sah, glaubte er, selbst ein ganzes Stück freier zu sein.

Zwischen den Hügeln begann Ruhe einzukehren. Das tiefe, rhythmische Poltern umhertollender Pferde schmolz mit dem über die Wiesen streichenden Wind dahin, ehe das eine ums andere zufriedene Wiehern oder Schnauben später nur mehr Stille zurückblieb. Stille, untermalt vom dezenten Geräusch von an Gräsern und dazwischen sprießenden Kräutern rupfenden, weichen Mäulern, welches von einer nahen Senke her an Tighans Ohren drang. Er lächelte noch etwas breiter, betrachtete einen weiteren Augenblick lang die sich jetzt gemächlich von Büschel zu Büschel schiebenden Leiber und entschlüpfte schließlich dem zuvor innegehabten Schneidersitz. Selig seufzend streckte er die Beine aus, entledigte sich seines breitkrempigen Hutes und gab sich einem eher halbherzigen Versuch hin, sein kurzes Haar zu bändigen, indem er sich mit den Fingern durch das wirre, schwarzbraune Durcheinander kämpfte. Wie er es nicht anders erwartet hatte, war das Ergebnis ernüchternd, sodass er sich schulterzuckend gegen den hinter ihm ruhenden Sattel sinken ließ und die stahlgrauen Augen auf den wolkenlosen, blauen Himmel richtete. Es war nicht mehr lange hin, bis die Dämmerung einsetzte und er in seine Heimatstadt zurückreiten musste. Doch ein wenig würde das gute alte Ludvijen noch auf ihn warten können, zumal er seinen heutigen Dienst bei der Stadtwache ohnehin erst um Mitternacht anzutreten hatte. Zeit genug also, die Illusion von Freiheit eine Weile zu genießen, welche ihn stets überkam, sobald er das die dicken Mauern der nördlichsten Stadt von Rokhanos teilende Tor durchschritt und sich den Weiten des Landes gegenüber sah.

Das kommende Jahr würde O'Brannick seinen dreiundvierzigsten Frühling bescheren, obwohl er noch immer aussah, als wäre er nicht älter denn zarte zwanzig. Männer wie er alterten langsam und vermochten unnatürlich lange zu leben. Ein Privileg, das lediglich einer Handvoll Menschen vergönnt war, denn zum Dharoi'Sola wurde man nicht, weil man es wollte, sondern weil eine höhere Macht es bestimmte. Hätte er die Gelegenheit gehabt, es sich auszusuchen, wäre Tighan heuer wahrscheinlich Hufschmied. Die Kraft der Sonne allerdings hatte ihn dazu auserkoren, einer jener wenigen Lichtzauberer des Landes zu sein, hatte ihn mit einem Funken ihrer selbst bedacht, den sie aus luftiger Höhe zu ihm herabgesandt und tief in seinem Herzen verankert hatte, kaum dass er der schützenden Umarmung des Mutterleibes entglitten war.

Insgesamt existierten neben ihm zurzeit genau achtundzwanzig weitere Dharoi'Sola, die überall auf der Welt ihrem Tagewerk nachgingen und sämtlich durch die in ihnen schwelenden Sonnenfunken eng miteinander verbunden waren – trotz der teilweise tausende zwischen ihnen liegende Kilometer betragenden Entfernung. Tag und Nacht nahmen sie einander wahr, spürten, wenn sich ihre Reihen lichteten oder füllten, und verfügten zudem über enorme magische Fähigkeiten, welche ihnen großes Ansehen einbrachten. Letztere Tatsache wiederum sorgte hin und wieder für neidvolle, der Zunft der Dharoi'Chairas entstammende Blicke, welche ihres Zeichens Nachtzauberer darstellten, die ihre Magie aus den dunklen Stunden des Tages schöpften. Im Gegensatz zur Lichtzauberei konnte der strebsame Gewillte jene Zauber der Nacht aus freien Stücken erlernen, sodass sich selbige Gemeinschaft selbstredend um Längen größer zeigte. Allerdings war sie dadurch umso mehr mit Vorsicht zu genießen, erwies sich doch manch ein Nachtzauberer als der Welt des Verbrechens keineswegs abgeneigt – eine Eigenschaft, welche bei einem Dharoi'Sola vergeblich gesucht wurde.

All diese Dinge beschäftigten Tighan momentan jedoch herzlich wenig. Abgesehen von diversen Reisen in die drei Nachbarstädte, denen er in seiner Funktion als Leibgarde des Königs von Ludvijen beigewohnt hatte, war er nie weit von den Mauern seiner Heimatstadt weggekommen. Da wollte er sich ganz gewiss nicht auch noch in seiner spärlichen Freizeit mit deren Belangen oder gar seiner Arbeit beschäftigen. Viel lieber sah er zu, wie über ihm eine Gruppe Schwalben durch die Lüfte tanzte und sich die Farbe des Himmels in aller Seelenruhe verdunkelte. Der schwarze Schatten, der für den Bruchteil einer Sekunde durch sein Sichtfeld huschte, entging ihm dabei gänzlich. Die sich ihm kurz darauf vom Waldrand aus nähernden, bedächtigen Schritte bemerkte er jedoch sofort, richtete sich verwundert auf und fand sich einem Wesen gegenüber, dessen Besuch ihm ausgerechnet jetzt unwillkommener nicht sein konnte.

Durch die azurblau schimmernden Augen des heranschreitenden Einhorns stahl sich ein flüchtiges Funkeln, als sich ihre Blicke trafen, und für einen verschwindend kleinen Moment glaubte O'Brannick, ein amüsiertes Grinsen auf dessen Gesicht zu sehen.

Natürlich war dies ein Trugschluss. Pferde – und das galt ebenso für solche mit einem in allen Nuancen des Regenbogens strahlenden, spitzen Horn auf der Stirn – waren dazu schlichtweg nicht in der Lage. Aber dennoch

Leise schnaubend machte das feingliedrige Tier dicht neben Tighan Halt und schüttelte die seidige, wie auch der Rest seines reinweißen Fells den Eindruck glitzernden Schnees erweckende Mähne. Seine Aufmerksamkeit in die Ferne gerichtet, trat es von einem Huf auf den anderen, zuckte nervös mit den schlanken Ohren und jagte mit dem umher peitschenden Schweif unsichtbare Fliegen in die Flucht.

»Seid gegrüßt, Gwylain«, sagte O'Brannick und nickte dem hochgewachsenen Geschöpf leicht zu, welches niemand Geringeres war als das Leben höchstpersönlich, das ihm stets in Gestalt einer Einhornstute erschien. Er war jenem Fabeltier schon mehrfach begegnet – Gelegenheiten, die ihm zu seinem Leidwesen bisher bloß schlechte Nachrichten beschert hatten –, und inzwischen wusste er, dass sich das Leben jedem Lichtzauberer allein in einer für diesen Zweck erwählten Form offenbarte. Warum es ausgerechnet ihm ein der Märchenwelt entsprungenes Wesen zugedacht hatte, würde er wohl nie begreifen. Ein weißer Löwe oder gar Bär, ja, das wäre mal was gewesen, nur war dies dummerweise nicht seine Entscheidung.

»Wann ist nur aus diesem schönen Nachmittag eine Vision geworden?«, fuhr er unter einem resignierenden Seufzen fort, schlang die Arme um die angewinkelten Knie und sah hinab zu den unverändert friedlich grasenden Kaltblütern. Da ging er also hin, der klägliche Rest seiner freien Stunden. »Sprecht, Teuerste, wer hat es dieses Mal auf König Ius abgesehen?«

Ludvijens Herrscher war ein gütiger, besonnener Mann, der von den Bewohnern seiner Stadt sehr geliebt wurde, und insgeheim gleichermaßen von zahlreichen Bürgern der übrigen drei Nordstädte, weswegen er den dortigen Obrigkeiten zunehmend ein Dorn im Auge war. Ob seines liebenswürdigen und weisen Wesens lag der König jedoch auch Gwylain besonders am Herzen, sodass sie Tighan regelmäßig warnte, sobald sich für seine Heimat und deren Oberhaupt Schwierigkeiten abzeichneten. An diesem Tag jedoch geschah nichts dergleichen. Statt eine Antwort zu geben, durchfuhr ein heftiges Zittern den Körper des Einhorns. Schaumiger Schweiß bildete sich auf seinen bebenden Flanken, seine Nüstern blähten sich, als fürchtete es, jeden Moment jämmerlich zu ersticken. Das ruhelose Hufgetrappel wandelte sich in panisches Scharren, dann endlich drehte das Tier den Kopf zur Seite und sah den Lichtzauberer an. Gwylains sonst so lebhafter, schelmischer Blick war trübe geworden, die zarten Gesichtszüge eingefallen, die Ohren rührten sich nicht mehr. Mähne und Schweif wirkten plötzlich struppig wie die eines uralten Kleppers, das Strahlen ihres samtenen Fells war verschwunden und hatte nurmehr ein schmutziges Grau hinterlassen.

»Macht ist ein gefährliches Werkzeug, Tighan O'Brannick«, sagte sie schwach. Von ihrer Stimme, die früher nach dem erfrischenden Hauch einer klaren Gebirgsquelle geklungen hatte, war kaum mehr übrig geblieben denn ein trockenes Kratzen. »Nur ein Deut zu viel davon in den falschen Händen, und sie lässt selbst mich blind werden für die Wahrheit.«

Abermals schüttelte ein Schauer den von Sekunde zu Sekunde geschundener wirkenden Körper des Einhorns, der durchdringend genug war, es beinahe zusammenbrechen zu lassen. Augenblicklich war Tighan auf den Beinen, legte Gwylain schützend eine Hand auf den Rücken, obschon ihm bewusst war, dass er sie nicht würde halten können, wenn sie fiel. Beruhigend tätschelte er ihr den Hals und mühte sich damit ab, zu ignorieren, dass er seinerseits knapp davor stand, innerlich zu erstarren, denn ihr Körper war eiskalt und fühlte sich an wie rissiges Porzellan. Kurz flackerte in ihm der Impuls auf, seine Magie einzusetzen, ehe er sich daran erinnerte, dass er gerade eine Vision durchlebte und all seine Talente hier vollkommen nutzlos blieben.

»Gwylain, was zum …«

»Mein Bruder«, unterbrach sie ihn matt. »Andoleath. Ich … Ich habe ihn verflucht.«

»Ihr habt den Tod verflucht?« Ungläubig schüttelte O'Brannick den Kopf. »Wenn das ein Scherz sein soll, ist es ein verdammt schlechter.«

»Die Welt wird sterben, ohne es zu bemerken«, sprach das Leben weiter wie in Trance und ohne auf die Worte des Lichtzauberers zu achten. »Ich habe euch alle ins Verderben gestürzt. Euch, die ihr meine eigenen Kinder seid. Und Andoleath, er … Er ist fort. Was am Ende bleibt, ist nur noch … Finsternis. Ewige Nacht, geschaffen durch *meine* Hand.«

Tighan stieß ein hilfloses Geräusch aus, fuhr ruckartig herum, stemmte die Hände in die Hüften und suchte Hilfe im dämmrigen Blau über sich. Ein Vorhaben, das von vornherein gleichermaßen zum Scheitern verurteilt war wie sein Versuch, einen Sinn aus des Einhorns Botschaft zu ziehen. Dass das Leben seinen Bruder Tod verflucht haben sollte, war schlichtweg absurd. Andererseits war es jedoch beileibe nicht Gwylains Art, ihre Warnungen in kryptischen Rätseln zu verbergen. Was auch immer im Begriff war zu geschehen, es musste etwas sein, das weitaus schlimmer war, als es jedes Attentat eines geltungssüchtigen Königs der Städte des Nordens jemals sein konnte.

Aus purer Verzweiflung genährte Übelkeit ergriff von O'Brannick Besitz, erstarkte in Windeseile und drohte, ihm das Herz aus dem Halse zu pressen. Er wollte etwas unternehmen. *Irgendetwas,* um das über Rokhanos – und möglicherweise sogar über der gesamten Welt – schwebende Unheil abzuwenden, noch bevor es überhaupt richtig in Wallung geraten konnte. Nur was? Was, bei des Henkers Bart, sollte er gegen eine Bedrohung ausrichten, wenn man ihm nicht verriet, womit er es zu tun bekam?

»Ihr müsst mir sagen, was hier vor sich geht«, flehte er das Einhorn an, dabei unverändert den Blick gen Firmament gerichtet.

»Wenn ich nicht weiß, wogegen ich zu kämpfen habe, wie soll ich mich diesem Feind dann stellen?«

»Gegen das endgültige Dunkel vermag sich niemand mehr zu wenden«, antwortete das Tier mit schwerer Zunge. »Das Verlöschen des Lichts ist besiegelt. Die das Fortbestehen der vier Kontinente lenkende Vorsehung hat einen Scheideweg erreicht und eine Richtung eingeschlagen, der kein rettender Abzweig innewohnt, um sie davon abzulenken.«

»Dann prophezeit Ihr mir also den Untergang allen Seins«, sprach Tighan das ihm jetzt einzig noch Naheliegende laut aus, woraufhin das stumpfe, seine Eingeweide quälende Beißen abrupt von einer fremdartigen Leere verschluckt wurde. Was für ein seltsames Gefühl es doch war, zu wissen, dass bald alles vorbei sein würde. Wie sinnlos ihm auf einmal sein bisheriges Leben erschien. Jahrelang hatte er eine Stadt, ihre Bürger und deren König beschützt, bloß damit sie sämtlich der reichlich zweifelhaften Darbietung des Verblassens ihrer Existenzen beiwohnen durften.

»Gibt es denn nichts, was ich …«

Als sich der Lichtzauberer dem Einhorn zuwandte, stockten ihm gleichermaßen Stimme und Atem. Das einstmals so stolze Wesen war im wahrsten Sinne des Wortes nur mehr ein Schatten seiner selbst. Seine Erscheinung flimmerte wie die Luft über zu heißem Straßenpflaster, jeglicher frühere Glanz war verschwunden, sein Blick bleich und tot.

»Such nach mir, wenn der brennende Regen vorüber ist«, flüsterte das Leben. »Finde mich, und ich werde alles tun, um meine Fehler wiedergutzumachen.«

Ein feines Klirren drang an Tighans Ohren, die Gestalt des Einhorns zersprang in Milliarden staubfeine Splitter, und noch während sie stumm zu Boden rieselten, flog ein schwarzer Schatten vorüber und erlöste ihn aus der Vision.

Mit wild pochendem Herzen schreckte O'Brannick hoch, blinzelte hinauf in die kaum merklich weitergewanderte Sonne. Sein jagender Atem war fiebrig heiß, seine Stirn benetzt von einem frostigen Schweißnebel, und der Drang, auf schnellstem Wege nach Ludvijen zu reiten und die Bürger für das zu wappnen, was unabwendbar blieb, war allgegenwärtig. Ohne nachzudenken oder zu zögern stemmte er sich auf die Beine, griff nach Sattel und Zaumzeug und schickte einen schrillen Pfiff über die Hügelwiesen. Prompt ruckte inmitten der Herde Jynties Kopf nach oben, doch bevor die Stute dazu kam, dem Ruf ihres Freundes Folge zu leisten, erschütterte ein gläserner Hammerschlag die Atmosphäre und ließ ihn und die Pferde wie einen einzigen Leib zusammenfahren.

Er wollte nicht hinsehen, konnte aber wider alles Bestreben nicht verhindern, abermals zur Sonne aufzuschauen. Ein tiefer, dunkler Krater zog sich über die gesamte Länge der grell leuchtenden Scheibe, teilte sie genau in der Mitte und drückte die beiden Hälften ohne jeden Gedanken an Gnade auseinander. Weitere Risse fraßen sich rasend schnell durch den halb gespaltenen Himmelskörper, krallten ihre langen, knorrigen Finger in die brodelnde Glut, erreichten, was sich selbst in seinen furchtbarsten Albträumen kein Lebewesen jemals vorzustellen gewagt hätte: Unter einem hohlen, weit über die Grenzen von Rokhanos hinaus hörbaren Krachen brachten sie die Sonne zum Bersten.

Helllichter Tag verwandelte sich in tiefste Dunkelheit. Im schwarzen Samt der neuen Nacht erwachte das silbrige Glimmen zahlloser Sterne. Goldrote Tränen stürzten herab gen Erde und verteilten sich in Form gewaltiger, leuchtender Scherben auf dem Kontinent.

Such nach mir, wenn der brennende Regen vorüber ist, hallte Gwylains Stimme durch Tighan O'Brannicks Gedanken.

In der Vergangenheit hatte er oft davon geträumt, seine Pflichten als ein zur Stadtwache gehörender Dharoi'Sola aufzugeben, um die Welt zu bereisen. Aber nun, da ihm keine andere Wahl mehr blieb, wünschte er sich nichts sehnlicher, als dass er bis an sein Lebensende hinter den Mauern Ludvijens hätte bleiben dürfen.

Anne Haubner

DER HERRSCHER DES WALDES

An einem Spätsommermorgen saß Rem, der Waldmann, im Geäst einer mächtigen Eiche am Waldrand und wartete.

Der frühe Nebel verzog sich langsam mit dem Versprechen auf einen sonnigen Tag. In die milchigen Schwaden eingehüllt schien es fast, als wären der Wald und das Land jenseits davon gleich. Eine flüchtige Illusion.

Auch wenn sich die Welt unter dem Einfluss der menschengemachten Zeit weiterbewegte, so blieb der Wald davon unbeeindruckt. Er folgte seinem eigenen Rhythmus, einem stetigen Wechsel von Leben und Tod, und schenkte den Belangen der Menschheit schon lange keine Beachtung mehr.

Rem führte ein einsames, freies Leben als letzter Mensch, der in diesem uralten Forst noch geduldet wurde. Nur der Waldmann wusste um die Kunst, im Einklang mit den Bäumen zu atmen, eins mit dem Wind zu werden und mit der Umgebung zu verschmelzen. So blieb er – anders als die Leute aus dem Dorf – vom Zorn des Waldherrschers verschont.

Seit einigen Tagen zog es Rem immer wieder an den selben Ort: dorthin, wo das schützende Dickicht den Feldern der Dorfbewohner wich. Er saß nun schon eine ganze Weile hoch oben, an den mächtigen Stamm der Eiche gelehnt, und übte sich in

Geduld. Seine Glieder und die einfache, aus Pflanzenfasern gewebte Kleidung fühlten sich klamm an. Er spürte es ebenso wenig wie die raue Baumrinde unter seinen nackten Füßen.

Bald musste es so weit sein.

In der Ferne ertönten Stimmen, erst ganz leise, dann lauter. Sie kamen näher, vermischten sich mit dem Geräusch von holpernden Rädern und dem Ruf eines versklavten Tieres. Der Lärm der Zivilisation klang fremdartig in Rems Ohren. Unwillkürlich spannten sich seine Muskeln an.

Sein Instinkt riet ihm zur Flucht, doch er unterdrückte ihn, wie so oft in den vergangenen Tagen, und lehnte sich ein wenig nach vorn. Gerade weit genug, dass er alles sehen konnte, aber selbst unsichtbar blieb.

Ein riesiges, schwarzes Tier zog ein Gebilde aus totem Holz, das den Dorfbewohnern zur Fortbewegung diente. Mehrere von ihnen gingen daneben her, einige saßen darauf. Das Zugtier schnaubte, als ein Junge es mit einem langen, dünnen Stock schlug und dabei übermütig lachte.

Rem ballte die linke Hand zur Faust, während seine rechte fast von selbst zum Messer seines Vaters wanderte, das an seinem Gürtel befestigt war. Nicht genug, dass diese Menschen auf einem geschlachteten Baum saßen. Sie zollten anderen Lebewesen auch keinerlei Respekt, schlimmer noch: Sie töteten sie. Zwar jagten die Dorfbewohner nicht mehr in den Wäldern, da der Preis dafür zu hoch war. Aber Rem hatte mehr als einmal gesehen, wie sie mit Pfeil und Bogen auf verirrte Rehe außerhalb des Waldes schossen. Es widerte ihn an.

Der Tross erreichte die Felder, kam zum Stehen und nacheinander kletterten die Kinder und Frauen von ihrem leblosen Baum, während die Männer ihre Werkzeuge schulterten. Zuletzt sprang eine junge Frau hinunter und sofort heftete Rem seinen Blick auf sie. Einer der Männer wollte ihr beim Abstieg helfen, doch sie ignorierte ihn und machte sich, umringt von einer

Schar Kinder, an die Arbeit. Der Mann zuckte mit seinen massigen Schultern und fing an, das Tier vor ein seltsames Gerät zu spannen.

Schon bald darauf zerstreuten sich die Bauern wie eifrige Insekten und begannen damit, die Erde zu bearbeiten. Rem verstand mittlerweile, dass sich die Dorfbewohner von dem ernährten, was sie auf dem Feld anbauten. Beinahe bemitleidete er sie. Er fand alles, was er zum Leben brauchte, im Wald. Sie hingegen mussten die Erde mit ihrem Schweiß und dem Blut ihrer aufgerissenen Hände tränken, um zu überleben.

Lautlos kletterte der Waldmann ein Stück am Baumstamm nach unten, um die junge Bäuerin besser beobachten zu können. Rem fand die Stille, die sie umgab, äußerst faszinierend. Sie redete kaum mit den anderen. Stoisch verrichtete sie ihre Arbeit, wischte sich ab und zu eine blonde Haarsträhne von der Stirn oder tröstete eines der Kinder, wenn es weinte.

Manchmal schüttelte ein Hustenanfall ihre zarte Gestalt. Dann unterbrach sie kurz ihre Tätigkeit und eine der anderen Frauen kam herbeigeeilt und klopfte ihr auf den Rücken. Rem erinnerte sich daran, dass sein Vater ebenfalls viel gehustet hatte, bevor er zu Erde geworden war. Der Gedanke schmerzte ihn, ohne dass er sagen konnte, warum.

Die Sonne erkämpfte sich langsam ihren Platz am Himmel und Rem ließ die junge Bäuerin nicht aus den Augen. Er stellte sich vor, wie es wäre, mit ihr zu reden. Versuchte, in seinem Kopf Worte zu bilden und sie zusammenzufügen. Seit dem Tod seines Vaters hatte die Sprache für ihn ihren Zweck verloren. Die Bäume, Tiere und Pflanzen verstand er auch ohne Worte. Die Verständigung der Menschen untereinander fand Rem indes sehr verwirrend, denn selten passten ihre Worte und Taten zusammen.

Während der Feldarbeit bedachten die Bauern den Waldrand stets mit Misstrauen. Selbst als die Mittagssonne unbarmherzig auf sie niederbrannte, wagten sie nicht, im Schatten der Bäume Schutz zu suchen. Deswegen überraschte es Rem umso mehr, dass die junge Bäuerin – scheinbar in ihre Arbeit versunken – der Eiche immer näher kam, in der er saß. Das Herz in seiner Brust flatterte wie ein aufgeregter Vogel und er glitt noch ein Stück am Stamm hinab. Viel zu weit, als dass es noch sicher gewesen wäre.

Weit genug, um sie zu berühren.

In diesem Moment drehte sie sich um und erblickte ihn. Rem erstarrte.

Ihre Augen sind die eines Rehs, dachte er bei sich.

Ihr Blick war weder misstrauisch noch abweisend, etwas anderes lag darin. Etwas, das er nicht deuten konnte, weil er es nicht kannte.

Sie sahen sich an, der Mann des Waldes und die Frau aus dem Dorf, und keiner von beiden konnte den Blick abwenden. Er wollte etwas sagen, aber die Worte gingen auf dem Weg zu seinem Mund verloren.

Vielleicht wären sie wieder aufgetaucht, wäre in diesem Moment nicht ein Stein gegen seine Schläfe geprallt. Der Schmerz holte ihn zurück in die Wirklichkeit. Etwas lief an seinem Gesicht hinab und hinterließ eine feuchte Spur bis hinunter zu seinem Hals. Flucht war sein erster Gedanke. Er zog sich nach oben, kletterte wie eine Wildkatze in sichere Gefilde. Er hörte, wie knapp unter ihm ein weiterer Stein den Stamm traf. Ein anderer flog durch das Blätterwerk, aber Rem war längst außer Reichweite.

Er riskierte einen Blick nach unten und sah einige Jungen, unter ihnen auch den, der das Zugtier geschlagen hatte. Sein flachsblondes Haar stach deutlich in der Meute hervor.

»Mach, dass du wieder in den Wald kommst!«, rief er. Ein Klumpen Erde zerschellte am Baumstamm. »Und lass meine Schwester in Ruhe!«

Das Gelächter der Kinder dröhnte in Rems Ohren, die Wunde an seiner Schläfe pulsierte. Er schob einige Zweige beiseite und als die Kinder sein blutverschmiertes Gesicht sahen, nahm der Großteil von ihnen – halb schreiend, halb lachend – Reißaus.

Nur der blonde Junge stand noch da und wandte den Blick nicht ab, bis die junge Bäuerin die Hand auf seine Schulter legte, sich zu ihm hinunterbeugte und etwas sagte. Rem verstand sie nicht, doch der Junge schnaubte kurz, spuckte auf den Boden und rannte davon. Die Frau wandte den Kopf nach oben, schirmte mit einer Hand ihre Augen vor der Sonne ab und – Rem traute seinen Augen kaum – machte mit der anderen Hand eine Geste, die ihm bedeutete, hinunterzusteigen.

Er zögerte. Ein Teil von ihm wollte fliehen. Niemand würde ihm in den Wald folgen. Zu sehr schwelte die Angst in den Dorfbewohnern vor dem, der in diesem uralten Reich herrschte.

Rem floh nicht. Vielleicht, weil er insgeheim immer auf diesen Moment gehofft hatte, während er Tag für Tag in den Bäumen saß. Langsam kletterte er hinunter, angezogen von der jungen Frau wie die Motte vom Licht. Als er den festen Boden jenseits des Waldrandes unter sich spürte, fühlte er sich schutzlos wie nie zuvor. Doch die Bauern arbeiteten am anderen Ende des Feldes, weit weg und außer Hörweite. Unter dem mächtigen Blätterdach der Eiche sah niemand den Waldmann und die junge Frau, die jetzt langsam näher kam. Rem wich zurück, ertastete den Stamm in seinem Rücken. Der Drang, wieder hinaufzuklettern, war stark. Es kribbelte in seinen Fingerspitzen.

»Du hast anscheinend mehr Angst vor mir als ich vor dir«, sagte die junge Frau und legte den Kopf etwas schief. »Sollte es nicht andersherum sein?«

Rem verstand ihre Worte und der sanfte Ton ihrer Stimme beruhigte ihn. Sie lachte leise, fing dann aber an zu husten. Es war ein zähes, grollendes Geräusch, das nicht zu ihrer zarten Erscheinung passte. Rem ging einen Schritt auf sie zu, ohne zu wissen, was er tat. Da hob sie den Kopf und sah ihn an.

»Na so was, der Walddämon hat ein Herz«, sagte sie. Entschlossen kam sie näher und plötzlich stand sie so dicht bei ihm, dass sich eine lose Haarsträhne von ihr in seinem Bart verfing. »Du bist zu groß. Beug' dich ein Stück herunter.«

Rem schluckte den Knoten in seinem Hals hinunter und kniete sich vor ihr hin. Sie legte eine Hand an seine Wange.

»So ist es besser«, sagte sie und lächelte. »Du riechst nach Wald. Und nach Blut. Aber das haben wir gleich.« Sie nahm einen Lederschlauch und ein weißes Leinentuch aus ihrer Tasche und benetzte das Stück Stoff mit Wasser. Die Tierhaut versetzte Rem einen Stich, und sie bemerkte seinen Blick.

»Das darfst du nicht, oder? Tiere töten, sie essen, Leder gerben, all das?«

Rem schaute zu ihr auf und schüttelte langsam den Kopf. Mit dem Tuch wischte sie vorsichtig das Blut von seiner Schläfe. Es fühlte sich angenehm kühl auf seiner erhitzten Haut an.

»Hast du einen Namen?«, fragte sie, während sich das Leinentuch langsam rot verfärbte.

»Rem«, antwortete er leise und schaute zu Boden.

»Du kannst also doch sprechen.« Sie hob sein Kinn an, sodass er sie ansehen musste. »Ich heiße Silva.«

»Silva«, wiederholte er. Sie lächelte, wandte den Kopf ab und hustete erneut.

»Du bist krank.« Rem wagte nicht, sie zu berühren, auch wenn er es gern getan hätte. Stattdessen erhob er sich. »Ich kann dir helfen. Im Wald …«, setzte er an, doch sie unterbrach ihn ruhig, aber bestimmt.

»Nein. Dein Herr würde das nicht wollen. Er verachtet uns, oder? Und du auch.«

»Ich verachte dich nicht.«

»Obwohl ich Tiere töte, sie esse und meine Vorfahren den Wald geschändet haben?«

Darauf wusste Rem keine Antwort. Es stimmte, dass die Gier einen Keil zwischen die Natur und die Menschen getrieben hatte. Der Herrscher des Waldes duldete sie nicht mehr in seinem Forst. Wer sich dennoch – ob freiwillig oder gezwungenermaßen – hineinbegab, wurde nie wieder gesehen. Die Menschen verschwanden einfach, wurden eins mit dem Wald.

»Weißt du, was die Leute in meinem Dorf sagen?«, fragte Silva schließlich und sah ihm dabei fest in die Augen. Rem konnte sich denken, um was es ging, aber er wollte weiter ihrer Stimme lauschen und schüttelte den Kopf.

»Sie sagen, dass der Herrscher des Waldes uns verflucht. Dass wir deswegen krank werden, unsere Felder verdorren und die Ernte verfault.« Rem schluckte, als sie beide Hände um sein Gesicht legte. Sie fühlten sich trotz der Mittagshitze eiskalt an. »Und dass du sein Helfer bist. Ein Bote des Todes.«

Sie zog ihn ein wenig zu sich hinunter und stellte sich auf die Zehenspitzen. Ihr Mund lag dicht an seinem linken Ohr.

»Aber ich glaube das nicht«, flüsterte sie. »Ich habe bemerkt, wie du mich ansiehst. Du bist …«

Rem erfuhr nicht, was er war. Wie ein Donnergrollen erklangen auf einmal Rufe in der Ferne. Silva wich zurück, als hätte sie sich verbrannt. Hinter ihr sah Rem mehrere Dorfbewohner, die über das Feld liefen. Geradewegs auf die Eiche zu, unter der sie beide standen. Es zuckte in Rems Beinen, aber Silva nahm schnell seine Hand und drückte sie.

»Bleib«, sagte sie und wandte sich dann den näher kommenden Bauern zu.

Vorneweg ging der Mann, der Rem bereits am Morgen aufgefallen war: ein Hüne, die Unterarme mit schwarzen, drahtigen Haaren bedeckt und mit zornig funkelnden Augen unter buschigen Augenbrauen. Er erinnerte Rem an einen gereizten Bären, der gerade aus dem Winterschlaf erwacht war. Begleitet wurde er von zwei jüngeren Männern und einer älteren Bäuerin. Der Bärenmann trug einen Langbogen aus Eibenholz. Ein weiteres Werkzeug aus totem Holz, zum Töten geschaffen. In Rems Innerem züngelte eine Flamme, die stetig größer wurde.

»Bist du von allen guten Geistern verlassen, Mädchen?!«, brüllte der Bärenmann und baute sich vor ihnen auf. Eine seiner Pranken schloss sich um Silvas Handgelenk und mit einem Ruck zog er sie an seine Seite. Rems Hand schnellte an das Messer an seinem Gürtel, doch dann fing er Silvas Blick auf. Sie schüttelte fast unmerklich den Kopf.

»Wir haben nur geredet, Vater«, sagte sie und befreite sich aus dem Griff des Bären.

Einer der Jüngeren grinste und entblößte dabei schwarze Zahnstummel.

»Geredet, ja? So wie man mit einer Wildsau redet?«

Der andere fiel in sein Gelächter ein. Die alte Bäuerin deutete mit einem dürren, gekrümmten Finger auf Rem.

»Abschaum! Reicht es nicht, dass dieser vermaledeite Wald meine Enkelin krank macht? Musst du sie auch noch verzaubern?«, krächzte sie und funkelte ihn voller Bosheit an.

»Ruhe!«, rief der Bärenmann und alle verstummten. Er ging drohend einige Schritte auf Rem zu, doch dieser wich nicht zurück. Der Wind fegte durch die Bäume, scheuchte Vögel auf und ließ die Baumkronen ächzen. Der Anführer der Bauern hielt kurz inne. Seine Stimme war fest, als er das Wort an den Waldmann richtete.

»Ich warne dich nur einmal. Halte dich von unseren Feldern fern. Und von meiner Tochter. Da, wo ich herkomme, zieht man räudigen Kötern das Fell ab, wenn sie herumstreunen.« Seine Augen verengten sich, als er über Rems Schulter zwischen die Bäume spähte. »Dein Platz ist dort. Und richte deinem Herren aus, was ich von ihm halte.« Er spuckte dem Waldmann vor die Füße.

Im Bruchteil einer Sekunde stürzte sich Rem auf den Bären-mann und riss ihn zu Boden. Gleichzeitig zog er sein Messer und drückte es an das weiche Fleisch seiner Kehle. Panisch stoben die anderen auseinander, die alte Frau sank zu Boden und murmelte etwas von einem Herrgott, wen immer sie damit meinte.

Rem war es einerlei.

Der Geruch von Schweiß und Leder stach in seiner Nase und fachte seine Wut noch weiter an. Das Blut rauschte in seinen Adern. Die Augen des Bärenmannes waren vor Schreck geweitet, jegliche Aggression daraus verschwunden.

Beute, dachte Rem. *Der letzte Blick eines Beutetiers auf seinen Jäger.*

Ein dünnes Blutrinnsal bildete sich dort, wo die Klinge die Haut ritzte. Der Mann stieß einen erstickten Schrei aus, Schweiß perlte von seiner Stirn.

Rem wollte diese Kreatur töten. Sie stand für alles, was er an der Welt außerhalb des Waldes hasste.

Plötzlich legten sich von hinten zwei Arme um seinen Hals und ein blumiger Duft stieg ihm in die Nase.

»Bitte hör auf«, flüsterte Silva in sein Ohr.

Rem lockerte seinen Griff, dann ließ er von dem Bauern ab. Dieser rollte sich zur Seite und richtete sich mühevoll auf. Rem blickte sich um. In der Ferne erkannte er, dass die anderen Blut-hunde bereits auf dem Weg waren. Mindestens sechs Mann. Es war höchste Zeit, zu verschwinden.

Silva sah ihn mit unergründlichen Rehaugen an. Erst jetzt fiel ihm auf, wie blass sie war. Während ihr Vater fluchend und mit zitternden Händen versuchte, seinen Bogen zu spannen, versagten Silvas Beine ihren Dienst. Rem fing sie auf. Sie wog federleicht in seinen Armen. Ihr Atem ging viel zu schnell.

Ein zarter Vogel kurz vor seinem Tod.

Rem überlegte nicht lange. Es gab nur einen Weg, sie zu retten. Wenn das bedeutete, mit den Regeln des Waldes zu brechen, so nahm er dieses Risiko in Kauf.

Er legte sich einen ihrer Arme um die Schultern, schob seine unter ihre Kniekehlen und nahm sie mit in die Welt hinter der mächtigen Eiche.

Der Wald verschluckte sie beide und das Keuchen von Silvas Vater, das Wehklagen ihrer Großmutter und die wütenden Rufe der Bauernmeute verstummten nach und nach. Die Bäume, Farne und Büsche hießen ihn wie einen alten Freund willkommen. Leichtfüßig folgte der Waldmann den unsichtbaren Pfaden, auf denen bereits seine Vorfahren gewandelt waren.

Der Gedanke, den Herrscher des Waldes zu bitten, sie zu retten, war ihm spontan gekommen, ohne dass er mögliche Folgen bedacht hatte. Jetzt fraßen sich Zweifel durch sein Herz. Einen Menschen von außerhalb in den Wald zu bringen galt als Tabu.

Was, wenn der Waldpatron Silva tötete, anstatt ihr zu helfen?

Dennoch keimte ein kleiner Hoffnungsspross tief in Rems Innerem und er dachte nicht daran, ihn verdorren zu lassen. Die Dorfbewohner sahen im Herrscher des Waldes ein Monster, weil sie es nicht besser wussten.

Sie verstanden nicht, dass *er* der Wald *war*.

Jede Pflanze, jedes Tier, einfach alles entsprang seiner Schöpfung. Er lebte in jedem Blatt, in jedem Wassertropfen und in jedem Lebewesen.

Seit jeher verehrten die Waldmänner ihren Schöpfer auf einer Lichtung im Wald. Auch wenn Rem der Letzte seiner Art war, so hielt er die alten Gebräuche aufrecht.

Als sich die Bäume allmählich lichteten und einzelne Sonnenstrahlen durch das Blätterwerk stießen, wusste Rem, dass er an seinem Ziel angelangt war. Nie hätte er sich träumen lassen, dass er diese heilige Stätte auf solche Art und Weise entweihen würde.

Silvas Atem ging immer noch stoßweise und ihre Lippen waren leicht bläulich verfärbt. Rem spürte, wie das Leben langsam aus ihrem Körper wich. Rasch lief er auf die Lichtung und legte sie auf das weiche Gras. Er strich ihr die verschwitzten Haare aus der Stirn, dann fiel sein Blick auf ihre geschlossenen Augenlider.

Die Zeit wurde knapp.

Ein Steinhaufen mit mehreren Opfergaben bildete eine Art Altar, an dem Rem jeden Tag zweimal betete. Das tat er auch jetzt, sprach die Worte einer alten Sprache, die nur er noch kannte, und öffnete seinen Geist.

Zunächst geschah nichts.

Doch Rem bemerkte die Stille, die sich wie ein Schleier über den Forst legte. Hinter ihm atmete Silva rasselnd ein und aus.

Da hörte er es.

Etwas lief über den weichen Waldboden und näherte sich der Lichtung. Größer als ein Wolf oder Reh, vielleicht ein Hirsch? Rem wandte sich um. Es war kein Hirsch.

Ein Tier, das er noch nie zuvor gesehen hatte, bewegte sich auf Silva und ihn zu.

Zunächst nur ein Schimmern zwischen den Bäumen, weißer als frisch gefallener Schnee.

Dann erkannte Rem vier muskulöse Beine, einen langen Schweif und einen Kopf, auf dem ein einzelnes, gerades Horn thronte. Das Wesen bewegte sich lautlos und kein Blatt regte sich, als es seine helle Mähne schüttelte. In seinen Augen spiegelte sich das Grün des Waldes. Sein Atem war der Wind, der die Baumkronen erzittern ließ.

Sein Herz war das Herz des Waldes.

Nein, das Herz der Welt.

Als dieses vollkommene Geschöpf Silva erreichte, hielt Rem unwillkürlich die Luft an. Mit seinen Nüstern berührte es ihre Stirn. Rem beobachtete, wie Silvas Augenlider flatterten und sie schließlich die Augen aufschlug. Sie hob eine Hand und strich dem Wesen sanft über den Kopf. Ein Lächeln umspielte ihre Mundwinkel. Erleichterung durchströmte Rem.

Der Herrscher des Waldes richtete sich auf und trabte gemächlich in den Wald zurück. Er blickte nicht zurück. Kaum war er verschwunden, bog der Wind erneut die Tannenzweige und ein Specht klopfte emsig an einen nahen Baumstamm. Die Musik der Natur setzte wieder ein.

Rem eilte an Silvas Seite und beugte sich über sie. Sie wirkte immer noch schwach, aber ihre Lippen und ihre Haut glänzten rosig und sie atmete ruhig ein und aus. Mit halb geöffneten Augen blickte sie Rem an und strich mit einer Hand über seine Wange. Ihre Fingerspitzen fühlten sich warm an.

»Ich habe geträumt. Aber ich weiß nicht mehr, wovon.«

Ihre Stimme war kaum mehr als ein Wispern und die Augen fielen ihr vor Erschöpfung zu.

»Ich weiß«, sagte Rem. Er ergriff ihre Hand. »Ich habe dasselbe geträumt.«

Ein fremdes und zugleich vertrautes Gefühl machte sich in seiner Brust breit und er konnte sich nicht erinnern, jemals glücklicher gewesen zu sein. Die Gedanken an Silva vernebelten die ansonsten ausgezeichneten Instinkte des Waldmannes.

So hatte er nicht bemerkt, dass ihnen jemand gefolgt war. Dass es noch andere Menschen gab, denen Silva etwas bedeutete und die nicht zulassen konnten, dass der Wald sie bekam – egal wie groß ihre Furcht vor dieser fremden Welt auch war.

Dies realisierte Rem erst, als sich ein Pfeil direkt zwischen seine Schulterblätter bohrte.

Ungläubig schaute er auf die Pfeilspitze, die aus seiner Brust ragte. Dicke, purpurrote Tropfen fielen auf Silvas Kleidung. Als er den metallischen Geschmack auf der Zunge spürte, brach eine Welle des Schmerzes über ihm zusammen. Jemand stieß ihn zur Seite. Rem krümmte sich qualvoll zusammen.

Die Männer aus dem Dorf stürmten die Lichtung. Einer von ihnen trat gegen den Altar und lachte, die Steine flogen in alle Richtungen davon.

Rems Sicht trübte mehr und mehr ein. Er schnappte verzweifelt nach Luft, Blut lief aus seinem Mund. In seinem Gesichtsfeld erschien Silvas Vater, der ihn keines Blickes würdigte. Er hob seine Tochter vom Boden auf und trug sie weg, genauso, wie Rem es kurz zuvor getan hatte. Ein derber, schwerer Stiefel drückte ihm jäh die wenige Luft ab, die noch den Weg in seine Lunge fand.

»Sollen wir ihn töten?«, fragte jemand. Es klang beinahe heiter, triumphierend.

»Lasst ihn. Der ist so gut wie tot.« Die tiefe Stimme des Bärenmannes hallte auf der Lichtung wider. »Er soll sterben wie das Tier, das er ist.«

Sie ließen Rem liegen und drehten sich nicht noch einmal um. Sie hatten, was sie wollten.

Rem schleppte sich zu einem nahen Baum, aber seine Kräfte schwanden zusehends. Er konnte nicht mehr aufstehen. Das Feuer in seiner Brust drohte, ihn vollends zu verschlingen. Kurz bevor seine Sinne schwanden, sah er ein weißes Schimmern über sich.

Spürte ein Schnauben dicht an seinem Ohr.

Erblickte sein Spiegelbild in den Augen des Waldherrschers.

Und erst als der letzte Rest Leben aus dem Waldmann gewichen war, hob das Wesen seinen Kopf, schüttelte die herrliche Mähne und verschwand zwischen den Bäumen.

Fast so, als wollte es den Dorfbewohnern folgen.

Anna Holub

EINHÖRNER
UND ANDERE NERVTÖTER

»Das ist keine gute Idee«, war meine erste Reaktion auf den Vorschlag des Großwesirs. »Wir haben schon jetzt viel zu viele magische Kreaturen am Hof. Die Krakenranke versucht gerade wieder, die Herrschaft über den Obstgarten an sich zu reißen, die Alraunen raunen den Aufstand, und heute Morgen haben die Süßwasserjungfern den Feuerdrachenlibellen den Krieg erklärt – zum dritten Mal diesen Monat, mein Herr.« Ich seufzte, um meine Worte zu unterstreichen. »Und Einhörner – Einhörner sind nun einmal verdammte Nervtöter, das ist alles.«

Großwesir Trulli schien von meinem Erguss nicht imponiert. Er fuhr fort, als hätte ich nichts gesagt. »Die Prinzessin verlangt Einhörner. Es ist der sechste Geburtstag Ihrer Hoheit, und an ihrem Geburtstag werden Einhörner in ihrem Garten spielen.«

Ich schloss die Augen, um mein Leben nicht mit einem entnervten Augenrollen aufs Spiel zu setzen. Nicht dass ich glaubte, Trulli hätte die Geistesgegenwart, es zu bemerken, aber beim Vorstand des Standgerichts ging man besser auf Nummer sicher, bevor der eigene Kopf rollte. Er sah heute auch wirklich wie ein Paradiesvogel aus, in einer prunkhaften smaragdgrünen Weste mit goldenen Rändern und langen Schwalbenschwänzen, auf die jede Schwalbe neidisch wäre. Die Weste war wunderbar, kostete wahrscheinlich mein Jahresgehalt und passte auf seinen untersetzten Körper wie die Faust aufs Auge. Seit Trulli zum Großwesir und offiziellen Vormund der Prinzessin aufgestiegen war, versuchte er auch wirklich, wie einer auszusehen. Aber er kämpfte einen schweren Kampf gegen seine Vorliebe für Süßigkeiten und schaffte es nicht, sich einen richtigen Spitzbart wachsen zu lassen. Stattdessen zog er sich eben in Mischfarben an und gab vor, schwer am Verschwören zu sein – auch wenn ihm das keiner abnahm. Er war besser beim Kompott als beim Komplott.

Aber er war trotzdem der Großwesir, und ich musste seinen Befehlen folgen. Ich seufzte erneut. »Warum nicht Baumdrachen, Herr? Baumdrachen waren der letzte Schrei in Ohanibar am Namenstag des Prinzen. Sie sind hübsch, dekorativ und zahm.« *Und harmlos,* fügte ich in Gedanken hinzu.

»Einhörner, Lelia.« Der Wesir nickte, legte die Fingerspitzen aneinander und gab mir einen Blick, den er wahrscheinlich für beeindruckend verschlagen hielt. Es sah eher nach Verdauungsstörungen aus.

»Aber wenn es dich glücklicher macht, werde ich jemanden zum Markt schicken, um ein paar Baumdrachen für dich zu kaufen. Damit können wir den botanischen Garten dekorieren.«

Verdammt. Baumdrachen waren nur besser, wenn man Einhörner als Vergleich heranzog. Ich hatte eigentlich keine Lust darauf, Baumdrachenscheiße von den Bäumen des botanischen Gartens waschen zu müssen. Allein bei dem Gedanken an den Gestank drehte sich mir den Magen um. *Verflucht sei dein großes Maul, Lelia!*

Noch einmal die Klappe aufzureißen, erschien mir riskant. Nun gut, wenn ich eine Krakenranke mit Alraunensaft gefügig machen konnte, dann würde ich Einhörner auch noch schaffen. Die Alraunen würden nicht froh sein, heute ein zweites Mal gemolken zu werden, aber dagegen konnte ich nichts tun.

Trulli musste meine Gedanken gelesen haben, denn er grinste breit und rieb sich die Hände. »Braves Mädchen. Also, die Einhörner ...«

»Einhörner«, knirschte ich. Ich hasste nichts so sehr, als wenn mich Menschen wie einen Hund behandelten. »Ich schlage Kirin vor. Das ist die kleinste und anmutigste Einhornart, und die blauen Schattierungen des Fells ...«

Der Großwesir machte eine wegwerfende Geste. »Wir kaufen der Prinzessin doch keine Billigeinhörner! Natürlich habe ich die größten, teuersten Einhörner bestellt, die ich bekommen konnte! Sie sind heute Morgen angekommen. Expressbestellung aus Ohanibar, mit Grüßen vom Sultan und seinem Sohn.«

Oh nein. Als Wildhüterin des Palasts war ich natürlich für die Sicherheit der Gäste zuständig. Ich stopfte panisch den Rest meines Alraunensafts in meinen Ranzen. »Heute Morgen? Aber es ist doch schon ...«

»Natürlich. Die Prinzessin und ihre Gäste wollten nach dem Mittagessen, gegen drei, in den Garten gehen. Du hast also noch genügend Zeit.«

Verdammt. Verdammtverdammtverdammt.

Trullis nasale Stimme verfolgte mich, als ich aus der Tür stürzte. »Zieh deine Paradeuniform an! Es ist immerhin ein Feiertag!«

Aber ich war schon mit voller Geschwindigkeit in den Barockgarten unterwegs. Die Palastuhr hatte gerade dreiviertel drei geschlagen.

Ich raste durch die Allee des botanischen Gartens, an den Trauerweiden entlang und rechts durch die Pforte des botanischen Gartens, und das Herz rutschte mir in die (nicht-uniformierte) Hose.

Die grässlichen Kreaturen waren schon aus dem Käfig befreit worden und hatten sich über den Barockgarten verteilt. In der Mitte des Rasens waren die Überreste eines ehemals schmucken

Zirkuswagens, der jetzt leicht angekaut und schief dastand, mit einigen verdächtig nach Huftritten aussehenden Löchern in den Außenwänden. Ich sah zwei mal vier Boxen durch die offenstehende Türe. Eine schnelle Zählung gab mir sieben Einhörner auf dem Rasen.

Nun ja.

Es hätte schlimmer kommen können. Immerhin hatte Trulli, oder wer auch immer seine Bestellung aufgenommen hatte, die gute Wahl getroffen, nicht die *aller*schlimmste Art Einhörner zu bestellen. Diese Abscheulichkeiten waren Ohani-Einhörner, pummelig, dumm wie der Tag lang ist, leicht gereizt und kurzsichtig (wenn sie dich nicht gleich aufspießen, vergessen sie wahrscheinlich, dass du vor ihnen stehst und zertrampeln dich mit ihren wunderschönen lila Hufen!). Aber immerhin fanden sie Menschenblut nicht köstlich.

Das war die gute Nachricht. Die schlechte Nachricht war, dass diese Dinger wohl das Letzte waren, was die Prinzessin von Einhörnern erwartete.

Eines der Einhörner trottete neben mich und versuchte, sich mit der Flanke an mich zu lehnen. Ich sprang zur Seite, um nicht von einem zweitonnigen, lilabepelzten Monster erdrückt zu werden. Es knarzte mich freundlich an.

»Fnaaaaak.«

Ich seufzte und griff nach dem Alraunensaft.

Sechs Einhörner später wurde ich von einer Alarmsirene aus meiner Arbeit gerissen.

»Iiiiiiiiiiiiiiiiiiiiiiiiiiiiiiiiiiiiiiiiiiieee!«

Die Stimme war schrill, ohrenbetäubend und vor allem *jung*. Ich hielt mir die Ohren leider viel zu spät zu.

Neben mir waren zwei Gestalten aufgetaucht, ohne dass ich es bemerkt hatte. Eine davon war allem Anschein nach männlich und trug eine Kinderversion einer Soldatenuniform.

Nein – ich sah zu spät die verdächtig glänzenden Abzeichen –, eine echte Uniform in Kindergröße. Blau mit weißer Schärpe, das bedeutete Ohani.

Der Schrei war von der rosa Tüllwolke neben ihm gekommen. Nach eingehender Inspektion stellte es sich heraus, dass darin noch ein Kind steckte. Ein silbernes Diadem ragte oben heraus – ja, das war ohne Zweifel Ihro Königliche Hoheit Shayla Aaliyah Baharir Consuela Albarasa Angela y Ansota Saphiry e Nahoun al Rashid de Himistan, Sultana von Himistan, Shahina von Sandukar und den umgebenden Regionen, Oberbefehlshaberin der Armee von Himistan und Stifterin des höchsten Ritterordens der Rosa Flauschigen Teddybären, H. E., O. H. E.

Die Prinzessin.

Ihro Hoheit stampfte mit silbernen Glitzerschuhen auf dem Rasen auf, stemmte zierliche behandschuhte Händchen in die Seiten und holte Luft für ein weiteres Schreikonzert. Diesmal hielt ich mir rechtzeitig die Ohren zu.

»Was«, sie reckte einen silbernen Feenstab nach dem Einhorn, »ist *das?*«

Ich knirschte mit den Zähnen. »Eure Einhörner, Ihro Hoheit.«

»Nein, nein, nein, nein, *nein!*« Die letzte Silbe war so hoch, dass ich mir nicht sicher war, ob nicht bald Vögel vom Himmel fallen würden. Sie drehte sich zu ihrem Spielgefährten um. »Ihr habt mir *echte* Einhörner versprochen!«

Der kleine Prinz gähnte. »Das *sind* echte Einhörner, Hoheit. Eingefangen im Jagdgehege meines Vaters, gerade heute.«

»Lüg mich nicht an!« Das Gesicht des kleinen Mädchens verdrehte sich zu einer (meiner Meinung nach) sehr unvorteilhaften Grimasse, die mich daran erinnerte, wieso ich Kinder nicht mochte. »Das sind doch keine Einhörner! Die sind so fett! Und lila! Und … und … und …« Ihr Gesicht wurde noch röter, als sie die letzte Sünde der Einhörner auflistete. »… *hässlich!*«

»Nun, nun.« Das war wahrscheinlich nicht die richtige Art, mit einer Prinzessin und einem Prinzen zu reden, aber wenn ich etwas noch weniger mochte als Einhörner, dann waren das Leute, die über *meine* Schützlinge lästerten. *Ich* durfte sie dumm, fett und hässlich nennen. Kein anderer durfte das. Abgesehen davon waren Einhörner empfindlich. Ich klapste das Vieh neben mir zerstreut am Hals, um es zu beruhigen. Es drehte seinen fetten Kopf zu mir und sabberte mich an.

»Sieh doch!« Die Prinzessin holte ein Stück Papier aus den Tiefen ihres Kleides und zeigte es vor. »Einhörner sind langbeinig und anmutig und wunderschön! So wie Pferde, aber noch schöner, und mit langer Mähne und großen Augen und goldenen Hufen! Gold!«

Ich rollte hinter dem Schutz der Zeichnung mit den Augen. Für eine Sechsjährige hatte sie ein zumindest erkennbares Pferdewesen gezeichnet. Allerdings hörte die Übereinstimmung mit ihrer Beschreibung da auf und es sah der zweitonnigen Realität aus lila Fleisch und Blut neben mir täuschend ähnlich.

»Ihro Hoheit, Einhörner wie dieses gibt es nicht.« Ich hoffte, dass meine Stimme genügend kindgerecht war.

»Woher willst du das wissen?« Die Prinzessin riss mir die Zeichnung aus der Hand und drückte sie an ihre Brust. »Du bist nur eine Sklavin! Und ich … ich bin die Prinzessin! Und außerdem sind sie in meinem Buch, also existieren sie!«

Ich verkniff mir einen bissigen Kommentar über Kinderbücher und was man mit deren Autoren tun sollte. Mein *Brohms Fabeltierleben* log mir immerhin nichts über nette Einhörner vor.

Die Prinzessin schniefte pikiert und streckte den Feenzauberstab wieder nach mir aus.

»Im Übrigen, wo ist deine Paradeuniform? Ich sollte dich auspeitschen lassen dafür, dass du mein Fest in diesen … diesen Lumpen störst!«

Ganz ruhig, Lelia. »Ich bin die Wildhüterin. Einhörner mögen kein Weiß, Ihro Hoheit. Wenn sie das sehen, werden sie ganz wild. Alles in Weiß wird sofort angegriffen.« Ich warf einen verstohlenen Blick auf den ohanischen Prinzen und erbaute mich im Geheimen daran, ihn erbleichen und einen Schritt zurücktreten zu sehen. Glücklicherweise wusste ich, was er nicht wusste – das Einhorn war im Alraunenrausch und würde noch stundenlang glücklich weitersabbern. Aber das musste ich ihm ja nicht auf die Nase binden.

»V-Vielleicht sollten wir den Garten weiter erkunden, Hoheit.« Die Stimme des Prinzen zitterte nur ein bisschen. »Die anderen Gäste werden bald hier sein.«

»Das interessiert mich nicht!« Sie schlug mit dem Zauberstab nach ihm. »Sag deinem Vater gefälligst, dass ich richtige Einhörner will, und zwar jetzt!«

Der Prinz wich noch etwas zurück. Jetzt tat er mir doch leid.

»Warum seht Ihr nicht nach den Baumdrachen, Ihro Hoheit?« Ich zeigte zum botanischen Garten. »Ein Neuzugang. Sie sollten schon eingetroffen sein.«

»Hmpf.« Die Prinzessin warf ihren Kopf in den Nacken, ganz wie es ihre Mutter früher immer getan hatte. »Ich werde im Park nach einem *richtigen* Einhorn Ausschau halten.«

Sprach's und stolzierte davon.

»Du hättest doch Kirin kaufen sollen, Trulli«, murmelte ich.

Das lila Ungetüm neben mir rülpste und sah der rosa Tüllwolke düster nach. Ich seufzte und klapste es auf die Flanke. Das Einhorn dankte mir, indem es meinen Arm mit einer perfekten rosa Zunge abschlabberte. Igitt. Warum noch einmal war ich nett zu einem Einhorn?

Kirin wären zumindest drollig gewesen. Nervtöter, ja, Schreie, die jeden Pfau neidisch machen würden, und frage nicht, was sie mit Rosenbüschen anstellten – ich hatte schon mehr als einen

Gärtner weinen gesehen –, aber immerhin waren sie drollig. Irgendwie. Und klein.

»Hörte ich dich gerade meinen Namen seufzen?«

Ich zuckte zusammen.

»Aha, aha!« Trulli schlenderte zu mir, gefolgt von einer Horde kreischender Kinder. Ich musste wirklich etwas Watte finden, um mir die Ohren zu verstopfen, wenn ich den Nachmittag überleben wollte. »Nun, wie hat der Prinzessin ihr Geburtstagsgeschenk gefallen?«

Ich hatte genug Selbstbeherrschung, um nicht mit den Augen zu rollen. »Nicht besonders, befürchte ich, Herr. Sie ging in den Park, um nach schöneren Pferden zu suchen.«

Trulli sah mich enttäuscht an.

»Sie haben ihr nicht gefallen? Aber ich habe mich doch …«

Er seufzte. »Ich hatte so gehofft, dass sie ihr gefallen würden.« Trulli ließ die Schultern hängen und schniefte. Als Großwesir machte er wirklich eine komische Figur mit seinen spitzen Schuhen und seiner grünen Weste. Ich konnte mich noch daran erinnern, wie er sich gegen das Amt gewehrt hatte. Aber was hätte er auch sonst tun sollen? Nach dem Tod des Sultanpaars und mehr oder minder des gesamten Hofrats war Trulli als ranghöchstes Mitglied des Palastes übriggeblieben. Die Prinzessin brauchte einen Vormund und das Königreich regierte sich nicht von allein. Für einen Moment tat er mir leid.

»Nun ja, da kann man nichts machen.« Er klatschte in die Hände. »Hopp hopp, treibe die Einhörner wieder zusammen. Wir schicken sie nach Ohanibar zurück.«

Ganz plötzlich tat er mir nicht mehr leid.

Bis ich es geschafft hatte, den Einhornsabber abzuwaschen und etwas Watte für meine Ohren zu finden, hatten die Einhörner schon zwei Beete preisberühmter Lilien abgegrast und ein Rad des Zirkuswagens gefressen. Zwei der Biester knabberten gerade an einem weiteren Rad und ignorierten die kreischenden Kinder, die auf ihnen herumturnten. Ich warf einen Blick in den Wagen, ob jemand Zaumzeug für die Einhörner mitgeschickt hatte, und sah etwas passend Silbriges. Sehr gut.

Ich näherte mich dem nächstbesten Einhorn, das Silberzaumzeug hinter meinem Rücken versteckt.

Es roch das Silber aus ein paar Schritten Entfernung und sprang mit einer Geschwindigkeit auf, die ich von etwas, das vor einer halben Stunde noch im Alraunenhimmel schwebte, nicht erwartet hätte. Die Kinder kullerten von seinem Rücken ins Gras und quietschten vor Lachen. Die Watte in den Ohren war eine gute Idee gewesen.

»Nicht so schnell!«

Ein Einhorn mit Alraunensaft im Bauch ist ein Kinderspiel gegen eine Krakenranke mit Größenwahn im Apfelbaum. In einer Bruchsekunde war ich auf dem Rücken des Einhorns gelandet und steckte ihm die Silbertrense ins Maul.

Das war effektiv. So effektiv, dass das Einhorn abrupt zum Stehen kam und ich – mal wieder – im Blumenbeet landete. Im Rasen war nun eine tiefe Schramme zu sehen, wo das Einhorn gebremst hatte.

»Hab dich, du Miststück!«, sagte ich und grinste.

Dann sah ich, wie ihm die zwei sauber entzwei gebissenen Teile der Trense aus dem Maul rutschten.

Das Biest rappelte sich auf und taumelte in Richtung des botanischen Gartens davon. Ich warf mich gerade noch rechtzeitig zur Seite, um nicht von den Hufen des Einhorns zertrampelt zu werden.

Eine zerquetschte Lilie drapierte sich mir melancholisch über das Gesicht.

»Wie zum T…«

Ich sah mir das Zaumzeug genauer an. Typisch billige ohanische Imitate! Die Trense war doch für ein Ohani-Einhorn viel zu klein! Wie hatten sie mit solchen Dingern die Einhörner überhaupt einfangen können?

Ich sah zum Zirkuswagen hinüber und der Groschen fiel endlich.

Acht Boxen. Acht Zaumzeuge. Nicht sieben.

Und die anderen Zaumzeuge im Wagen waren die richtige Größe.

Mir lief ein Schauder über den Rücken. Irgendetwas war sehr, sehr faul im Staate Himistan. Das letzte Mal, als ich mich so gefühlt hatte, hatte sich herausgestellt, dass Trulli statt einer Spaghettipflanze eine Krakenranke gekauft hatte.

Acht Zaumzeuge, und eines davon war nicht für ein Ohani-Einhorn gedacht. Und sieben Einhörner auf dem Rasen.

Ich war schon am Laufen, ohne es gemerkt zu haben. Meine Füße trugen mich in Richtung des botanischen Gartens, und das kaputte Zaumzeug wehte wie eine Flagge hinter mir her.

Ich fand den ohanischen Prinzen unter einem Blauorangenbaum, wo er gelangweilt einem Baumdrachen beim Versuch, eine Orange zu verführen, zusah. Oder zuzusehen schien. Ich blieb vor ihm stehen und hielt ihm das Zaumzeug unter die Nase.

»Wo ist die Prinzessin?«

Er zuckte zusammen. »Weiß ich doch nicht!«

Er war glücklicherweise viel zu verdutzt, um sich über meinen Ton zu beschweren.

Ich lehnte mich hinunter und zupfte an einem Wattebausch, um ihn etwas besser hören zu können. »Spiel hier nicht den Unschuldsengel. Ich weiß, was ihr vorhattet. Wo ist sie?«

»Hä? Was meinst du? Die Einhörner?« Er seufzte. »Na gut. Sie ist eine Nervensäge. Aber du musst zugeben, es war komisch. Die fetten Einhörner auf ihrem Rasen, hast du ihr Gesicht gesehen?« Er kicherte. »Na gut, nicht sooo komisch.«

»Das meinte ich nicht, und das weißt du. Wo ist das letzte Einhorn? Was für ein … He!«

Der Prinz hatte sich mitten in meinem Satz umgedreht und ging weg, direkt durch einen Busch, der ihm im Weg stand.

»Was ist los mit dir?« Ich lief ihm nach und rüttelte ihn an der Schulter. »Sieh mich gefälligst an, wenn ich mit dir rede!«

Aber der Prinz sah mich nicht. Er hatte einen starren Blick, wie hypnotisiert. Er ging weiter vorwärts, ohne auf die Äste, die ihm ins Gesicht schlugen, zu achten.

Der kalte Schauder lief mir wieder über den Rücken. Als wir aus den Büschen auf eine Lichtung traten, wusste ich, warum.

Es war wunderschön, das musste ich ihm lassen.

Größer als die Araberschimmel des Sultans, aber zierlich und anmutig wie eine Gazelle. Lange, weiße Haarsträhnen zierten seine Hufe und das Maul und gaben ihm den Anschein von Charme und Weisheit. Sein Fell wie auch seine Mähne waren strahlend weiß, bis auf eine einzelne Träne aus seinen tiefschwarzen Augen. Zwischen den Augen, mitten auf seiner Stirn, saß ein einzelnes goldenes Horn.

Es war das schönste Tier, das ich je in meinem Leben gesehen hatte.

Und das tödlichste. Und neben ihm auf der Lichtung stand eine kleine Wolke aus rosafarbenem Tüll.

Der Shadhavar drehte seinen Kopf zu uns, als wir zwischen den Büschen hervorkamen. Der Prinz taumelte auf ihn zu, bezaubert von seiner Musik.

Seine Musik. Ich hatte noch immer Wattebäusche in den Ohren. Alle Sagen sprachen davon, dass der Shadhavar seine Beute mit Musik hypnotisierte. Solange ich es nicht hören konnte, war ich sicher vor seiner Magie. Jetzt musste ich nur schnell überlegen, wie ich die Prinzessin vor ihm retten konnte, bevor es uns alle aufspießte.

Das silberne Zaumzeug lag noch immer in meiner Hand, verborgen hinter meinem Rücken. Es mochte zerbrochen sein, aber wenn ich meine Karten richtig ausspielte, hätte ich noch immer eine Chance damit. Keine sehr große, aber im Moment war jede Waffe im Kampf gegen ein magisches, menschenfressendes Einhorn besser als keine. Ich drückte mich in den Schatten der Bäume und schlich langsam, ganz langsam, an das Biest heran.

Das Einhorn neigte seinen Kopf anmutig zur Seite und kniete nieder. Die Prinzessin grinste triumphierend. Sie trat einen Schritt vorwärts, die Arme ausgestreckt, um es zu streicheln.

Aber ich hatte den Plan des Einhorns schon eine Sekunde davor durchschaut. Bevor es die Zähne fletschen konnte, hatte ich das Zaumzeug wie ein Lasso über seinen Kopf geworfen und zog mit aller Kraft daran.

Der Shadhavar stieß einen markerschütternden Schrei aus und bäumte sich auf, als es das Silber um sein Horn festzurren spürte. Ich warf einen Blick auf seine Zähne und bereute es sofort – so ein Gebiss hätte besser Platz im Maul eines Säbelzahntigers gefunden. Für mehr blieb keine Zeit, als mich das Biest durch die Luft und gegen den Stamm eines hundertjährigen Gingkobaums schleuderte.

Bis die Sterne aufgehört hatten, in meinem Kopf ein Feuerwerkskonzert zu geben, konnte ich nur noch den Schweif des Einhorns im Dunkel der Bäume verschwinden sehen.

Ich rief ihm nach, während ich versuchte, ihm hinterherzuhinken, aber ich erwartete keine Reaktion. Gewisse Menschen besitzen die Eigenschaft, auf die alle Einhörner reagieren – die Prinzessin, sicherlich, und deshalb war sie noch am Leben – aber diese hatte ich schon vor langer Zeit verloren. Auf vier Beinen war es viel schneller als ich. Auch wenn meine Rippen nicht schmerzten, hätte ich ihm sicher nicht lange nachlaufen können.

Glücklicherweise wusste ich etwas, das es nicht wusste. In dieser Richtung kam nur noch der Obstgarten und dann die Palastmauer – nicht einmal ein Shadhavar konnte so hoch springen. Ich musste es nur in eine Ecke treiben …

Zwischen Apfel- und Pfirsichbäumen hindurch sah ich eine weiße Gestalt an der Palastmauer. Ich erlaubte mir ein selbstzufriedenes Grinsen. Wenn ich mich schnell auf die Zügel warf ...

Dann hörte ich die Musik, und alles andere war mir egal.

Meine Gedanken verlangsamten sich, bis die Melodie alles füllte. Die Wattebäusche! Einer musste herausgefallen sein, als ich vorhin herumgeschleudert wurde. Egal. Die Prinzessin und der Prinz. Alles egal. Die riesigen Zähne des Einhorns. Alle anderen Kinder, Festgäste, Hofstaat und Tiere, die der Shadhavar angelockt hatte. Die Einhörner ...

Ich sah Einhörner. Lila Einhörner.

Die Einhörner standen in einer geschlossenen Reihe, Schulter an Schulter. Ihre Häupter waren tief zu Boden geneigt, eine Reihe gekrümmter Hörner auf den Shadhavar gerichtet. Eine eigene Musik kam aus ihrer Formation, ein Summen, das die Musik des Shadhavars übertönte.

Faszinierend, dachte ich. *Was könnten diese hässlichen Biester noch schaffen, wenn sie nicht so faul wären?* Ich sank in die Knie, halb vom Bann des Shadhavar befreit. Ich sollte etwas tun. Ich sollte die Zügel schnappen. Ich sollte das Einhorn daran hindern, wegzulaufen. Ich sollte ... aus der Bahn der fetten lila Stampede gehen!

»Nun ja, es war ein gutes Leben ...«

Dann bäumte sich der Shadhavar auf und sprang. Er sprang höher und weiter, als ich je etwas hatte springen sehen, über die Schultern der Einhörner hinweg und landete zwischen den Apfelbäumen. Er lief geradewegs auf die Prinzessin zu, das goldene Horn zum Angriff gesenkt. Ich stieß einen Warnschrei aus –

Und sah gerade noch, wie ein Knäuel grüner Tentakel, die ich für einen Apfelbaum gehalten hatte, das Einhorn schnappte, in die Luft schleuderte, und es verschlang.

Es wurde still.

Dann rülpste die Krakenranke laut.

»*Braves* Mädchen«, murmelte ich, brach am Boden zusammen und kicherte, bis ich keine Luft mehr bekam.

Wie gesagt – ein Einhorn ist ein Kinderspiel gegen eine Krakenranke.

Später gab es noch einmal ein Feuerwerkskonzert, diesmal ein richtiges.

Ich saß am Tisch der Prinzessin, gegenüber von Trulli. Der Prinz von Ohanien hatte mir seinen Platz abgetreten und saß nun neben seinem Vater, der eine säuerliche Miene machte. Alle drei hatten mich mit unendlichem Dank für die Rettung überschüttet, während sie diplomatisch versuchten, die Schuld für die »tragische Verwechslung« der Einhörner aufeinander zu schieben. Ich betrank mich mit teurem Champagner und versuchte, nicht hinzuhören.

»Ich mag sie«, verkündete die Prinzessin durch einen Mundvoll Geburtstagstorte. »Ich will sie behalten. Sie kann der erste Ritter meiner offiziellen Leibwache werden.«

Ich spuckte meinen Schluck Champagner über den Tisch und direkt in Trullis Gesicht.

Erst später, in der Sicherheit meiner eigenen Hütte (die ich nun leider bald für eine Palastsuite würde eintauschen müssen), überkam es mich, wer das Einhorn wirklich eingeschmuggelt haben musste. Es konnte unmöglich der Sultan von Ohanibar gewesen sein – nicht einmal ein Sultan würde auf die Idee kommen, seinen eigenen Sohn für die Ermordung einer Prinzessin aufs Spiel zu setzen.

Aber ein böser Großwesir hingegen würde das.

Oh, Trulli! Und ich hatte gedacht, er sei dumm und ungefährlich!

Welchen besseren Vorwand gäbe es, um die gesamte Macht an sich zu reißen, als die Thronfolgerin zu ermorden und Ohanibar dafür die Schuld zuzuschieben? Und wenn der ohanische Thronfolger auch starb, umso besser. Wenn nicht – nun ja, dafür gab es Krieg.

Allerdings konnte ich nichts davon beweisen.

Bis zur Mündigkeit der Prinzessin konnte Trulli noch hunderte »Unfälle« arrangieren, die die Prinzessin (und mich!) aus dem Spiel brachten. Der einzige Kopf, der rollen würde, wenn ich ihn anschuldigte, wäre meiner, dessen war ich mir sicher. Ich seufzte.

Die nächsten zwölf Jahre würden lang werden.

Laurence Horn

EINHÖRNER GIBT ES NICHT

20.05.1886,
ca. eintausend Meter über der Mecklenburger Seenplatte

Kriminalkommissar Gerd Lichtblaus linker Mundwinkel zuckte, als er an die vielen Waffen an Bord dachte. Zu viele Waffen für Zivilisten. Wenn sein ranghöherer Vorgesetzter von dieser Aktion erfuhr, war seine Versetzung an die finnische Grenze fällig. Schon der Umstand, dass er sich dieses Luftschiff unberechtigterweise ausgeliehen hatte, reichte aus.

Lichtblau seufzte. Galt ein russischer Großwildjäger überhaupt als Zivilist? Sergei Alexandrov war ein Mann der Extreme. Er besaß eine Sondergenehmigung, die es ihm erlaubte, im deutschen Kaiserreich zu jagen, wann und vor allen Dingen *was* ihm beliebte. Sein Geld machte es möglich.

Lichtblaus Blick wanderte zu Valerie Dupon. Die *Maître Cuisinière* konnte mit Sicherheit ebenfalls eine Waffe führen, davon war Lichtblau überzeugt. Zumal sie sich im *Noble Palais*, dem französischen Fachblatt der Kochkünste, damit rühmte, die meisten exotischen Tiere ihrer Restaurantkette eigens erlegt zu haben. Lichtblau erschauderte. Flamingo am Spieß, Hai in

Aspik oder Panda-Ratatouille waren nur ein paar der Gerichte ihrer Gourmetküche.

Als einzige Zivilisten konnten somit die zwei weiteren Fluggäste gezählt werden. Zum einen Lichtblaus langjähriger Freund, der Reporter Ferdinand Putlitz, zum anderen Maximilian von Brandenburg. Zumindest der adlige Professor für Naturwissenschaften und Biologie, der sich vortrefflich mit der Artenvielfalt der Tierwelt auskannte, hatte sicherlich noch nie eine Waffe zu Gesicht bekommen.

Lichtblau seufzte erneut. Er war zu jung für Finnland. Er konzentrierte sich lieber auf seinen Fall.

Ein Einhorn als Mörder?

Die Entdeckung eines Einhorns wäre wahrlich eine Sensation für jeden hier an Bord. Er schüttelte den Kopf. Einhörner gab es nicht. Seine Gedanken schweiften abermals ab. Hätte er bloß vorher die Informationen über die Fluggäste eingeholt.

Hoffentlich endet diese Reise nicht in einem Desaster.

Valerie Dupon war die Erste, die das Schweigen brach.

»Wann erreichen wir die Gegend, in der das Einhorn gesichtet wurde?«

»In einer knappen Stunde«, sagte Lichtblau.

Alexandrov grinste nur und begann, die Zahnräder und Stangen seines pneumatischen Dampfgewehres zu putzen.

»Monsieur Putlitz, wie lautete der Zeitungsbericht? Wenn sie so liebenswürdig wären, uns den Artikel noch einmal vorzutragen?«

Alexandrov schaute auf. »Gütiger Himmel, er hat den Bericht bereits dreimal vorgelesen!«

»Aber vielleicht haben wir etwas überhört? Es sind immerhin einige Informationen darin enthalten.«

Putlitz räusperte sich. Alle Blicke richteten sich auf den Reporter, der die Zeitung zur Hand nahm und den Hauptartikel vorlas.

»Mythische Zauberwesen oder mordende Bestien? Sind Einhörner für die Morde an zwei Schweriner Bürgern verantwortlich?« Putlitz ließ die Zeitung sinken, um sie umzublättern.

»Klingt ein wenig übertrieben«, sagte Valerie Dupon.

»Nun lassen Sie den Mann doch weiterlesen«, fuhr Maximilian von Brandenburg die junge Französin an.

Valerie Dupon hob die Hände, deutete mit den Fingern einen Schlüssel an und verschloss symbolisch ihren Mund.

Putlitz erhob erneut seine Stimme und las gegen das monotone Hämmern der Kolben, Brummen der Propeller und Fauchen der dampfbetriebenen Düsen des bauchigen Luftschiffes an.

»Schwerin, elfter Mai achtzehnhundertsechsundachtzig. Im Territorium Mecklenburg-Schwerin wurde am Mittwochabend zum wiederholten Male ein Einhorn gesichtet. Laut Aussage eines Naturfreundes wurde es in den frühen Abendstunden am Neumühler See in nordwestlicher Richtung des Schweriner Forstes entdeckt. Ob es sich dabei um ein und dasselbe Tier handelt, welches sechs Tage zuvor zwei Handwerker der Landeshauptstadt getötet haben soll, oder ob es mehrere Exemplare sind, konnte nicht geklärt werden. Bei den Opfern handelte es sich um zwei Metallbauer aus dem Schweriner Industriestadtteil *Sacktannen*. Beide Opfer verschwanden in der Nacht von Freitag auf Sonnabend und wurden erst am Montag durch eine Gruppe von Waldarbeitern tot aufgefunden. Die vermutliche Tatzeit wurde auf Sonntagabend datiert. Nun fragen sich die Behörden: Steht das gesichtete Einhorn in Verbindung mit den beiden Tötungen? Handelt es sich wirklich um mordende Bestien und nicht um die mythischen Wesen, die Sagen zufolge nur von einer Jungfrau gesehen und bezähmt werden können? Die Bevölkerung ist verunsichert.« Putlitz senkte die Zeitung.

»Ein weiteres Mal …«, murmelte Valerie Dupon und erhob danach die Stimme. »Wer waren die Zeugen? Waren es Jungfrauen?«

»Eben, das ist doch der Punkt«, ergriff Lichtblau das Wort. »Die oder der Zeuge ist irrelevant. Tatsache ist, dass keines der *Opfer* eine Jungfrau war. Wie kann dieses also angehen, wenn, nehmen wir einmal an, nur Jungfrauen diese Wesen sehen können?«

»Vielleicht lassen Einhörner nur die Jungfrauen am Leben?«

Alexandrov stellte das geölte Gewehr an die Kabinenseite. »Das glaube ich nicht. Es wird sich gut in meiner Sammlung machen, wenn ich es erlegt habe.«

»Ihre Sammlung? Was soll gut daran sein, kostbare Lebensmittel auszustopfen? *Mon dieu*, was für eine Verschwendung von Ressourcen.«

»Sie wollen das Tier also lebend haben?«, fragte Putlitz.

»Oui. Tot nützt es mir nichts. Wer isst schon gern verwestes Fleisch?«

»Sie wollen es verspeisen?«

»*Oui, mon cher*. Das Glück dieser Erde liegt im Schenkel der Pferde.«

»Ich hätte schwören können, das Sprichwort lautet anders«, sagte Putlitz und lehnte sich in seinem Sessel zurück.

Alexandrov lachte auf. »Welch eine Barbarei, alles zu verspeisen.« Er schüttelte den Kopf und ballte die Fäuste. »Ehe das Einhorn in Ihrer Suppenküche landet, hängt es schon in meinem Trophäenraum.«

»In meiner exquisiten Küche findet das Einhorn eine viel bessere Bestimmung als bei Ihnen und Ihren muffigen Kuriositäten des Todes.«

»Bestimmung hin oder her, ich werde der Erste sein, der es erlegt.«

»Nicht, wenn ich es verhindern kann.« Maximilian von Brandenburg rückte seine Brille zurecht. »Dieses seltene Lebewesen gehört der Wissenschaft und muss erforscht werden.«

»Was wissen Sie schon«, riefen die Französin und der Russe synchron.

Lichtblau fuhr auf. »Das ist doch Humbug! Meine Dame, meine Herren. Sie glauben doch nicht allen Ernstes an die Existenz von Einhörnern?«

Sergei Alexandrov ließ zwei Tropfen Öl auf die metallverstrebte Konstruktion seiner rechten Armverstärkung fallen und begann, mit einem Lappen die Flüssigkeit auf deren Zahnrädern zu verteilen. Abschließend blickte er von seiner Tätigkeit auf und fixierte Gerd Lichtblau. »Humbug? Warum sind Sie dann hier, wenn Sie nicht an Einhörner glauben?«

Lichtblau räusperte sich. »Ich bin hier, weil ich einen Mörder finden will, das habe ich Ihnen bereits erklärt. Immerhin gibt es zwei Leichen, die mit einem spitzen Gegenstand erstochen wurden, ähnlich einem Horn.«

Valerie Dupon strich sich mit der Hand durch ihr wallendes Haar. »Ich glaube, Sir Lancelot wird uns nicht behelligen. Er ist nicht im Dienst.«

»Ich muss Ihnen widersprechen, Mademoiselle Dupon. Auch wenn ich keine Uniform trage: Ein Polizist Seiner kaiserlichen Hoheit Wilhelm des Ersten ist immer im Dienst …«

»Verschonen Sie uns damit«, fiel ihm Sergei Alexandrov ins Wort.

Der Kommissar erhob den Finger, doch der Russe ließ ihn nicht ausreden.

»Sie sind auch nur aus einem Grund hier, so wie wir alle. Der Liebe zur Jagd.« Er blickte die vier Anwesenden an. »Ob nun ein Verbrecher, eine gute Geschichte, neue Erkenntnisse oder die Aussicht auf kulinarische Genüsse. Oder eben eine Trophäe wie in meinem Fall. Wir sind alle Jäger.«

Professor Maximilian von Brandenburg nestelte an seinem Hemdkragen. »Was erlauben Sie sich? Ich bin ganz bestimmt kein Jäger, der grundlos tötet. Die Forschung …«

Alexandrov bedachte den hochgewachsenen Mann mit einem abfälligen Blick. Ein leises Lachen entwich seiner Kehle. »Die Suche nach Erkenntnissen ist auch eine Art der Jagd. Man zerstört manchmal mehr als nur ein Leben.«

»Was meinen Sie?«

»Hat nicht die Erkenntnis zur Evolution des Menschen in Bezug auf Adam und Eva das gesamte Weltbild zerstört und eine ganze Religion in Angst und Schrecken versetzt?«

»Das können Sie ja wohl nicht mit der grausamen Tötung eines wehrlosen Tieres vergleichen.«

»Wehrlos? Sind nicht die beiden Ermordeten, wie der Kommissar berichtete, mit einer Stichverletzung aufgefunden worden? Kommen Sie mir nicht mit wehrlos. Vielleicht ist unser Einhorn eine blutrünstige Bestie?«

»Ich bin bisher mit jedem Pferd klargekommen.«

»Ein Einhorn. Kein Pferd«, warf die Französin ein.

Lichtblau hob abwehrend die Hände. »Beruhigen Sie sich. Ich bitte Sie. Ich wollte niemanden verschrecken. Ich habe lediglich die Fakten aufgezählt und auf mögliche … Gefahren hingewiesen.«

»Weshalb Sie auch Ihre Dienstwaffe mitgenommen haben.« Mit einem Kopfnicken deutete Alexandrov auf die ausgebeulte Tasche des Kommissars.

Alle Blicke richteten sich auf Lichtblau, dessen Hand kurz zur Manteltasche glitt. Er schaute dem Jäger unbeeindruckt in die Augen. »Sie sind ein guter Beobachter.«

»Ich kenne mich mit Waffen aus. Und ich vermute, jeder von uns ist vorbereitet.«

Von Brandenburg stieß ein Schnauben aus. »Ich führe keinerlei Bewaffnung mit mir. Das ist eine Impertinenz. Dafür werden Sie bezahlen.«

Ferdinand Putlitz und Valerie Dupon schwiegen. Abermals lachte Alexandrov, diesmal jedoch dröhnend laut. »Pech für Sie.«

Während von Brandenburg nach einer Entschuldigung verlangte und Lichtblau erneut schlichtend eingreifen musste, lehnte sich Mademoiselle Dupon zu Putlitz. »Und? Was haben Sie mitgebracht?«

»Oh, ich?« Der Reporter lächelte höflich. »Meine Waffe sind die Worte. Obwohl ich mich sehr gut mit Schusswaffen auskenne.«

Dupon lachte. »Die Feder ist schärfer als das Schwert.«

Putlitz schmunzelte. »Und selbst?«

»Remington-Rider Single Shot Deringer. Eine Spezialanfertigung mit dampfbetriebener Kompressionskammer.«

»Die ist wirklich handlich. Aber verzeihen Sie meine Frage, Mademoiselle Dupon. Wie wollen Sie damit ein Einhorn erlegen?«

»Die Munition ist ausschlaggebend. Ich brauche nur einen einzigen Schuss. Und glauben Sie mir: Ich schieße nie daneben.«

»Wie das? Ich meine, was ist an Ihrer Munition anders?«

»Es handelt sich um ein Betäubungsmittel. Ich jage niemals mit scharfer Munition. Sie verstehen?«

Putlitz nickte. »Ich verstehe. Sie wollen es lebend.«

Eine Weile schwiegen die Anwesenden und ein jeder schaute zum Fenster hinaus. So weit das Auge reichte, breitete sich unter ihnen ein endlos grünes Waldgebiet aus. Vereinzelte Wasserflächen durchsetzten die Landschaft mit glitzernden Tupfen und bildeten so die Mecklenburger Seenplatte.

Lichtblaus Gedanken kehrten zum Grund ihrer Reise zurück. Sie waren nicht zum Vergnügen unterwegs. Sie wollten ein Einhorn jagen. Ob sich diese Idee als Fehler erweisen würde, konnte Lichtblau nicht sagen. Er wusste nur eins: Einhörner gab es nicht. Oder? Vielleicht gab es ja doch noch ein Einhorn? Und wenn dieses Einhorn der Täter war …?

Der Kriminalkommissar schüttelte den Kopf. *Einhörner gibt es nicht.*

Der Bordlautsprecher knackte und die Stimme des Piloten ertönte leicht verzerrt aus einem schwarzen Kasten an der Kabinendecke.

»Wir erreichen das Zielgebiet in fünfzehn Minuten. Bitte stellen Sie die Rückenlehnen aufrecht und schnallen sich an. Genießen Sie den Landeanflug.«

Landeplatz: Schweriner Wald, Flurstück 635/139

Die fünf Fluggäste wurden durchgeschüttelt, als das Luftschiff unsanft auf einer Lichtung westlich des Schweriner Waldes aufsetzte. Zischend erstarb die Maschine und Stille trat ein. Der Pilot stieß die Tür auf und die frische Luft vermischte sich mit dem Geruch von verbrannter Kohle. Nach einem allgemeinen befreiten Aufstöhnen schnallten sich alle ab und verließen die Kabine.

Kaum spürte Alexandrov den kühlen Waldboden unter den Füßen, schulterte der Russe sein Gewehr. »Ich darf mich verabschieden.«

Lichtblau hielt ihn zurück. »Warten Sie. Ich nahm an, wir wollten uns gemeinsam auf den Weg …?«

»Vergessen Sie es. Ich jage grundsätzlich allein. Ich lasse mir durch Ihr aller Getrampel nicht die Beute verjagen.«

»Das Gleiche gilt für mich«, warf die Französin ein. »Ich jage ebenfalls solo.«

Von Brandenburg schüttelte den Kopf. »Ich nehme mit Sicherheit keine Rücksicht und mache so viel Krach wie möglich, damit Ihnen der *Jagderfolg* verwehrt bleibt.«

Alexandrov lachte. »Das ist gut. Treiben Sie die Beute ruhig in meine Richtung. Aber kommen Sie selbst mir nicht zu nahe. Das gilt für alle Anwesenden.«

»Für einen mehr, für den anderen weniger«, murmelte Dupon.

Von Brandenburg verzog die Mundwinkel und stieß einen abfälligen Laut aus. »Dann werden Sie eben nichts von mir hören. Ausnahmsweise hat der Russe recht. In der Rotte vertreiben wir das Tier nur.« Er wandte sich an Lichtblau. »Ich als Freund der Natur ziehe es ebenfalls vor, die Ruhe und Schönheit der Flora und Fauna ohne Gesellschaft zu erkunden. In einer Gruppe mag es sicherer erscheinen, jedoch ich bin überzeugt, dass wir so niemals das Einhorn zu Gesicht bekommen.«

Die Falte zwischen Lichtblaus Augen vertiefte sich. »Also was schlagen Sie vor?«

Alexandrov zog eine verschnörkelte Taschenuhr aus seiner Jacke. »Wir treffen uns in genau sechs Stunden auf der Lichtung am östlichen Waldgebiet wieder. Dann geht die Sonne unter. Uhrenvergleich gefällig? Ich möchte schließlich, dass Sie alle mit der gleichen Uhrzeit meinen Jagderfolg bestätigen.«

Valerie Dupon schnaufte. »Träumen Sie weiter ... Zwölf Uhr fünfzehn«, sagte sie, nachdem sie auf die Uhr an der Kette um ihren Hals geschaut hatte.

»Möge der Bessere gewinnen. Wir sehen uns an der Lichtung. Dann können Sie mein Einhorn bewundern.« Alexandrov deutete eine Verbeugung an und entfernte sich sogleich lautlos.

»Wenn es denn eines gibt«, rief Lichtblau dem Russen hinterher. »Und denken Sie daran, Herr Alexandrov: Wir wollen das Tier lebend fangen! Und achten Sie darauf, sich nicht gegenseitig über den Haufen zu schießen.«

Eine Antwort aus der Ferne blieb aus.

»Keine Antwort ist auch eine Antwort. Noch immer dieselbe impertinente Person«, murmelte Valerie Dupon.

Sie schob das Okular ihrer Brille zurecht, stellte die verschiedenen Prismen ein und setzte den flachen Damenzylinder auf den Kopf. »Nur keine Zeit verlieren, ehe dieser ungehobelte Klotz mir mein Einhorn streitig macht.« Mit einem Lachen lief sie los. »Waidmannsheil, oder wie sagt man bei Ihnen?«

Maximilian von Brandenburg verzog den Mund und blickte Dupon nach. Nach einer Weile nickte er Kommissar Lichtblau und Putlitz zu.

»Meine Herren.« Er umgriff seinen Spazierstock und betrat den Waldpfad.

Die beiden blieben zurück. Das Luftschiff sollte hier bis zur Rückkehr der Fluggäste warten. Der Heizer bestückte die Brennkammer des Ofens mit frischer Kohle, um den Druck im Kessel für die Rückfahrt aufzubauen.

»Sollten wir nicht auch los?«, fragte der Reporter.

Lichtblau seufzte. »Eigentlich dachte ich, Sie hätten ein paar Informationen für mich, mein Freund. Da dem bei unserer Abreise nicht so war, müssen wir uns noch einen Augenblick gedulden.«

»Machen Sie es nicht so spannend.«

»Sie enttäuschen mich, mein Freund. Während des Fluges können keine Nachrichten verschickt werden. Hier am Boden ist das anders. Der Pilot ist bereits mit der Peilung eines Telegrafenturmes beschäftigt.«

»Sie erwarten eine Nachricht?«

»Ja, Putlitz. Ich habe ein paar Nachforschungen angestellt. Leider etwas spät, befürchte ich.«

In diesem Moment wurde die Tür der Kommandokanzel aufgestoßen und ein drahtiger Mann mit Pilotenkappe kam angelaufen.

»Herr Kriminalkommissar, eine Depesche für Sie.« Der Mann übergab einen länglichen Streifen mit verschlüsselten Zeichen darauf.

»Wie aufs Stichwort.« Lichtblau überflog die Meldung und wurde noch blasser im Gesicht.

»Was ist passiert?«

»Mein Gott … was haben wir getan?«, flüsterte der Kommissar und überreichte die Depesche seinem Freund.

»Oh, mein Gott«, raunte nun dieser. »Was haben *Sie* getan?« Er überflog die Notiz und blickte auf.

Lichtblaus Mundwinkel zuckte. »Kommen Sie, Putlitz. Wir müssen die anderen warnen.«

Viereinhalb Stunden irrten Lichtblau und Putlitz erfolglos durch den Wald.

»Ich kann es immer noch nicht glauben. Dupon und Alexandrov hatten ein Verhältnis?«

»Ja, leider«, murmelte Lichtblau.

»Und jetzt nicht mehr?«

»Leider nein.«

»Und er hat ihr Essen nicht vertragen und sie deshalb öffentlich angeprangert?«

»Ja. Ihre Geschäfte laufen seitdem schlecht. Die geschmähte Geliebte. Wie konnte ich nur so blind sein?«

»Aber, Kommissar, Sie trifft nun wirklich keine Schuld.«

»Oh doch, mein Freund. Ich hätte mich eher informieren müssen. Mensch, Putlitz! Hätte ich das vorher gewusst, ich hätte niemals dieser Fahrt zugestimmt.« Lichtblau stöhnte. »Wir irren seit Stunden umher, ohne jemanden zu finden. Wo stecken die anderen?«

»Sie befinden sich auf der Jagd, was erwarten Sie? Höchstwahrscheinlich liegen sie irgendwo auf der Lauer.«

»Das befürchte ich ja gerade. Hoffentlich kommen wir nicht zu spät.«

Ein Wiehern ertönte.

»Kommissar Lichtblau, haben Sie das gehört?«

»Gewiss, Putlitz. Aber …« *Einhörner gibt es nicht,* wollte er sagen, als ein Schuss fiel.

»Das war ganz in der Nähe.« Der Kommissar wirbelte herum und rannte augenblicklich los. »Putlitz! Kommen Sie!«

Auf einer Waldlichtung stand Maximilian von Brandenburg, ein Gewehr im Anschlag und zielte auf einen unsichtbaren Gegner.

»Mademoiselle Dupon. Stellen Sie sich!«

»Keine Sorge, Professor, ich bin nicht so dumm wie Sergei und zeige mich. Ich werde Sie auch nicht erschießen. Ich habe noch ein Einhorn zu fangen und brauche meine Munition. Adieu.«

Im gleichen Moment trafen Lichtblau und Putlitz auf der Lichtung ein.

»Die Hände hoch!«, schrie der Kommissar, die eigene Waffe auf Maximilian von Brandenburg gerichtet.

Augenblicklich ließ der Professor das Gewehr los, das neben seinem Gehstock im Gras landete.

»Es … es war Dupon. Sie hat den Russen umgebracht«, stammelte er. »Ich habe das Gewehr lediglich zur Hand genommen, um mich vor dieser Irren zu schützen.«

»Das kann ich nicht glauben.« Putlitz schnappte nach Luft. »In welche Richtung ist Dupon gelaufen?«

Von Brandenburg deutete auf einen Waldpfad.

»Putlitz, was tun Sie?«, schrie Lichtblau, doch sein Freund war bereits auf dem Pfad verschwunden.

Lichtblau ließ die Waffe sinken und kniete sich neben Alexandrovs leblosen Körper. In der Brust des Russen klaffte ein faustgroßes Loch.

»Was ist geschehen, Professor?«

»Ich habe einen Schuss gehört und bin just auf der Lichtung angekommen. Ich habe mir das Gewehr gegriffen, als ich Mademoiselle Dupon weglaufen sah.«

In der Ferne vernahmen sie erneut das Wiehern.

»Womit wurde Alexandrov erschossen? Ich nahm an, Mademoiselle Dupon besitzt nur Betäubungsmunition«, murmelte der Kriminalkommissar und erhob sich.

Sein Blick fiel auf den Spazierstock des Professors. Die Kappe des unteren Endes fehlte und der metallene Stock glich einem Lauf. Als er sich umdrehte, stand von Brandenburg einen Schritt vor ihm.

»Ist nicht persönlich«, hörte Lichtblau noch, bevor ihn die Faust in einem Aufwärtshaken traf.

Valerie Dupon folgte ihrem weiblichen Instinkt – und dem Wiehern selbstverständlich. Sie schaute regelmäßig auf den Kompass, der in ihre lederne Armschiene eingelassen war. Sie musste nach Westen, dem Sonnenuntergang entgegen. Eine Falte bildete sich auf ihrer Stirn, als ein erneutes Wiehern ertönte. Die Abstände waren zu konstant.

»*Merde* … das ist doch … keine Maschine?«

Hatte Alexandrov irgendwo eine Aufnahme positioniert, um das Einhorn anzulocken? Sie traute diesem exzentrischen Jäger alles zu. Fast schon schade, dass er tot war.

Sie schlich weiter durch das Unterholz, immer darauf bedacht, keinen Laut von sich zu geben. Der Waldboden wurde feuchter. Die ersten Ausläufer eines Moores.

Unvermittelt öffnete sich vor ihr eine Wasserfläche mit einer schmalen Landzunge, deren Eingang zwei Bäume flankierten. Der Dunst des Abends stieg gemächlich über dem Tümpel empor. Dann sah sie es. Ein schneeweißes Einhorn. Valerie Dupon traute ihren Augen nicht.

»*Merde. Merde! Merde, merde, merde!*«

Am Ende der Landzunge stand in Lebensgröße und unbeweglich das Einhorn, doch lebendig war es gewiss nicht. Deutlich ragten die metallenen Beine unter einem Fellkörper hervor. Der Kopf war mit einem übergroßen, rötlichen Horn bestückt. Die Abendsonne im Hintergrund bildete eine leuchtende Aura um das Konstrukt, was allerdings von den glänzenden Metallstücken herrührte. Valerie Dupons Blick huschte über den See. *Es ist eine Attrappe, ein künstliches Tier,* überlegte sie, *oder … eine Falle.*

Dupon lachte auf. »Dieser Fuchs hat eine Maschine erfunden, um ein Einhorn anzulocken. Aber wie hat er sie nur hergebracht?«

Es raschelte auf der gegenüberliegenden Uferseite und sie zuckte zusammen. Eine schemenhafte Gestalt streifte durch das Gebüsch. Sie besaß die Größe eines Pferdes.

In einer geschmeidigen Bewegung zog Dupon die Waffe aus ihrem Stiefel. Sie zögerte.

»Komm, mein kleines Einhorn«, flüsterte sie und trat einen Schritt vor. Der Schemen verharrte.

»Komm zu *maman*.« Sie benötigte einen einzigen Schuss, doch das Tier war zu weit entfernt.

Ein weiterer Schritt. Noch einer, das Ziel im Visier.

Sie spürte einen Widerstand am Fußknöchel. Eine Bodenranke? Es klickte.

Im gleichen Moment erklang ein Surren und ein dumpfer Schlag traf Valerie Dupon mitten in die Brust, genau oberhalb ihres Korsetts. Dort, wo das Herz lag. Die Wucht warf sie zur Seite. Sie prallte gegen einen Baum, taumelte gegen das künstliche Einhorn und landete platschend im Morast. Innerhalb Minuten verschwand der Körper vollständig im Moor. Lediglich die Blutlache verfärbte das Wasser und bildete ein makabres Lichtspiel in der Abendsonne.

Kommissar Lichtblau riss den Kopf zurück. Die Faust sauste heran und streifte seine Nase. Ein Fuß traf seine Waffenhand und der Revolver entglitt ihm. Geistesgegenwärtig schnellten seine Hände empor, um eine Reihe von Schlägen und Tritten zu blocken. Ihm blieb keine Zeit, darüber nachzudenken, wieso der Professor so gut kämpfte. Ein Tritt gegen die Brust trieb ihm die Luft aus den Lungen und er taumelte rückwärts. Als er wieder atmen konnte, verflüchtigten sich die bunten Punkte vor seinen Augen. Blut lief aus seiner Nase.

Von Brandenburg stand mit einer gezückten Waffe vor ihm. Lichtblaus eigener Revolver lag irgendwo im Gras. Langsam hob er die Hände. Sein Mundwinkel zuckte.

»Sie werden ... doch keinen wehrlosen Mann erschießen? Zumal einen Kriminalkommissar aus Berlin. Damit kommen Sie nicht durch, Professor.«

Von Brandenburg lächelte. »Es ist zu spät. Diese Koch-Schlampe wird ihrem Schicksal nicht mehr entgehen. Nur schade, dass sie nicht selbst gefressen wird. Das hätte eigentlich der Gerechtigkeit wegen sein müssen. Und der Reporter, tja, Kollateralschäden sind nicht zu vermeiden. Ein Schmierfink mehr oder weniger, was macht das schon? Alles zum Schutz der Natur.«

»Das ist Wahnsinn. Was stimmt bloß nicht mit Ihnen, Professor?«

»Was nicht mit mir ...? Ich bin ein Beschützer der Natur und deren Lebewesen. Wir dienen ausschließlich nach der frühchristlichen Naturlehre.«

»Sie gehören den Physiologus an«, sagte Lichtblau.

Jetzt lachte der Professor. »Gewiss bin ich ein Physiologus, das ist kein Geheimnis. Ein Physiologus ist ein Naturforscher.«

Lichtblau riss die Augen auf. »Aber natürlich, der Naturfreund. Sie waren der angebliche Zeuge. Sie haben der Zeitung die Informationen gegeben und mich dadurch letztendlich überredet, diese Reise zu initiieren. Die ganze Geschichte ist erfunden? Warum?«

»Das sind gemeingefährliche Mörder!«, schrie der Professor und deutete mit dem Kopf auf den Toten. »Solche Bestien wie Dupon und Alexandrov verdienen den Tod. Deshalb habe ich diesen Plan ersonnen.« Von Brandenburgs Hand mit dem Revolver zitterte leicht, doch der Professor beruhigte sich wieder. »Sie wollten alle etwas ganz Besonderes. Also habe ich ihnen ein Einhorn gegeben.«

»Was meinen Sie damit?«

»Es ist eine Maschine«, sagte von Brandenburg.

»Eine Maschine?«

»Ja. Eine Maschine. Eine Puppe, wenn Sie so wollen.«

Lichtblau fing sich. »Halten Sie mich nicht für dumm. Ich weiß genau, was eine Maschine ist. Wo befindet sie sich und was ist mit den Opfern? Haben Sie die beiden getötet?«

»Sie sind nicht in der Position, um derartige Fragen zu stellen.« Von Brandenburg öffnete den obersten Knopf seines Hemdkragens. »Die Apparatur musste ausprobiert werden. Ich musste testen, ob sie funktioniert. Kollateralschäden, wenn Sie so wollen.«

»Sie sind ein kranker Mensch.«

Von Brandenburg lächelte freudlos. »Am Anfang war die Maschine noch fehlerhaft. Beim Aufbau löste sich der Mechanismus und tötete einen Arbeiter. Das zweite Opfer war der Konstrukteur selbst.«

»Die beiden Metallbauer …«

»Genau. Zwei Freizeiterfinder, die keiner vermissen wird.« Von Brandenburg lachte leise.

»Sie glauben gar nicht an Einhörner?«

»Einhörner? Machen Sie sich nicht lächerlich, Herr Kriminalkommissar. Einhörner gibt es nicht.«

»Wo ist die Maschine?«

Der Professor grinste. Sein Lächeln verschwand, als Putlitz auf die Lichtung taumelte, eine Waffe im Anschlag.

»Es ist aus … von Brandenburg«, rief er keuchend.

»Wo haben Sie so lange gesteckt, Putlitz?«, fragte Lichtblau.

Der Reporter rang nach Luft. »Dupon kann Alexandrov nicht erschossen haben … Jedenfalls nicht mit ihrer eigenen Waffe, da sie nur Betäubungsmunition benutzt … Als mir das klar wurde, bin ich umgekehrt.«

»Spät – aber gut kombiniert, Putlitz«, sagte Lichtblau.

Von Brandenburgs Mundwinkel sanken herab. »Sie besitzen ja doch eine Waffe«, murmelte er.

Putlitz nickte. »In meinem Beruf ist das manchmal besser.«

»Sie können einem auch alles vermiesen«, sagte der Professor. »Meine Herren, ich empfehle mich.«

Mit einer blitzschnellen Bewegung schob er sich die eigene Waffe unter das Kinn und drückte ab.

Der Schuss vermischte sich mit Lichtblaus Schrei. »Nein!«

Wie ein gefällter Baum kippte von Brandenburg nach hinten und schlug dumpf auf dem Waldboden auf.

Lichtblau und Putlitz waren zeitgleich bei ihm, doch es war zu spät. Eine Blutlache sickerte aus seiner Schädeldecke in den Untergrund. Lichtblau überprüfte gar nicht erst den Puls des Professors. Er schaute Putlitz an. »Haben Sie Mademoiselle Dupon gefunden?«

Der Reporter schüttelte den Kopf.

»Kommen Sie, wenn wir zu zweit suchen, haben wir vielleicht mehr Glück. Von Brandenburg wird bestimmt nicht mehr weglaufen.«

Die beiden Männer sprangen auf und liefen den Pfad Richtung Moor entlang.

Die Lichtung hüllte sich in Schweigen. In der Ferne erklang ein gedämpftes Wiehern. Das war der Moment, in dem von Brandenburg die Augen öffnete. Er richtete sich ohne Hast auf und blickte sich um. Ein Lächeln umspielte seine Lippen. Mit einer einzigen Bewegung riss er sich die künstliche Halskrause samt Bart und Perücke ab und ließ sie achtlos fallen. Diese Spuren vereitelten seine Flucht gewiss nicht mehr. Sollte der Kriminalkommissar überleben, war er längst über alle Berge. Er sammelte seinen Revolver mit den Platzpatronen auf, steckte ihn ein und schulterte Alexandrovs Jagdgewehr. Er musste schließlich den Piloten überzeugen, ihm das Luftschiff zu überlassen.

Mit ausladenden Schritten rannte er in die entgegengesetzte Richtung, vom Moor fort. Die Dämmerung hatte eingesetzt. Durch die Bäume in seinem Rücken schimmerten die rötlichen Strahlen der Abendsonne. Aus der Ferne vernahm er das brummende Zischen des Luftschiffes.

Als er um die Ecke eines Buschwerkes trat, prallte er gegen ein weißbehaartes, mannshohes Ungetüm. Ein gewaltiges Horn prangte auf dem Schädel des Tieres. Ein Wiehern erklang und der Pferdekörper bäumte sich vor ihm auf. Der Professor kam nicht mehr dazu, einen Schrei auszustoßen. Das Gewehr entglitt ihm in dem Moment, als ihn die Hufe am Kopf trafen. Er taumelte. Der Pferdekopf schoss vor und im gleichen Moment traf ihn das Horn mitten in der Brust. Das Einhorn schüttelte sich und schleuderte ihn gegen einen Baum. Die Welt drehte sich. Sein Geist glitt in die Schwärze des Todes hinab und Maximilian von Brandenburg landete mit dem Gesicht nach unten auf dem feuchten Waldboden.

21.05.1886 in den Morgenstunden, westliche Lichtung

Befehle hallten über die Waldlichtung und ein Bataillon Schutzmänner begann, das Gebiet um den Tatort zu durchsuchen.

Der Kriminalhauptkommissar gab Anweisungen.

»Ihre Methoden sind unkonventionell, Lichtblau, aber sie führen zum Erfolg. Wir haben Maximilian von Brandenburgs Anwesen durchsucht und Beweise für die Zugehörigkeit zu einer radikalen Gruppe entdeckt. Der *Physiologus Finalis*. Sie hatten den richtigen Riecher.«

Lichtblau reichte ihm eine Aktennotiz.

Der Kriminalhauptkommissar überflog die Notiz und stutzte. *»Ein Einhorn kann als Täter nicht ausgeschlossen werden?* Was ist denn das für ein Unfug, Lichtblau? Fangen Sie mir nicht damit an. Sie selbst sagten, Einhörner gibt es nicht. Und wir haben von Brandenburgs Höllending gefunden. Eindeutig die Mordwaffe. Der Fall ist abgeschlossen.«

»Aber wie konnte …? Ich meine, von Brandenburg wurde abseits seiner Maschine getötet. Die Wunde gleicht zwar denen der Opfer, nur wie ist die Leiche an jenen Ort gelangt?«

»Er wird einen Fehler begangen haben. Er hat sich durch die eigene mörderische Vorrichtung verletzt und bis dorthin geschleppt.«

»Mit Verlaub, die Wunde war tödlich.«

»Ich will nichts mehr hören. Der Fall ist abgeschlossen!«

Lichtblau ließ nicht locker. »Aber mein Herr Kriminalhauptkommissar … Es gab Kampfspuren am Fundort der Leiche.«

»Wildschweine könnten den Boden durchwühlt haben. Ändern Sie das in der Akte. Das wäre alles. Oder wollen Sie, dass ich Ihre Eskapade mit dem Luftschiff überdenke?«

Der Vorgesetzte stieg ohne ein weiteres Wort in das Gefährt.

Die Motoren rumorten. Dampf schoss aus den Kesseln in die Turbine und zog am Rumpf des Schiffes. Als Lichtblau die Leiter emporkletterte, meinte er, ein entferntes Wiehern zu vernehmen. Kopfschüttelnd drehte er sich noch einmal um, blickte über die Waldlichtung und schloss die Kabinentür.

Einhörner gibt es nicht.

Agga Kastell

SASCHA

Mein Chef ist an allem schuld.

Wenn ich die Kausalkette der Ereignisse zurückverfolge bis zu dem Tag, an dem es begann, lande ich bei der Besprechung im März. Mittwochmorgen teilte uns der Chef mit, wir hätten durch gute Arbeit und perfekte Präsentation den lukrativen Auftrag der Firma A. an Land gezogen. Als Belohnung gestattete er uns, die Büronischen individuell zu gestalten.

»Ein paar Fotografien schaden wohl kaum dem Gesamtbild«, bemerkte er launig, ehe er das Sitzungszimmer Richtung Kantine verließ.

Ein kluger Schachzug. Es hob die Stimmung, verband den Arbeitnehmer aufs Angenehmste mit dem Ort seiner Tätigkeit und kostete Chef keinen Pfennig. Unsere Büros haben einen hohen technischen Standard und funktionieren tadellos. Darüber hinaus herrscht Minimalismus. »Art brut«, wie Chef nicht müde wurde, die grau in grau gehaltenen Arbeitsbereiche zur Kunst zu erheben. Mausgraue Tische und Stühle. Betongrauer Boden, zementgraue Decke und zeitgraue Wände. Anthrazitfarbene Fensterrahmen. Laptops und Arbeitsgeräte schimmerten in mattem Silber. Bis zu dem Mittwoch, an dem alles anders wurde. In der Mittagspause war die Kantine fast leer. Die Damen nutzten nach der frohen Botschaft die Pause, um dekorative Grüngewächse zu erwerben. Fröhlich schwatzend blockierten sie mit ihren Pflanzen den Aufzug und schleppten sie in die Büros, kleine Bröckchen Erde hinterlassend, als wollte die Natur die aschgrauen Stätten der Werktätigen bereits auf dem Flur zurückerobern. Am Freitag erreichte die allgemeine Welle der Verschönerung ihren ersten Höhepunkt.

Wie ein paar Grünpflanzen und ein Foto hinter dem Schreibtisch die Atmosphäre verändern können, ist schon erstaunlich. Fand auch unser Chef. Statt »erstaunlich« benutzte er das Wort »grauenhaft«.

Ich denke, sein Wortschatz beherbergt keinen Ausdruck für heimelig oder gemütlich. Ich stelle mir vor, dass inmitten eines steingrauen Lofts sein eselsgraues Bett steht, mit eisengrauen Edelstahlnägeln, auf denen er seinen altersgrauen Podex bettet. Missverstehen Sie mich nicht. Ich mag meinen Chef. Aber sein Verständnis für die Bedürfnisse des einfacheren Menschen war begrenzt.

Leider konnte er sein kostenloses Zugeständnis an die simplen Freuden nicht rückgängig machen. Es hätte seinen Leitsatz »Ein Mensch, ein Wort, eine Tat« ad absurdum geführt. Auch seine mausgraue Sekretärin, die Bücherwürmin Fräulein Rottmaier, wusste diesmal keinen Rat. Manchmal ist es billiger, Geld auszugeben. Auf die allgemeine Welle der Verschönerung folgte die private. Sie bot Einblicke in kollegiale Abgründe, um die man nie gebeten hat. Man schickte sich gegenseitig zu den skurrilsten Auslagen und machte sich in der Kaffeepause darüber lustig. Die Männer wählten Objekte aus Sport (Fußball), Spiel (Darth Vader) und Familie (selbst gemalte Kinderbilder). Sie hingen dreist über dem Bildschirm, als wollten sie sagen »Yo, Kumpel, es existiert ein Leben fern von hier.« Die Frauen übersäten Fensterbänke und Arbeitsflächen mit seltsamen Figürchen. Gibt es etwas Nutzloseres als Plastikeinhörner in schreiend bunten Farben? Mit Glitzer auf Mähne und Schweif, der gern herabfällt, um Tisch und Tastatur einzusauen? Mit überlangem Horn auf der Stirn, das bei einem echten Pferd zu Ungleichgewicht und einer Anstellung in der

Landwirtschaft als Pflug geführt hätte? Die Einhörnchen trugen Regenbögen, die den kleinen PVC-Körpern dort entfleuchten, wo niemals jemand mit Regenbögen rechnete. Auf mein Unverständnis reagierten die Kolleginnen mit Missachtung.

»Ich glaube nicht an Einhörner«, sagte ich in die zusammengekniffenen Gesichter.

Ein dreistimmig gezischtes »Was?« hätte mir eine Warnung sein sollen. Aber ich wiederholte kackfrech und laut: »Ich glaube nicht an Einhörner«, und schubberte mit zwei Fingern am Horn auf und ab.

Eine Front aus drei kostümbekleideten Damen mit verächtlicher Miene nahm ich ernst. Ich ließ mich von den ungastlichen Frauen aus dem Büro hinaus auf den Flur drängen. Dort schrie ich ein letztes Mal vergnügt: »Ich glaube nicht an Einhörner!«

Das Scheppern der Tür, mutwillig ins Schloss geworfen, setzte den Schlusspunkt.

In meinem Büro sah ich, wie einer meiner liebsten Kollegen eine Horde Trolle auf seinem Monitor befestigte. Ihre kolorierte Haarpracht hätte nicht einmal am Christopher Street Day Akzeptanz gefunden. Ich gab auf. Es existierten Dinge, die sich auf ewig meinem Verständnis verschlossen.

Wenn sich etwas meinem Intellekt entzieht, mache ich mich darüber lustig. An diesem Abend fuhr ich gut gelaunt nach Hause. Ich äffte im Rückspiegel die beleidigten Gesichter der Kolleginnen nach und brauchte mir keine sexuellen Anspielungen zu verkneifen.

Ich wohne außerhalb der Stadt. Jedes Jahr kriecht der Moloch ein Stück näher heran. Die Immobilienpreise boomen. Mein inzwischen hochpreisiges Heim verdankte ich meiner Großmutter, einer individualistischen Einzelgängerin, die von zu viel Nachbarschaft nichts hielt. Wir hatten drei Jahre zusammengelebt, bevor sie letzten Winter starb. An den Wochenenden sanierte ich die Zimmer, das Dach und das Grundstück. Vielleicht würde ich eines Tages eine Familie haben, die mit mir hier leben wollte. Ich war zweiunddreißig. Es wurde Zeit.

Als ich auf den Feldweg einbog, der zum Haus führte, sah ich im Wohnzimmer Licht. Ich freute mich auf Großmutters gute Freitagssuppe. Dann holte mich die Realität ein. Großmutter war tot. Ich bekam vom Alleinleben Alzheimer und hatte vergessen, die Lampe auszuschalten. Oder ich hatte einen Einbrecher im Haus. Beide Möglichkeiten sagten mir nicht zu. Ich stellte den Wagen unter dem selbst gebauten Carport ab und ging zur Haustür. Es klang, als wäre der Fernseher an. Leise schloss ich auf. Englisches Stimmengewirr. Zahlen in schneller Reihenfolge. 18.00 Uhr. *Container Wars* auf DMax. Nichts entspannt besser. Im Wohnzimmer lachte jemand. Ich schlich durch den Flur, ging vor der halb offenen Tür auf die Knie und lugte um die Ecke. Die Gestalt auf dem Sofa warf durch die Stehlampe einen Schatten an die Wand, der mich so ängstigte, dass ich fast meine Schiesser Feinripp einnässte. Im Geist ging ich in rascher Folge alle möglichen Erklärungen durch.

Ich war auf dem Heimweg durch ein Raum-Zeit-Kontinuum gefahren und in einer Parallelwelt gelandet.

Durch meine profunden Kenntnisse von Star Wars, Doctor Who und Avengers war mein Heim dazu ausersehen, Außerirdische zu beherbergen.

Ich hatte einen Hirnschlag.

Der Schatten an der Wand erinnerte mich an Onkel Horsts Salon, in dem massenweise Geweihe hingen, Trophäen seiner Jagdausflüge. Onkel Horst kann mich nicht leiden. Ich hasse die Hatz.

Ich wünschte, Großmutter wäre hier. Sie hätte das Ding auf dem Sofa mit ihrem Besen vertrieben. Als ich mit dem Grübeln aufhörte, um einen weiteren Blick zu riskieren, sah ich zwei befellte Beine, die das Gesichtsfeld meiner kauernden Gestalt gänzlich ausfüllten. Die Beine waren dünn und weiß und makellos. Ich schaute an ihnen entlang nach oben. Über einem üppigen Bauch erblickte ich den Kopf des Einhorns. Das Keratingebilde an seiner Stirn war enorm. Das Einhorn hielt eine leere Flasche Bier und sagte: »Gibt's noch mehr von dem Bölkstoff?«

Als ich zu mir kam, lag ich auf der Couch. Ich konnte nicht lange weg gewesen sein. Im Fernsehen feilschten dieselben Gestalten um irgendeinen Container. Jemand ging durch den Flur. Es klang wie Pferdegetrappel. Ich rappelte mich in die Senkrechte. Das Einhorn stand in der Tür und hielt in seinen Vorderhufen ein tropfendes Geschirrtuch und ein Glas Wasser. Als es sah, dass ich saß, blieb es im Eingang stehen, als wollte es mir nicht zu nahe treten. Wir schauten uns an. Langsam streckte es mir das nasse Tuch entgegen. Es lächelte freundlich. Dazu zog es die Lefzen hoch. Seine Zähne waren groß und gelb. Erschrocken katapultierte ich mich in die hinterste Ecke der Couch. Das Einhorn seufzte.

»Schluck Wasser?«, fragte es.

»Über den Kopf!«, gab ich zurück.

Meine Stimme klang piepsig und krächzend zugleich. Das Einhorn kam näher, beugte den Huf mit dem Glas und goss mir den Inhalt über. Ich schnappte nach Luft.

»Begossener Pudel«, sagte das Einhorn und hickste.

»Besoffenes Einhorn«, keifte ich zurück.

Das Einhorn tupfte mich mit dem klatschnassen Geschirrtuch ab und machte alles noch schlimmer. Wir fingen gleichzeitig an zu lachen. Als mir bewusst wurde, mit wem ich lachte, hörte ich auf.

»Wieso ...?«, versuchte ich, eine Frage zu stellen, deren Formulierung mir schwerfiel, da all das Unerklärliche nicht in einen Satz passte.

»Du hast mich gerufen«, sagte das Einhorn. »Glaub bloß nicht, dass ich darüber begeistert bin. Aber wenn die Gorgone der Anderswelt mich schickt, bin ich der Letzte, der Nein sagt.«

»Anderswelt?« Endlich ein Wort, an dem ich mich festhalten konnte.

»Was denkst du, wo die kleinen Einhörner, Elfen und Stormtrooper herkommen? Oder die Idee davon?«

Das Einhorn stemmte herausfordernd den linken Huf in die Seite. Im rechten baumelte das Geschirrtuch und tropfte den Boden voll. Ich zuckte ratlos mit den Schultern, nahm ihm den nassen Lappen ab und ging in die Küche. Dort wrang ich das Tuch aus, hängte es zum Trocknen auf, kochte Kaffee. Raffte trockene Handtücher zusammen und hoffte auf dem kurzen Gang zurück zum Wohnzimmer, ich hätte mir alles nur eingebildet. Ein mentaler Zusammenbruch erschien mir akzeptabler, als die Existenz einer Anderswelt anzuerkennen. Das Einhorn saß auf der Couch, hatte zur abendlichen Kulturzeit auf 3Sat umgeschaltet und verfolgte interessiert einen Beitrag über Theaterspielen und Flüchtlinge. Der Diskurs auf dem Bildschirm hinderte es nicht daran, sich zur Seite zu drehen und eine seiner gewaltigen, weißen Pobacken zu lüften. Unter dem gefällig gebogenen Schweif erschienen sechs Streifen bunten Lichts: Rot, Orange, Gelb, Grün, Blau, Lila. Der Regenbogen wuchs, füllte den Raum und dehnte sich bis zur Tür. Ich merkte, dass ich zu atmen vergaß. Ein verzücktes Grinsen breitete sich über mein Gesicht. Vorsichtig steckte ich den Zeigefinger in das leuchtende Gelb. Meine Hand glühte. Das prächtige Farbenspiel explodierte.

Jugendherberge Odenwald. Acht Tage. Acht Jungs. Ein Schlafraum mit Doppelstockbetten. Ein zugenageltes Fenster. Zu dieser Geruchsmelange sehnte ich mich inbrünstig zurück, als der Regenbogen zerplatzte. Klärwerk, Ammoniak, Buttersäure. Ich robbte mit tränenden Augen zur Haustür und hoffte, dass ich überlebte. Dank der frischen Luft entkam ich einem frühen Erstickungstod und übergab mich in die Büsche.

Das Einhorn schaute vom Flur aus zu. Verfärbte sich etwa sein Fell zwischen Öhrchen und Augen rosa?

»Sorry«, sagte es betreten. »Hab vergessen, dass ich nicht zu Hause bin.«

Ich kam mühsam auf die Beine. Ich ging zum Einhorn, öffnete ihm das Maul und ruckelte an seinen Zähnen. Ich krallte die Finger in sein Fell, rupfte an seinen Ohren, zerrte an seinem Schweif. Ich schlug es auf die Flanken, kniff es in den Bauch, würgte es an seinem dicken Hals. Ich ließ es verdattert stehen, ging in die Küche und holte zwei Bier. Im Wohnzimmer stand das Fenster auf Durchzug und ein milder Abendhauch versuchte, dem Gestank Herr zu werden. Ich knallte die Flaschen auf den Tisch.

»Ich will jetzt sofort wissen, was hier los ist!«

Das Einhorn setzte sich verschüchtert neben mich. Sein Fell war von Kopf bis Brust rosa.

»Heute im Büro«, sagte es, »hast du gesagt, du glaubst nicht an Einhörner.«

»Und?«

»Du hast es dreimal wiederholt. Und du hast am Horn gerieben.«

»Und?«

»Hat dir deine Großmutter keine Märchen vorgelesen? Die magische Drei. Die magische Geste. Nein?« Das Einhorn starrte mich empört an. »Was bringen sie euch denn heutzutage bei?« Es nahm einen Schluck aus der Bierflasche.

»Passiert dir das öfter?«, fragte ich. »Hierher zu kommen, meine ich. Wie heißt du überhaupt?«

»Endlich denkst du mal an andere«, sagte das Einhorn. »Ich heiße Sascha und war schon eintausendundsiebzehn Mal hier. Aber nicht in letzter Zeit. Die Menschen mit ihrem verdrehten Einhornmist gehen mir auf die Nerven.«

»Und warum bist du da?«

Das Einhorn brachte seine Schnauze dicht vor meine Nase. Es klimperte mit den endlos langen Wimpern. Weil die endlos langen Wimpern weiß und nicht schwarz waren, verfehlte es seine Wirkung.

»Reibe mein Horn und wünsche dir was«, sagte Sascha mit verführerischer Stimme.

Ich guckte verwirrt. Unsicher hob ich meine Hand. Das Einhorn wieherte los. Es hielt sich mit allen vier Hufen die Flanken, bis Tränen aus seinen Augen spritzten.

»Schnell«, rief es. »Hol ein Gefäß. Mit Einhorntränen kannst du zaubern.«

Bevor ich mich eines weiteren Fehlverhaltens schuldig machen konnte, wieherte es erneut und plumpste vor Lachen vom Sofa auf den Boden, wo es sich hin und her wälzte. Als es sich beruhigt hatte, sagte es: »Ich habe keine Ahnung, warum ich hier bin. Um mich heimzuschicken, musst du eine Jungfrau finden, die bereit ist, mein Horn anzufassen. Das mit dem Horn ist leicht. Das mit der Jungfrau nicht.«

»Doch«, sagte ich. »Die Straße runter ist ein Spielplatz. Da gibt es jede Menge kleiner Gören. Die werden ausflippen, wenn sie dich sehen.«

Sascha seufzte.

»Ammenmärchen«, sagte er. »Glaubst du allen Ernstes, dass sich ein Geschöpf, das annähernd ewig lebt, vom Geist eines unreifen Mädchens angezogen fühlt? Du musst eine gestandene Frau auftreiben. Klug. Witzig. Reinen Herzens.«

»Wunderschön«, ergänzte ich.

»Du würdest Schönheit nicht mal erkennen, wenn sie dir auf die Schuhe spuckt«, sagte Sascha. »Ihr habt heutzutage eine total kaputte Einstellung zur Ästhetik.«

»Wir haben ein Problem«, stellte ich fest.

»Sag ich doch«, erwiderte Sascha. Er ging zum offenen Fenster, hievte seinen gewaltigen Pferdehintern über die Brüstung und pupste einen Regenbogen in die Dunkelheit.

»Sorry. Hefeintoleranz.«

Nachdem ich mich an Sascha gewöhnt hatte, verbrachten wir ein lustiges Wochenende. Er ermunterte mich neckisch, auf seinem Rücken zu reiten. Ich gab nach und quiekte dabei wie ein kleines Mädchen, weil es solchen Spaß machte. Ich kochte für ihn Chili, weil er es gern scharf mochte. Er röchelte und die Farben in seinem Regenbogen flackerten wie Feuer. Wir redeten viel. Abends saßen wir vor dem Fernseher, tranken Bier und hielten abwechselnd unsere Hintern zum Fenster hinaus. Er riet mir davon ab, Urlaub zu nehmen, weil er nicht wusste, wie lange sein Aufenthalt dauerte. Wir waren dem Problem keinen Schritt nähergekommen. Es war mir egal.

Am Montag fuhr ich unmotiviert zur Arbeit. Es brauchte lange, bis der Aufzug in der Tiefgarage war. Als ich einstieg, sah ich, wie die Bücherwürmin Fräulein Rottmaier ihren Wagen parkte. Ich wartete, bis sie durch die graue Halle auf mich zukam. Sie sah grauenvoll aus. Ihre linke Backe war unter dem Eisbeutel, den sie darauf drückte, dick geschwollen. Sie nickte mir zu.

»Sie sollten zum Arzt«, sagte ich, nachdem sich die Türen geschlossen hatten.

»Maff iff naffher«, sagte Fräulein Rottmaier.

Ich konnte sie gerade noch festhalten, als sie zusammensackte. Sie sabberte auf meine schwarzen Budapester und fing an zu weinen.

»Ich sag Bescheid, dass ich Sie zum Arzt bringe«, sagte ich. »Sie warten im Aufzug.«

Sie nickte und schloss die tränenden Augen. Sie hatte unglaublich lange, dunkle Wimpern. Auf der Fahrt zum Zahnarzt kam mir Saschas Satz mit der Schönheit und den Schuhen in den Sinn. Auch deshalb harrte ich im Wartezimmer aus, bis Fräulein Rottmaiers Wurzelbehandlung abgeschlossen war und ich sie nach Hause fahren konnte. Sie trug die sonst streng zurückgebundenen Haare offen und entschuldigte es mit dem unbequemen Behandlungsstuhl. Sie wirkte um Jahre jünger.

»Frau Rottmaier, wie alt sind Sie eigentlich?«, rutschte es mir heraus.

»Wie alt, denken Sie, bin ich?«, fragte sie mühsam zurück. Ein Spuckefaden lief ihr übers Kinn.

Ich wollte sie nicht kränken. »33?«

»28«, sagte sie und war gekränkt.

Wir hielten vor ihrer Wohnung. Ich nahm all meinen Mut zusammen.

»Frau Rottmaier. Ich möchte Sie nicht beleidigen. Aber ich muss unbedingt etwas wissen.« Ich schluckte. »Sind Sie noch Jungfrau?«

Dafür, dass es ihr so schlecht ging, hatte Frau Rottmaier einen festen Schlag. Sie sprang grußlos aus dem Auto. Während ich mir die Wange rieb, überlegte ich, was ich tun sollte. Ich schrieb auf einen Zettel: *Ich habe ein Einhorn in meinem Haus. Es kann erst dann in seine Welt zurückkehren, wenn ihm eine JungFRAU dabei hilft. Bitte entschuldigen Sie mein Benehmen.* Ich fügte meine Telefonnummer hinzu.

Als ich am Abend nach Hause kam, trabte Sascha im versammelten Schritt mit stramm angewinkelten Hufen durchs Haus, elegant wie ein Paradepferd im exakten Takt. Dazu sang er:

Sascha macht nicht viele Worte,
denn er war von eigener Sorte.
Konnte Regenbögen furzen,
kippte gerne mal 'nen Kurzen.
Pferde konnte er gut leiden,
beglückte sie von allen Seiten.
Njanjanjanja …

Er hörte auch nicht damit auf, als ich ihm von Fräulein Rottmaier erzählte.

Zwei Tage später klingelte das Telefon.

»Wollen Sie mich verarschen?«

»Sehen Sie selbst«, sagte ich und gab ihr meine Adresse.

Wir mussten nicht lange auf sie warten. Sie parkte das Auto und näherte sich dem Haus so vorsichtig, als sei sie Clarice Starling aus *Das Schweigen der Lämmer* und ich der verrückte Nachtfaltermann. Sascha hatte das Wohnzimmer ausgiebig gelüftet und stand jetzt vor dem offenen Fenster, in das die letzten Strahlen der untergehenden Sonne einen rosa Schein warfen. Eine laue Brise wehte die weiße Mähne dekorativ um seinen Kopf. Jeder, der ihn nicht kannte, nahm ihm die Einhornnummer ab.

Frau Rottmaiers Augen wurden riesengroß, als sie ihn sah. Sascha schnaubte. Er knickte sein linkes Vorderbein ein und verbeugte sich. Als er sich aufrichtete, näherte er seine Schnauze Frau Rottmaiers Gesicht und beschnupperte sie. Er zwinkerte mir zu. Dann schleckte er ihr über die Wange. Frau Rottmaier fing an zu leuchten, als hinge sie an einer verzauberten Steckdose. Sie strahlte über das ganze Antlitz. Vorsichtig streckte sie die Hand aus und streichelte Saschas Fell. Als sie sein Horn berühren wollte, wich er aus. Er kam zu mir und drückte die Hornspitze in meinen Bauch. Das Ding war spitz. Es durchdrang Shirt und Haut und hinterließ eine kleine, blutende Wunde.

Es war, als habe mein Leben lang jemand vergessen, einen Schalter umzulegen. Frau Rottmaier war so schön, dass mir der Atem stockte. Sascha war magisch, er glitzerte im Abendrot. Sonnenuntergänge waren das Größte überhaupt. Ich war blind, aber jetzt konnte ich sehen. Ich erblickte den Zauber der Welt.

Sascha ging zu Frau Rottmaier. Sie legte die Hand auf sein Horn. Es gab ein knallendes Geräusch wie von einem kaputten Vergaser. Sascha war verschwunden. Ein glitzernder Regenbogen breitete sich funkelnd im Zimmer aus. Ich schnappte mir

Frau Rottmaier, trug sie zur Tür und warf mich mit ihr in die Büsche.

Frau Rottmaier ist recht schnell bei mir eingezogen. Wir erwarten unser erstes Kind. Das Mädchen wird Sascha heißen. Jedes Mal, wenn sich die Schönheiten der Erde vor mir ausbreiten, fällt er mir ein.

Ich vermisse ihn.

Lillith Korn

DAS SCHWARZE EINHORN

*Edle Ritter des Königreiches Thuokor,
hiermit geben Wir kund und bekannt, dass zum nächsten Vollmond um die Hand der Prinzessin Elin angehalten werden kann.*

Wer Uns das Horn des schwarzen Einhorns bringt, dem wird Unsere Gunst anheimfallen. Um dieses Horn zu bekommen, brauchet es Tapferkeit und Heldenmut.

Wer sich dazu imstande sieht, möge sich bei Sonnenuntergang vor der nächsten Vollmondnacht vor dem Schloss einfinden.

Sodann: Lasset die Jagd beginnen!

Seine Majestät, Wilhelmus von Armold der II

Sixt erschauderte vor Kälte, obwohl der Sommer nahte. Der Vollmond war deutlich sichtbar. Es war die Nacht der Nächte. Die Nacht, auf die er so lange gewartet hatte, nachdem die Ankündigung des Königs alle Ritter erreicht hatte. Das dichte Unterholz knackte unter seinen Schritten, hier und da vernahm er die Rufe eines Uhus. Eine unheimliche Atmosphäre, passend zu seinem Vorhaben.

So wie all die anderen Ritter war er auf der Jagd. Allerdings hatte er einen Vorteil. Jakob, ein Freund und begnadeter Jäger, hatte ihn auf die richtige Spur gebracht: die Mondlichtung. Die einzige Stelle im Schattenwald, an der leuchtende Mondblumen wuchsen. Nur bei Vollmond öffneten sie ihre Blüten mit dem kostbaren, glitzernden Blütenstaub, der die Magie der Einhörner stärkte. Für Menschen war er ungenießbar, sogar tödlich.

Sixt glaubte seinem Freund zunächst nicht, dass ausgerechnet er Kenntnis darüber haben sollte, wo sich das schwarze Einhorn befand. Jakob hingegen hatte argumentiert, dass er einen Blick in die geheimen Bücher seines Großvaters, eines bekannten Magiers, hatte werfen können. Normalerweise bekam niemand diese Bücher zu Gesicht. Aber dort hatte es gestanden, in der krakeligen Handschrift eines weisen Mannes.

Auf Sixts Frage hin, warum Jakob nicht selbst auf die Jagd ginge, schob es dieser auf seine Verletzung. Sixt wusste es besser: Sein Freund hatte ein schlechtes Gewissen. Und das zu Recht, wie Sixt fand. Immerhin hatte Jakob ihn mit seinen Prahlereien bei den Wetten erst in diese verflixte Lage gebracht. Er war sich absolut sicher gewesen, dass der schwarze Ritter das Turnier gewinnen würde. Leider war dem nicht so gewesen. Nun hatte Sixt so hohe Schulden, dass er lebenslang die Zinsen würde abzahlen müssen. Dabei konnte er nur sehr knapp seine Eltern und seinen Bruder versorgen – außer, er würde reich einheiraten und dadurch sein Schuldenproblem lösen.

So hatte er auf Jakob gehört, sich unauffällig von den anderen Jägern entfernt und war den Weg zur Mondlichtung geritten, die weit entfernt von den Strydex-Schluchten lag, an denen die anderen Jäger suchten. Die Schluchten waren der einzige Ort, an dem das Einhorn gesichtet wurde, was selten vorkam.

Sein Pferd hatte er kurz vor dem Schattenwald angebunden, damit es ihn auf der Jagd nicht durch Geräusche oder Bewegungen verriet.

Von der Stelle, an der er sich jetzt befand, konnte er die Lichtung mit den leuchtenden Mondblumen erkennen. Sie wiegten sich leicht im lauen Wind, die Blüten noch geschlossen.

Sixt beschloss, die Lichtung aus einer Höhe zu betrachten, aus der ihn das Wesen mit Sicherheit nicht entdecken würde. Er wickelte den Umhang enger um seinen Körper und steckte ihn im Gürtel fest, sodass er besser klettern konnte. Er hielt Ausschau nach einem großen Baum und fand einen, der hoch genug war. Von diesem würde die Sicht perfekt sein und er eignete sich hervorragend für einen einfachen Aufstieg. Vorsichtig erklomm er den Baumstamm, bis er eine gute Stelle mit sicherem Stand gefunden hatte.

Nun hatte er nicht nur eine ideale Sicht auf die Lichtung, sondern auch auf den gefürchteten Schattenwald. Jeder wusste, dass dort unheimliche Gestalten ihr Unwesen trieben. Von Seelenfressern über Lindwürmer bis hin zu verschiedensten Dämonen sollte es alle möglichen Wesen an diesem Ort geben. Bei dem Gedanken fröstelte Sixt erneut. Er würde beinahe alles tun, um die Hand von Prinzessin Elin zu gewinnen. Nicht, weil er sie liebte, nicht mehr zumindest. Vor Jahren, als sie noch viel Zeit im Burghof miteinander verbracht hatten und sie zu jedem seiner Turniere erschienen war, ihm zugejubelt hatte, war es anders gewesen. Elin war von liebreizender Schönheit. Ihr Haar fein, wie aus Gold gesponnen, ihre Augen so klar wie Kristalle. Seit einiger Zeit jedoch war keine Güte mehr darin zu erkennen. Nur Kälte und Arroganz, was sie in seinen Augen hässlich machte. Sie hatte ihm Hoffnung gemacht und ihn dann eiskalt fallen gelassen. Er musste seine Familie ernähren und die Schulden bezahlen. Als Prinz – und eines Tages vielleicht König – wäre das kein Problem mehr. Dafür nahm er alles in Kauf.

Sixt schüttelte den Gedanken ab, versuchte, nicht an den Kuss zu denken, den sie inzwischen ignorierte, als hätte es ihn nie gegeben. Schließlich hatte er eine Aufgabe zu erledigen. Würde er das schwarze Einhorn töten und dem König das begehrte Horn bringen, stünden seine Chancen gut. Das Tier war wertvoller als alle anderen Einhörner, denn es war das Letzte seiner Art. Somit besaß es auch das letzte schwarzmagische Horn, von dem man sagte, dass es dem

Besitzer große Macht verleihen würde. Viele Sagen und Legenden woben sich darum. So wie die weißen Einhörner Wasser klären und Leben retten konnten, vermochte das schwarze Einhorn, Wasser zu vergiften und Leben zu nehmen, erzählte man sich. Eine Berührung des Horns genügte. Das galt den Sagen nach selbst, wenn es tot war. Zur Vorsicht hatte Sixt Lederhandschuhe dabei, damit er es nicht berühren musste, falls er es wirklich erlegen sollte.

Konzentriert spähte Sixt durch die Äste auf die vom Mond erhellte Lichtung. Außer den sich wiegenden Mondblumen, die alles in ein weißschimmerndes Licht tauchten, war nichts zu sehen. Er kniff die Augen zusammen, strengte sich an. Eine gefühlte Ewigkeit blickte er auf die dunkle Lichtung hinab – bis er endlich etwas entdeckte.

Zuerst sah er nur einen dunklen Fleck, der das Licht der Mondblumen zu schlucken schien. Bei genauerem Hinsehen konnte er schwarzglänzendes Fell ausmachen und, als sich das Tier bewegte, witternd den Kopf hob, erkannte er das Horn. Sixt griff langsam nach einem Pfeil, setzte ihn an und spannte den Bogen. Da fiel ihm etwas auf.

Jakob hatte ihm erklärt, dass das schwarze Einhorn der Legende nach eine Spur der Verwüstung hinterließ. Innerhalb kürzester Zeit vertrocknete das Gras um es herum, Blumen verwelkten. Der dunkle Zauber hielt wohl nur kurze Zeit, ehe die Pflanzen sich erholten, aber wenn man diesem Wesen einmal dicht auf die Spur gekommen war, konnte man es dadurch leicht verfolgen.

Bei diesem war es nicht so. Nichts verwelkte, nichts vertrocknete. Verwundert ließ Sixt den Bogen sinken und grübelte. Sagte man nicht, dass es der größte Frevel sei, ein Einhorn zu töten? Aber vielleicht stimmten auch nur die Legenden und Sagen nicht, die sich um die schwarzen Einhörner rankten? Er seufzte.

Wenn er nicht auf ewig verschuldet sein wollte, musste er es tun. Wieder hob er den Bogen, diesmal entschlossener, und zielte auf den Brustkorb des Tieres.

Ehe er es genau anvisieren konnte, packte ihn etwas von hinten. Der Pfeil sirrte durch die Luft, ging ins Leere. Sein Bogen fiel ihm aus der Hand. Sixt klammerte sich mit einem Arm an einen dicken Ast und versuchte gleichzeitig, mit dem anderen nach dem Angreifer hinter sich zu schlagen, der noch immer an ihm zerrte. Wie hatte er nur so dumm sein können? Er war derart auf das Einhorn konzentriert gewesen, dass er alles andere ausgeblendet hatte. Er erkannte die Hand eines Baumtrolls, dessen Finger sich fest in seine Schulter krallten. Sixt brüllte vor Schmerz. Baumtrolle waren klein, aber dafür gelenkig und vor allem brutal. Sixt schlug noch einmal heftig zu, sodass das bösartige Wesen seine Schulter für eine Sekunde freigab. Diesen Moment nutzte Sixt, um sich fallen zu lassen.

Er landete auf den Füßen, Schmerz schoss durch seinen Knöchel. Er knickte ein, stürzte mit den Händen voran in den Morast. Schnell drehte er sich und stemmte sich zumindest in eine sitzende Position, dann zog er einen Dolch aus seinem Gürtel. Der Troll würde nicht lange auf sich warten lassen und versuchen, ihm hier unten den Rest zu geben. Sixt hielt den Dolch fest umklammert, sodass seine Fingerknöchel weiß hervortraten, und hob den Blick.

Der Baumtroll hangelte sich von Ast zu Ast hinunter und grinste hämisch. Jede seiner Bewegungen knarzte und knackte. Das Ding sah aus wie ein knochiger Baum, seine Arme waren astartige Gebilde, die in gebogenen Dornen endeten. Seine Augen leuchteten gelb, fixierten ihn gierig.

Sixts Herz raste. Gegen solch ein bösartiges Wesen hatte er nur eine geringe Chance. Sollte er sterben, müsste seine Familie seine Schulden tilgen – das durfte nicht geschehen. Das wäre ihr Untergang! Er musste weiterkämpfen, überleben! Sixt robbte rückwärts, bis er gegen etwas Hartes prallte. Er fuhr erschrocken herum. Hinter ihm stand das Einhorn und schnaubte. Ängstlich starrte er es an. Nun würde er mit Sicherheit sterben. Entweder von einem Baumtroll zerquetscht oder vom Fluch des

Einhorns getroffen. Das schwarze Tier musste nur noch den Kopf senken und ihn mit dem Horn berühren. Sixt zitterte und versuchte, mit seinem verletzten Knöchel fortzukriechen. Es anzugreifen wäre dumm. Wenn er Abstand zwischen sich und diese Ungeheuer bringen könnte, würde er es vielleicht schaffen aufzustehen. Eines stand fest: Er würde bis zu seinem letzten Atemzug kämpfen. Das schuldete er seinen Eltern und seinem kleinen Bruder.

Zu seinem Erstaunen kam das schwarze Tier jedoch nicht hinter ihm her. Stattdessen wandte es sich dem Baumtroll zu, der soeben den Waldboden erreicht hatte. Finster starrten sich die Wesen an und in Sixt keimte eine Ahnung auf.

Beide wollten sie ihn haben.

Vor bitterer Ironie lachte er auf. Er war gekommen, um das Einhorn zu töten, um die Gunst des Königs und der Prinzessin zu ergattern, und nun war er die Beute. Zwei der dunkelsten Wesen des Schattenwaldes kämpften darum, wer *ihn* töten durfte.

Das edle Einhorn überragte den knochigen Troll, doch Sixt vermochte nicht zu sagen, wer furchteinflößender aussah, geschweige denn, wer als Sieger aus diesem Kampf hervorgehen würde. Beide umkreisten und fixierten einander, das Einhorn mit anmutigen Schritten, der Troll knarrend und krachend. Die Luft zwischen ihnen knisterte vor Anspannung.

Sixt robbte weiter zurück, bis er mit dem Rücken gegen einen Baum stieß. Vorsichtig drückte er sich an dem Stamm hoch, ohne seinen Knöchel zu belasten. Den Dolch hielt er weiterhin kampfbereit in der Hand. Ans Wegrennen brauchte er nicht zu denken. Er wäre zu langsam und eines der beiden Wesen würde ihn mit Sicherheit von hinten aufspießen. Das Einhorn mit seinem Horn oder der Baumtroll mit seinen spitzen Dornenfingern. Also beobachtete er das Spektakel und bereitete sich innerlich auf seinen letzten Kampf vor.

Plötzlich griff der Troll von unten an, grub die Krallen tief in die Brust des Einhorns. Das Einhorn wieherte und stieg mit den Vorderbeinen in die Luft, so abrupt, dass sein Angreifer ein ganzes Stück nach hinten geschleudert wurde. Das Einhorn zögerte keine Sekunde. Gerade als der Troll dabei war, sich aufzurappeln, preschte es vor und durchbohrte ihn mit einem heftigen Stoß seines Horns. Es krachte. Der Troll röchelte ein letztes Mal und blieb reglos liegen, woraufhin sich das Einhorn zurückzog und langsam in Sixts Richtung drehte.

Schritt für Schritt kam es näher. Sixt fühlte sich wie in Trance. Er sah den Dolch in seiner Hand zittern, wusste, dass er mit ihm nichts würde erreichen können. Er war wie gelähmt vor Angst. Die Panik ließ ihn sogar den Schmerz in seinem Knöchel vergessen.

Noch zwei Ellen. Er meinte, bereits den warmen Atem des Tieres zu spüren. Aus tiefschwarzen Augen sah es ihn an. Sie übten eine hypnotische Wirkung auf ihn aus, sodass er einen Moment in ihnen versank. In dieser Sekunde der Ablenkung senkte das Einhorn in einer einzigen geschmeidigen Bewegung den Kopf, berührte seine Hand mit dem Horn und wich zurück.

Jetzt war es vorbei. Jetzt würde er sterben.

Sixt ließ den Dolch fallen und betete, dass seine Familie überleben würde, dass sie es ohne ihn schaffen würden. Er ließ zu, dass sich Tränen in seinen Augenwinkeln bildeten, die kurz darauf über seine Wangen liefen.

Er wartete auf den Todesstoß des magischen Tieres.

Nichts geschah.

Sixt hob den Blick, sah dem Tier erneut in die Augen und konnte darin nichts als Trauer erkennen. Vorsichtig betrachtete er die Hand, die es berührt hatte. Sie war unversehrt und er fühlte sich ganz normal.

»Was zum …« Misstrauisch beäugte er das Tier und es kam ihm vor, als wäre es ebenso ängstlich und skeptisch wie er. Sixt fasste einen Entschluss. Er stemmte sich hoch und ging einen Schritt auf das Einhorn zu.

Vorsichtig streckte er seine Hand aus, berührte dessen Hals und strich schließlich über das glatte und weiche Haarkleid. Das Tier schmiegte sich an ihn, fast so, als wäre es dankbar. Plötzlich wurde ihm alles klar. Das schwarze Einhorn hatte mit dem Troll gekämpft, um ihn zu beschützen!

Es wollte ihn nicht töten! Voller Euphorie nahm Sixt den Kopf des Einhorns in beide Hände und gab ihm einen flüchtigen Kuss zwischen Nüstern und Maul. »Danke«, flüsterte er.

Schlagartig veränderte sich etwas. Die Augen des Tieres begannen zu schimmern wie das Mondlicht. Das Strahlen breitete sich über dem Kopf des Einhorns aus und ergriff den ganzen Körper. Hinter dem Tier, auf der Lichtung, öffneten sich die Blüten der Mondblumen und eine glitzernde Staubwolke stieg empor, waberte zu dem Einhorn und hüllte es ein. Was war das nur? Einen Augenblick später strahlte es so hell, dass Sixt die Augen mit den Händen abschirmen musste.

Er blinzelte zwischen seinen Fingern hindurch. Das Einhorn war verschwunden. Stattdessen lag eine menschliche Gestalt auf dem Boden. Sie war nackt und Sixt erkannte sofort, dass es sich um eine junge Frau handelte. Ihr Haar reichte ihr bis zu den Hüften. Sie kam ihm vertraut vor. Schnell zog er seinen Umhang aus und warf ihn über ihren Rücken. Dann ließ er sich neben ihr ins Gras fallen und wandte den Blick in alle Richtungen. Die Mondblumen wiegten sich mit geöffneten Blüten sanft im lauen Wind. Lediglich der tote Baumtroll lag noch dort, wo das Einhorn ihn getötet hatte.

Er sah zurück zu der Frau. »Alles in Ordnung? Wo kommt Ihr so plötzlich her?«

Sie blinzelte, als wäre sie verschlafen, stemmte sich hoch, zog den Umhang hastig enger um ihren Körper und sah ihn verwirrt an. Als sich ihre Blicke trafen, erkannte er sie.

Die Prinzessin! Seine Augen weiteten sich. Wie kam Elin in den Schattenwald? War sie nicht im Schloss geblieben, als die Jäger losgeschickt worden waren?

»Ich bin es, Sixt«, sagte sie und lächelte. »Und ich war es die ganze Zeit.«

Sixt verstand nicht, was sie ihm sagen wollte.

Sie bemerkte seinen ratlosen Blick und setzte hinzu: »Ich habe den Troll getötet. Ich war das Einhorn.«

»Was? Aber ...«

Mit einem sanften Kopfschütteln unterbrach sie ihn. »Vor vielen Monden ging ich eines Nachts in den Schattenwald. Es war nur eine Mutprobe, ein Scherz unter Freundinnen. Doch ich traf auf das schwarze Einhorn. Es ist böse, sehr böse, Sixt ... Mit seiner schwarzen Magie hat es unsere Gestalten vertauscht. Fortan lebte ich als Einhorn im Schattenwald.«

Sixt fiel es wie Schuppen von den Augen. Deshalb hatte sich Prinzessin Elin so stark verändert; deshalb war sie nicht mehr begehrenswert für ihn gewesen. Tief in seinem Inneren hatte er immer gespürt, dass etwas nicht stimmte. »Aber das bedeutet, das schwarze Einhorn ist im Schloss!«

Elin nickte. »Wäre ich gestorben, hätte es für immer in der Gestalt eines Menschen bleiben können. In meiner Gestalt. Aus diesem Grund hat es Jäger ausgesandt, um mich zu töten.«

»Deswegen die Jagd nach dem Horn! Wir müssen sofort zurück zum König!«, sagte Sixt und drückte sich hoch. Abrupt hielt er inne. »Wartet ... wieso seid Ihr jetzt wieder Ihr selbst? In Eurer ursprünglichen Gestalt?«

»Der Kuss«, sagte sie nur und senkte den Blick.

Sixt beließ es dabei, obwohl ihm plötzlich seltsam warm wurde. Gemeinsam standen sie auf und liefen zurück zu seinem Pferd.

Erschöpft ritten sie durch die Wälder, bis sie im Morgengrauen das Schloss erreichten. Die aufgehende Sonne tauchte den

Schlosshof in ein trügerisch friedliches Licht, als sie abstiegen. Die anderen Jäger waren wohl noch nicht zurückgekehrt, ihre Pferde waren fort. Normalerweise herrschte am Morgen bereits rege Betriebsamkeit: Stände für den Markt wurden aufgebaut, Leute eilten geschäftig hin und her. Doch heute herrschte Totenstille.

»Was ist hier los?« Elin sah sich ungläubig um.

Sixt witterte Gefahr, zog den Dolch und schaute sich aufmerksam um. »Ich weiß es nicht, aber bleibt in meiner Nähe!«

Das Tor zum Hauptgebäude öffnete sich quietschend und beide wirbelten herum.

Das schwarze Einhorn trat heraus. Schon von Weitem erkannte Sixt das böse Funkeln in den pechschwarzen Augen.

»Es hat sich zurückverwandelt, als Ihr mich befreit habt«, flüsterte Elin ängstlich.

Sixts Herz raste. Er und Elin, allein im Kampf gegen ein schwarzmagisches Wesen. Das konnte nicht gut gehen. Hilfe war nicht zu erwarten – wahrscheinlich hatte das Tier die meisten Leute getötet. Die, die nicht tot waren, verkrochen sich vermutlich.

Drohend senkte es den Kopf, schnaubte und ging Schritt für Schritt auf sie zu.

Plötzlich spürte Sixt, wie es hinter ihm wärmer wurde, beinahe glühte. Aus dem Augenwinkel registrierte er, dass es an Elins Händen lag. Sie strahlten weiß, wurden immer heller, bis das Strahlen sie beide wie ein Schutzwall umgab. Das schwarze Einhorn galoppierte los. Das Horn auf die Höhe von Elins Herz gerichtet. Panisch sprang er vor sie, hob den Dolch. Er würde für sie sterben. Für Elin, an die er einst sein Herz verloren hatte – für die mutige Frau, die ihn vor dem Baumtroll gerettet hatte! Sixt machte sich bereit.

Ehe das böse Wesen zustoßen konnte, wurde es von dem weißen Licht zurückgeworfen.

»Elin«, keuchte Sixt. »Ihr habt Magie!«

Elin schien selbst überrascht zu sein. »Etwas von seiner Magie muss bei der Verwandlung auf mich übergegangen sein!«

Gemeinsam näherten sie sich dem Einhorn, im Schutze der Strahlen.

Es scharrte wütend mit den Hufen. Um das Tier herum verschwand die Helligkeit, als ob seine Schwärze sie verschluckte. Je näher sie kamen, desto mehr verschwand die Dunkelheit. Ihr Licht war stärker.

Das Einhorn riss panisch die Augen auf und wieherte.

Ein weiterer Lichtstoß ließ das Tier taumeln, bis es zu Boden fiel und hilflos mit den Füßen in die Luft trat. Dann regte es sich nicht mehr und auch Elins Strahlen ließ nach. Sixt wandte sich ihr zu und schloss sie in die Arme. »Du hast es geschafft, du hast das schwarze Einhorn besiegt!«

»Vorsicht!«, schrie Elin und er wirbelte herum.

Das Tier war aufgestanden. Es hatte nichts seiner vorherigen Kraft eingebüßt und richtete das Horn direkt auf Sixt.

Wieder schoss Licht aus Elins Händen und das Einhorn wich einen Schritt zurück, als wäre es von einem Schwert getroffen worden. Sixt nutzte diese Gelegenheit und sprang trotz der Schmerzen in seinem Knöchel auf den Rücken des Tieres. Er krallte sich mit einer Hand in der Mähne fest und stieß ihm mit der anderen den Dolch tief in den Hals. Schwarzes Blut spritzte und verätzte den Boden wie Gift.

Dann sprang er schnellstmöglich ab. Obwohl er darauf achtete, mit dem gesunden Fuß zu landen, brach er zusammen und landete mit dem Gesicht im Dreck.

Das Einhorn stürzte röchelnd zur Seite, zuckte noch einmal und dann war es vorbei. Es wurde heller um das Tier herum, bis seine dunkle Magie restlos gewichen war und keinerlei Licht mehr schluckte.

»Wir haben es geschafft!« Elin fiel Sixt um den Hals.

»Das haben wir.« Er lächelte und drückte sie fest an sich.

Nach kurzer Zeit öffneten sich Türen, Gemurmel erklang. Nach und nach strömten Menschen in den Schlosshof und betrachteten das tote Einhorn, jubelten Sixt und Elin zu.

Zuletzt kam der König in Begleitung seiner Leibgarde und schloss seine Tochter dankbar in die Arme. »Elin. Ich habe mich täuschen lassen. Es tut mir leid, so unendlich leid! Es muss schrecklich gewesen sein, einsam und gejagt. Mein armes Kind!«

Sie sagte nichts, umarmte ihn nur fester.

Als sie sich voneinander lösten, wandte er sich Sixt zu, dessen Herz augenblicklich schneller schlug. »Wie ist Euer Name, Ritter?«

»Sixt, mein König.« Sixt kniete nieder und senkte sein Haupt.

»Erhebt Euch«, befahl der König. »Der Retter meiner Tochter, der Prinzessin von Thuokor, kniet nicht im Dreck!«

Sixt tat, wie ihm geheißen.

»Bereitet ein Bankett zu Ehren Ritter Sixts vor!«

Geschäftig eilten die Bediensteten davon.

Auf dem Bankett schwor der König feierlich, das Horn des letzten schwarzen Einhorns in einem großen Spektakel zu verbrennen, auf dass es nie wieder Schaden anrichten würde.

So geschah es einige Tage später. Es war derselbe Tag, an dem sich Sixt und Elin verlobten.

Daniela Perndl

DER FUND IM DÄMMERFORST

Kaum hatte er nach seiner Rückkehr die Neuigkeiten erfahren, saß Professor Doktor Dressler in seinem Automobil und drückte das Gaspedal durch. Es dauerte nicht lange, bis das Fahrzeug mit einem lauten Knall vor dem alten Steingebäude der Zoologischen Gesellschaft zum Stehen kam.

Energisch stieß der Mann die Tür des Automobils auf, warf die Beine über den dunkelroten Lederbezug der Sitzbank, stieg aus und richtete seinen Zylinder. Dressler hatte nicht geplant, bereits heute vorbeizukommen. Es schien sich jedoch um ein ungeschriebenes Naturgesetz zu handeln, dass, wenn er die Stadt auch nur für wenige Tage verließ, bei seiner Rückkehr ein kleines Chaos auf ihn wartete.

Missmutig betrat er das Gebäude. Während sich sonst die Zoologen um ein Gespräch mit ihm, dem Vorstand der Gesellschaft, rissen, ließen sie ihn heute unbehelligt seinen Weg fortsetzen. Sie schienen zu wissen, warum er hier war.

Er erreichte einen abgelegenen Teil des Komplexes und drückte die Tür am Ende des verwinkelten, staubigen Flures ohne zu klopfen auf und trat ein. Der Raum war vollgestellt bis unter die Decke. Die Regale quollen über vor Büchern und Ordnern,

Bilddrucke bedeckten die Wände, während sich Skulpturen und Modelle auf jeder freien Oberfläche dicht aneinanderreihten.

Die Frau erschreckte sich kaum über den hereinstürmenden Besuch. Stattdessen ging sie mit raschen Bewegungen weiter ihrer Arbeit nach. Louisa Barthlot wirkte an diesem Tag noch chaotischer als sonst. Ihr zerzaustes, braunes Haar war nur lose nach oben gesteckt, sodass ihr mehrere Strähnen wild ins Gesicht fielen. Die runde Brille war ihr gefährlich weit auf die Nasenspitze gerutscht und drohte jeden Moment hinunterzufallen. Sie hatte sich die Ärmel ihrer Bluse, die mit Staub und Erde verschmutzt war, achtlos nach oben geschoben.

»Einen schönen guten Tag, Louisa.« Dressler versuchte, nicht sarkastisch zu klingen, doch er war sichtbar verärgert darüber, dass die Frau nicht einmal zu ihm aufsah.

»Guten Tag, Professor Dressler.« Barthlots Stimme klang rau, als habe sie kaum geschlafen, aber sie wirkte dennoch munter und gut gelaunt. »Ich dachte, Sie kommen erst morgen zur Arbeit. Wie war Ihre Tagung?«

»Nun, ich hatte tatsächlich vor, erst in Ruhe anzukommen.« Er trat an sie heran. Die Frau hatte einen zweiten Tisch in den ohnehin überladenen Raum gestellt, beide waren mit weißen Tüchern bedeckt. »Dann wurde mir jedoch von Ihrem Fund erzählt.«

»Oh, ich wusste, dass Sie neugierig werden würden.« Barthlot lächelte. »Gestern, frühmorgens, wurde ich gerufen. Ich hätte Ihnen gern das fertige Ergebnis präsentiert, aber wenn Sie schon einmal da sind …«

Dressler atmete langsam aus und legte seinen Zylinder ab. Sein Blick glitt über die Bilder an den Wänden. Sie zeigten verschiedene Darstellungen von jungen Frauen, in deren Armen sich weiße Pferde niedergelassen hatten. Er suchte einen Moment nach den richtigen Worten und strich mit den Fingerspitzen über eine der alten Pferdeskulpturen. Der Kopf der Figur ging in eine lange, dünne Spitze über, die ihn sanft in die Haut pikste.

»Ich habe die Sorge, dass sich diese … Entdeckung schnell herumsprechen wird. Die ganze Zoologische Gesellschaft spricht von Ihnen«, sagte er vorsichtig.

»Tatsächlich? Ich bin kaum aus meinem Arbeitszimmer gekommen.«

»Ich habe Sie in der Vergangenheit darum gebeten, kein Aufsehen zu verursachen.«

»Das wird sich nun nicht mehr vermeiden lassen.«

»Meine Güte, Louisa!« Dressler konnte nicht mehr an sich halten. Wütend lief er auf und ab. »Ich habe Ihre Arbeit immer geduldet. Dabei haben Ihre sogenannten Forschungen ein schlechtes Bild auf unsere Gesellschaft geworfen. Sie mussten sich ja auf ein derartiges Thema spezialisieren. Obwohl Sie eine große Forscherin hätten sein können wie die Baronin von Langenberg. Wussten Sie, dass diese nun mit großem Erfolg die Ergebnisse ihrer Forschungsreise nach Amrum veröffentlicht hat?« Er hielt inne und versuchte, sich ein wenig zu beruhigen. »Jedenfalls habe ich mich immer dafür eingesetzt, dass Sie diese bescheidenen Räumlichkeiten behalten können. Warum? Weil ich Ihre Freundschaft wertschätze und dankbar dafür bin, was Sie früher für mich getan haben. Doch das war alles unter der Voraussetzung, dass Sie sich bedeckt halten. Dass Sie keine Aufmerksamkeit erregen!«

Barthlot schnaubte und stemmte die Hände in die Hüften. Mit grimmigem Blick drehte sie sich zu dem Mann und sah ihn über den Rand ihrer Brille an. »Was reden Sie da? Ich habe doch endlich den Beweis. Meine jahrelange Arbeit trägt nun Früchte.«

»Sie bringen uns alle in Verlegenheit!«, entfuhr es Dressler. »Sie behaupten, die Überreste eines Einhorns gefunden zu haben!«

»Das ist korrekt.«

»Ich bitte Sie …«

»Sehen Sie doch selbst.« Barthlot breitete die Arme herausfordernd aus. »Ich konnte bereits einen Großteil des Skeletts zusammensetzen.«

Leise seufzend, aber ohne Widerworte, trat Dressler neben sie. Er blickte auf die aneinander geschobenen Tische, auf denen unzählige Knochen und Knochenstücke verteilt waren. Sie waren schwarz und verkohlt, ganz so, als wären sie verbrannt worden.

Es war nicht sein Fachgebiet, doch er erkannte, dass es sich um die Gebeine eines Einhufers handeln musste. Zu seiner Überraschung konnte er das Tier nicht näher bestimmen. Er hatte ein eindeutiges Pferdeskelett erwartet, aber dies war seiner Meinung nach nicht der Fall.

Die Länge der Wirbelknochen übertraf die eines Pferdes bei Weitem und auch die Beine schienen ungewöhnlich lang und dünn. Das Tier war so groß, dass seine Überreste keinen Platz auf den Tischen fanden, weshalb Barthlot seine Gliedmaßen angewinkelt hatte. Dresslers Augen glitten zu dem Schädel. Er war ungewöhnlich schmal, fast zart, und der Professor konnte nicht einschätzen, zu welchem Tier er gehörte.

»Es trifft alles zu, was ich bisher hergeleitet habe«, verkündete die Biologin. »Die ausgesprochen fragile Form mit der dünnen Brust. Die langen Beine. Der Schwanz ist anders als bei Pferden. Kein Schweif. Er ähnelt vielmehr dem einer Kuh, nur länger. Und –«

»Da gibt es nur ein Problem«, unterbrach Dressler sie. »Ihr Einhorn hat kein Horn.«

Die Frau griff nach dem Schädel. »Sehen Sie diese Einbuchtung hier auf der Stirn? Dort sitzt das Horn. Man kann erkennen, wo es abgebrochen worden ist.«

»Aber Sie haben das Horn nicht.« Es war keine Frage, sondern eine Feststellung.

»Nein.«

»Ein Einhorn ohne Horn ist nichts weiter als ein Pferd.«

Barthlot schüttelte verächtlich den Kopf. »Natürlich wurde das Horn mitgenommen.«

»Was meinen Sie damit?«

»Wer auch immer das Einhorn getötet hat«, erklärte sie ruhig, »der war hinter dem Horn her. Denn in ihm sitzen die magischen Kräfte des Tieres.«

»Benutzen Sie das Wort Magie nicht in diesem Haus!«, donnerte Dressler.

»Sie haben das Horn abgebrochen und den Rest des Körpers verbrannt«, fuhr Barthlot unbeirrt fort. Als sie Dresslers fassungsloses Gesicht sah, kam ihr eine Idee. »Sind Sie mit Ihrem Automobil hier? Dann begleiten Sie mich doch zu meiner Verabredung.«

Dressler erfuhr bald, dass besagtes Treffen mitten im Dämmerforst stattfinden würde. Als er sein Fahrzeug abstellte, war der Wald still, nur von Weitem drangen die Motorengeräusche eines vorbeifliegenden Zeppelins zu ihnen. Bei jedem Schritt, den sie auf die zwei wartenden Förster zugingen, versanken Dresslers Schuhe in dem matschigen Boden.

»Sie müssen Herr Kopp sein«, begrüßte Barthlot einen der Männer freudig.

»Richtig«, antwortete der alte, dickliche Förster, dessen Gesicht hinter einem dunklen Schnurrbart versteckt war. »Und das ist mein Kollege, Herr Menzel.«

»Das ist Professor Doktor Dressler«, stellte die Frau ihn vor, worauf Dressler die Hände der Männer schüttelte, die in grüne Uniformen gekleidet waren.

»Dann hatte ich recht und es ist etwas an der Sache dran.« Der Förster Kopp schien darüber erfreut.

»Alles Unfug«, gab der Förster Menzel von sich. Seine dünne Stimme wirkte jedoch wenig überzeugend. »Es ist nur ein totes Tier.«

Der dicke Mann ließ sich nicht davon beirren. »Kommen Sie, ich zeige Ihnen den Fundort.«

Er führte sie in den Wald hinein. Schon bald verließen sie den Weg und stiegen durch das Unterholz. Die Sonne schien durch das Blätterdach der Bäume und ließ das Laub golden glitzern, das den Boden bedeckte.

Dressler durchbrach das Schweigen. »Können Sie mir die Entdeckung noch einmal schildern?«

»Das war reiner Zufall. Normalerweise kümmert sich Menzel um das Gebiet«, erklärte der Förster Kopp. »Ich habe die Überreste eines Feuers gefunden. Ein Glück, dass es keinen Waldbrand gab. Nicht weit entfernt war dann dieser Erdhaufen.«

»Und dort haben Sie gegraben?«

»Ich habe zuerst die Polizei gerufen. Ich habe schon gedacht, es wäre etwas Schlimmeres. Es war aber nur ein Tier.«

Schließlich näherten sie sich einer Lichtung, auf der verfallene Steinruinen standen. Der Förster zeigte ihnen die Stelle, an der noch immer verbranntes Holz auf dem Boden lag. Wenige Meter entfernt befand sich das Loch, aus dem die Knochen geborgen worden waren.

»Konnten Sie das Tier nicht identifizieren?«, überlegte Dressler und begutachtete den Fundort. »Sie kennen sich sicher mit den Tieren dieses Waldes aus.«

»Nicht mit deren Knochen. Die Jagd ist hier verboten, müssen Sie wissen«, antwortete der Förster Kopp. »Aber das Skelett kam mir sehr merkwürdig vor, deshalb habe ich es zu Ihnen geschickt.«

»Wahrscheinlich ein Hirsch«, mischte sich der Förster Menzel ein.

»Ach, einen Hirsch hätte ich wohl erkannt«, gab Kopp zurück.

»Ein kranker Hirsch«, murmelte Menzel.

Die beiden Förster gerieten in eine Diskussion und Dressler bemerkte, dass Barthlot verschwunden war. Suchend lief er über die Lichtung. In den Ruinen, hinter einer Steinwand, fand er sie auf dem Boden hockend.

»Haben Sie etwas gefunden?«, fragte Dressler. Barthlot wurde durch seine tiefe Stimme aus ihren Gedanken aufgeschreckt.

»Hier haben die Jäger das Tier getötet«, sagte sie voller Überzeugung.

»Wie kommen Sie darauf?«

»Man kann die Spuren zurückverfolgen. An dieser Stelle haben sie es getötet und dann rüber zu der Feuerstelle gezogen. Außerdem müssen Sie nur genau hinsehen.« Sie zeigte auf den Boden. Dressler ging neben ihr in die Hocke.

Sein Blick folgte ihrer Hand, die nach einem Blatt griff und es nach oben hielt. Es wurde von einer zähen Flüssigkeit bedeckt. Sie glitzerte wie flüssiges Silber bei jeder von Barthlots Bewegungen.

»Was ist das?«, hauchte Dressler ehrfürchtig.

»Blut.«

»Bitte was?«

»Einhornblut«, wiederholte die Frau. Sie begann, Proben zu nehmen und diese in ihrer großen Ledertasche zu verstauen.

Plötzlich hielt sie inne. Unter dem Laub kamen kleine, schneeweiße Blüten zum Vorschein, die Barthlot eilig ergriff. Sie waren zum Teil mit Erde bedeckt, aber der ungewöhnliche, gekräuselte Rand der Blüten war noch gut erkennbar. Ein leichter, unangenehmer Geruch stieg ihnen in die Nase.

»Kennen Sie diese Pflanze?«, fragte sie Dressler.

»Nein.«

»Dann haben wir unseren nächsten Anhaltspunkt.«

Es war noch früher Morgen, als sie das Automobil an dem hohen Eisenzaun abstellten und das große Tor des botanischen Gartens durchschritten. Nach einer erholsamen Nacht wirkten beide frischer und ausgeschlafener als am Vortag.

Sie gingen den geschwungenen Weg zwischen unzähligen Bäumen und Büschen entlang, die in allen erdenkbaren Grün-, Rot- und Gelbtönen erstrahlten. Während sie sich dem großen, hellen Steingebäude näherten, musste sich Dressler eingestehen, dass er nicht nur mitgekommen war, um Barthlot davon abzuhalten, Gerüchte über Fabelwesen im Dämmerforst zu verbreiten, sondern weil er selbst neugierig geworden war, was es mit dem fremden Tier und den weißen Blumen auf sich hatte.

Bereits von Weitem sah Dressler den hageren Mann mit den langen, roten Haaren und winkte ihn eilig heran. »Dr. Haberkorn, schön, Sie zu sehen. Das ist Louisa Barthlot.«

Der Botaniker kratzte sich langsam über seinen Ziegenbart, während er den beiden zur Begrüßung zunickte.

»Wir haben eine Pflanze, die Sie für uns identifizieren sollen. Eine Blume, genauer gesagt.«

Dr. Haberkorn führte sie wortlos in sein Büro. Überall – auf dem Boden, den Tischen, den Stühlen – fanden sich kleine Erdklumpen. Jede freie Oberfläche war mit Kakteen vollgestellt. Barthlot zog ohne Umschweife das Glas mit der Pflanze hervor und stellte es auffordernd vor den Botaniker.

»Es handelt sich um Blütenblätter, teilweise ganze Blüten«, erklärte sie und wartete auf eine Reaktion.

Seelenruhig ergriff Dr. Haberkorn eine der weißen Blüten und betrachtete sie eingehend unter einem Vergrößerungsglas. Träge kratzte er sich die große Hakennase und murmelte vor sich hin. »Seltsam …«

»Was ist seltsam? Kennen Sie die Pflanze?« Ungeduldig beugte sich Barthlot zu ihm.

»Der Rand der Blüten …« Der Botaniker sprach sehr leise, kaum hörbar.

»Wie Rüschen.« Barthlot versuchte dem Mann zu helfen, die richtigen Worte zu finden. »So etwas habe ich noch nie gesehen.«

Dr. Haberkorn grummelte nur. Dann breitete sich ein drückendes Schweigen aus. Schließlich ging er träge an ein Regal und zog ein dickes Buch hervor. Er legte es auf den Tisch und schlug eine Seite auf. Sofort drängte sich Barthlot neben ihn und begann zu lesen. Auch Dressler kam neugierig näher.

Auf der Seite war, neben viel Text, eine Pflanze abgebildet, die mehrere kleine, weiße Blüten hatte. Dr. Haberkorn legte die von Barthlot gefundene Blüte daneben. Sie glichen sich bis ins Detail.

»Mondjungfer«, las Barthlot den Titel der Seite vor.

»Vor einigen Jahren hier ausgestorben«, stellte der Botaniker wie beiläufig fest.

»Wieso ist sie ausgestorben?«, fragte Dressler.

»Die Industrialisierung«, antwortete der Botaniker. »Empfindliche Pflanze. Hat die Luftverschmutzung nicht ertragen. Auf Amrum soll sie noch wachsen. Um diese Jahreszeit blüht sie aber nicht.«

»Also könnte sie nicht in freier Natur gewachsen sein«, sagte Dressler. »Sicher, dass dies die Pflanze ist?«

»Die Blütenform ist unverkennbar«, erwiderte Dr. Haberkorn, »und der strenge Geruch. Er zieht Schmetterlinge und andere Insekten an.«

»Mondjungfer.« Barthlot ließ sich den Namen auf der Zunge zergehen, dann richtete sie sich ruckartig auf. »Das ist es! Es passt alles zusammen!«

»Was ist los?«, fragte Dressler.

»Die Geschichten haben recht.« Aufgeregt kramte Barthlot in ihrer Tasche und zog mehrere zerknickte Zettel hervor, die sie vor ihnen ausbreitete. Alle zeigten alte Darstellungen von Einhörnern. »Es heißt, dass man ein Einhorn nur mit einer Jungfrau fangen kann. Sehen Sie sich die Bilder an!«

Dressler warf dem Botaniker einen beschämten Blick zu. Dieser schien allerdings nur halb zuzuhören. »Ja, alle Bilder zeigen eine Frau, die das Tier festhält.«

»Es geht nicht um die Frau. Sondern um die Pflanzen.« Barthlot zeigte auf verschiedene Stellen.

Dressler musste zugeben, dass er auf jeder Darstellung kleine, weiße Blumen wiederfand, wenn auch teilweise nur im Hintergrund. Auf einem der Bilder waren sie sehr detailliert gemalt, sodass man ihre seltsam geformten Blüten erkennen konnte.

»Das sind Mondjungfern«, sagte Barthlot. »Mit Jungfrauen fängt man Einhörner. Gemeint sind die Mondjungfern. Ihr Geruch lockt Einhörner an und benebelt sie. Hier in dem Buch steht es.«

Dressler beugte sich über das Buch, das Dr. Haberkorn auf dem Tisch platziert hatte, und las die passende Stelle vor: »Da steht: ›Der Legende nach locken die stark riechenden Blüten Fabelwesen wie Nymphen oder Einhörner an‹, mehr nicht.«

»Das muss es sein«, jauchzte Barthlot, doch dann stoppte sie ihren Jubel. »Moment, die Pflanze gibt es nur noch auf Amrum?«

Als der Botaniker nickte, packte sie Dressler am Arm. »Sagten Sie nicht, dass die Baronin von Langenberg eine Forschungsreise nach Amrum getätigt hat?«

»Das ist richtig«, bestätigte Dressler.

»Dann sollten wir der Dame einen Besuch abstatten.«

»Die Familie gibt in wenigen Tagen eine Gesellschaft«, seufzte Dressler. Er wusste, dass er sie nicht aufhalten konnte und wollte zumindest den Schaden begrenzen.

»Und Sie sind vermutlich eingeladen«, sagte Barthlot mit einem verschmitzten Grinsen. »Dann werden Sie dieses Mal in Begleitung auftauchen.«

Die Sonne ging bereits am Horizont unter, als sie in der folgenden Woche an dem Herrenhaus ankamen. Barthlot hatte sich für ihre Verhältnisse herausgeputzt, wirkte im Vergleich zu den feinen Damen, die neben ihnen die lange Auffahrt hinaufschlenderten, mit ihrer schlecht sitzenden Frisur und dem altmodischen Kleid dennoch blass und unscheinbar.

»Ich habe mich über die Familie informiert«, flüsterte sie. »Sie sind vor Kurzem zu einer Menge Geld gekommen.«

»Das ist richtig.« Dressler war es unangenehm, dass ihnen immer wieder kritische Blicke zugeworfen wurden. »Die Familie von Langenberg hatte, unter uns gesagt, einige Geldprobleme. Angeblich standen sie kurz davor, ihr Anwesen zu verkaufen.«

»Und woher kommt der plötzliche Reichtum?«

»Das weiß ich nicht.«

»Verdächtig.«

Gemeinsam mit den anderen Gästen stiegen sie die Stufen des Herrenhauses hinauf, schritten durch die Eingangshalle und betraten den hell erleuchteten Saal. An den hohen Wänden hingen unzählige Geweihe und die präparierten Köpfe von Hirschen und Wildschweinen.

In der Menschenmenge erblickte Dressler zahlreiche bekannte Gesichter und schon bald fand er sich in mehrere Gespräche verwickelt. Er merkte nicht, dass Barthlot von seiner Seite gewichen war, bis er sie zufällig neben dem Gastgeber erblickte. Panisch schob er sich durch die Gäste zu ihr hindurch.

»Baron von Langenberg, wie geht es Ihnen?« Er setzte ein überschwängliches Lächeln auf.

»Professor Doktor Dressler, ist dies Ihre Begleitung?«, antwortete der Mann mit dem kunstvoll gezwirbelten Schnurrbart und deutete auf Barthlot, wobei die goldenen Ringe an seiner Hand aufblitzen.

»Also … ja«, gab Dressler leicht beschämt zu.

»Sie wollten mir gerade von Ihrer Familiengeschichte erzählen.« Barthlot sah drängend zu dem Mann auf, der ihr augenscheinlich nichts erzählen wollte. »Es waren viele Jäger unter Ihren Vorfahren?«

»Ganz recht«, antwortete Baron von Langenberg aus Höflichkeit. »Großartige Jäger sogar. Das sehen Sie an all den wunderbaren Trophäen, die hier hängen.«

»Und Sie setzen diese Tradition nicht fort?«, bohrte die Frau weiter.

»Nun, Sie wissen sicher, dass es seit einigen Jahren verboten ist, privat im Dämmerforst zu jagen«, sagte der Baron zwischen zusammengebissenen Zähnen.

»Seitdem hat Ihre Familie Geldsorgen, nicht wahr?«

»Bitte?«

»Louisa«, zischte Dressler.

»Wie sind Sie denn in jüngster Zeit wieder an Geld gekommen?« Barthlot funkelte den Baron hinter ihrer runden Brille an.

»Vielleicht sollten Sie besser gehen!«, empörte er sich.

»Ich bitte vielmals um Verzeihung.« Dresslers Wangen hatten sich gerötet und er packte Barthlot am Arm. »Ich denke, die Dame fühlt sich nicht ganz wohl. Es ist wahrscheinlich besser, wenn wir uns verabschieden.«

Doch Barthlot ließ sich nicht von Dressler zur Seite ziehen. Ein überraschter Laut entfuhr ihren Lippen. »Ist das nicht der Förster ... Wie hieß er noch?«

»Menzel«, half ihr der Baron aus. »Er ist der Bruder meiner Frau.«

»Ihr Schwager also ...«

»Wollen Sie ihn auch noch belästigen?«, fauchte der Baron sie an.

»Wir gehen jetzt«, sagte Dressler leise, aber bestimmt.

Zu seiner Überraschung folgte ihm Barthlot ohne Widerworte. Ihr Gehorsam hielt nicht lange. Bevor er sich versah, war sie unbemerkt durch eine Nebentür geschlüpft. Leise schimpfend folgte Dressler ihr und fand sich in einem langen Gang wieder, der bis auf die Frau menschenleer war.

»Louisa, was soll das?«, fragte er Barthlot, die gelassen über den weichen Teppich spazierte.

»Sehen Sie die Bilder!« Sie zeigte auf die Wände, die mit Gemälden bedeckt waren. »Sie stellen fast alle Jagdszenen dar. Und immer wieder gefangene und getötete Einhörner.«

»Solche Bilder gibt es viele.« Dressler ging ihr hinterher. »Sie sehen Spuren und Beweise, wo überhaupt keine sind.«

Die Frau antwortete ihm nicht. Stattdessen setzte sie ihren Weg bis zum Ende des Ganges fort, an dem eine verglaste Tür in den Garten führte. Einen kurzen Moment blickte sie angestrengt nach draußen, bevor sie eine nahestehende Gaslampe ergriff und kurzerhand ins Freie trat.

Dressler, der das Gefühl hatte, sie gekränkt zu haben, folgte ihr schweigend. Er erkannte ihr Ziel sofort. Am Rande des Gartens stand ein kleines Gewächshaus, das noch nicht sehr alt sein konnte. Die Tür war verschlossen, doch Barthlot presste ihr Gesicht gegen eine der Scheiben und spähte ins Innere.

»Ich wusste es«, hauchte sie.

Dressler tat es ihr gleich. Die Sonne war bereits untergegangen und die Lampe in Barthlots Hand war nicht sehr hell, doch die Pflanzen im Inneren des Gewächshauses waren unverkennbar. Er konnte die grünen Büschel erkennen, die viele kleine, strahlend weiße Blüten trugen.

»Mondjungfern«, murmelte Dressler. Sein Magen drehte sich um.

»Das ist der Beweis, dass sie das Einhorn getötet haben. Und wer weiß wie viele zuvor.« Barthlot schien fest davon überzeugt. »Der Förster Menzel und der Baron stecken unter einer Decke. Wahrscheinlich hat der Förster die Spuren bisher immer verwischt.«

»Ihr wisst davon«, ertönte eine leise, dünne Stimme hinter ihnen.

Erschrocken fuhren sie herum. Ein junges Mädchen in einem aufwendig geschneiderten Kleid und zwei lockigen Zöpfen stand vor ihnen. Es war die Tochter des Barons und schien ihnen vom Haus aus gefolgt zu sein.

»Bitte, Sie müssen sie aufhalten!«.

»Wen aufhalten?«, fragte Dressler.

Barthlot näherte sich eilig dem Mädchen und ergriff seine Hand. »Das werden wir. Du musst uns alles erzählen, was du weißt!«

»Es ist meine Schuld.« Tränen rollten dem Mädchen die Wangen hinunter. »Ich war im Dämmerforst spielen, da habe ich sie gesehen. Keiner hat mir geglaubt, außer Großvater. Aber auf den hat niemand gehört, weil er wirr im Kopf war. Eines Tages habe ich sie Onkel gezeigt, denn der arbeitet im Wald. Ich wusste es nicht besser. Ich war noch klein.«

»Was ist dann passiert?«, fragte Barthlot.

»Seitdem haben sie immer wieder versucht, sie zu fangen«, brachte das Mädchen unter Schluchzern hervor. »Aber es hat nicht geklappt. Doch vor einigen Monaten kam Mama aus Amrum zurück. Und sie brachte diese Blume mit.«

»Die Mondjungfern«, sagte Barthlot.

»Ich durfte nicht mehr im Dämmerforst spielen«, fuhr das Mädchen fort. »Aber ich weiß, was sie getan haben. Und ich habe gesehen, dass sie Schneeflocke gefangen haben.«

»Schneeflocke?«

»So habe ich sie genannt. Ich habe alle benannt. Und ich erkenne sie wieder.«

»Was bedeutet gefangen?«, mischte sich nun Dressler ein. »Haben sie das Tier hierher gebracht?«

»Sie wollen Schneeflocke verkaufen!«, rief das Mädchen aus. »Übermorgen auf dem wandelnden Markt. In der Halle am Pier 9. Ich habe sie darüber reden hören. Bis jetzt habe ich nicht begriffen, was sie ihnen antun.«

Plötzlich erschien ein Lichtkegel, der nahe dem Haus über den Rasen glitt. Jemand hatte eine Tür geöffnet und rief etwas.

»Wir müssen verschwinden«, drängte Dressler. »Sie dürfen uns hier nicht erwischen.«

»Ich lenke sie ab«, flüsterte das Mädchen, »wenn Sie versprechen, Schneeflocke zu helfen.«

»Ich verspreche es«, sagte Barthlot ebenso leise, ehe sie von Dressler in die Dunkelheit gezogen wurde.

»Bei der Sache ist mir nicht ganz wohl«, gestand Dressler und betrachtete die beiden schweigsamen, breit gebauten Männer, die sie in einer Seemannskneipe angeheuert hatten. »Vielleicht hätten wir die Polizei informieren sollen?«

»Sobald die hier auftauchen, wird alles eingepackt und unsere Spur ist verschwunden.« Barthlot betrachtete zufrieden ihre Verkleidungen. Sie trugen zerlumpte, dreckige Gewänder und fielen damit zwischen den anderen Gestalten nicht auf, die in dieser Vollmondnacht in den Schatten des Hafens herumschlichen.

Langsam näherten sie sich Pier 9 und erreichten das Lagerhaus, an dem ein großer, grimmig dreinblickender Mann Wache hielt. Er sah nicht, wie sich Barthlot und Dressler nervöse Blicke zuwarfen, sondern ließ sie eintreten. In der großen Halle, die durch zahlreiche Kisten verwinkelt und unübersichtlich war, herrschte reges Treiben. Zwielichtige Händler hatten ihre Waren ausgebreitet und winkten Besucher zu sich.

Unsicher und ziellos bewegten sich Dressler, Barthlot und die zwei Seemänner fort. Ein bärtiger Greis hatte vor sich einen Teppich ausgebreitet, auf dem verschiedene Amulette und Edelsteine lagen. Eine junge Frau bot auf ihrem Holzkarren kleine Käfige mit Kröten, Insekten und Singvögeln an, während ein maskierter Mann versuchte, kunstvoll geschwungene Fläschchen mit bunten Flüssigkeiten zu verkaufen.

»Hexenzeug«, knurrte Dressler. Am liebsten hätte er der Polizei erzählt, wo der wandelnde Markt stattfand, um somit die verbotene Zusammenkunft auffliegen zu lassen. Barthlot hatte ihn allerdings davon überzeugt, dass sie nur auf diese Weise dem Geheimnis auf die Spur kommen würden.

»Dort drüben.« Barthlot hatte eine bekannte Gestalt erspäht, welche in Begleitung eines seltsam gekleideten Mannes die Halle durchquerte und sie durch eine Tür verließ. Eilig hob Barthlot ihren Rock an und drängte sich durch die Menschen und Stände.

Die Seitentür führte ins Freie. Sofort versteckte sich Barthlot hinter einem Stapel schwerer Holzkisten. Dressler und die angeheuerten Männer folgten ihr kurz darauf. Neugierig spähte die kleine Gruppe, im Schatten versteckt, hinter den Kisten hervor. Zuerst sah Dressler den Lastwagen, über den eine dunkle Plane gespannt war. Erst danach nahm er die drei Gestalten wahr, die sich dem Fahrzeug näherten. Der Förster Menzel hielt eine Lampe in die Luft, die ein wenig Licht spendete.

»Hier ist es«, hallte die Stimme von Baron von Langenberg zu ihnen.

Er hob die Abdeckung des Lastwagens ein Stück an. Der dritte, fremde Mann blickte in die Ladefläche. Er hatte einen weißen Bart und trug ein auffälliges rot-goldenes Gewand, das wie ein Kleid bis zum Boden reichte.

»Sie sind sicher, dass es funktionieren wird?«, fragte er mit einem ungewöhnlichen Akzent.

»Ich versichere es Ihnen«, antwortete der Baron. »Es wird ihn heilen, Ihren ... ähm ...«

»Großwesir«, half der Fremde nach. Er verschränkte die Hände hinter dem Rücken. »Das ist unsere letzte Hoffnung. Keiner der Ärzte konnte seine schwere Krankheit besiegen.«

»Wir können es gleich auf Ihr Schiff bringen, dann können Sie sofort ablegen.« Der Baron wirkte nervös und wollte die Sache hinter sich bringen. »Sobald Sie ...«

»Natürlich.«

Der Fremde zog einen Geldbeutel aus seinem langen Gewand und überreichte ihn dem Baron. Der ergriff die Bezahlung ungeduldig und zählte nach.

»Wir haben mehr ausgemacht«, knurrte er verärgert.

»Das Tier sieht krank aus«, erwiderte der fremde Mann ruhig. »Vielleicht übersteht es die Reise nicht einmal. Mehr ist es nicht wert.«

»Es ist das Beste aus dem gesamten Dämmerforst«, protestierte der Baron. »Und selbst wenn es stirbt, haben Sie immer noch das Horn.«

»Ich habe kein Horn bestellt. Es reicht nicht. Wir brauchen das Tier lebendig.«

Dressler hatte genug gehört. Er gab den Seemännern das Signal und gemeinsam stürmten sie aus ihrem Versteck. Der Förster Menzel schrie auf, ließ die Lampe fallen und wollte wegrennen, doch einer der Seemänner hatte ihn bereits gepackt. Daraufhin griff der Baron nach seiner Pistole, aber auch er war zu langsam. Der zweite Seemann warf ihn zu Boden.

»Er entkommt«, rief Barthlot und zeigte auf den Fremden in dem roten Gewand, der in den Schatten verschwand.

Dressler schüttelte den Kopf. »Lasst ihn laufen. Wenn er die Wahrheit gesagt hat, ist er ein Abgesandter des osmanischen Reiches. Ihn gefangen zu nehmen, wäre diplomatisch sehr unklug. Außerdem haben wir hier die wahren Übeltäter.«

»Professor Dressler, sind Sie das?«, fragte der Baron und versuchte, sich aus dem Griff des Seemanns zu befreien. »Wie können Sie es wagen? Lassen Sie mich sofort los!«

»Wir werden Sie der Polizei übergeben und als Zeugen gegen Sie aussagen«, sagte Dressler. »Sie haben im Dämmerforst Wilderei betrieben und ein Feuer gelegt. Falls es nicht für eine Anklage reicht, werden wir immerhin dafür sorgen, dass Sie Ihre Taten nicht wiederholen werden.«

Er überließ den Rest den Seemännern und trat mit Barthlot an den Lastwagen. Langsam hob er die Plane an und blickte besorgt zu seiner Freundin. »Sind Sie bereit?«

»Ja«, hauchte sie.

Hinter der Abdeckung kamen die dicken Eisenstäbe eines Käfigs zum Vorschein. Auf dem Boden waren weiße Blütenblätter verstreut. Und in der Ecke, zusammengekauert, lag mit dem Rücken zu ihnen ein Tier. Es hatte graues, trübes Fell und atmete schwer. Barthlot spürte einen stechenden Schmerz in der Brust.

»Sollen wir es zur Zoologischen Gesellschaft bringen?«, fragte Dressler vorsichtig.

»Nein!«, rief Barthlot aus. »Wir bringen es zurück in den Wald.«

»Was?« Er konnte es nicht glauben. »Sie haben jahrelang geforscht und auf solch einen Durchbruch gewartet!«

»Es wird sterben«, sagte sie und biss sich auf die Lippe. »In Gefangenschaft sterben sie.«

»Auch ein totes Tier kann …«, begann Dressler und brach ab, als er ihren verzweifelten Blick sah.

Er nickte. Dann folgte er Barthlot in die Fahrerkabine des Lastwagens und ließ den Motor an. Während der Fahrt herrschte Schweigen. Nur von der Ladefläche drang immer wieder ein leises Wimmern zu ihnen.

Erst am Rande des Dämmerforstes kamen sie zum Stehen. Auf wackeligen Beinen stiegen sie beide aus und schoben die Plane nach hinten.

»Sicher?«, fragte Dressler nach.

»Ganz sicher.« Mit einem Ruck riss Barthlot die Käfigtür auf und stolperte rückwärts zu Dressler, der sie festhielt.

Ein Wiehern ertönte und wie ein heller Blitz stürmte das Tier aus seinem Gefängnis und hinein in den schwarzen Wald.

Hinterher hätte Dressler nicht schwören können, ob das Pferd tatsächlich ein Horn gehabt hatte oder ob das nur seine Wunschvorstellung gewesen war. Er wusste nur, dass das Tier groß und schlank gewesen war und strahlend weiß. Das Mondlicht hatte sich in seinem Fell gespiegelt und ihn geblendet.

Minutenlang standen sie gemeinsam am Waldrand, das Klappern der Hufe hallte noch in ihren Ohren wider. Schließlich durchbrach Dressler die Stille.

»War das die richtige Entscheidung?«

»Ich habe die Einhörner nicht studiert, damit sie gejagt und getötet werden«, antwortete Barthlot mit ruhiger Stimme. »Solange es Menschen wie den Baron gibt, ist es besser, wenn manche Dinge ein Geheimnis bleiben.«

»Was werden Sie jetzt tun?«

»Es gibt noch genug Mysterien, die erforscht werden müssen«, sagte sie und lächelte ihn an. »Wussten Sie, dass in Sibirien angeblich die Überreste eines Drachen gefunden wurden?«

Dressler seufzte, doch ein Lächeln schlich sich auf seine Lippen.

Lyakon

DAS EINHORN VOM DANSENBERG

In jenen Tagen, als die Menschheit noch jung, doch die Erde bereits alt war, bevölkerte die geheimnisvolle Rasse der Einhörner bereits seit Jahrmillionen den eurasischen Kontinent. Von ihrer äußeren Gestalt her dem Pferde ähnlich, entwuchs ihrer Stirn im Laufe des unsterblichen Lebens ein einzelnes Horn von elfenbeinerner Färbung, in welchem sich die enorme Zauberkraft des Tieres manifestierte und über die Zeit potenzierte. Die darin enthaltene Wunderkraft ermöglichte es den Wesen, jegliches Leid zu heilen, ja sogar Tote wiederzuerwecken. Von Natur aus gutmütig, setzten die Einhörner diese unermessliche Macht stets zum Wohle der Menschheit ein, der sie sich verbunden fühlten. Das Herz der Menschen war voller Gier und sie trachteten danach, sich diesen mächtigen Zauber einzuverleiben. Man schnitzte aus den Hörnern geschlachteter Einhörner Trinkbecher, welche selbst die tödlichsten Gifte neutralisierten. Baute gar ganze Throne, auf denen sich feiste Könige im zweifelhaften Glanz ihrer Jagdtrophäen sonnten. So verschwanden mit der Zeit die stolzen Wesenheiten vom Antlitz der Erde und nach tausend Jahren der Bejagung hielt man sie für vollkommen ausgerottet.

Die okkulte Wissenschaft berichtet, dass das letzte Einhorn am 17. Oktober 1632 vom schwarzen Hexenmeister Korphos von Aachen nahe der Stadt Ahrweiler erschlagen worden sei. Gleichwohl findet sich in der Pfalz eine Legende, die nahelegt, dass sich eine dieser Kreaturen noch gegen Mitte des Dreißigjährigen Krieges in den Wäldern um Kaiserslautern herum aufgehalten haben soll.

Nachfolgend möchte ich die Geschichte dieses letzten Einhorns berichten.

Ihren Anfang nimmt sie am 11. Juli 1635, als kroatische Truppen die pfälzische Stadt Kaiserslautern angriffen. Zunächst hielten die starken Mauern ihrem Ansturm stand, doch am sechsten Tag der Belagerung gelang es den Angreifern, nahe des Schlosses eine Bresche in die Stadtmauer zu schlagen. Die Kroaten überwanden die tapferen Verteidiger schnell, und einzig der Umstand, dass der Ort ihres Eindringens zugleich ein Weinkeller war, verhinderte die komplette Auslöschung der Bevölkerung. Zunächst wurde von den Söldnern der Durst nach Wein gestillt und dann erst ihr Durst nach Blut. Von Bacchus' Gaben angefeuert, brannte die Mordlust heiß in ihren Adern und sie brandschatzten die gesamte Stadt. Über eintausendfünfhundert Kaiserslauterer starben an jenem Tag. Die Gassen waren tagelang purpurrot vom Blut der Gemordeten. Mehr als die Hälfte der Stadtbevölkerung wurde abgeschlachtet. Nur wenige entkamen – mit nichts als dem, was sie am Leibe trugen.

Sie versteckten sich am Nordost-Hang des Dansenbergs. Wähnten sich in den dunklen Forsten des nahen Reichswaldes wohl geschützt. Im Glauben, dass die Kroaten durch die Plünderung befriedigt seien, bejubelte man die erfolgreiche Flucht. Der Feind aber hatte Spähtrupps ausgesandt, welche auch die letzten Städter aufspüren sollten. Die Freudenschreie der vermeintlich Geretteten brachten die Späher auf ihre Spur. Das Schicksal nahm seinen grausigen Lauf. Jeder, der am Dansenberg Zuflucht fand, wurde dahingemetzelt, sodass die Leichen den gesamten Abhang unter sich begruben.

In jedem siebten Jahr, just am Jahrestag des Schlachtens, kann man seither die Schreie der Ermordeten vernehmen. Seit diesem unheilvollen Tag wird jener Abhang im Volksmund die Jammerhalde genannt.

Doch berichten einige alte Dansenberger, dass einer der Flüchtlinge zwar tot erschien, da man ihm einen Spieß durch den Leib getrieben hatte, gleichwohl noch ein Funken Leben in ihm glühte. Dem Verlöschen nahe, aber trotzig weiter glimmend, hielt der Lebensfunke den Jüngling im Diesseits fest. In einem deliranten Zustand, zwischen Bewusstlosigkeit und Wachheit wechselnd, kroch er über Stunden Richtung Süden, wo er hoffte, den Patrouillen der Kroaten zu entgehen. Der Mond stand bereits hoch am sternenklaren Firmament, als er die Quelle des Rambachs erreichte, wo er nach einem Schluck kühlen Nasses erschöpft zusammenbrach. Finstere Fieberträume von Tod und Verderben brachen über ihn herein, während die Brüder Hypnos und Thanatos um seine Seele stritten.

Eine leichte Berührung, dem Landen eines Schmetterlings gleich, ließ ihn aus albtraumgeschwängertem Schlaf aufschrecken. Vor ihm stand ein weißes Ross mit langer Mähne, dessen Stirn ein einzelnes gedrehtes Horn von elfenbeinerner Färbung zierte. Mit diesem hatte es die Wunde des Jünglings sanft berührt. Wärme durchflutete den geschundenen Leib. Es fühlte sich an, als ob lebendige Sonnenstrahlen auf seinem Körper tanzen und ihm Erquickung spenden würden. Neu belebt sprang er auf, was das stolze Tier vor ihm verschreckte. Mit leichten Sprüngen hastete es davon und entschwand im dichten Unterholz.

»Warte!«, rief er dem Einhorn nach. »Wie kann ich dir für deine Rettung danken?«

Stille, mehr drang nicht aus dem Dunkeln des Buschwerks.

Beinahe hatte er die Hoffnung auf Antwort aufgegeben, da erscholl die liebliche Stimme einer Frau. »Es ist kein Dank vonnöten. Ich sah, dass Ihr Hilfe brauchtet, und Hilfe habe ich Euch gewährt.«

»Gibt es denn nichts, was ich für Euch tun könnte?«

»Ihr Menschen habt bereits genug für uns getan. Einst waren wir mit euch in Freundschaft verbunden, haben euch geholfen, wo wir konnten. Doch um die Zauberkraft unserer Hörner für euch zu nutzen, habt ihr uns gejagt. Wir haben euch nie etwas zu Leid getan, doch ihr habt unsere Verbundenheit mit nahezu vollständiger Ausrottung vergolten.«

»Aber du warst in der Lage, mich von der Schwelle des Todes zurückzubringen. Wer über solche Zaubermacht verfügt, der sollte sich wohl zu verteidigen wissen.«

»Ich bin eine Kreatur des Lebens. Was würde aus mir werden, wenn ich aus Eigennutz einem vernunftbegabten Wesen den ewigen Tod bringen würde? Wäre ich dann nicht euch Menschen gleich?«

»Also würdet ihr lieber sterben, als ein anderes Leben zu nehmen?«

»So war es seit jeher und so wird es immer sein. Ich bin das Letzte meiner Art und irgendwann werde auch ich durch Menschenhand vergehen. Aber niemals werde ich selbst einem anderen Schaden zufügen.«

Der Jüngling spürte ein nagendes Schuldgefühl, das sich wie ein Engerling durch seine Eingeweide fraß. Er hatte noch nie einem Einhorn ein Leid zugefügt, doch schämte er sich nun für das Unrecht, welches diesen stolzen Tieren von Menschenhand angetan worden war.

»Entschuldigt die Gier der Menschenrasse, aber ich würde Euch nie verletzen. Ihr habt mir mein Leben geschenkt und dafür stehe ich auf ewig in Eurer Schuld.«

»So habe ich nur eine Bitte. Verlasst mich und vergesst, dass Ihr mich je gesehen habt. So dient Ihr mir am besten.«

Der Wunsch seiner Retterin war für den Jüngling Befehl, sodass er die Quelle auf der Stelle verließ.

Er wanderte knapp eine Viertelstunde gen Süden, als er hinter sich das klagende Wiehern eines Pferdes und die Schüsse von drei Arkebusen vernahm. Der Ursprung des Kampfeslärms lag in Richtung jener Quelle, die er eben erst verlassen hatte, und damit in der Nähe des Einhorns, in dessen Schuld er stand. Ohne zu zögern stürmte er zurück, denn er würde jenes Wesen, das ihn den Fängen des Todes entrissen hatte, nicht dem Wüten des Feindes überlassen.

Seine Brust brannte, während er durch das Unterholz hastete, doch der Schmerz trieb ihn eher an, als dass er ihn bremste. Eine Energie durchflutete ihn, wie er sie bisher noch nie verspürt hatte.

Dann sah er das Einhorn blutend vor sich stehen. Eine Kugel hatte den linken Vorderlauf durchschlagen. Es näherten sich dem Tier drei Söldner im schnellen Lauf, scharfe Säbel in den Händen.

Bevor sie den Jüngling wahrnahmen, hatte sich dieser schon auf den vordersten geworfen und ihn zu Fall gebracht. Ehe die beiden anderen reagieren konnten, hatte der Knabe einen Dolch aus dem Gürtel des niedergerungenen Kroaten gerissen und die Klinge tief in dessen Hals gerammt. Das Blut spritzte pulsierend aus der Wunde und tauchte den Jüngling in warmes Rot. Er rollte sich herum, als er die verbliebenen Angreifer nahen sah. Indem er den erstochenen Söldner wie einen Schutzschild vor sich hielt, konnte er den ersten Säbelhieben entgehen.

Aus den Augenwinkeln sah er das Einhorn unschlüssig auf der Stelle stehen. Seine Wunde hinderte es am Fliehen, doch schien es auch nicht kämpfen zu wollen.

»Du musst dich wehren!«, rief er ihm zu. »Fürchte nicht, was passiert, wenn du ein Leben nimmst. Denn wenn du es nicht tust, dann wirst du deines verlieren. Das Leben …«

Ein Knall durchschnitt die Luft und raubte ihm den Atem. Einer der Kroaten hatte seine Reiterpistole gezogen und auf ihn abgefeuert. Die Kugel durchschlug seinen menschlichen Schutzschild und drang in seine Brust ein. Jeder Atemzug wurde mit einem Mal zur Qual und der metallische Geschmack von Blut füllte seinen Mund. Das Bewegen fiel dem Jüngling schwer, als ob er in dickflüssigem Sirup gefangen war. Mit letzter Kraft stemmte er den Leichnam des Erstochenen von seinem Leib, nur um einen der Angreifer mit erhobenem Säbel über sich zu sehen. In Erwartung des Todesstoßes schloss er die Augen, bereit, sein Schicksal anzunehmen. Er sah sein viel zu kurzes Leben vor seinem inneren Auge vorüberziehen. Seine letzte Erinnerung war die an das schneeweiße Einhorn, welches ihn vor nicht allzu langer Zeit vor dem Tod gerettet hatte und für das er nun gern sein eigenes Leben gab.

Dann spürte er, wie feiner Staub auf ihn niederrieselte. Der erwartete Schmerz blieb aus und kein Säbel schnitt sich in sein Fleisch. Verwundert öffnete er die Augen und sah sich mit einem vertrauten Anblick konfrontiert. Vor ihm stand das weiße Ross mit dem langen elfenbeinernen Horn, doch etwas war anders. In den Windungen des Horns verlief purpurnes Menschenblut und begann, sich schwarz zu färben.

Bevor der Jüngling erfassen konnte, was geschehen war, wirbelte das Tier herum in Richtung des letzten Kroaten. Aus der Wunde am Vorderlauf stieg dunkler Rauch, als sie sich wie von Zauberhand zu schließen begann. Während sich das Fell des Wesens verdunkelte, stürmte es mit gesenktem Horn dem letzten der Söldner entgegen. Dieser ließ den Säbel fallen und riss eine seiner beiden Reiterpistolen aus dem Gürtel, aber ehe er anlegen konnte, hatte das Einhorn ihn bereits durchbohrt und er zerfiel zu Staub.

Mittlerweile war das schwarze Blut komplett ins Horn eingedrungen und hatte dem Elfenbein eine kohlengleiche Schwärze verliehen. Von dort aus war sie von der Stirn über den Rücken hinausgeflossen, bis aus dem schneeweißen Schimmel ein nachtschwarzer Rappe geworden war. So stand nun statt eines weißen Rosses ein schwarzes vor dem sterbenden Knaben und blickte ihn aus traurigen Augen an.

»Es tut mir leid«, flüsterte es.

»Was tut dir leid?«, fragte der Jüngling.

»Dieses Mal vermag ich es nicht, dich zu retten, denn in dem Moment, als ich das Leben eines Menschen nahm, wurde mir auf ewig die Kraft der Heilung genommen. Die Berührung dieses finsteren Horns bringt von diesem Tage an nur noch den Tod.«

»Gleichwohl rettete dir dies das Leben.«

»Zum Preis deines Todes.«

»Mein Leben wäre ohne dein Zutun schon längst verwirkt. Ich lag im Sterben, als du mich das erste Mal an der Quelle fandest. Du hast mir dort neue Lebenszeit geschenkt.«

»Aber die kurze Zeit, die ich dir gegeben habe, ist nun mit Schmerz erfüllt.«

»Nicht mit Schmerz, sondern mit Glückseligkeit, denn es war mir vergönnt, im Tode eines der wunderbarsten Wesen dieser Welt zu sehen. Mysteriös und wunderschön.«

»Mein Fell ist schwarz und ich habe jeden Glanz verloren.«

Der Knabe lächelte, als er in die grabbraunen Augen des Einhorns blickte. »Deine Schönheit ist zwar verändert, doch ungebrochen. Aus dir ist etwas anderes geworden, etwas, das um sein Leben kämpfen will. Ich kann neue Stärke in dir sehen und bin froh, dass sie dir nun zu eigen ist. Öde wäre die Welt, wenn alle Einhörner verschwunden wären. Und gern gebe ich mein Leben, wenn ich dadurch die Magie des letzten Einhorns für die Welt bewahren kann.«

Mit diesen letzten Worten auf den Lippen verstarb der Jüngling. Über ihn gebeugt stand noch lange ein schwarzes Einhorn und vergoss dunkle Tränen für den dahingeschiedenen Freund. Gleich kleinen Opalen fielen sie funkelnd auf den Leichnam. Noch heute kann man am Dansenberg diese schwarzen Steintränen finden, und wer sie berührt, wird sofort von tiefer Trauer eingehüllt.

Der Leser mag sich nun fragen, wer diese Legende überliefert hat, wo doch alle Menschen darin verstorben sind. Aber die Geschichte des schwarzen Einhorns ist hier noch nicht zu Ende.

Als im Winter des Jahres 1793 die napoleonischen Truppen Kaiserslautern plünderten, floh erneut ein Teil der Bevölkerung zum Dansenberg, wo sie nahe der Jammerhalde ausharrten. Wieder wurde der Feind auf sie aufmerksam, da die Flüchtenden ihr Vieh mitgenommen hatten und ein Hahnenruf ihr Versteck verriet. Die Legende berichtet, dass alle Versammelten von den Franzosen niedergemetzelt wurden, doch wissen die Dansenberger von einem kleinen Mädchen, welches von einem schwarzen Pferd gerettet wurde. Der Stirn dieses nachtschwarzen Rappen entsprang ein finsteres Horn von gut eineinhalb Ellen Länge, das jedem Feind den Tod brachte, den es damit berührte.

Das Kind verbrachte einige Zeit in der Gesellschaft des Einhorns und erfuhr von ihm, was sich einst an der Quelle des Rambachs zugetragen hatte. Als das Mädchen zur jungen Frau erblühte, heiratete sie in eine Dansbacher Familie ein, wo sie die Legende des Einhorns weitertrug. Von Generation zu Generation wanderte sie, bis sie auch mir zu Ohren gelangte.

Was aus dem schwarzen Einhorn geworden ist? Manche glauben, dass es wie alle seiner Artgenossen irgendwann verschwunden ist. Doch andere berichten, dass man in jedem siebten Jahr nahe des Rambachs einen gehörnten Rappen stehen sieht, der schwarze Tränen über einem unscheinbaren Grabhügel vergießt, in dessen feuchter Erde jener Mensch ruht, der dem Einhorn einst ein neues Leben gab.

Liane Mars

EINHORNWUT

Meine Kehle ist vor Wut zugeschnürt, als ich die frisch asphaltierte Schnellstraße anstarre. Rechts verläuft sie schnurgerade Richtung Bad Berleburg, links geht es nach Siegen. An beiden Seiten wiegen sich die Bäume im Wind, wispern von ihrem Leid. Ihre Wurzeln begraben unter Tonnen von Asphalt. Ihre Freunde gefällt für den Fortschritt.

Der Nebel wabert geheimnisvoll um mich herum, tanzt auf dem Straßenbelag, taucht die Bäume und Büsche in trügerisches Weiß, während sich das Licht des Mondes darin verfängt. Das sieht zwar romantisch aus, ist es aber nicht. Die schwarze, frisch geteerte Fläche zu meinen Füßen besagt nämlich eins: Ich habe versagt.

Verdammt.

Ich bin ein Einhorn. Das solltet ihr wissen. Man sieht es mir auf den ersten Blick nicht an, das gebe ich zu, doch betrachten wir kurz die Feinheiten. Ich hab ein glitzerndes, Sternenstaub absonderndes Horn, das ich ständig bei mir trage. Es zu verlieren wäre in etwa, als müsstet ihr ohne Arme, Beine … und sagen wir auch ohne Ohren und Mund auskommen. Meistens trage ich es als Kette um den Hals, in seltenen Fällen oben auf dem Kopf. Verschmilzt es mit meiner Stirn, werde ich zu diesem verflixten, zauberhaft weißen Pferd, auf das kleine Mädchen so stehen.

Um unauffälliger zu sein, laufe ich als Menschenmädchen herum, allerdings gibt es Merkmale, an denen ihr Wesen wie mich erkennen könnt. Ich benutze zum Beispiel Kontaktlinsen, denn wer mir in die Augen sieht, entdeckt einen Regenbogen. Keine Ahnung, was sich Mutter Natur dabei gedacht hat. Es ist nicht nur kitschig, sondern extrem nervtötend – und vor allem lästig. Das ist auch der Grund, warum ich meistens eine Sonnenbrille trage. Wenn ihr also im Stockdunkeln einem attraktiven, blonden, herrlich duftenden Mädchen über den Weg lauft, das eine überdimensionale Sonnenbrille auf der Nase trägt, dann ist es in achtzig Prozent der Fälle ein Einhorn. Nicht, dass es noch viele von uns geben würde.

Was ich im Siegerland treibe? Ich lebe hier. Es ist so, dass ein Einhorn einen Wald zugeteilt bekommt. Ich hätte auf La Gomera auf die Bäume aufpassen und gleichzeitig im Meer baden können, ich hätte im Yosemite Nationalpark die Sonne genießen oder im Dschungel mit den Tigern um die Wette laufen dürfen, aber nein. Ich muss das Rothaargebirge beschützen. Ich weiß, das hört sich ziemlich schräg an, doch es ist, wie es ist. Ich bin das Einhorn vom Sauer- und Siegerland.

Oder, wenn sich die Dinge weiter so schlecht entwickeln: Ich WAR das Einhorn vom Rothaargebirge.

Schnaubend lasse ich die Schultern hängen und den Blick schweifen. Es ist dunkel. Ein Käuzchen ruft mir zu, weiter hinten blinken die Alarmleuchten der Baufahrzeuge. Die sind schwer bewacht. Der Unternehmer hat aufgrund meiner zahlreichen Attacken eine Menge Geld für Sicherheitskräfte ausgegeben, weswegen ich es aufgegeben habe, am Kern des Problems zu arbeiten.

Die Straße. Diese verdammte, blöde neue Straße. Die ist vor Kurzem zwischen Kreuztal und Wittgenstein aus dem Boden gestampft worden und verläuft geradewegs durch das Herz des Rothaargebirges – und damit durch MEINEN Wald. Seit Jahren habe ich alles daran gesetzt, um den Bau zu verhindern. Ich bin extra Kreistagsmitglied geworden und habe Petitionen ohne Ende gestartet, habe Leute aufgehetzt, Abgeordnete beschwatzt, habe es sogar geschafft, dass das Teil vom Bundesverkehrswegeplan verschwindet, aber nein. Letztlich wurde sie doch gebaut. Seit fünfzehn Jahren terrorisiere ich jetzt die Bauarbeiter. Ich habe Vorarbeiter irgendwo im Wald ausgesetzt, Werkzeug verschwinden lassen, Bagger durch Nagetierattacken lahmgelegt und Hänge zum Einsturz gebracht. Nichts hat geholfen. Der Projektleiter ist offenbar sturer als ein Einhorn – und das soll was heißen.

Morgen wird die Route eingeweiht. Danach brausen hier LKW, Schwerlaster und niederländische Skitouristen auf dem Weg nach Winterberg durch MEINEN Wald. Ich meine, ich bin schon der Meinung, dass wir Einhörner mit der Zeit gehen müssen. Wir können nicht jede Straße verhindern, wir können nur dafür sorgen, dass das Gleichgewicht irgendwie erhalten bleibt, doch leider trennt diese Straße Mutterbaum eins von Mutterbaum zwei – und das ist ein Umstand, der nicht geht.

Deshalb bin ich jetzt hier.

Ich betrachte den nackten Asphalt und die weißen Streifen auf der Fahrbahn, die eklig nach frisch aufgetragener Farbe miefen. Mein Griff um das Horn wird fester. Es einzusetzen ist grundsätzlich die letzte Möglichkeit, und ich tue das nicht gern. Meistens kotze ich anschließend drei Tage und bin zu nichts zu gebrauchen. Aber gerade habe ich offenbar keine andere Wahl.

Ich packe es mit beiden Händen, atme tief durch und gehe mit einem Ruck in die Knie. Das Horn leuchtet auf, glüht regelrecht und sondert Sternenglitter und Regenbogenherzchen ab. Wehe ihr lacht. Wer immer meine Magie erschaffen hat, war definitiv weiblich und hatte die geistige Reife und die Vorlieben einer Sechsjährigen.

Kaum berührt die Spitze des Horns den Asphalt, erbebt die Straße und die Erde darunter gleich mit. Ein Riss klafft auf, der schnell größer wird. Ich werde ordentlich durchgeschüttelt, als sich der Schlitz zu einer Spalte vergrößert, sich nach rechts und links ausbreitet. Polternd reißt der Asphalt weiter auf, stöhnt und ächzt. Ich höre das Seufzen der Erde unter mir, spüre, wie sie wieder atmen kann. Die Baumwurzeln haben endlich neuen Kontakt zur Oberfläche, zum Wind und zum Sternenlicht. Augenblicklich beginnt das Getuschel um mich herum. Die Natur redet nicht im eigentlichen Sinn, sie kommuniziert in Gefühlen und Empfindungen. In diesem Moment sind die beiden Mutterbäume hellauf begeistert und begrüßen sich erleichtert. Seitdem der Asphalt ihre Kommunikationswege abgeschnitten hat, konnten sie nicht mehr miteinander tratschen. Blitzschnell tauschen sie die wichtigsten Informationen aus.

Der Stoß in den Asphalt hat mich ausgelaugt, mir die Sinne benebelt. Schwankend stehe ich auf und atme tief durch, bereit, mein Werk an anderer Stelle fortzuführen. Da höre ich ein Geräusch, direkt hinter mir.

»Was, zur Hölle, machen Sie da?« Ich drehe mich rasch um, suche die Umgebung ab. Ein Mann steht vor mir auf dem Asphalt. Mit der Taschenlampe leuchtet er mir in die Augen. Ich hebe die linke Hand und halte sie vor mein Gesicht, schütze es vor dem grellen Licht, blinzele. Mein Horn verstecke ich hastig hinter dem Rücken, doch gerade die Bewegung scheint ihn darauf aufmerksam gemacht zu haben.

»Runter mit der Waffe«, fordert er. In seiner Stimme schwingt nun Panik mit.

Ich überlege und versuche, den Typen einzuschätzen. Hat er eine Waffe? Die Sicherheitsleute haben tatsächlich welche gehabt, sie aber nicht eingesetzt, dazu war ich einfach zu schnell. Also: weglaufen oder ausschalten?

Wie es scheint, kann der Typ Gedanken lesen. Er macht einen Schritt zurück, nimmt die andere Hand hoch. Ich sehe etwas Metallisches darin und gehe auf Nummer sicher, hebe die Arme und sage das, was wohl jeder in meiner Situation gesagt hätte: »Das war schon so!«

Der Lichtkegel verlässt mein Gesicht, schwenkt runter auf den Asphalt, hüpft entlang des Risses, zurück, vor. Offenbar kann der Typ nicht fassen, was er sieht. Ich hingegen erkenne nun endlich mehr Details von seinem Körper.

Groß ist er mit breiten Schultern, aber extrem schlanker Hüfte. Vielleicht ein Ruderer? Er trägt Jeans und einen breiten Gürtel, an dem eine Menge Zeugs hängt: Handschuhe, eine kleinere Taschenlampe, irgendwas, das nach Zeichenplänen ausschaut – wobei die wohl eher im Hosenbund festgeklemmt sind. Darüber hat er eine einfache graue Jacke und eine grellorangefarbene Warnweste angezogen. Bevor ich sein Gesicht näher betrachten kann, kehrt der Lichtkegel zu mir zurück. Ich kneife die Augen zusammen und hoffe, dass er den Regenbogen nicht gesehen hat.

»Wie haben Sie das gemacht?«, fragt er verblüfft.

Auf meine faule Ausrede geht er nicht ein. Das Licht huscht über meinen Körper, offenbar sucht er nach dem Presslufthammer im Miniformat. Ich setze meine beste Unschuldsmiene auf, aber eigentlich kann ich es auch gleich zugeben. Das Lustige ist: Erzählt man die Wahrheit, glaubt es eh keiner.

»Ich bin ein Einhorn und rette den Wald vor dem fiesen Unternehmer, der hier die Schnellstraße quer durchgebaut hat. Mit meinem Einhorn-Horn habe ich einen Magiestrahl in den Asphalt geschickt, der den Riss verursacht hat.« Ich hebe meine Hand und wedele mit dem noch immer funkensprühenden Horn herum.

Der Typ starrt es an, was ich zwar nicht sehen, aber spüren kann. Ihm hat es für einen Moment die Sprache verschlagen.

»Der fiese Unternehmer, das bin dann wohl ich«, sagt er schließlich leise. »Ich bin der Projektleiter von Straßenbau NRW. Und wer sind Sie?«

»Ich bin das Einhorn vom Rothaargebirge. Silva ist mein Name.« Allmählich habe ich den Eindruck, die Situation im Griff zu haben. Vielleicht lässt der Typ … Moment mal! Hat der gerade gesagt, er sei der Projektleiter?

Ich stemme die Hände in die Hüften und atme hektisch ein und aus. Zum einen will ich damit die aufkommende Übelkeit zurückdrängen – der Fluch des Hornstoßes –, zum anderen muss ich meinen Zorn unter Kontrolle bekommen. Warum Einhörner immer als liebreizende Geschöpfe bezeichnet werden, weiß ich nicht. Ich bin jedenfalls jähzornig. Wehe dem, der mir krumm kommt. »Sie sind Lukas Dahlkamp? DER Lukas Dahlkamp?«

Er bewegt sich unruhig. Die Taschenlampe schwenkt hin und her, wahrscheinlich zuckt er mit den Schultern. »Sie sind dann wohl die Verrückte, die uns seit Jahren terrorisiert. Schön, dass wir uns mal kennenlernen.«

Als ›schön‹ würde ich das jetzt nicht bezeichnen. Dem Klang seiner Stimme nach hat er keine Ahnung, dass er sich gerade in tödlicher Gefahr befindet. Okay, als ein mindestens einen Meter neunzig großer, doch recht muskulöser Typ hätte ich wohl auch keine Angst vor einem höchstens einen Meter sechzig großen, zierlichen Mädchen mit blonden Löckchen. Auch wenn es mir im Wald begegnet wäre. Leute, merkt euch das: Das sind die Gefährlichsten. Das sind nämlich Einhörner!

Mittlerweile zittere ich vor Wut. Mutterbaum eins ist auf mich aufmerksam geworden, fragt durch den Riss, was los ist. Ich schicke ihr ein Bild vom Projektleiter und erkläre ihr anhand von Gefühlen – Wut, Aggression, Frust – wer er ist. Sie versteht sofort und sendet mir gleichzeitig mit Mutterbaum zwei ein einziges Bild: eine Axt mit sehr viel Blut daran.

Augenblicklich dehne ich meine Sehnen, wärme die Muskeln durch Anspannen auf, ducke mich. Lukas Dahlkamp scheint das zu bemerken. Auch er richtet sich auf, das Metallische in seiner Hand blitzt in der Dunkelheit. Es ist keine Waffe. Sondern ein Fotoapparat. Wahrscheinlich wollte er mich auf frischer Tat ertappen. Das kann er vergessen.

Ich starte einen Angriff, denke nicht mehr länger über Für und Wider nach. Natur ist nicht immer rational. Es geht um

Fressen oder Gefressenwerden, um Kampf oder Untergang. Blitzschnell husche ich aus dem Lichtkegel fort, sprinte auf ihn zu. Ein Schritt, zwei, drei. Schon habe ich ihn erreicht. Mein Ellbogen bohrt sich Sekunden später in seine Nierengegend. Mit dem Fuß trete ich ihm die Beine weg. Er geht mit einem Keuchen zu Boden, verliert die Taschenlampe. Gut. Ich kicke sie weg. Endlich blendet mich das doofe Ding nicht mehr.

Lukas Dahlkamp liegt auf dem Rücken, hebt die Arme, um mich abzuwehren. Mit der Linken erwische ich sein Handgelenk, verdrehe es. Seine Gelenke knacken, er schreit auf. Gleichzeitig ramme ich ihm meine Knie in den Bauch, setze mich quasi auf ihn drauf. Meine rechte Hand zuckt vor. Es ist die, in der ich das Horn halte. Es berührt ein Stück seines Hemdes, sodass es brutzelt und die Regenbogenherzchen nur so fliegen.

In der Sekunde schüttelt Lukas Dahlkamp seinen Schock ab und reagiert. Er schafft es, meinen Oberkörper wegzustoßen, aber ich bin einfach zu schnell. Ein Einhorn zu stoppen ist ungefähr so, als wenn man versuchen würde, das Ozonloch mit einem Micky-Mouse-Pflaster zuzukleben.

Ich donnere ihm meine linke Faust so kräftig gegen die Kehle, dass er erschlafft und damit beschäftigt ist, überhaupt zu atmen. An Gegenwehr ist nicht mehr zu denken. Ich nutze die Chance und hebe das Horn, bereit, es in seine Brust zu stechen.

Er liegt einfach nur da, sieht mich aus glasklaren Augen an. Sie sind blau und erinnern überhaupt nicht an einen fiesen Unternehmer, der Wälder zerstört. Ich packe das Horn fester, um es zu Ende zu bringen.

Da sehe ich den Wasserfall.

Es gibt verschiedene Zeichen in den Augen eines Wesens. In meinen ist es der für alle sichtbare Regenbogen. Ich erkenne auch in anderen Augen den Charakter in Form von Bildern – äußerst stereotypische Bilder, muss ich zugeben. Erscheint eine Maus, heißt das, der Mensch ist von Angst zerfressen. Erscheint ein Bär, ist er mit Vorsicht zu genießen. Einen Wasserfall habe ich noch nie gesehen, allerdings weiß ich durchaus, was er zu bedeuten hat.

Er ist ein Auserwählter von Gaia.

Nicht auch noch das! Schon mal etwas von der Gaia-These gehört? Ich will euch nicht mit Fakten langweilen, schon gar nicht in dieser Situation, aber verdammt: Die wurde wohl von einem Einhorn geschrieben, denn sie stimmt. Die Erde ist ein einziger Organismus, der auf verschiedensten Ebenen wie ein Gehirn funktioniert. Das Zentrum sind die Bäume, speziell die Mutterbäume. Rasten die aus, rastet die Tierwelt aus – und letztlich rasten wir Einhörner aus. In diesen Fällen kann es zu seltsamen Erdbeben, merkwürdigen Vulkanausbrüchen und zu toten Vögeln kommen, die vom Himmel fallen.

Oder wir greifen Vorarbeiter an, womit wir wieder beim Thema wären. Fokussierungsprobleme sind übrigens schlimme Laster bei Einhörnern. Wir können zwar Millionen Dinge gleichzeitig machen, uns aber kaum auf nur eins konzentrieren.

Doch. Ich wollte ja Lukas eine runterhauen, aber: die Gaia-Augen. Verdammt. Ich erstarre genau wie er. Sein Blick klebt am Horn, die Augen angstvoll aufgerissen, das Gesicht vor Schock verzerrt. Unter mir spüre ich das Rasen seines Herzens, das im gleichen Takt schlägt wie meines.

Ich blinzele verblüfft, während die Zeit verrinnt, Atem um Atem um Atem. Er sagt nichts, starrt nur mein Horn an, fühlt vielleicht auch meine Aura. Die ist einerseits hell und freundlich, andererseits unheimlich und finster. Der Wolf im Schafspelz. Das Raubtier im niedlichen Gewand. Ein Einhorn.

»Silva«, sagt er leise. Nicht so ängstlich, als dass ich ihn verachten würde. Nicht zu laut, um mich zu bedrohen. Einfach mein Name. »Tu es nicht. Lass uns drüber reden.«

Ich erspüre ihn zum ersten Mal mit meiner Magie. Seine Aura ist sanft, aber kraftvoll. Ein Mann, der weiß, was er will, jedoch mit sich reden lässt. Ein rationaler Denker voller Empathie. Das ist eine seltene Mischung, genau wie das, was ich an ihm rieche. Er stinkt nach Moderne – Eisen, Teer, Ozon und Elektronik – und gleichzeitig nach Wald. Vor allem bemerke ich einen starken Geruch nach Blaubeeren. Ich liebe Blaubeeren.

Auch er sieht mir mittlerweile in die Augen, betrachtet nicht mehr länger das sprühende Horn, sondern sieht mich an. Mich. Das Einhorn in Menschengestalt.

»Was bist du?«, fragt er. Nur weil ich genau lausche, höre ich die Angst heraus, ansonsten wirkt er ziemlich cool in Anbetracht seiner Lage.

»Ich bin die, die dich töten wird«, erwidere ich. Im Gegensatz zu seiner klingt meine Stimme unnatürlich quietschig. Die Situation entgleitet meiner Kontrolle und das gefällt mir gar nicht.

Lukas wird blass, was ich ihm nicht verdenken kann. Generell hat er eine sehr schöne Hautfarbe. Luftig braun, durch die Sonne natürlich gefärbt. Der Ansatz eines dunklen Bartes ist zu sehen. Sein Gesicht ist etwas zu asymmetrisch, um es als schön zu bezeichnen, doch er ist trotzdem auffallend attraktiv. Der Schwung seines Kinns gefällt mir, genau wie die dunkelroten Lippen. Die presst er gerade vor Angst zusammen, sodass die Wangenknochen hervorstechen.

Ein wenig erwarte ich, dass er zu diskutieren beginnt und um sein Leben fleht, doch er schweigt. Mittlerweile fühle ich die Kälte des Asphalts an meinen Knien. Der Wind hat aufgefrischt, tanzt um meine nackten Schultern. Ich trage ein einfaches Kittelkleid aus braunem Leinen. Das ist etwas hochgerutscht, sodass es nur noch knapp meine Oberschenkel bedeckt. Meine nackten Unterschenkel pressen seine Handgelenke zu Boden. Wann ich diesen fiesen Trick angewendet habe, weiß ich gar nicht mehr. Im Überwältigen war ich schon immer phänomenal.

Das Schweigen wird langsam albern und macht die Situation nur schwieriger. Ich hätte ihn direkt töten sollen, so aber …

Mein Magen dreht sich. Hastig beuge ich mich zur Seite und kotze neben ihn auf den Asphalt. Er zuckt zwar zusammen und verzieht das Gesicht, versucht halbherzig, mich von sich zu stoßen, doch ich mache mich schwer. Ein Einhorn kann viele, viele Tonnen wiegen, wenn es will. Als er die Kraft in meinen Beinen spürt, erlahmt seine Gegenwehr.

Ich ringe noch einen Moment um mein inneres Gleichgewicht, dann wende ich mich ihm zu. Ich senkte das Horn auf seine Kehle, sodass es leicht die Haut berührt. Er erzittert, als er die Macht spürt. Gleichzeitig beuge ich mich zu ihm hinunter, damit er meine Augen sehen kann. Den Regenbogen und den kalten Hass darin, wobei ich mich anstrengen muss, das Gefühl aufrechtzuerhalten.

All die Jahre wollte ich ihn töten und zermalmen. Das Schicksal hatte es so gewollt, dass wir uns nie begegnet waren. Bei meinen Protesten waren stets die Politiker vorneweg gegangen, hatten versucht, mich und meine Mitstreiter zu besänftigen. Bei einigen meiner Attacken hatte ich ihn zwar gesehen, ihn aber nicht als das erkannt, was er war: der Anführer meiner Feinde. Mein eigentliches Ziel.

Er schluckt, sodass sein Adamsapfel hüpft und sich das Horn in seine Haut bohrt. Ein Tropfen Blut quillt aus dem winzigen Riss hervor, perlt am Hals hinunter. Ich betrachte es, rieche das Salz und das Kupfer darin.

»Geht es tatsächlich um die Schnellstraße?«, fragt er vorsichtig. »Die wird so oder so fertiggestellt, ob ich sie nun baue oder nicht. Du kannst das nicht mehr verhindern. Es tut mir leid.«

»Warum hast du sie überhaupt gebaut? Du bist ein Freund der Natur, das sehe ich dir an. Du solltest auf unserer Seite sein.«

»Wer sagt, dass ich das nicht bin? Die Schnellstraße konnte niemand mehr verhindern. Ich habe nur dafür gesorgt, dass es nicht noch schlimmer kommt. Kennst du die beiden riesigen alten Buchen rechts und links der Straße? Eine von ihnen wäre gefällt worden. So verläuft die Straße jetzt zwischen ihnen. Die Buchen konnten gerettet werden.«

Ich kneife die Augen zusammen und erzittere. »Du kennst die Mutterbäume?«

»Wenn du die Buchen meinst, dann ja. Wir haben uns die Gegend sehr genau angeschaut. Die Umweltverträglichkeitsstudie hat bewiesen, dass es hier keine seltenen Tiere gibt, dass …«

»Es gibt hier keine seltenen Tiere, weil sie Angst vor den Mutterbäumen haben«, unterbreche ich ihn. »Sie sind das Heiligste im ganzen Rothaargebirge – und die Straße unterbricht ihre Kommunikation.«

Jetzt sehe ich die Panik in den blauen Augen. Er weiß, dass er um sein Leben verhandelt. »Dann lass uns überlegen, wie wir das Problem lösen können. Mich zu töten, wird nichts ändern.«

Da hat er recht, aber zumindest würde jemand bestraft.

»Mach die Augen zu«, verlange ich. »Ich kann dich nicht erledigen, solange du mich so ansiehst.«

Er erstarrt. Sein Herzschlag verdreifacht sich, ich rieche Schweiß und Angst. Ich hätte wetten können, dass er die Augen nicht schließt, doch genau das tut er.

»Du tötest mich nicht«, sagt er heiser. »Du weißt, dass ich auf deiner Seite bin.«

Ich presse die Kiefer aufeinander und will zustechen, spanne mich an, doch tatsächlich … Ich kann nicht. Einen langen Moment verharren wir so, bis ich schließlich mit einem Ruck aufstehe.

»Ich verschone dich«, erkläre ich gönnerhaft. In Wirklichkeit zittere ich bis in mein Innerstes. Es wäre tatsächlich falsch, ihn zu erledigen. »Aber mit dem Bau dieser Straße hast du großes Unrecht in den Wald gebracht.«

Ich sehe noch, wie er sich aufrichtet, doch da laufe ich bereits los, verschwinde zwischen den Bäumen. Er ruft mir etwas nach. Ich ignoriere ihn, renne schneller. Mutterbaum eins verlangt nach mir. Sie ist zornig, weil ich meinen Auftrag nicht beendet habe, aber wie hätte ich Lukas töten können? Er ist auch nur ein Rädchen in einem Getriebe, das die Natur ganz langsam zermalmt.

Der Wald wird grüner. Moos und Farne wachsen hier, die Bäume sind alt und verzaubert, der Nebel huscht wie magische Schlieren zwischen ihnen hindurch. Ich laufe geradewegs zum Mutterbaum und bleibe vor ihm stehen. Er ist größer als die anderen. Die Blätter sind dunkelgrün, die Äste gewaltig, der Stamm voller geheimnisvoller Wucherungen, die wie Runen aussehen. Das verrottete Laub wispert unter meinen nackten Füßen. Ich stelle mich auf die vorderste, mit Moos bewachsene Wurzel und lege meine Hand an die zerfurchte Rinde. Ja, der Baum ist wütend und schüttelt zornig die Äste. Vielleicht hätte ich Lukas doch töten sollen?

Bevor ich mich verteidigen kann, höre ich Schritte. Entsetzt drehe ich mich um und lausche. In der Sekunde bricht Lukas Dahlkamp aus dem Unterholz hervor.

»Was machst du hier?«

»Wir haben noch keine Lösung für das Problem«, erwidert er. In seinen schwarzen, kurzen Haaren sehe ich Kletten. Ein Ast hat seine Wange zerkratzt und sein Brustkorb hebt und senkt sich hektisch.

»Aber … Wie hast du uns so schnell gefunden? Es ist stockdunkel!« Ich löse mich von meinem Posten und husche zu ihm hinüber. Da erkenne ich die Fußspuren auf dem Boden. Einhornhufe. Sofort bleibe ich stehen und starre hinunter. Auch er bemerkt die Abdrücke und deutet darauf.

»Ich dachte mir, ich folge einfach den Dingern.«

Ich bin sprachlos. In meiner Menschengestalt hinterlasse ich keine Spuren – und schon mal gar nicht Hufabdrücke. Dass sie hier sind, kann nur eines bedeuten …

Bevor ich den Gedanken beenden kann, reagiert der Mutterbaum. Um das Geheimnis zu schützen, wird er Lukas töten.

Die handtellergroßen Rindenfresser jagen den Stamm hinunter. Tausende, Millionen. Ihre Chitinpanzer reiben aneinander, ein unangenehmes Geräusch, das mir sofort eine Gänsehaut verursacht.

»Nein!«, rufe ich und stelle mich schützend vor Lukas. Der scheint die Gefahr bereits erkannt zu haben, denn sein Körper versteift sich vor Unglauben. Die Armee aus Käfern kommt trotzdem auf uns zu.

Ich ziehe mein Horn, schwenke es drohend und lasse einen Lichtbogen um mich herumtanzen.

»Zurück«, befehle ich, was die Rindenfresser jedoch ignorieren. Die ersten zertrete ich mit den Füßen, weitere verbrenne ich mit dem Horn, doch der Rest hält auf Lukas zu. Er schreit auf, als sich eine Mandibel in sein Bein gräbt. Mir bricht vor Angst der Schweiß aus.

Solange ich mich in Gefahr befinde, kann ich damit umgehen. Ich hasse es jedoch, jemanden zu verteidigen. Dann bin ich immer hin- und hergerissen zwischen Kampf und dem Wunsch zu beschützen.

»Gaia hat ihn hergeführt«, schreie ich über das Schaben der Panzer hinweg. »Sie will, dass wir mit ihm reden!«

Der Mutterbaum ignoriert meine Worte. Er will die Gelegenheit nutzen, um Rache zu nehmen, doch das Problem mit der Straße wird er dadurch nicht lösen.

Ich drehe mich um und sehe Lukas an, über den das Todesurteil gesprochen wurde. Es sei denn, ich helfe ihm. Er ist im Dunkeln durch einen finsteren Wald gelaufen, um mit mir zu sprechen, mir eine Lösung anzubieten. Ich finde, wir sind es ihm durchaus schuldig, ihn anzuhören, anstatt ihn aufzufressen. Natur hin oder her.

Kurzerhand presse ich mein Horn auf die Stirn und verwandele mich. Theoretisch ist es verboten, in Anwesenheit von Sterblichen zu einem Einhorn zu werden, doch hier muss ich wohl eine

Ausnahme machen. Der Nebel um mich herum reagiert sofort, hüllt mich ein, verleiht mir neue Form. Die Verwandlung selbst geht schnell und schmerzlos. Aus Hand wird Huf, aus Kinn wird Maul, aus Haut wird Fell. Kaum bin ich Pferd, mache ich einen Satz nach vorn und zertrete Käfer und Laub. Lukas ist zu beschäftigt, als dass er dem Einhorn Beachtung schenkt, also rempele ich ihn an. Er stolpert und wäre fast gestürzt, hält sich aber im letzten Moment an meiner Mähne fest. Verwirrt sieht er meinen Rücken an, mustert meinen Kopf. Ich beiße ihm ungeduldig in den Hintern und schiebe ihn regelrecht gegen meine Flanke. Endlich zieht er sich auf mich hinauf. Die Käfer klettern bereits an meinen Beinen hoch. Ein unangenehmes Gefühl: eine Mischung aus Ziepen und Kitzeln.

Kaum ist Lukas oben, stemme ich meine kräftigen Hinterbeine in den Waldboden und mache einen Satz nach vorn, hinein in den nächsten Busch. Die Magie aus dem Horn umschwirrt mich und vernebelt mir die Sicht, aber das bin ich gewohnt. Die Instinkte übernehmen die Kontrolle. Ich presche durch das Unterholz, weiche Bäumen und Stolperfallen aus und springe über einen Graben. Lukas klammert sich irgendwie fest, ist aber eindeutig kein erfahrener Reiter. Er hat sich tief über meinen Hals geduckt, das Gesicht und die Hände in meine Mähne gepresst. Sein Atem geht stoßweise. Wahrscheinlich hat er einen Schock, vielleicht sogar Schmerzen. Darauf kann ich jedoch keine Rücksicht nehmen. Hakenschlagend laufe ich durch den Wald. Er ist mir so vertraut wie mein eigener Körper, möglicherweise kenne ich ihn sogar besser als mich selbst. Ihn verstehe ich, anders als so manche Reaktion von mir.

Endlich erreichen wir die Schnellstraße. Meine Hufe klappern unnatürlich laut, ich tänzele nervös hin und her. Meine Beine wollen weiterlaufen, vor den Problemen fliehen, doch ich zwinge mich zur Ruhe. Lukas lässt sich derweil von meinem Rücken gleiten, hält sich aber weiter an mir fest. Er zittert und blutet.

Einige Käfer huschen noch immer über seinen Körper, kneifen und zwicken ihn. Einer hat sich an seinem Hals verbissen. Er versucht ihn loszuwerden, woraufhin ich mich zurückverwandele und ihm helfe. Ich werfe den Käfer Richtung Wald und zücke gleichzeitig mein Horn. Mit seinem Licht vertreibe ich die letzten Viecher. Lukas mustert mich schweigend. Sein Blick ist irgendwie unstet und ein bisschen wahnsinnig.

»Ich bin ein Einhorn«, bestätige ich ihm das, was er zu verstehen versucht. »Und nein, du bist nicht verrückt.«

Er räuspert sich, ringt um Fassung. »Erdrutsch«, sagt er dann. »Was?«

»Es gibt einen Hohlraum unter der Straße, der uns schon lange Sorgen bereitet.« Er zieht seine Pläne hervor, die er im Hosenbund eingeklemmt hat, und hockt sich hin. Auf dem Asphalt rollt er sie aus und deutet im fahlen Mondlicht auf einen Klecks. »Du hast schon mal einen Erdrutsch verursacht, aber er war an der falschen Stelle und hat zu wenig Schaden angerichtet. Lässt du hier den Hang rutschen, wird der Hohlraum freigelegt. Mit etwas Glück sackt dann auf fünf Quadratmetern der Asphalt ab.« Jetzt lächelt er beinahe wölfisch. In seinen Augen verfängt sich ein Mondstrahl, was ihm gut steht. »Du musst das Problem mit der Sicht eines Ingenieurs angehen. Rabiate Gewalt wird dir nichts nutzen. Hier hilft nur noch ein hinterhältiger Trick. Lass den Hang genau dort abbröckeln, um Punkt elf Uhr. Ich sorge dafür, dass die Medien das mitbekommen. Wenn das Fernsehen den Hangrutsch live auf Video bannt, ist das Projekt gestorben und du kannst so viele Löcher in den Asphalt bohren, wie du lustig bist.«

Ich ziehe eine Augenbraue hoch. »Du bist verrückt.«

»Das ist noch immer nicht so verrückt wie ein Einhorn, das auf das Rothaargebirge aufpasst.«

»Wenn ich das mache, dann bist du ruiniert. Man wird dir die Schuld dafür geben.«

»Das ist wahr und das wird mich auch hart treffen, aber immer noch besser, als von Käfern aufgefressen und auf ewig von einem Einhorn verflucht zu werden.«

Ich mustere ihn nachdenklich. Er meint das tatsächlich ernst, also nicke ich. »Einmal Hangrutsch genau da.« Ich zeige zu der Stelle, die ein paar Meter neben uns liegt. »Den kannst du bekommen.«

»Das dachte ich mir.« Er rollt die Pläne zusammen und drückt sie mir in die Hände. »Da steht auch meine Handynummer drauf, falls du wissen willst, wie es mir als Arbeitsloser geht.«

»Ich könnte dir einen Job als Einhornhilfsarbeiter anbieten. Im Sabotieren von Straßenprojekten scheinst du ganz hilfreich zu sein.« Zum ersten Mal lächele ich ihn an und sein Ausdruck verändert sich in der gleichen Sekunde. Sein Gesicht wird ganz weich, freundlich, sanft.

Der Wolf im Schafspelz. Das Schaf im Wolfspelz. Lukas scheint auch nicht nur das zu sein, was ich oberflächlich sehen kann. Offenbar gilt das nicht nur für Einhörner.

Linn Peltzer

WENN DU NUR FEST GENUG DARAN GLAUBST

Unfassbar.

Dämmerung. Es ist Dämmerung und der Strand liegt verlassen, friedlich, keine Menschenseele ist zu sehen. Mit Betonung auf *Mensch*.

Kleine Wellen schwappen über die Steine am Strandufer, sanft und dann immer weniger sanft, als der vier Meter lange und tonnenschwere Wal versucht, sich aus dem Wasser an den Strand zu hieven. Vergeblich.

»Unfassbar«, murmelt der Wal vor sich hin, als er sich seinem Schicksal hingeben muss, keinen Zentimeter weiter an Land zu kommen. Die Steine kratzen ihn am Bauch und seine Schwanzflosse platscht hoffnungslos im Meer auf und ab. Es ist ein Narwal. Ein langer Stoßzahn, geformt wie ein Stachel, haftet vorn an seinem Schädel an. Mit diesem Stachel stochert der Wal nun mürrisch in den Steinen vor seiner Nase herum, schließt die Augen und überlegt.

»Was machst du da?«

Der Wal hebt den Kopf. Vor ihm im Sand steht mit schiefgelegtem Kopf eine Möwe, die ihn aus dunklen Augen interessiert mustert.

»Was machst du da?«

Der Wal stößt ein Grunzen aus und versucht ein weiteres Mal erfolglos, seinen Körper an Land zu schieben.

»Nerv mich nicht.«

Die Möwe lässt nicht locker, sie hüpft näher an das große Tier heran und inspiziert sein Horn. Der Wal versucht, sie, so gut es geht, zu ignorieren – so gut geht es aber leider nicht.

»Was machst du da?«

Der Wal stöhnt und gibt seine Versuche auf, ans Ufer zu robben.

»Ich will an Land kommen.«

Die Möwe schnarrt. Erst nach einigen Sekunden wird dem Wal klar, dass es ein Lachen ist.

»Wieso solltest du an Land kommen wollen? Du bist ein Wassertier!«

Der Wal schnaubt entrüstet. »Ich weiß wohl selbst am besten, ob ich an Land oder im Wasser sein will! Und heute möchte ich an Land sein.«

Die Möwe lacht weiter ihr schnarrendes Lachen, was den Wal wahnsinnig erzürnt. Er fragt sich, was sich diese dämliche Möwe nur einbildet, da vor ihm zu stehen und einfach über ihn zu lachen! Würdevoll erkundigt er sich bei ihr, ob sie denn schon einmal versucht habe, einen Tag unter Wasser zu verbringen.

Geringschätzig betrachtet ihn die Möwe.

»Weshalb sollte ich einen Tag im Wasser verbringen? Ich bin eine Möwe. Möwen leben nicht unter Wasser. Du hingegen bist ein Wal und Wale leben im Meer. So einfach ist das.«

War der Wal eben noch entrüstet, so könnte man ihn jetzt wohl als stinkwütend bezeichnen.

»Ich bin kein Wal, du unwissender Vogel! Ich bin ein Einhorn.«

Einen Moment lang herrscht Stille. Dann hallt das schnarrende Lachen der Möwe über das weite Meer.

Der Wal – oder das Einhorn? – zieht ein beleidigtes Gesicht und gräbt sein stachelförmiges Horn in den Sand vor sich.

Japsend vor Lachen lässt sich die Möwe auf den Rücken fallen und zappelt mit den Beinen, bis sie sich langsam wieder erholt. Dann schnaubt sie: »Du bist ja verrückt. Ein Einhorn, dass ich nicht lache! Ich weiß, wie ein Einhorn aussieht, und du bist ganz sicher keins. Einhörner sind elegant und schlank und du bist fett und wabbelig. Einhörner sind klug und weise und du versuchst, als Wal an Land zu kommen! Einhörner haben vier Beine und du hast nur diese komischen Flossen. Einhörner sind perlweiß und du bist … na ja, vielleicht von einem sehr schmutzigen Weiß.«

Unbeirrbar beharrt der Wal auf seinem Standpunkt. »Das wichtigste Merkmal und das eigentlich kennzeichnende hast du ausgelassen. Was ist mit der Tatsache, dass Einhörner ein *Horn* am Kopf tragen?«

Die Möwe starrt ihn an.

Der Wal hebt hoheitsvoll den Kopf, sodass sein Horn in die Luft ragt wie eine riesige Nadelspitze.

»Du denkst, du bist ein Einhorn, nur weil du eine Art *Horn* besitzt?!«, kreischt die Möwe.

Würdevoll erwidert der Wal, sie könne ihm ja ein Einhorn vorführen, wenn sie sich so sicher sei, dass er keines sein könne.

Schweigend mustert die Möwe sein Horn, das er nicht hat sinken lassen und das von der aufgehenden Sonne beschienen wird.

»Ich glaube, Einhörner sind selten«, sagt sie schließlich.

»Ich bin ein Einhorn«, wiederholt der Wal.

Die Möwe verdreht die Augen und wedelt entnervt mit den Flügeln. »Schön! Na schön! Dann werde ich dir halt ein Einhorn vorführen, damit du endlich Ruhe gibst, Herrgott noch mal.«

»Ich warte solange hier«, entgegnet der Wal gönnerhaft.

Dann wartet er und wartet und wartet. Zwischendurch versucht er noch einige Male, an Land zu kommen, aber es gelingt ihm nicht. Unglücklicherweise wird ihm während dieser Versuche bewusst, dass es ihm ebenso wenig gelingt, sich zurück ins Meer zu bewegen. *Das könnte sich als Problem erweisen.* Vorerst allerdings wird er ohnehin an Ort und Stelle verharren müssen. Beinahe wäre dem Wal das Warten langweilig geworden, so lange ist die Möwe fort, als plötzlich lautes Möwenkreischen ihre Ankunft ankündigt, gefolgt von stetigem Hufgetrappel.

Der Wal hebt erwartungsvoll den Kopf und vor ihm steht – ein Pferd.

Es ist ein hübsches Pferd, schlank und mit perlweißem Fell. Seine dunklen Augen glitzern intelligent. Aber es ist nun einmal ein Pferd und auf seiner Stirn ist nicht die Spur eines Horns zu sehen.

Dieser Umstand ist es auch, den der Wal der ihren Fund stolz präsentierenden Möwe verständlich zu machen versucht.

»Ich weiß«, erklärt die Möwe daraufhin. »Ich habe kein vollständiges Einhorn gefunden. Ich will dir ja nur zeigen, wie du dir ein Einhorn vorstellen kannst! Nämlich genau so wie dieses Wesen hier, schlank und vierbeinig und wunderschön weiß und mit einer tollen Mähne. Nur dort, an dieser Stelle«, sie zeigt auf die Stirn des Pferdes, »dort müsste sich ein spitz zulaufendes Horn befinden. Dann wäre es ein Einhorn.«

Die Möwe nickt, zufrieden mit ihrem Beweisstück, und lässt sich in den Sand plumpsen.

»Das ist ein Pferd«, sagt der Wal nur. »Es hat kein Horn. Einhörner haben ein Horn. Ich bin ein Einhorn.«

Entnervt und erbost reißt die Möwe die Flügel in die Luft, sodass sich Wal und Pferd zur Seite drehen müssen, um keine Sandkörner in die Augen zu bekommen.

»Ich werde es dir beweisen«, keift sie. »Warte hier, dann hole ich dir ein richtiges Einhorn! Wäre doch gelacht, wenn ich diese Wette nicht gewinnen würde!«

Der Wal kann sich zwar nicht erinnern, eine Wette eingegangen zu sein, schweigt jedoch. Das Ganze beginnt, ihn zu amüsieren. Im Moment kann er sich ja sowieso weder vor noch zurück bewegen.

Das Pferd betrachtet das Meerwesen aus ruhigen Augen. »Ich habe noch nie ein Einhorn gesehen.« Der Wal nickt und fragt, ob es ihm glaube, ein Einhorn zu sein.

Eine Weile mustert ihn das Pferd von oben bis unten, von dem langen Stachelhorn bis zur Schwanzspitze. Dann wiegt es den Kopf hin und her, schüttelt ihn, nickt, schüttelt ihn wieder. Schließlich wiehert es frustriert, scharrt mit dem Huf im Sand und lässt sich dann auf dem Boden nieder.

»Ich weiß es nicht. Ich hatte sehr genaue Vorstellungen eines Einhorns, ebenso wie die Möwe. Aber gesehen habe ich noch keins. Oft war ich neidisch auf diese Wesen, weil sie eine bessere Variante von Pferden zu sein schienen. Vielleicht sind sie ja tatsächlich nur ausgedacht? Weshalb bist du dir so sicher, ein Einhorn zu sein?«

»Ich weiß es einfach«, erwidert der Wal.

Schweigend sitzen beziehungsweise liegen Pferd und Wal einträchtig nebeneinander und warten auf die Rückkehr der Möwe, während sich die Sonne langsam immer weiter den Horizont hinaufbewegt. Sie steht bereits ganz oben am Himmel und wärmt die beiden mit ihren Strahlen, als die Möwe endlich auftaucht. Unterdrücktes Ächzen ist zu hören, als sie sehr weit hinten am Strand erscheint, ein unförmiges Etwas mit dem Schnabel hinter sich herziehend. Sehr langsam schleppt die Möwe das Etwas näher, bis der Wal schließlich erkennen kann, dass es sich um ein Buch handelt. Ein ziemlich dickes Buch. Erstaunt beobachten sowohl der Wal als auch das Pferd sie dabei, wie sie sich mit dem Wälzer abmüht, ohne Anstalten zu machen, ihr zu helfen.

Endlich angekommen, lässt sich die Möwe mit einem erschöpften »Ach du heiliges Fischstäbchen, war das anstrengend!« in den Sand fallen und keucht ein paar Augenblicke lang vor sich hin. Schließlich richtet sie sich auf und verkündet stolz: »Das war es allerdings wert! Ich habe hier den eindeutigen Beweis bei mir, wie ein Einhorn auszusehen hat!«

Triumphierend hüpft sie vor dem Wal herum und blättert mit dem Schnabel ungestüm die Seiten des Buches um, sodass die Seiten zu reißen drohen.

»Da! Sieh dir das an! Das ist ein Lexikon und was dort abgebildet ist, muss richtig sein!« Aufgeregt tippt sie mit ihrer Schnabelspitze auf eine Illustration. Das Pferd blickt ihr über die Schulter und sieht dann fragend zum Wal. Der betrachtet die Abbildung und wiegt den Kopf hin und her.

»Das ist ein Einhorn!«, teilt die Möwe ihrem Publikum mit und plustert sich hochmütig auf.

Das Pferd sieht von Möwe zu Wal und wieder zurück. Der Wal schließt kurz die Augen und stößt ein Seufzen aus. Dann öffnet er sie wieder und spricht mit langsamer, überheblicher Stimme.

»Liebe Möwe. Das ist ein wirklich schönes Lexikon mit einer wirklich schönen Zeichnung. Aber es ist eine Zeichnung, nicht wahr?«

Die Möwe nickt.

»Und sieh mal, hier steht, Einhörner seien Fabelwesen, deren Existenz nicht belegt wurde und deren Aussehen auf der menschlichen Fantasie basiert.« Die Möwe nickt erneut. »Das ist also nur ein Beweis, dass Einhörner in der Fantasie der Menschen, ohne dass sie je ein richtiges Einhorn gesehen hätten, so aussehen wie ein Pferd mit Horn auf der Stirn, richtig? Es ist demnach immer noch möglich, dass sich Menschen einfach ein völlig falsches Bild eines Einhorns gemacht haben und dass ich ein richtiges Einhorn bin!«

Einen Moment lang starrt die Möwe ihn nur an. Dann entfährt ihr ein entnervtes Kreischen und sie erhebt sich in die Lüfte. »Gib mir noch einen Versuch!«

»Du kannst es mir nur beweisen, wenn du mir ein echtes Einhorn präsentierst!«, ruft der Wal ihr hinterher.

Diesmal dauert es noch länger, bis die Möwe zurückkehrt. Während sich der Wal und das Pferd über alle möglichen Themen der

Welt unterhalten, wandert die Sonne über das Himmelszelt und wirft lange Schatten über das Meer. Einmal versucht das Pferd, seinen neuen Freund zurück ins Wasser zu schieben, nur probehalber, allerdings vergeblich. Als der Wal gerade beginnt, sich wegen dieses Umstandes zu sorgen, ertönt erneut Hufgetrappel und die Möwe nähert sich gemeinsam mit … der Gestalt eines Pferdes, auf dessen Stirnmitte ein Horn prangt. Tatsächlich, ein *Horn*. Das Wesen ist schneeweiß und seine Mähne wird sanft von einer Brise umspielt, aufrecht steht es vor Pferd und Wal. Beide mustern es.

Das Pferd wiehert aufgebracht. Die Möwe flattert mit den Flügeln.

Der Wal betrachtet das Wesen. Einen Moment lang ist alles unheimlich still, kein Windhauch ist zu hören.

Dann holt die Möwe tief Luft und fragt: »Hab ich jetzt die Wette gewonnen?«

Der Wal beginnt zu glucksen. Er gluckst und kichert und kann sich gar nicht mehr einkriegen vor Glucksen und Kichern. »Möwe«, antwortet er und schnappt nach Luft. »Sieh dir dein Einhorn mal genauer an.«

Die Möwe geht seiner Aufforderung nach – und sieht gerade noch, wie sich das bereits verrutschte Horn von der Stirn des Wesens löst und vor ihm in den Sand fällt. Vor dem Wesen, das einfach nur ein Pferd ist, dem die Möwe eine spitz zulaufende, gedrehte Muschel angeklebt hat.

Der Wal prustet vor Lachen. »Du hast versucht, mir ein Einhorn zu *basteln?*«

Wütend kreischt die Möwe auf und stößt mit dem Schnabel gegen die Muschel im Sand. Dann schüttelt sie resigniert den Kopf. »Es gibt einfach keine Einhörner!«

»Es gibt alles, wenn du nur fest genug daran glaubst«, erklärt der Wal und reckt den Kopf. »Ich bin ein Einhorn.«

»Schön«, giftet die Möwe. »Du hast gewonnen! Ich glaube dir, du bist ein Einhorn. Bist du jetzt zufrieden?«

»Sehr«, antwortet der Wal und sieht dabei auch sehr zufrieden aus.

Die Möwe seufzt und dann machen sich beide Pferde unter ihrem Kommando daran, den Wal – der ja nun offiziell ein Einhorn ist – zurück ins Meer zu schieben. Als er tief genug im Wasser liegt, winkt er mit seinem Horn zum Abschied. »Ein schöner Tag an Land war das!«

Kopfschüttelnd sehen ihm die drei anderen dabei zu, wie er in tiefere Gewässer entschwindet.

»Ein Einhorn«, murmelt die Möwe und erhebt sich in die Lüfte. »Sachen gibt's ...«

Als sowohl die Möwe als auch die beiden Pferde den Strand verlassen haben, ändert der Wal seine Richtung und schwimmt langsam zur Küste zurück. Die Steine kratzen ihn am Bauch, als er im Licht der untergehenden Sonne bedächtig ans Ufer treibt. Einen Moment lang liegt er ruhig da, mit geschlossenen Augen, und wird vom Meer umspielt. Dann flattern seine Lider und sein Körper schrumpft, wird schlank und schmal. Er streckt sich dem Sonnenuntergang entgegen und wiegt den langen Hals hin und her, sodass sich seine weiße Mähne sanft im Wind wiegt. Schließlich steht er mit zwei Beinen im Meer und mit zweien an Land, sein Horn stolz in die Höhe gestreckt.

»Es gibt keine Einhörner.« Dass ich nicht lache.

Jasmin Aurel

IM BANN DES RE'EM

Es begab sich zu der Zeit, als zwei junge englische Gentlemen und ihr Diener durch den transsilvanischen Wald ritten …

»Das ist wirklich die blödeste Idee, die wir jemals hatten.«

»Blöder als mit einer Nixe planschen zu gehen?« Ich grinste und lenkte mein Pferd aus dem Unterholz zurück auf den Trampelpfad.

»He, das war ein Unfall!«, beschwerte sich Gabriel.

»Bei was für einer Sorte Unfall steigt man denn nackig und verzückt grinsend zu einer singenden Nixe ins Wasser? Erklär mir das bitte in allen Details.«

»Ein Gentleman genießt und schweigt.« Gabriel zügelte seine Stute und sah sich um. »Sind wir hier überhaupt richtig?«

Still und düster breitete sich der Wald um uns herum aus. Ich hatte mir einen Einhornwald anders vorgestellt. Lebendig und sonnendurchflutet. Allerdings hätte ich ihn auch nie in Transsilvanien vermutet.

»Falls es hier wirklich ein Einhorn geben sollte, habt Ihr es mit Eurem lautstarken Geplapper längst vertrieben!« Alfred führte seinen Esel aus dem Gestrüpp und zupfte sich pikiert ein Blatt aus dem akkurat gestutzten Bart. Der Butler mochte in Zivil und auf einem Maultier unterwegs sein, aber seiner Würde tat das keinen Abbruch – immerhin war er der Butler eines Lords.

»Alfred hat nicht ganz unrecht«, murmelte ich und blickte in das dichte Geäst hinauf. Es hing tief, als wollte es uns hier einschließen und nie wieder gehen lassen. Nur wenige Sonnenstrahlen drangen hindurch und tanzten wie Feen auf dem feuchten Moos. »Hier ist nicht ein einziges Tier.«

Weder Vogelgezwitscher noch das Rascheln einer Maus waren zu hören. Es war, als wären wir die einzigen atmenden Lebewesen auf der Welt.

»Da ist der versteinerte Baum«, sagte Gabriel und deutete zur Kreuzung vor uns. »Wie in der Beschreibung.«

Grau und ehern beugte sich eine riesige Eiche über die Kreuzung. Sie trug nicht ein Blatt.

»Sehr einladend«, brummte Alfred und tätschelte seinen Esel. »Wir sollten nicht hier sein. Das gefällt mir nicht.«

»Aber Alfred – ein Einhorn! Ein echtes, lebendiges Einhorn! Bist du denn gar nicht neugierig?«

»Wenn das Viech hier haust – nein, bin ich nicht.«

Derweil stieg ich ab und untersuchte den Baum. Die Rinde enthielt nicht einen Funken Leben mehr, das Holz hatte sich in harten Stein verwandelt. Das war kein gutes Omen.

»Du weißt, weshalb wir hier sind. Niemand hat dich gezwungen, mitzukommen.«

»Ich kann Euch doch nicht allein mit Mica in die Wildnis reisen lassen, Mylord!«

Diese Diskussion führten sie täglich, seit wir von London aufgebrochen waren. In einer Opiumhöhle in Limehouse hatte uns ein heimgekehrter Entdecker mit fiebrigen Augen von diesem Tier berichtet, das er in den Wäldern Transsilvaniens gesehen hatte: ein leibhaftiges Einhorn. Und auch, was man ihm in den Dörfern darüber erzählt hatte.

»Der Mythos besagt, wenn man aus der Mähne eines Einhorns Saiten dreht und sie auf ein Instrument spannt, dann verleiht man diesem Instrument magische Kräfte.« Gabriels Augen leuchteten.

»Ich muss es wissen, Alfred. Ich muss einfach! Stell dir vor, was für Lieder ich auf dem Cello oder der Violine mit diesen Saiten spielen könnte!«

Gabriel war Feuer und Flamme. Er liebte die Musik und er liebte alte Geschichten. Schon als Kind war er den Märchen verfallen gewesen. Ein Mythos, der beides verband, war unwiderstehlich für ihn. Dieser Mann lebte für die Phantasie.

Resigniert rieb sich Alfred über das Gesicht. Er gab auf, ich sah es ihm an.

»Schön und gut, aber es heißt auch, dass sich Einhörner nur von Jungfrauen berühren lassen«, wandte er schließlich ein. »Und wenn ich eines sicher weiß, dann dass hier keiner der Anwesenden mehr Jungfrau ist.«

»Ach, das ist bestimmt nur eine Legende.«

»Ihr seid Musiker, Mylord, kein Abenteurer. Mica mag sich hier ja pudelwohl fühlen, aber das ist kein Ort für Euch.«

Seufzend saß ich auf und ordnete meine Zügel. Nichts und niemand würde Gabriel umstimmen, auch nicht die Einwände seines alten Dieners.

»Mica, was meinst du? Sollen wir weiterreiten?«, wandte sich mein engster Freund an mich.

Für ihn war ich hier. Um nichts auf der Welt würde ich ihn allein weiterziehen lassen. Dieser Wald war mir nicht geheuer und ich war der einzige von uns, der bewaffnet war und kämpfen konnte. Ich musste ihn beschützen, ob er nun einer verklärten Illusion nachjagte oder nicht. Ich würde nicht von seiner Seite weichen.

Ich zog die Schultern hoch und grinste. »Wir sind den ganzen Weg von London bis hierher gereist. Wir sind fast da. Ich drehe jetzt bestimmt nicht um!«

Ich war neugierig, ich gebe es gern zu. Hexen, Geister, Nixen, Vampire – ja, alles schon gesehen. Aber Einhörner? Das war etwas Neues, selbst für mich.

»Gut.« Gabriel ritt voran. »Laut der Katze müssen wir uns an der Kreuzung rechts halten.«

Ich ritt neben ihn. »Das ist auch so ein Punkt, über den ich mit dir sprechen möchte. Bist du sicher, dass wir uns auf die Wegbeschreibung einer Katze verlassen sollten?«

»Wieso denn nicht?«

»Nun ja ... sie stammt von einer Katze.«

Gabriel sah mich verständnislos an.

»Einer sprechenden Katze!«, verdeutlichte ich mein Misstrauen. »Katzen sind tückisch. Man kann ihnen nicht trauen.«

»Was willst du damit sagen?«

»Ich zweifle an ihrer Seriosität!«

»Auf mich machte sie einen recht kultivierten Eindruck.«

»Ich sage dir, wenn wir dort doch nur wieder einen altersschwachen Auerochsen finden ...«

»Seid mal still!«, flüsterte Alfred von hinten. »Hört Ihr das?«

Wind kam auf und ließ das Blätterdach bedrohlich rauschen.

»Das ist nur der Wind«, sagte ich.

»Nein, da ist etwas.« Gedankenverloren hob Gabriel den Kopf. »Mica, hör doch.«

Wir lauschten.

Zunächst hörte ich nichts. Dann: ein hoher Ton. Er stieg und fiel, war deutlich zu hören, um dann wieder zu verstummen und erneut zu erklingen.

»Singt da ein Mädchen?«, wisperte Alfred und sah sich verwundert um.

Der Wind trug uns die schwermütige Melodie zu, umhüllte uns mit ihrer Melancholie. Sie war nah und fern zugleich.

»Klingt eher wie eine Flöte«, murmelte ich.

Wie ein Irrlicht tanzte der Klang durch den Wind, betörend und fremdartig. Was war das?

»Es klingt ... wunderschön.« Verträumt legte Gabriel den Kopf schief und ritt einfach los, dem Klang hinterher.

»Gabriel! Nein! Warte!«

Gabriel reagierte nicht. Wie von Sinnen preschte er den Weg hinunter und tiefer in den Wald hinein.

»Zur Hölle noch mal!« Fluchend jagte ich auf meinem Pferd hinterher.

Bildete ich mir das ein oder wurde es mit jedem Meter dunkler? Noch sah ich Gabriels blonden Haarschopf und seinen Schimmel durch das Gehölz schimmern. Ich dufte ihn nicht verlieren.

»He! Wartet auf mich!«, hörte ich Alfred noch hinter mir.

»Bleib auf dem Weg!«, schrie ich ihm zu und trieb mein Pferd an.

Da sah ich sie – die Schatten. Rechts und links vom Weg huschten sie lautlos durchs Gebüsch, immer auf gleicher Höhe mit Gabriel. Sie waren dunkel und sehr schnell, ich konnte sie kaum erkennen.

Was war das?

»Gabriel!«, brüllte ich.

Wieso reagierte dieser Idiot nicht?

Plötzlich gabelte sich der Weg und Gabriel war verschwunden. Ebenso die Schatten. Es herrschte Totenstille, nicht einmal ein Knacken war zu hören.

»Was zum Teufel …?« Mein Pferd tänzelte schnaubend im Kreis und erwartete Anweisung von mir, welchen Weg wir nehmen sollten. Ich betrachtete den Boden. Überall waren Hufspuren. Es war ein einziges Chaos, als wäre eine ganze Herde hier mehrmals in alle Himmelsrichtungen hindurchgetrampelt.

Da hörte ich Alfred schreien.

»Alfred!« Ich riss das Pferd herum und galoppierte zurück, so schnell ich konnte. »Alfred! Antworte mir!«

Ich preschte um die Wegbiegung und mein Herz setzte aus. Dort lag der Esel, blutig und aufgerissen. Drei Einhörner trampelten schnaubend über seine Gliedmaßen. Immer wieder donnerten ihre Hufe auf das sterbende Tier hinab. Blut tropfte von ihren Hörnern …

Alfred lag bewusstlos auf der Erde. Sie schienen ihn nicht zu bemerken. Oder sie hielten ihn für tot, denn in dem Moment, als der Esel starb, ließen sie von ihm ab und drehten sich zu mir um.

Ich nahm den Bogen und legte einen Pfeil an.

Ihre schwarzen Augen richteten sich auf mich. Sie taxierten mich. Ihr Fell war braun und schwarz, ihre Körper glichen einer Mischung aus Pferd und Antilope. Der Schweif eines Einhorns peitschte, als es schnaubend den Kopf zurückwarf. Ein hoher Ton erklang. Verwirrt starrte ich auf das Horn. Es war nicht gerade, sondern nach oben gebogen und darin befand sich eine Art Kerbe, als wäre es hohl …

»Oh, verdammt!« Alfred stöhnte auf.

Die Einhörner stoben auseinander und sprangen ins Unterholz davon.

Erschrocken ließ ich den Bogen sinken. »Alfred, geht es dir gut?«

»Verflucht, nein!« Er setzte sich auf und rieb sich den Kopf. »Habt Ihr diese Drecksviecher gesehen? Sie haben den Esel angegriffen!«

»Ja, das sehe ich.« Schaudernd stieg ich ab und half ihm auf die Beine. Der Esel war tot.

»Sie haben ihn mit den Hörnern regelrecht aufgespießt! Er hat mich abgeworfen und ich schlug mir den Kopf.« Er sah mich an. »Waren das Einhörner?«

»Gibt's Probleme?«, erklang da eine amüsierte Stimme über uns.

Ich fuhr herum, den Bogen gespannt, den Pfeil im Anschlag.

»Huch, nicht so aggressiv, junger Mann!« Die schwarze Katze saß auf einem Ast im Baum und blinzelte zu uns hinab. »Könntest du das spitze Ding bitte auf etwas anderes richten? Da wird mir ganz flau im Magen und ich habe vorhin erst Gras gefressen. Ihr wisst ja, was das bei Katzen bedeutet … Es ist entwürdigend, vor Fremden ein Haarknäuel auszuwürgen, das kann ich euch versichern. Das möchte hier wirklich keiner sehen.«

»Warum sollte ich?«, zischte ich und zielte sogar noch genauer. »Du hast uns angelogen und in eine Falle gelockt!«

»Wie bitte?« Die Katze riss die Augen auf und legte pikiert den Schwanz um ihre Pfoten. »Also das entspricht ja nun wirklich in keiner Weise den Tatsachen. Meine Wegbeschreibung war überaus korrekt, wie ihr seht!«

»Das war eine Falle!«

»Was hätte ich denn davon, du Rüpel? Eselschaschlik? Nicht sehr appetitlich. Als ob ich mit diesen Bestien kooperieren würde, also wirklich, das liegt weit unter meinem Niveau.«

»Was tust du dann hier?«

»Nach euch Idioten sehen, natürlich! Schließlich habt ihr vergessen zu fragen, ob Einhörner wirklich diese Regenbogen umwölkten Glitzerpferdchen aus den Geschichten sind oder nicht.« Die Katze gähnte demonstrativ und streckte sich ohne jede Eile. »He, eine Frage: Wo steckt eigentlich dieser süße Blonde? Den mochte ich, der war nett. Du bist nicht nett. Der hat so hervorragend meine Ohren und meinen Nacken gekrault. Wisst ihr, da gibt es so eine Stelle, die ist immer so entsetzlich verspannt und er war wirklich sehr geschickt darin, genau diese Stelle zu massieren …«

»Schluss jetzt!«, unterbrach ich das sinnlose Maunzen. »Die Einhörner haben Gabriel.« Ich ließ den Bogen sinken. »Da war auf einmal diese Musik in der Luft und er war wie im Wahn! Weißt du etwas darüber?«

»Oh, wie schade. Was für eine Verschwendung! So viele Katzen hätte er glücklich machen können mit seinen geschickten Händen.« Das rechte Ohr der Katze zuckte bedauernd. »Mein aufrichtiges Beleid. Den findet ihr nicht lebend wieder.«

Das wollte ich nicht glauben. Gabriel lebte, das spürte ich! »Wo ist er? Sag mir, was du weißt!«

»Ich weiß gar nichts.«

»Gut, dann schieße ich mir jetzt einen schönen Katzenpelz. Das gibt eine warme Mütze im Winter.« Ich zielte erneut mit dem Pfeil auf sie.

Die Katze rollte mit den Augen. »Was bist du eigentlich so dramatisch? Ständig willst du mich umbringen, wie nervtötend!« Sie sprang vom Baum und kam ein paar Schritte auf uns zu. »Sagt, euer Freund, hat er eine reine Seele?«

»Woher sollen wir das wissen?«, meldete sich Alfred auch endlich zu Wort.

Die Katze kicherte. »Ein alter Mann und ein Grobian laufen diesem jungen Mann von London bis in den transsilvanischen Wald hinterher. Hmmm, könnte das ein Indiz für eine reine, faszinierende Seele sein? Lasst mich überlegen, das ist wirklich schwierig und so gar nicht offensichtlich.«

Alfred starrte die Katze nieder. »Zynismus ist eine so hässliche Eigenschaft.«

»Nur für Menschen.«

»Ich diskutiere nicht mit Katzen. Aus Prinzip nicht!«

Ich seufzte. »Gut, sagen wir, Gabriel hat eine reine Seele. Was dann?«

»Dann …«, ich schwöre bei Gott, die Katze grinste, »… dann habt ihr gute Chancen, dass er noch lebt.«

Ich ging vor der Katze in die Hocke. »Sag mir alles, was du weißt.«

»Was hab ich davon?«

»Du rettest Gabriels Leben.«

Die Katze betrachtete gelangweilt ihre Krallen. »Gib mir etwas mehr Anreiz, Mensch.«

»Bitte. Ich flehe dich an. Soll ich etwa im Staub kriechen?« Langsam wurde ich wütend. Minute um Minute verstrich. Gabriels Leben war in Gefahr.

»Auch wenn das eine durchaus anregende Vorstellung ist – nein, danke.«

»Wenn du uns hilfst, bekommst du Fisch. So viel du willst.«

»Schon besser. Aber nicht ausreichend.«

Ich knirschte mit den Zähnen. »Fisch und ... Gabriel nimmt dich mit nach London in sein Haus. Du wirst jeden Tag von ihm gekrault.«

Die Katze richtete sich kerzengerade auf. »Sag das doch gleich! Abgemacht.«

Alfred starrte mich fassungslos an.

»Sag nichts. Das waren harte Verhandlungen«, zischte ich.

Mit hochgerecktem Schwanz tippelte die Katze den Weg entlang. »Wo bleibt ihr denn? Los, los!«

Auf Anraten der Katze gingen wir zu Fuß weiter, nahmen die linke Abzweigung und gingen tiefer in den dunklen Wald hinein. Immer weniger Tageslicht drang zu uns durch.

Ich umfasste meinen Bogen fester. Gabriel, halte durch. Wir kommen.

»Die Dorfbewohner nennen das Leittier der Herde Re'em«, erklärte die Katze leise. »Re'em ist das grausamste Einhorn und das machtvollste. Es sorgt dafür, dass die Herde überlebt.«

»Und wie tut es das?«, fragte Alfred.

»Einhörner leben nicht nur von Gras und Zuckerwatte, du Schwachkopf. Sie ernähren sich von Seelen. Ausschließlich reine Seelen werden von ihrem Ruf angezogen.« Die Katze linste zu uns und grinste. »Ihr beiden Trottel habt offensichtlich ziemlich verdorbene Seelen. Euch wollten sie gleich wie Dreck zertrampeln.«

Ich biss die Zähne zusammen. »Dieser Ton in der Luft war ihr Ruf?«

»Sie erzeugen den Ton mit ihren Hörnern. Sie sind hohl. Durch eine Einkerbung streift der Wind hindurch und erzeugt einen wehmütigen Klang. Für eine reine Seele ist dieser Klang unwiderstehlich.« Abrupt blieb die Katze stehen, ihre Barthaare bebten. »Wir sind ganz nah.«

In diesem Augenblick erklang wieder dieser schwermütige Ton. Der Wind trug ihn über uns hinweg. Meine Eingeweide zogen sich zusammen. Ich rannte los.

»Halt! Warte!«, fauchte die Katze.

Aber ich hörte nicht. Ich rannte einen Hang hinunter, sprang über Wurzeln und Steine, immer dem Klang nach. Mochte er mich auch nicht bezirzen, so wies er mir doch den Weg.

Dämmerung senkte sich über das Dickicht und Nebel erhob sich aus dem Boden. War es schon Abend? Konnte die Zeit wirklich so schnell vergangen sein?

Da, ein paar dunkle Schatten huschten vor mir durchs Gebüsch. Das waren die Einhörner. Sie hielten auf eine Lichtung zu.

Ich verlangsamte meinen Schritt und schlich näher, immer auf Deckung bedacht, Pfeil und Bogen bereit. Wenige Meter von mir entfernt lag der Schimmel, tot. Armes Tier.

Ich kauerte mich hinter einen Felsen und spähte auf die Lichtung.

Dort, inmitten der dunklen Herde, stand ein großes, schneeweißes Einhorn. Das musste Re'em sein.

Der Wind strich über die Lichtung. Gleich einem Chor erhob sich dieser überirdische Klang, der meinen Kopf augenblicklich vernebelte. Meine Sicht verschwamm und ich fühlte mich auf einmal schwach und müde.

Ich ließ den Bogen sinken und rieb mir über das Gesicht. Was geschah mit mir? Meine Seele war nicht rein, der melancholische Klang sollte keine Wirkung auf mich haben.

Nur wenige Meter von Re'em entfernt stand Gabriel inmitten der Tiere. Er wankte und betrachtete verträumt das weiße Einhorn, als würden sie unhörbar miteinander sprechen. Ein kleines Einhornfohlen mit kurzer, struppiger Mähne stand neben ihm, sah aus treuherzigen Kulleraugen zu ihm auf und drückte sich an seine Beine. Es sah aus, als wollte es seine Aufmerksamkeit.

Auf Gabriels Gesicht lag ein glückseliger Ausdruck, wie ich ihn selten bei ihm sah. So zufrieden, so friedlich.

»Erschieß ihn!«, fauchte es da plötzlich leise neben mir. Im Laub zu meinen Füßen hockte die Katze und starrte ebenfalls auf die Lichtung.

»Ich kann doch kein Einhorn erschießen!«, raunte ich zurück. »Das sind seltene und mystische Wesen!« Alles in mir sträubte sich dagegen. Was, wenn ich die letzten Einhörner auf dieser Erde tötete? Das könnte ich mir nie verzeihen.

»Das ist nicht der richtige Zeitpunkt, um sich um dein Karma zu sorgen, Schwachkopf!« Ihr Schwanz zuckte aufgeregt. »Re'em saugt ihm die Seele aus!«

Alfred kam ebenfalls angeschlichen. Er blieb ein ganzes Stück hinter uns stehen, sah auf die Lichtung und wurde leichenblass. »Oh Gott, steh uns bei.«

Hoffentlich verlor er jetzt nicht die Nerven. Erneut wehte der Wind den vielstimmigen Klang über die Wiese. Gabriel schwankte, schloss die Augen und fiel bewusstlos zur Seite ins Gras.

»Ach, verdammt!« Ich legte den Pfeil an, peilte sorgsam und schoss.

Der Pfeil schlug zielgenau vor Re'ems Hufen in den Boden ein. Sogleich brach Chaos aus. Der faszinierende Chor verstummte, Re'em wieherte und scheute, das Fohlen hopste erschrocken fort, die Herde raste durcheinander.

Ich wiederum warf mich aus dem Gebüsch und stürzte quer durch den Tumult zu Gabriel. »Gabriel! Wach auf!«, schrie ich ihn an und rüttelte ihn. Er reagierte nicht. War er tot? Nein, nein, das durfte nicht sein! Verzweifelt beugte ich mich über ihn. Oh, Gott sei Dank, er atmete noch.

Das Fohlen drängte sich neben mich und schnupperte an ihm. Genervt schob ich es weg.

»Alfred! Komm her und hilf mir!«, brüllte ich und richtete Gabriel auf, um ihn hochzuziehen. »Wir müssen ihn tragen.«

»Nein!«, donnerte es ohrenbetäubend in meinem Kopf. Im selben Moment rammte mich Re'ems Körper mit brutaler Wucht.

Ich wurde quer über die Wiese geschleudert, schürfte mir den Rücken an scharfkantigen Steinen auf und schlug mir den Kopf. Benommen blieb ich einen Moment liegen, während mir das Blut in den Ohren rauschte. Gabriel … Ich musste aufstehen. Ich musste Gabriel retten.

Mühsam hievte ich mich hoch, meine Rippen schmerzten. Taumelnd lief ich auf Re'em zu und suchte dabei meinen Bogen. Ich hatte ihn verloren. Blut lief mir über die Schläfen und die Wange.

Ich zog mein Jagdmesser. »Gib ihn frei!«

Re'em stand vor Gabriels regungslosem Körper und senkte den Kopf, bedrohte mich mit seinem Horn. »Nein!« Seine Stimme raste durch meinen Kopf wie ein Gewittersturm und erschütterte mich bis ins Innerste.

»Verstehst du mich?«

»Nein!«

»Wenn du ihn nicht freigibst, töte ich dich!«

»NEIN!«

Wenn er dieses Wort noch ein paar Mal durch mein Gehirn donnerte, würde mir der Schädel explodieren. Dann war ich tot und diese Diskussion hatte sich erledigt.

Hinter Re'em sah ich, wie Alfred von vier Einhörnern auf einen Baum gejagt wurde. Von ihm konnte ich keine Hilfe erwarten. Wo bei allen Höllenkreisen war eigentlich diese verfluchte Katze?

Ich umfasste das Messer fester und begann, Re'em zu umkreisen. Für einen Angriff brauchte ich eine bessere Position.

Re'em drehte sich mit mir, um mich weiterhin vor Gabriel abzuschirmen.

Da sah ich die Katze. Ganz in der Nähe duckte sie sich hinter einem Grasbüschel, lediglich ihre Ohren waren zu sehen. Sie wartete, bis Re'em sich mir vollständig zuwandte, dann hastete sie zu Gabriel, drängelte sich an dem Fohlen vorbei, stupste mit ihrer Pfote gegen seine Brust und rieb ihr Köpfchen an seinem Gesicht. Das Fohlen stand daneben und ließ die Ohren traurig hängen.

Ich versuchte krampfhaft, nicht direkt hinzusehen.

Re'em schnaubte und griff an.

Ich warf mich zur Seite und rollte ab, sprang sofort wieder auf die Füße und wollte meinerseits angreifen, als der Wind zurückkam. Heftig blies er über uns hinweg und augenblicklich erhob sich erneut vielstimmig der Ton, den ich inzwischen fürchtete. In meinen Ohren klingelte es, meine Knie gaben nach und das Messer fiel mir aus den Fingern, ohne dass ich etwas dagegen unternehmen konnte.

»Nein …« Mein Kopf pochte heftig.

Schritt für Schritt kam Re'em auf mich zu, das Horn gesenkt.

Ich wollte nach meinem Messer greifen, doch mein Körper gehorchte mir nicht. Ich sah an ihm vorbei zu Gabriel. Wenn ich schon starb, dann wenigstens mit ihm als letztem Anblick, wie er dort friedlich im Gras lag.

Nur dass er dort nicht mehr lag.

Gabriel richtete sich gerade auf, seine Augen huschten über Re'em und mich. Sein Blick war klar. Er war wieder er selbst! Nun würde alles gut werden. Wir mussten nur noch hier verschwinden.

Leise und langsam zog Gabriel sein eigenes Messer.

»Nimm … nimm mich!«, rief ich, um Re'ems Aufmerksamkeit nicht zu verlieren, und schaffte es irgendwie, meine Arme auszubreiten. »Nimm mich statt ihn!«

Gabriel schlich ein paar Schritte näher.

Ich musste das Einhorn nur lange genug ablenken, dann würde Gabriel mir helfen. Er würde …

Gabriel griff nach dem Schweif des Fohlens und schnitt eine Strähne ab. Dann rannte er fort. Ohne sich umzusehen, lief mein bester Freund wie ein Feigling davon.

Ich starrte ihm hinterher, wie er im Wald verschwand.

Verrat!, schrie es in meinem Kopf. Verrat! Verrat! Verrat!

Er hatte, was er wollte und weswegen wir hierhergekommen waren und … ließ mich einfach zurück.

Jede Lebenswärme wich aus meinen Adern und mir wurde kalt, so kalt.

Feucht und schwer zog der Nebel Schlieren um mich herum. Ich konnte regelrecht spüren, wie sich mein Herz verhärtete. Ohne Gabriels Freundschaft war mein Leben sinnlos. Ich lebte nur für ihn.

Re'em ragte direkt über mir auf. In seinen schwarzen Augen sah ich nicht mein Spiegelbild, sondern die unendliche Nacht voller Gestirne und Monde.

»Nimm meine Seele, Re'em«, flüsterte ich. »Bitte.« Diesmal meinte ich es ernst.

Eine Bewegung am Waldrand zog meine Aufmerksamkeit auf sich. Im ersten Moment verstand ich nicht, was ich sah. Dann erhob sich eine bittersüße Melodie, sie schwebte über die Lichtung leicht wie ein Schmetterling und ging mir dennoch durch Mark und Bein. Ich kannte diesen Klang! Gabriel stand am Rande der Lichtung, die Augen geschlossen, und spielte konzentriert auf seiner Violine. Er musste zum toten Schimmel gerannt sein und das Instrument aus der Satteltasche geholt haben.

Re'em wandte sich schlagartig von mir ab. Die Einhörner hielten inne und drehten sich zu Gabriel um.

Damit brach der Bann, der mich lähmte. Ich schnappte verzweifelt nach Luft und rieb mir über die Brust. Die Schwermut, die Sehnsucht nach dem Tod, all das hob sich von mir wie ein böser Traum. Wieso hatte ich Gabriel nicht vertraut? War das Re'ems Macht gewesen? Ein schweres Gewicht war von meiner Brust genommen. Tief atmete ich die feuchte Waldluft ein.

»Steh auf, du Idiot!«, fauchte da die Katze neben mir und machte einen Buckel. »Willst du hier übernachten oder was?

Lauf jetzt! Ich weiß nicht, wie lange die noch so verzückt lauschen!«

Ich packte die keifende Katze, presste sie an mich und rannte. Alfred kam vom Baum geklettert und schloss sich mir an.

Zusammen sprinteten wir zu Gabriel, weil die Katze es mir so ins Ohr miaute. Hoffentlich wusste sie, was sie uns riet.

Als wir ihn erreichten, öffnete Gabriel die Augen, spielte aber unbeirrt weiter. Re'em näherte sich langsam, die anderen Einhörner standen still wie Statuen. Die Katze kroch mir in den Mantel und versteckte sich dort zitternd. Dabei schlug sie ihre Krallen durch das Hemd in meine Haut, aber das war gerade mein geringstes Problem.

Das Lied endete und Gabriel nahm die Violine herunter. Re'em stand direkt vor ihm. Sie sahen sich an, diesmal ohne Re'ems Bann in der Luft. Gabriel hob die Hand und flüsterte etwas.

»Was? Was hat er gesagt?«, wisperte es aus meinem Kragen und die Katze linste daraus hervor.

»Keine Ahnung, du kannst doch viel besser hören als ich«, wisperte ich zurück.

Re'em senkte den Kopf und berührte mit dem Horn seine Hand. Es war, als hätte man Gabriel einen Schlag verpasst. Keuchend strauchelte er und hielt sich die Brust. »Schnell! Weg hier! Ich habe uns freigekauft!«

Wir rannten, als wäre der leibhaftige Teufel hinter uns her.

»Woher wusstest du, dass es funktioniert?« Im flackernden Schein des Lagerfeuers drehte ich die Violine in meinen Händen und betrachtete dabei eingehend die Saiten.

Gabriel saß neben mir vor dem Feuer und zuckte mit den Schultern. »Ich wusste es nicht.«

»Wie bitte?«

»Ich habe einfach die Saiten von der Violine gerissen, das Einhornhaar eilig drauf gespannt und gebetet, dass wenigstens diese Legende wahr ist.« Er grinste mich schräg an. »Ich konnte doch nicht zulassen, dass du dich umbringen lässt.«

Ich schlug die Augen nieder. Welch berückendem Zauber war ich da nur erlegen, dass ich an ihm zweifelte? »Du hast gesagt, du hast uns freigekauft – was hat er dir genommen, als er dich mit dem Horn berührte?«

Sein Blick ging ins Leere. »Meine schönste und wichtigste Erinnerung.«

Ich runzelte die Stirn. »Welche?«

Gabriel lachte auf. »Wie soll ich das wissen, ich erinnere mich nicht mehr an sie!«

»Beschwert euch nicht, das war ein guter Handel!«, maunzte die Katze und streckte sich ausgiebig, bevor sie auf Gabriels Schoß sprang. »Erinnerungen sind kostbar und prägen das Wesen. Der Verlust wird Wunden reißen, auch wenn du das noch nicht spürst. Aber, he, immer noch besser, als die Seele ausgesaugt zu bekommen und aufgespießt zu werden!«

Mürrisch stocherte Alfred mit einem Stock in der Glut herum. »Diese Einhörner sind Raubtiere.«

Die Katze leckte ihre Vorderpfote. »Was hast du denn erwartet? Im alten Persien standen Einhörner für Grausamkeit.«

Alfred starrte sie an. »Woher weißt du das?«

»Als Katze weiß man so etwas. Es ist doch vielmehr die Frage: Weshalb wisst ihr ach so klugen Menschen das nicht?«

Da raschelte es im Gebüsch. Ich griff nach meinem Messer. Wer oder was auch immer das war …

Das Einhornfohlen trabte fröhlich aus dem Gehölz und stakste vertrauensvoll auf uns zu.

»Was machst du denn hier?«, fragte Gabriel und streichelte seine Nüstern. »Es muss uns nachgelaufen sein.«

»Wir sind die halbe Nacht durch den finsteren Wald gestiefelt, wie konnte es uns folgen?« Fassungslos ließ ich den Bogen sinken. »Das findet doch nie zu seiner Herde zurück!«

Alfred kratzte sich im Nacken. »Und nun? Was machen wir jetzt mit ihm? Zurückbringen können wir es nicht.«

Gabriel streichelte seine struppige Mähne. »Es möchte bei uns sein.«

»Oh nein! Nein!« Mir dämmerte nämlich, was dieser Satz bedeutete. »Wir nehmen es nicht mit! Auf gar keinen Fall!«

»Wieso nicht?«

»Fragst du das wirklich? Wir können doch kein Einhornfohlen mitnehmen! Das geht einfach nicht. Es reicht schon, dass wir jetzt die da am Hals haben.« Anklagend zeigte ich auf die Katze.

»Was soll das denn heißen? Ich bin eine Bereicherung für euch. Ohne mich wärt ihr Trottel längst Gulasch!« Die Katze funkelte mich böse an. »Ganz besonders du!«

»Ja, ja, beschimpf mich nur, Katze. Aber als es hart auf hart kam, war ich gut genug, dass du mir unter den Mantel gekrochen bist!«

»Pah! Das war ja wohl etwas ganz anderes!«

»Re'em hat mit mir gesprochen«, sagte Gabriel plötzlich leise und ließ uns damit verstummen. Nachdenklich betrachtete er das Fohlen, das glücklich an meinem Ärmel nuckelte.

»Hat er auch ständig ›Nein!‹ in deinem Kopf gedonnert?«, brummte ich und fragte mich nebenbei, ob man Einhornsabber wieder aus Stoff herausbekam. »Mann, hab ich Kopfschmerzen davon.«

Gabriel sah mich verwirrt an. »Nein, hat er nicht. Er hat ganz normal mit mir gesprochen.«

Natürlich. Hauptsache mir Unwürdigem mit der unreinen Seele blutete das Gehirn.

»Es geht ums Überleben. Re'em will nur seine Herde am Leben erhalten. Ohne die Kraft einer reinen Seele wird diese Herde sterben ...« Er nahm mir die Violine aus der Hand und zupfte an den Saiten. »Eine kostbare Erinnerung wiegt keine Seele auf, aber ich hatte seine Herde unter Kontrolle – dank dieser Violine. Er wollte seine Herde zurück, das war alles. Und so kam der Handel zustande.«

Er strich über den Korpus des Instrumentes und seufzte schwer. »Wir müssen sie verbrennen.«

Entsetzt sah ich ihn an. »Aber ... dafür sind wir hergekommen! Das hast du dir doch so sehr gewünscht! Eine magische Violine!«

»Ich weiß. Aber sie ist gefährlich. Sie hat zu viel Macht.«

Mit diesen Worten warf er die magische Violine mit den Saiten aus Einhornhaar in die Flammen und sie verbrannte zu Asche, die in den Sternenhimmel hinaufgetragen wurde, auf dass niemals wieder darauf gespielt werden konnte.

Natürlich nahmen wir das Fohlen doch mit.

So begab es sich, dass wir weiter durch den transsilvanischen Wald zogen mit unserem Diener, einer sprechenden Katze und einem kleinen Einhorn ...

Matthias Ramtke

VERSCHWUNDENE KINDER

Die Alte stellte missmutig den Krug vor ihm ab und die warme Milch darin schwappte über den Rand. Viper nickte kurz, spuckte das Weißblatt, auf dem er seit einer guten Stunde kaute, neben sich auf den Holzboden und packte den Krug.

»Was haben sie sonst noch gesagt?«, fragte die Bauersfrau.

»Nicht viel. Ich soll dich töten. Dein Monster entführt ihre Kinder, damit du sie in Raben verwandeln kannst.«

»Raben? Was will ich denn mit Raben?«

»Höllenbrut. Die Späher des Teufels.«

Sie glotzte den hellen Fleck Weißblatt an, der auf dem Boden klebte. Eine lockige blonde Strähne fiel ihr ins Gesicht. »Ich hoffe, Ihr entscheidet richtig, Herr«, brummte sie.

Er setzte den Krug an die Lippen und trank ihn mit einem Zug zur Hälfte aus. »Hast du Honig?«

Das Gesicht der Alten verfinsterte sich. »Ihr kommt, um mich zu töten, trinkt vorher meine Milch und verlangt noch Honig dazu?«

»So wie ich das sehe, hast du einen Auftrag für mich. Und der lautet: Findet den wahren Grund für das Verschwinden der Kinder. Bezahlen kannst du mich nicht, das sehe ich ebenfalls.«

Die Alte fluchte kurz und saftig, stand auf und holte ein Glas Honig von einem Brett an der Wand. Viper schöpfte drei Löffel in sein Getränk, bevor er zufrieden lächelte. »Es geht nichts über warme Milch mit Honig.«

»Nehmt Ihr den Auftrag an?« Sie knetete vor Unbehagen und Zorn die Hände im Schoß.

»Einzelheiten«, verlangte er. »Du sagtest, eines der Kinder wurde von einer Eidechse verschleppt?«

»Keine richtige Eidechse. Das Tier hatte lange Hörner, war größer und kräftiger.«

»Und du bist dir sicher, dass es eine Echse war?«

Sie schnaubte und verschränkte die Arme vor der Brust. »Ich wohne seit Jahren in den Wäldern. Ich erkenne ein Tier, wenn ich eines sehe.«

»Gut. In welche Richtung?« Er trank den letzten Rest Honigmilch, stellte den Krug auf den Tisch und stand auf.

»Tiefer in den Wald hinein. In die Sümpfe.«

Viper streckte sich und schüttelte die müden Glieder. »Natürlich. In die Sümpfe«, murmelte er, dann tippte er sich mit zwei Fingern zum Abschied an die Stirn und duckte sich durch den schiefen Eingang nach draußen.

Die Nachtluft roch nach Frost. Viper sicherte mit einigen schnellen Blicken die Umgebung. Er traute es dem abergläubischen Pack aus dem Dorf durchaus zu, dass sie ihm gefolgt waren, um die Alte notfalls eigenhändig zur Strecke zu bringen. Die Leichtgläubigen wählten stets den Weg des geringsten Widerstands.

Hinter dem Haus befand sich eine kleine Weide, auf der eine magere Kuh gerade ihre letzte Mahlzeit wiederkäute. Daneben eine Art Stall, eher ein Verschlag. Schwarze Augen blickten ihm aus einer Öffnung in der Stallwand entgegen, Hufe scharrten im Dreck. Die Einsiedlerin besaß sogar ein Pferd. Viper verfluchte sich dafür, dass er nicht gründlicher gewesen war, hätte er doch das Pferd als Bezahlung verlangen können. Nun musste er laufen.

Er kontrollierte den Dolch an seinem Gürtel und das Surul in der Scheide auf seinem Rücken. Ein Peitschenschwert mit einzelnen, scharf geschliffenen Klingen, die durch ein Seidenstahlband zusammengehalten wurden. Die perfekte Waffe, um Gegner auf Distanz zu halten. Viper mochte die brachiale Kraft und anmutige Eleganz, die man in diese Waffe legen konnte.

Er lief an der Weide vorbei Richtung Wald. Der Blick der schwarzen Pferdeaugen folgte seinen Schritten. Als die Wolken aufrissen und der Mond den Stall mit fahlem Licht überflutete, blieb er kurz stehen und erwiderte den Blick des Tieres. Es schien ihm, als sähe das Pferd direkt in ihn hinein. Als wüsste es, welcher Fährte er folgte, welchen Auftrag er erledigte.

Viper schüttelte den Kopf, riss sich los und verschwand in der Finsternis zwischen Kiefernstämmen und hüfthohem Farnkraut.

Nebel hing schwer über den Sümpfen, bildete groteske Figuren, verschlang die toten Bäume. Es roch nach Feuchtigkeit, Schlamm und Fäulnis. Es musste mittlerweile Mittag sein und Viper hoffte auf einzelne Sonnenstrahlen, um der Tristesse die Wirkung zu nehmen und deutlicher sehen zu können, aber hier unten, zwischen hohem, nassem Gras, knorpeligen Stämmen und dürren Ästen blieb es aschgrau.

Er hockte sich hinter den Wurzelteller einer Weide, das Wasser umspülte seine Lederstiefel. Dann verlangsamte er seine Atmung, ruhig und flach, konzentrierte sich auf sein Umfeld.

Seit er den Mischwald hinter sich gelassen und das Sumpfgebiet betreten hatte, wurde er verfolgt. Sein Schatten hatte sich noch nicht gezeigt, aber mehr als einmal hatte Viper ein unnatürliches Plätschern vernommen und einen von Baum zu Baum hastenden Schemen im Nebel ausgemacht. Nun hatte er die Nase voll.

Er hob seine Hand sicher an den vertrauten Griff des Suruls, wartete. Wieder ein Plätschern, zwanzig Schritte entfernt. Zu weit. Viper schob sich um den Wurzelteller herum, brachte den dicken Stamm zwischen sich und den Verfolger und verkürzte außerdem die Distanz. Seine Bewegungen waren geschmeidig und ruhig, Wellen würden ihn verraten.

»Verdammt, wo bist du?«, hörte er eine jungenhafte Stimme. Nicht mehr weit, die Überraschung sollte das Übrige tun.

Viper stieß sich mit einem Ruck aus dem Wasser, drückte sich über den Weidenstamm und zog das Surul. Er ließ im Sprung die Waffe in einer Mühle über dem Kopf kreisen, die Glieder surrten und pfiffen. Als er mit beiden Beinen auf der anderen Seite aufkam, drehte er das Handgelenk und die Peitsche fuhr ruckartig nach unten.

Sein Verfolger war schnell. Er brachte sein Schwert horizontal über sich, das Surul wickelte sich um die Schneide.

Viper nutzte die Pattsituation, um sich den Mann genauer anzusehen, der breitbeinig vor ihm stand und versuchte, das Gleichgewicht zu halten. Er trug eine leichte Rüstung in Braun-tönen, seine schwarzen Haare lagen offen auf den Schultern. Das Gesicht war knabenhaft, der Blick grimmig und entschlossen. An den Wangen und auf der Stirn klebten Schlammreste in breiten Linien, offensichtlich zur Tarnung. Außer dem Schwert besaß er eine Armbrust. Viper erkannte den Schaft, der hinter dem Rücken seines Gegenübers aufragte.

»Nicht dein Glückstag heute«, sagte Viper und ruckte kurz an dem verkeilten Surul. Sein Verfolger machte einen Schritt nach vorn, um nicht mit dem Gesicht voran im Wasser zu landen. Er grinste.

»Das sehe ich anders«, erwiderte er.

Bevor Viper reagieren konnte, zog er die Waffe zu sich und drehte dabei seinen Oberkörper. Der Griff des Suruls entglitt Vipers Händen, die Peitsche lockerte sich und löste sich vom Schwert.

Sofort sprang Viper dem Mann mit gezücktem Dolch entge-gen. Die Klingen prallten aufeinander, Viper hieb wild und ungestüm auf ihn ein, trieb ihn vor sich her. Er war dem schmächtigen Kerl körperlich überlegen, landete einen oberflächlichen Treffer an der Schulter und ritzte das Leder an der Brust. Wasser und Dreck spritzten auf, Mücken umschwirrten den Tanz.

Der Kerl stach nach Vipers Hals, drehte in der Bewegung den Arm. Die Klinge preschte nach rechts und streifte Vipers Haare. Dieser duckte sich im letzten Moment entgegen der Bewegung seines Gegners und stieß den Dolch schräg nach oben. Ein kurzer Schrei, wütendes Zischen. Die Waffe hatte sich in den Schwertarm gebohrt.

Viper richtete sich auf, schlug ihm mit der Linken ins Gesicht, zog den blutigen Dolch aus dem Fleisch und wollte ihn in den Nacken seines besiegten Kontrahenten rammen, als ein Pfeil die kurze, geschwungene Klinge traf.

»Das reicht!« Eine Frau, militärischer Ton. Vipers Handgelenk schmerzte. Er drehte sich um und sah die wilden Augen einer Waldfrau im Nebel. Ihr Gesicht war ebenso mit Schlamm eingerieben wie das des Knaben, in ihren zu einem dicken Zopf geflochtenen Haaren steckten Blätter und Blüten. Sie trug ein erdfarbenes Gewand, verziert mit floralen Mustern, und um den schlanken Hals schmiegte sich eine Kette aus geflochtenen Wurzeln, in die glitzernde Edelsteine eingelassen waren.

Viper entfernte sich einen Schritt von seinem Gegner und entspannte sich. »Forleana«, grüßte er den Neuankömmling. »Ich habe Euch fast nicht erkannt mit dem ganzen Dreck im Gesicht. Spielt Ihr Such-den-Knaben, oder was hat das zu bedeuten?«

»Viper von Vernaisse. Vergreift Ihr Euch neuerdings an kleinen Mädchen, Exilgraf?«

»Mädchen?« Viper konnte seine Überraschung nicht verbergen. Als er den Jungen ein weiteres Mal betrachtete, fielen ihm tatsächlich die schlanken Hände, die kleinen Wölbungen der Brüste und die mädchenhaften Beine auf, die er beim ersten Mal übersehen hatte.

»Steckt Eure Mädchen nicht in die Sachen eines Jungen und gebt ihnen vor allem kein Schwert in die Hand. Am Ende wird noch jemand verletzt.« Er grinste, nickte der jungen Dame gleichzeitig freundlich zu und reichte ihr die Hand. Sie ignorierte die Geste, Blut lief an ihrem Arm herab. Ohne einen Ton lief sie zu ihrer Herrin.

Forleana schälte sich aus dem Nebel und Viper warf einen raschen Blick zu seinem Surul, das noch immer im knöcheltiefen Wasser lag. Als er erkannte, auf welchem Tier die Waldfrau ritt, spannte er sich, bereit für einen Sprung zu seiner Waffe.

»Immer mit der Ruhe, Graf. Wenn er Euch hätte töten wollen, wäre es bereits geschehen.« Sie tätschelte den massigen Kopf ihres Einhorns und das Tier schnaubte leise. Es besaß eine muskulöse Statur, größer und kräftiger als ein Schlachtross, mit langen, schlanken Beinen. Das Fell an den Fesseln war dick und verklebt mit Matsch. Große, dunkle Augen erwiderten Vipers Blick, als wisse es seine finstersten Geheimnisse. Die schwarze Mähne war teilweise geflochten, der Schweif peitschte unruhig hin und her.

Auf der Stirn saß ein so gewaltiges Horn, wie Viper es nur von den Steinböcken der Hohlberge kannte. Spiralförmig gewunden neigte es sich leicht in den Himmel, mit tödlicher Spitze und rauer Oberfläche.

Viper erinnerte sich an seine erste Begegnung mit den geheimnisvollen Tieren und schauderte.

»Forleana, seid Ihr ein Trugbild oder Wirklichkeit?«, fragte er.

»Ihr könnt beruhigt sein. Er spielt nur mit der Wahrnehmung der Menschen, wenn ich es ihm befehle. Und bisher gabt Ihr mir keinen Anlass.« Sie schwang sich aus dem Sattel und landete im Wasser.

»Das Mädchen heißt Elaora«, meinte sie und deutete auf die Verletzte.

»Sie sieht nicht aus wie eine Waldfrau. Und sie kämpft auch nicht so.«

»Sie ist noch jung, ihre Blüte noch nicht geöffnet. Wenn die Zeit gekommen ist, wird sie eine starke Herrin des Waldes.«

Viper hob sein Surul auf, schüttelte das Wasser ab und schob es zurück in die Scheide auf seinem Rücken. »Nicht wenn sie verblutet«, erwiderte er. »Sie muss verbunden werden.«

Forleana nahm das Mädchen an die Hand und zog es mit sich. Das Einhorn folgte ihr wie ein abgerichteter Hund und ließ Viper dabei keine Sekunde aus den Augen.

»Nicht hier. Lasst uns einen Platz zum Rasten suchen. Wir haben uns viel zu erzählen, Exilgraf.«

Forleana pustete in das Feuer, kleine Funken stoben hinauf in den Nachthimmel und die Flammen schlugen augenblicklich höher.

Viper langte in seinen Lederbeutel, den er stets an der linken Gürtelseite trug, und holte zwei silbrig glänzende Blätter hervor.

»Eine gefährliche Sucht, Viper«, kommentierte die Waldfrau.

»Lasst das meine Sorge sein.« Er zerrieb die Blätter leicht zwischen den Fingern, dann steckte er sie sich in den Mund, kaute langsam und bedächtig, genoss den rauchigen Geschmack des Weißblatts.

Während sich Forleana um die Versorgung der Wunde ihrer Schülerin kümmerte, seufzte sie ab und an leise, schüttelte den Kopf und warf Viper tadelnde Blicke zu. Er betrachtete indessen die Umgebung von der Anhöhe aus, auf der sie sich befanden.

Unter ihnen lag nichts als Sumpf. Brauner Matsch, stinkendes Gewässer und verfaulte Bäume. Frösche quakten irgendwo im Dunkeln, Mücken und Fliegen suchten nach Blut und Aas. Zwischen wabernden Nebelfetzen machte Viper kleine, hellblau und grasgrün leuchtende Punkte aus, die jäh auftauchten und ebenso schnell wieder verschwanden. Irrlichter.

»Was führt Euch also in diese wundervolle Gegend, Viper von Vernaisse? Ihr habt Euch doch nicht etwa wieder verlaufen?«

Viper setzte sich ans Feuer. Das Einhorn stand in einiger Entfernung unter einer Erle und rupfte feuchtes Gras. Das Feuer warf den Schatten des Tieres verzerrt und grotesk an die Rinde des Erlenstamms.

»Diesmal nicht. Ich bin auf der Jagd.«

»Auf der Jagd? Kröten und Ratten?«

»Eine Echse, die Kinder aus dem Dorf Kleinholz verschleppt.«

Forleana tunkte ihren Finger in einen gelben Brei und verrieb die Salbe auf Elaoras Oberarm. »Eine kinderfressende Echse also. Habt Ihr es bei der Einsiedlerin versucht? Die Alte züchtet allerlei Gewürm unter ihrem Häuschen.«

Viper musste lächeln. »Seltsam, das Gleiche hat mir auch der Dorfälteste zugetragen. Ihr unterscheidet Euch nicht so sehr von den Menschen, wie Ihr es gern hättet, Waldfrau.«

»Und Ihr seid ein Narr, wenn Ihr glaubt, die Alte ist nur eine normale Bauersfrau.«

»Wie meint Ihr das?«, fragte er und beugte sich etwas vor. Nachdenklich betastete er die Narbe, die sich über seinen Mund zog und seine Lippen spaltete wie eine Furche den Acker.

Forleana band ein fleckiges Tuch um den verletzten Arm. »Ich meine es so, wie ich es sage. Diese Frau ist gefährlicher, als Ihr ahnt. Die Dorfbewohner haben sie nicht ohne Grund vertrieben.« Sie ließ von Elaora ab und setzte sich zu Viper. »Sie schlugen ihr die Hände ab und trieben sie hinaus in den Wald. So konnte sie die Schwarzen Künste nicht mehr ausführen. Aber die Hände wuchsen nach und eine Woche später verwandelte sie Kleinholz in ein Inferno, das nur Wenige überlebten. Die Hälfte der Einwohner besteht aus neuen Siedlern.«

Das Einhorn schnaubte, dann hob es den Kopf und schüttelte die Mähne. Es schien, als ob glitzernde Staubpartikel zu Boden rieselten und sich als dünne Schicht auf das Gras legten.

»Ihr meint also, ich bin einer Hexe auf den Leim gegangen?«

»Offensichtlich. Es würde mich jedenfalls nicht wundern, wenn die Echse in Wahrheit ihr Schoßhund ist und sie die Kinder holt und frisst.«

»Woher wisst Ihr so viel über die Gegend hier, Forleana? Das Reich der Waldfrauen liegt weiter östlich. Es wundert mich, dass Ihr hier scheinbar zu Hause seid.«

Elaora rollte eine Decke als Kopfkissen zusammen und legte sich an die letzten zerbröckelnden Steine eines alten Wehrturms, der hier vor Hunderten von Jahren über den Sumpf gewacht haben musste.

»Ihr habt recht, Exilgraf. Das ist nicht unser Gebiet. Aber das war es einmal, bevor die Menschen es uns nahmen. Seit einigen Monaten sichern wir die Gegend, wagen uns aus dem Wald.«

Viper strich mit dem Handrücken über seine stoppeligen Wangen und spuckte einen Teil des mittlerweile fade schmeckenden Weißblatts aus. »Ihr wollt Euer Land zurück«, stellte er fest.

»Wir wollen Niemandsland für uns beanspruchen. Die Menschen nutzen es nicht, wir aber haben dafür Verwendung. Jedes Volk will wachsen. Das müsstet Ihr eigentlich am besten wissen.«

»Mhm.« Viper legte Zweige nach, lauschte den Geräuschen des nächtlichen Sumpfes und beobachtete Forleanas Einhorn. Kein Staub, der von seiner Mähne rieselte wie Schnee, keine Augen, die ihn bis ins Mark durchdrangen.

Schließlich machte er es sich bequem und schlief ein, so wie Forleana und ihre Schülerin zuvor.

Die Waldfrau und Elaora mussten bereits zeitig aufgebrochen sein, denn als Viper erwachte, fehlte von ihnen jede Spur. Ein dünner Rauchfaden kräuselte sich aus dem Lagerfeuer heraus in den dunstigen Morgenhimmel. Vipers Haut juckte an mehreren Stellen, die Mücken hatten gute Arbeit geleistet. Er kratzte sich im Nacken, fluchte kurz, dann holte er das Weißblatt aus seinem Lederbeutel und machte sich auf den Weg. Er wollte sich davon überzeugen, wie viel Wahrheit in den Geschichten steckte, die er in den vergangenen Tagen zur Genüge gehört hatte.

Der Wald war still.

Er hörte keine Vögel, keine Mäuse im Laub, keinen Wind, der durch die Blätter strich. Die Sonne versank als glühende Kugel zwischen den schwarzen Stämmen der Bäume.

Viper hockte hinter einer dicken Eiche und starrte auf das Haus der Einsiedlerin. Es hatte sich verändert. Jetzt, in diesem Moment, sonderte es eine giftige Aura des Verderbens ab. Ein finsteres, starres Monstrum, bucklig und krumm. Ein Todesbote, Hort des Bösen.

Auf der Weide, auf der vor einem Tag noch eine träge Kuh gestanden hatte, wuchsen absonderliche, kniehohe Pflanzen, die miteinander wisperten, sich in einer fremden Sprache unterhielten wie denkende Lebewesen. Die Stimmen trieben scharfe Splitter in Vipers Geist. Er nestelte nervös am Knauf seines Dolchs herum.

Neben der Weide stand ein eingefallener Schuppen. Nur noch ein Schatten des Stalls, an dem Viper auf seinem Weg in den Sumpf vorbeigekommen war. So verfallen das Gebäude auch aussah, er vernahm daraus das Klirren von Ketten und den rasselnden Atem eines fremden Wesens.

Geduckt im Schutz der Bäume schlich er um das Gehöft herum, damit er einen besseren Blick auf das Haus der Alten werfen konnte und aus dem Umkreis der Pflanzenstimmen kam, die ihm üble Kopfschmerzen bereiteten.

Das Holz faulte an mehreren Stellen, gelbes Licht sickerte durch Löcher und Spalten nach draußen wie verpestetes, zähflüssiges Wasser. Die Kräuter, die einst in Bündeln neben dem Eingang gehangen hatten, waren nun aufgefädelte Finger, Nasen und Ohren. Kleine Pfützen schwarzen geronnenen Blutes befanden sich unter den grausigen Ketten.

Die Tür des Hauses, beschmiert mit fremdartigen, verstörenden Zeichen, sprang auf und eine Giftwolke ergoss sich über den Boden.

Die Alte trat ins Freie. Viper verschwand tiefer in den Schatten. Sie streckte sich, gähnte und entblößte zwei Reihen schiefer, brauner Zähne. Ihre Kiefer waren unnatürlich breit und ausgeprägt, Fäden durchsichtiger Haare umspielten ihren verknöcherten, kahlen Schädel, als hätten sie ein Eigenleben. Mittig in ihrer Stirn klaffte ein Loch, aus dem sich eine kleine Kreatur wand, die Viper nicht genau erkennen konnte. Die Hexe hob ihre krummen Finger und strich beinahe zärtlich über den Kopf des Untermieters, der Ähnlichkeit mit einer Schlange besaß. Das Ding zischte kurz, der Hexenkopf flog ruckartig herum und ein vollkommen rundes, pechschwarzes Augenpaar spähte genau in Vipers Richtung.

Viper hielt den Atem an.

Ein gurgelnder Laut brach aus ihrer Kehle hervor, dann entfernten sich ihre patschenden, unbeholfen klingenden Schritte.

Viper riskierte einen Blick. Die Hexe war nirgends zu sehen. Er nahm an, dass sie auf dem Weg nach Kleinholz war, um ihr nächstes Opfer zu holen. Er verließ seine Deckung, blieb wachsam, hastete lautlos zum Haus. Es stank nach Krankheit und Tod. Die aufgefädelten Finger waren definitiv zu klein, um Erwachsenen zu gehören.

Viper wandte sich ab, beruhigte sein rasendes Herz. Dann versuchte er, die Tür zu öffnen, doch sie bewegte sich selbst dann nicht, als er mit voller Wucht gegen das Holz trat.

»Dann eben der Schuppen«, murmelte er und zog sein Surul. Er lief um das Haus herum, mied dabei die Weide mit den flüsternden Pflanzen und stand schließlich vor dem Eingang in den alten Stall. Die Tür ließ sich ohne Probleme öffnen und er machte einen Satz zurück, hielt die Waffe vor sich wie einen Schild, doch nichts kroch ihm aus der Dunkelheit entgegen.

Mit erhobenem Surul betrat er das niedrige Gebäude. Ein Schnaufen in der Finsternis, Krallen, die über das Holz kratzten und ein peitschender Schwanz, der die dicke Luft durchschnitt wie ein Messer.

Als sich Vipers Augen an die Finsternis gewöhnt hatten, erkannte er an der gegenüberliegenden Wand die Echse, die er in den Sümpfen gejagt hatte. Der Blick ihrer gelben Augen klebte an ihm, ihr Maul öffnete sich. Das Geschöpf war angekettet. Es konnte sich nicht von seinem Platz entfernen, blieb seltsam still. Viper hob beschwichtigend eine Hand und durchsuchte den Raum, fand jedoch nichts. Keine weiteren Körperteile, keine Kinderleichen. Er musste sie finden, das war er den Bewohnern von Kleinholz schuldig.

Viper ballte die freie Hand zur Faust, Wut kochte in ihm. Als er den Schuppen verlassen wollte, stolperte er über einen halb in den Boden eingelassenen Ring. Er bückte sich, zog daran. Die Echse schnaufte wieder.

Viper zog eine Bodenluke auf und ein schräg nach unten führender Schacht öffnete sich, aus dem flackerndes rötliches Licht drang. Leise schlich er den schmalen Gang hinunter, der sich nach zehn Schritten öffnete.

Er befand sich in einer natürlichen Höhle. Kerzen brannten auf Steinsimsen und dem Boden, Wachs klebte an ihnen wie getrocknetes Harz. In der Mitte des Raums war ein Pentagramm mit Blut auf die raue Oberfläche geschmiert. Gegenüber hing eine mumifizierte Kreatur an einem Holzkreuz, mit ledrigen, ausgebreiteten Schwingen und zu Klauen geformten Händen. Ein Totengott, der einen ewigen Kampf gegen das Leben führte. Unter dem Kreuz türmten sich mehrere platte Steine zu einer Art Altar. Darauf lagen die kleinen Menschenschädel.

Der Anblick raubte ihm die Sinne, Zorn fraß sich in sein Herz wie eine tollwütige Ratte.

Die Alte hatte ihn in die Sümpfe geschickt, ihn auf eine falsche Fährte angesetzt, damit er sich verlief, im Matsch ertrank oder einfach verhungerte. Dabei waren die Kinder die ganze Zeit über hier gewesen, unter einer Maske aus Gutmütigkeit und Armut. Ein Trugbild, eine Täuschung. Die Hexe opferte die wehrlosen Kinder ihrem grauenvollen Gott. Womöglich gingen die Kinder sogar freiwillig mit der Bestie mit, sahen in ihr einen Engel, einen Schutzgeist, einen Freund. Sie ließen sich täuschen, so wie sich Viper hatte täuschen lassen.

Hinter ihm erklang ein Schlurfen.

Viper wirbelte herum, das Surul peitschte durch die stinkende Luft.

»Was machst du hier?«, brüllte die Hexe und duckte sich agil unter den Klingen weg. Das Scheusal in ihrem Schädel richtete sich auf und zischte.

»Was machst du hier? Was willst du?«, schrie sie wieder und ihre Stimme stach in Vipers Hirn.

Er zog den Arm an, drehte das Handgelenk. Die Klingen richteten sich auf, die Peitsche, noch in der Bewegung, schnellte zu Viper zurück, streifte die Hexe und riss sie von den Füßen. Sie heulte auf, landete auf dem Boden. Ihre Hand schoss Viper entgegen, die Finger geöffnet. Schwarze Partikel stoben daraus hervor wie ein Schwarm Insekten, umkreisten ihn. Er hustete, ließ sich jedoch nicht bremsen.

Rasch schritt er zur Seite aus, das Surul summte, die Klingen peitschten kreischend über den Boden. Die Waffe legte sich von unten um den Hals der Hexe, schlang sich unbarmherzig um ihre Kehle. In ihren bodenlosen Augen stand nackte Angst. Schwarzes Blut sprudelte aus ihrem Hals.

In Viper tobte blanker Hass. Er kannte kein Erbarmen. Mit gefletschten Zähnen riss er die Peitsche zu sich. Das Surul drang tief in den Nacken der Alten, hing an der Wirbelsäule. Sie ruderte hilflos mit den Armen. Ein zweiter Ruck, ihr Kopf prallte auf den

Boden und rollte gegen den Altar. Ihre Finger krallten unkontrolliert, als ihr Körper fiel.

Viper ließ das Surul zurückschnappen und steckte es zurück in die Scheide. Grimmig schritt er durch den Keller und löschte die Kerzen. Dann kletterte er durch die Luke nach oben in den Schuppen, wo sein nächstes Opfer auf ihn wartete.

Die Echse war noch immer angekettet. Viper wunderte sich, dass die Alte sie nicht befreit und auf ihn gehetzt hatte.

Er baute sich vor dem Tier auf, zog den Dolch. Die glänzenden Augen blickten in seine, tief und unergründlich, trotz der kranken Farbe warm und verheißungsvoll.

Viper zögerte.

Die Echse bewegte sich einen Schritt auf ihn zu, senkte den flachen Kopf. Obwohl er sie nicht berührte, spürte er den sanften Schlag ihres Herzens und sein Zorn verrauchte. Er wusste nicht, was mit ihm geschah. Einem Impuls folgend trat er neben das Wesen und löste die Ketten, die das Tier zurückhielten.

Schwindel erfasste ihn, helle Punkte tanzten in seinem Sichtfeld. Dann sah er klar.

Der Schuppen wurde zu einem Stall, der Altarraum zu einem gewöhnlichen Kartoffelkeller. Die Einsiedlerin lag kopflos in einer dunkelroten Lache. Auf der Weide stand die Kuh, vom Geruch des Blutes vor Angst gelähmt.

Viper legte den Kopf an die warme Flanke des befreiten Einhorns und weinte.

»Forleana!«, rief er. Auf dem glatten Horn seines Reittiers spiegelte sich matt die Sonne.

»Forleana! Wo bist du?!«

Trittsicher manövrierte das Tier durch den dichten Wald, einer Spur folgend, die Viper nicht sah. Er vertraute dem Einhorn. Es schnaubte und nickte zufrieden mit dem Kopf, als er über die helle Mähne strich.

Mit einem leichten Sprung setzte es über einen umgefallenen Baumstamm, die Muskeln unter dem hellbraunen Fell arbeiteten unermüdlich. Viper spürte, wie die Magie und die Kraft des Tieres seinen Körper durchdrangen, ihn mit Gefühlen überschütteten. Bilder erschienen vor seinem inneren Auge und verschwanden wieder, nur um kurz darauf durch andere ersetzt zu werden.

Er sah die Einsiedlerin, die das Tier von den Waldfrauen stahl und in ihrem Stall in Ketten legte. Er sah Forleana, die im Gebüsch wartete, bis ihr eigenes riesiges Einhorn mit einem Kind auf dem Rücken zu ihr zurückkehrte. Er sah die Waldfrauen auf der Suche. Er sah ein Feuer, Kleinholz brannte lichterloh.

»Forleana! Komm raus!« Seine Stimme hallte durch den Wald, brach sich an den Bäumen.

Er sah Forleana, die ihrem Einhorn ins Ohr flüsterte. Er sah, wie die Waldfrauen im Schutz der Dunkelheit in das Dorf schlichen, die Hütten in Brand steckten. Er sah Zerrbilder der Wirklichkeit. Dimensionen, die sich überlagerten und die Wahrheit verschleierten.

All dies zeigte ihm das Einhorn. Mit seiner unerforschten Macht durchdrang es den Körper seines Reiters, wurde eins mit ihm. Ein Gefühl höchsten Glücks. Viper fühlte sich so verbunden mit der Kreatur wie noch nie zuvor mit einem Lebewesen.

»Forleana!«

»Hier bin ich, Exilgraf.« Sie erschien einfach so, als wäre sie die ganze Zeit neben ihm geritten. Ihr Einhorn war deutlich größer, massiger und älter. Die Bäume wichen ihnen aus, ein breiter Weg öffnete sich. Sie ritten auf eine Lichtung hinaus.

»Lasst Eure Spielchen, Waldfrau. Ich bin hier, um Euch zu töten.«

»Warum zögert Ihr?«

»Ich will alles wissen.«

»Das Einhorn hat Euch alles gezeigt.«

»Nein. Es hat mir nicht gezeigt, warum Kleinholz brennen musste, warum die alte Frau sterben musste, warum ihr die Kinder entführt.«

Sie umkreisten sich, die Sonne stand hoch über ihnen. Forleanas Einhorn wieherte und tänzelte aufgeregt. Grasbüschel flogen davon.

»Dies ist unser Land, es gehört uns schon seit tausend Jahren. Die Menschen haben kein Recht dazu, es uns zu nehmen.«

»Ihr schlachtet wehrlose Bauern ab wie Vieh. Sie können nichts für die Fehler der Adligen.«

Forleana lachte hinter vorgehaltener Hand. »Ihr seid selbst ein Adliger, Viper von Vernaisse.« Ihre Augen glitzerten. »Wenn auch ein äußerst interessanter.«

»Was ist mit den Kindern? Wieso entführt ihr sie?«

»Wir schenken ihnen neues Leben.« Ihr Blick wurde plötzlich hart, ihre Hände krampften sich um die Zügel des Einhorns. Eine dunkle Aura ging von den beiden aus.

»Die Menschen vernichteten unseren Erntebaum, aus dem wir geboren werden. Sie kamen mit Waffen und Feuer, brannten den Wald nieder, töteten unsere Kinder und fällten den Baum, der unser Überleben sicherte. Wir sind nicht viele, Viper. Und jeden Tag werden es weniger. Wir können uns nicht mehr fortpflanzen, die Menschen haben uns ausgelöscht.«

»Also raubt ihr die Kinder und macht sie zu euren eigenen?«

Forleana antwortete nicht, die dunkle Aura verschwand.

»Was ist mit der Einsiedlerin? Warum musste ich sie töten?«

»Sie fand das Einhorn, auf dem Ihr reitet, im Wald und stahl es. Wir schickten ihr Bilder durch das Tier und sie verlor den Verstand. Als wir das Einhorn zurückholen wollten, sträubte es sich und vertrieb uns. Einhörner haben einen eigenen Willen, Exilgraf. Es sind arrogante, ehrgeizige Tiere, besessen von Magie, die nur wir Waldfrauen verstehen.«

»Was die Einhörner betrifft, irrt Ihr Euch. Das Tier wird eins mit seinem Besitzer und dementsprechend verändert sich sein

Charakter.« Viper zog sein Surul. Die Klingen reflektierten das Sonnenlicht. »Und Euer Herz ist dunkel.«

Forleana schüttelte bedauernd den Kopf. »Ihr habt recht, Viper. Doch Ihr hättet das Tier töten sollen. Es war verloren, für immer gebunden an die Menschen. Als ob sie keine Finsternis in sich trügen! Ihr solltet beide vernichten, anstatt das Einhorn zu befreien. Eine gerechte Strafe für die Diebin und den Abtrünnigen! Geht fort! Lasst uns die Schlachten schlagen, die wir schlagen müssen!«

»Für Euch gibt es keine Schlacht mehr.« Viper drückte die Fersen in die Flanken des Einhorns und es preschte nach vorn, senkte den Kopf. Der Wald veränderte sich, verschwand plötzlich. Sie befanden sich in einer hellen Wüste, umringt von Skeletten und Geiern. Das Surul prallte gegen die Klinge der Waldfrau, die Hörner schlugen gegeneinander. Ein Strudel riss die Kämpfenden mit sich, der Sand verwandelte sich in grünes Wasser, Blitze zuckten über den Himmel. Forleana schrie vor Wut, das Peitschenschwert traf ihre Hand und entwaffnete sie. Die Einhörner liefen auf dem Wasser, tänzelten und wieherten. Das Surul schwirrte, Forleana duckte sich, nahm ihren Bogen.

Viper versuchte verzweifelt, sich auf dem Rücken des Tieres zu halten, als das Wasser ablief und sie sich im freien Fall befanden. Kälte ließ den Atem gefrieren, ein Pfeil bohrte sich in seine Schulter. Er stöhnte, sein Kopf pochte, sein Herz raste.

Wutentbrannt schwang er das Surul, die Klingen tanzten, aus einer Peitsche wurden viele.

Forleana versuchte, sich unter dem Schlag zu ducken, doch sie wusste nicht, welche Klingen echt und welche Täuschung waren.

Viper traf, schlitzte ihre Wange auf. Er führte die Peitsche nach unten, umschlang damit das Horn des gegnerischen Tieres.

Sofort standen sie wieder auf der Lichtung. Forleana blutete stark, das Einhorn stemmte sich gegen den Griff des Suruls. Viper zog seinen Dolch.

»Es ist aus, Waldfrau«, presste er hervor. Er schleuderte die Klinge, die wie ein blitzender Bolzen in Forleanas Brust fuhr.

Das Einhorn bäumte sich auf, wieherte laut, riss Viper vom Rücken seines Tieres und befreite sich von der Peitsche. Bilder von Tod, Krankheit und Verwesung durchfluteten Vipers Geist. Er schrie, heulte auf, krümmte sich auf dem Boden. Dann floh das Einhorn mit der schwankenden, sterbenden Forleana im Sattel in den Wald und die Vision ebbte ab.

Viper legte sich auf den Rücken. Aus seiner Schulter ragte ein gefiederter Schaft, seine Schläfen pochten. Er hatte sich gerächt und das Rätsel um die verschwundenen Kinder gelöst.

Er schloss die Augen, die Sonne beschien sein hartes Gesicht. Sein neuer Gefährte neigte sich zu ihm herab, berührte ihn mit seiner weichen Schnauze. Ein zufriedenes Lächeln stahl sich auf Vipers Züge.

Ida Reizenstein

DAS EINHORN VON RAWALPINDI

»Pind Dadan Khan, Provinz Punjab, Britisch-Indien,
14. Mai 1897

Während ich diese Zeilen schreibe, hat das grausame Wechselfieber mich schon so weit niedergestreckt, dass ich nicht mehr auf Erholung hoffen kann.

Es ist mir daher nicht vergönnt, meine Forschungsunterlagen jenem wissenschaftlichen Kollegium zukommen zu lassen, das mich dereinst in dieses Land gesandt hat, um die hiesige Vegetation zu studieren.

Ihnen, werter unbekannter Finder, überlasse ich hiermit meine sämtlichen Aufzeichnungen, die neben einem Manuskript über die Krautgewächse Punjabs auch meine privaten Notizen über einen gar sonderbaren Vorfall enthalten, der sich 1893 während meiner Reise durch den Distrikt Rawalpindi zugetragen hat. Ich bitte Sie vertrauensvoll, meine botanische Abhandlung an die Königlich-Preußische Akademie der Wissenschaften weiterzugeben, denn gewiss wird Ihnen persönlich meine Beschreibung der 355 in dieser Region beheimateten Kräuter wenig nutzen. Was die Schilderung meiner eigenen Erlebnisse anbelangt, so fühlen Sie sich bitte frei, diese einer geneigten Leserschaft zugänglich zu machen. Möge sie größtmögliche Verbreitung finden, auf dass eines der ältesten Rätsel der Menschheit endlich seine Lösung erhalte.

Ich danke Ihnen und verbleibe hochachtungsvoll,
    Justus von Seseli.«

Am 4. Januar 1893 erreichte ich nach langer Schiffsreise den Hafen von Karachi Cantt. Jeden einzelnen Tag dieser qualvollen Überfahrt hatte ich seekrank verbracht und schon ernsthaft begonnen, an meiner Eignung für diese Forschungsreise zu zweifeln angesichts meiner so beschämend schwachen Konstitution. Ich hatte mich vor der Abreise voller Elan als geradezu heldenhaften jungen Wissenschaftler betrachtet, der entscheidend zum Wissen über die Botanik des indischen Subkontinents beitragen und bei seiner Rückkehr gewiss mit Ehre und Auszeichnungen empfangen werden würde. Mit jedem Tag, den ich mit graugrünem Gesicht über der Reling hängend zubrachte, schwand meine Zuversicht und machte Platz für den kläglichen Wunsch, der Herr im Himmel möge mich von meinem Elend erlösen.

Der erhebende Anblick des indischen Festlandes erweckte jedoch sofort meine geschundenen Lebensgeister. Mein Forscherdrang, von Neuem entfacht, ließ mich daher nicht lang in der Hafenstadt verweilen. Noch am selben Tage bestieg ich den Expresszug der North Western State Railways, der die Städte Karachi und Peshawar über die gewaltige Distanz von fast 1070 englischen Meilen verband. Ich hatte aber nicht vor, die ganze Strecke zu fahren, mein Ziel lag sechs Stationen vor Peshawar in der britischen Garnisonsstadt Rawalpindi. Von hier aus wollte ich mit einem einheimischen Fremdenführer die umliegenden Sumpf- und Waldgebiete erkunden und umfangreiche botanische Studien anstellen. Aus diesem Grunde telegrafierte ich nach Rawalpindi mit der Bitte, mein »Guide«, wie die Briten es bezeichneten, möge mich an der Bahnstation erwarten. Als ich dies zu meiner Zufriedenheit geregelt hatte, trat ich schließlich voller Optimismus die zweitägige Bahnreise an.

Die grün-beigen Waggons des Expresszuges waren mit Ebenholz getäfelt und äußerst komfortabel eingerichtet. Ich erfreute mich an der Tatsache, dass ich trotz der hohen Passagierzahl ein Abteil für mich allein hatte. Die Bahnfahrt bekam mir wesentlich besser als die unsägliche Reise mit dem Dampfschiff und so befand ich mich mittlerweile wahrhaftig in Hochstimmung. Ich genoss stundenlang die Aussicht auf die idyllische Landschaft und schlief in dieser Nacht ausgezeichnet, vom Rattern des Zuges sanft in den Schlaf gewiegt. Am folgenden Tag veränderte sich die Gegend stetig, malerische Reisfelder wechselten sich mit schroffen Felsen ab. Hin und wieder empfand ich ein wohliges Schaudern, wenn der Zug sich um eine der engen Steilkurven wand und so den Blick in geheimnisvolle, von grünem Dickicht überwucherte Abgründe freigab.

Schließlich verringerte die mächtige Dampflokomotive ihre Fahrt. Der Zug rollte gemächlich in die Station von Rawalpindi ein. Ich konnte nicht umhin, mich über die beinahe groteske Mischung aus europäischer Architektur des Bahnhofsgebäudes und exotischem Gewusel auf den Bahnsteigen zu wundern. Der Bahnhof selbst, aus gelben Ziegeln erbaut und mit Bronzeplatten gedeckt, wirkte mit seinen zinnenbewehrten Türmen eher wie eine mittelalterliche Festung. Auf dem Bahnsteig aber herrschte buntes Treiben. Inder und Europäer hasteten kreuz und quer, so weit das Auge reichte. Inmitten der Menschenmasse patrouillierten britische Soldaten in ihren unverkennbaren roten Waffenröcken. Tische aus geflochtenem Rattan, überbordend mit Obst beladen, standen überall herum und eine Flut an lautstark durcheinanderschreienden Händlern mit safrangelben Turbanen drängte sich wild gestikulierend um die aussteigenden Fahrgäste, um ihnen ihre Datteln, Mangos oder Papayas aufzuschwatzen. Nur mühsam konnte ich mich eines besonders hartnäckigen Exemplars erwehren, das mir die ganze Zeit »Tāzā, cagā Aba!« ins Ohr brüllte und mir mit einer Mango vor der Nase herumfuchtelte.

Nachdem ich mich in eine einigermaßen ungestörte Position manövriert hatte, begann ich mich zu fragen, wie ich in diesem furchtbaren Durcheinander wohl meinen Fremdenführer finden sollte. Ich brauchte jedoch nicht lange zu überlegen, denn kurz darauf sprach mich ein stattlicher, schnurrbärtiger Inder in weißem Gewand an, der mich um mindestens zwei Handbreit überragte: »Sahib, seid Ihr Master Justus von Seseli?«

Ich nickte stumm und starrte fasziniert auf den gewaltigen roten Turban, den er kunstvoll um sein Haupt gewunden hatte. Der Inder verbeugte sich leicht.

»Willkommen! Mein Name ist Balhar Singh, die Kommandantur schickt mich als Euren Guide.«

Ich hielt ihm meine Hand zur Begrüßung hin, die er jedoch ignorierte. Stattdessen ergriff er nur wortlos mein Gepäck, machte auf dem Absatz kehrt und marschierte mit großen Schritten Richtung Bahnhofsausgang, sodass ich meine liebe Not hatte, ihm zu folgen. Draußen schnürte er meine Habe rechts und links an eine wartende Tonga, eine nicht sehr vertrauenerweckende zweirädrige Kutsche, vor die ein klappriger Gaul gespannt war. Er bedeutete mir, in dem suspekten Gefährt Platz zu nehmen. Kaum war ich hineingeklettert, setzte sich das Ding auch schon in Bewegung.

Während der Fahrt erklärte mir Balhar Singh, dass er bereits alles für die Expedition vorbereitet hatte. Es wäre jedoch nicht sinnvoll, noch am Nachmittag aufzubrechen, da es gewiss schon Nacht war, bevor wir das nächstgelegene Dorf erreichten. Er empfahl daher, zeitig am nächsten Morgen loszuwandern. Für heute Nacht hatte er einen klassisch indischen Bungalow angemietet, wie ihn auch die britischen Offiziere bewohnten. Das war mir ganz recht, denn ich war müde von der Reise und es schien mir ebenfalls besser, die Wanderung ausgeruht anzutreten.

Als wir an der Unterkunft ankamen, zuckte ich dann doch erst einmal zusammen angesichts des ausgesprochen archaischen Anblicks, den das aus rohem Teakholz gezimmerte und mit Schilf gedeckte Häuschen bot. Im Inneren war es jedoch so gemütlich, dass ich den ersten Schreck schnell vergaß. Der Bungalow besaß zwei kleine, luftige Schlafzimmer beiderseits eines großen zentralen Raumes, der augenscheinlich das Herzstück des Gebäudes bildete. Er beinhaltete nur wenige Möbel, die aber von ausgesuchter Qualität waren.

An der Wand, die ganz links einen Durchgang zur Veranda aufwies, hing ein Wandteppich von eindrucksvoller Größe und Pracht. Der Hintergrund des Teppichs war karmesinrot, unzählige vielfarbige Blütenornamente rankten ineinandergeschlungen über seine ganze Fläche dahin. Aus dem dichten Blumendschungel lugten diverse exotische Tiere hervor, die ich unter anderem als Tiger und Elefanten, Rhesusaffen und Mungos erkannte. In der Mitte dieses lebhaften Motivs fand sich jedoch ein einzelnes Tier, dessen Darstellung mich arg irritierte. Es schien leichtfüßig über eine Lichtung im sonst so undurchdringlichen Dschungeldickicht zu tänzeln. Sein Körperbau ließ mich im ersten Moment an ein Pferd denken. Auch sein langer weißer Schweif und die stattliche Rückenmähne passten zu dieser Assoziation. Seine zierlichen Hufe konnten jedoch unmöglich einem Pferd gehören und auch seine Färbung kam mir ungewöhnlich vor. Sein Fell war von einem leuchtenden Rehbraun, nur an den Fesseln wies es jeweils zwei schwarze und zwei weiße Streifen auf. Als ich den Kopf des Tieres näher betrachtete, fiel mir auf, dass dieser eher einem Hirsch glich. Auf der Stirn aber trug das Wesen ein einzelnes schwarzes Horn, das weit in die Höhe ragte.

Märchen, die mir meine Amme einst erzählt hatte, schlichen sich nun aus meinem Unterbewusstsein in mein Gedächtnis und flüsterten mir zu: »Schau hin! Das ist ein Einhorn!«

Ich musste schmunzeln angesichts eines so absurden Gedankens. Anscheinend war mir dabei auch ein amüsiertes Glucksen herausgerutscht, denn mein Guide sah mich forschend an. »Sahib?«

»Sag, Balhar Singh, was ist das hier auf dem Teppich?«

Ich tippte mit dem rechten Zeigefinger auf das merkwürdige Tierwesen.

»Das ist Ekasringa, Sahib, ein heiliges Wesen, das in den Wäldern lebt und sie schützt. Es zeigt sich den Menschen in verschiedener Gestalt: als Bock mit mächtigem Horn, aber auch als erleuchteter Knabe mit sonnengleichem Mal auf der Stirn.«

»Willst du mir etwa sagen, ihr hättet hier so etwas wie ein Einhorn?«

»Ja, so nennt Ihr Sahibs es wohl.«

Jetzt musste ich herzhaft lachen, was Balhar Singh mir sichtlich übel nahm, denn sein Gesichtsausdruck verfinsterte sich schlagartig.

»Sahib, Ihr solltet nicht lachen! Es ist ein Frevel, wenn Ihr Ekasringa nicht den gebührenden Respekt entgegenbringt.«

Die Angelegenheit kam mir absolut irrsinnig vor, doch es schien mir keine gute Idee zu sein, die abergläubischen Gefühle meines Guides zu verletzen. »Verzeih, Balhar Singh, ich wollte niemanden kränken. Vergib mir meine Unwissenheit.«

Diese Entschuldigung besänftigte ihn, auch wenn er mich noch eine Weile misstrauisch beäugte.

Den Rest des Abends wechselten wir kein Wort mehr und ich ging früh zu Bett, um am nächsten Morgen ausgeschlafen zu sein.

Balhar Singh erwartete mich bereits, als der Morgen zu dämmern begann. Er wirkte unruhig, die Anstellung als mein Fremdenführer schien ihm nicht zu behagen. Der nervöse Inder machte ganz den Eindruck, als wolle er die Wanderung einfach nur schnellstmöglich hinter sich bringen, um mich bald wieder loszuwerden.

Ich schob sein ablehnendes Verhalten auf meinen Lachanfall am Vortag und dachte mir nichts dabei.

Reichlich bepackt marschierten wir schließlich los und hatten die letzten Häuser und Reisfelder hinter uns gelassen, noch bevor die Sonne vollständig hinter dem Horizont emporgestiegen war. Wir durchquerten einen schmalen Streifen Sumpfland, wo ich neben diversen Arten von Hakenlilien *(Crinum)* eine mir bis dato völlig unbekannte Variation der indischen Lotusblume *(Nelumbo nucifera)* entdeckte. Die erste meiner beiden Botanisiertrommeln hatte ich daher bereits ausgiebig gefüllt, als wir an einem dichten Waldstück anlangten.

Aufgrund der reichen Vegetation, die mir eine Unmenge neuer Forschungsobjekte bescherte, verbrachten wir hier geraume Zeit. Wie lange genau, kann ich heute nicht mehr sagen, nur dass es mehrere Stunden gewesen sein mussten, da sich der Stand der Sonne bereits merklich geändert hatte, als ich jäh aus meinen wissenschaftlichen Überlegungen gerissen wurde. Ich untersuchte gerade ein besonders prächtiges Exemplar der Scheinerdbeere *(Fragaria indica)*, als ein entferntes Knurren mich aufhorchen ließ. Ich wollte eben meinen Begleiter nach der Ursache dieses beunruhigenden Geräusches fragen, da musste ich zu meinem Entsetzen feststellen, dass sich dieser unbemerkt aus dem Staub gemacht hatte. So weit das Auge reichte, war keine Spur von Balhar Singh zu entdecken. Das unheilvolle Grollen rückte indes langsam näher. Panik stieg in mir auf. Ohne meinen Guide hatte ich nicht die leiseste Ahnung, wohin ich mich in diesem Dickicht wenden musste, um das nächste Dorf zu erreichen. Der Wald, der mir eben noch so einladend vorgekommen war und mir seinen Artenreichtum beinahe freundschaftlich dargeboten hatte, wandelte sich in meiner plötzlich so üblen Lage zur erbarmungslosen grünen Hölle, aus der es für mich kein Entrinnen gab.

Das hungrige Knurren erklang erneut, dieses Mal jedoch so nah, dass mir kein Zweifel über seinen Ursprung blieb. Es gehörte zu einem gewaltigen Tiger, der geifernd vor Gier aus dem Unterholz hervorlugte und sich mit geradezu höhnischer Langsamkeit an mich heranpirschte, ohne seine Angriffsabsichten auch nur im Geringsten zu verschleiern. Die blanke Angst durchfuhr meinen Körper wie ein Blitz und lähmte mich schlagartig. So verzweifelt ich innerlich auch ums Entkommen rang, ich war nicht fähig, mich auch nur einen einzigen Zentimeter zu bewegen. Wie versteinert hockte ich zwischen den Scheinerdbeeren und konnte das wilde Biest mir gegenüber nur furchttrunken anstarren. Das ausgehungerte Raubtier schien mein panisches Zittern regelrecht auszukosten. Seine Schnurrhaare zuckten, als er genüsslich immer weiter auf mich zu schlich.

Ich wähnte mich schon dem Tode nahe, als ein weiterer animalischer Laut aus dem Wald an mein Ohr drang. Solch ein seltsames Brüllen hatte ich noch nie vernommen. Angstvoll malte ich mir aus, welch grauenvolle Bestie da nun zusätzlich auf mich lauern könnte. Es knackte und raschelte im Buschwerk, als das unbekannte Ungetüm durchs dichte Dschungelgrün trabte. Das fremdartige Brüllen ertönte erneut, als das Tier schließlich durchs Dickicht brach und sich ohne zu zögern auf den Tiger stürzte. Mit seinem rechten Hinterlauf versetzte es der Raubkatze einen so gewaltigen Tritt, dass diese jämmerlich aufjaulend rückwärts taumelte und zu Boden fiel. Es währte nicht lange, bis das geschundene Raubtier aufstand. Fauchend bleckte der Tiger die Zähne und setzte zum Sprung an. Das Tier aber, das mir zur Rettung geeilt war, bäumte sich auf seine Hinterhufe auf und drohte dem Angreifer mit dem langen schwarzen Horn, das es auf der Stirn trug. Immer noch leise grollend, gab sich der Tiger schließlich geschlagen und verschwand im indischen Dschungel.

Ich aber gaffte meinen Retter ungläubig an. In meinem Kopf drehten sich meine Gedanken wie ein Karussell, in meinem Hirn kreisten stetig die Worte: »Das Tier vom Teppich, ein schwarzes Horn, nur ein einziges Horn auf der Stirn, ein Horn, ein Einhorn! Oh Gott, ein Einhorn!« Das Wesen sah dem Tiger eine Weile nach, bis dieser gänzlich aus seinem Blickfeld verschwunden war. Dann wandte es seinen eleganten Kopf in meine Richtung und schaute mich aus klugen Augen an. Ein Einhorn hatte mich vor einem Tiger gerettet. Die Erkenntnis traf mich wie ein Schlag. Das war zu viel für mein wissenschaftlich denkendes Gehirn, das die Existenz eines solchen Wesens doch immer vehement abgestritten hatte. Ich musste hysterisch lachen und fiel dann ziemlich unheldenhaft zwischen den indischen Erdbeeren in Ohnmacht.

Als ich wieder zu mir kam, bemerkte ich einen zierlichen indischen Knaben, der neben mir hockte und mich aus seinen großen, dunklen Augen heraus aufmerksam beobachtete. Er trug nichts weiter als eine Art Lendenschurz aus schlichter weißer Baumwolle. Trotz dieser spärlichen Bekleidung und obwohl er barfuß war, wirkte er keineswegs ärmlich. Sein seidiges schwarzes Haar schien sehr gepflegt. Auch machte er nicht den Eindruck, als litte er Hunger. Ich nahm an, dass er aus einem nahegelegenen Dorf stammen musste.

Etwas wackelig setzte ich mich auf und fragte ihn in meinem gebrochenen Englisch, woher er kam und ob er mir den Weg in sein Heimatdorf zeigen könnte. Der Knabe lächelte mich nur an und antwortete nicht. Ich kam mir reichlich dumm vor, als mir einfiel, dass ein einfacher Dorfjunge wohl kaum des Englischen mächtig war. Deutsch würde er natürlich noch weniger verstehen. Ich seufzte. Mit einem gewissen Ingrimm dachte ich daran, wie unvorteilhaft es doch war, dass mein Guide mich im Stich gelassen hatte.

Bevor ich mich jedoch noch weiter in meine negativen Gedanken versenken konnte, stand der Knabe auf und bedeutete mir mit einem Winken, ihm zu folgen. Ob er aus einer spontanen Regung heraus handelte oder ob er mich am Ende doch verstanden hatte, war mir in diesem Moment vollkommen egal.

Sicheren Schrittes führte mich der Junge durch das Gelände. Wie er in diesem Dickicht überhaupt einen Weg finden konnte, war mir schleierhaft, denn für mich sah im satten Urwaldgrün alles gleich aus. Der Knabe war flink, doch sobald ich nicht hinterherkam, wartete er geduldig, bis ich ihn eingeholt hatte.

Ich weiß nicht mehr, wie lange wir auf diese Weise unterwegs waren. Mein Zeitgefühl ging mir in der scheinbaren Unendlichkeit aus Bäumen und Buschwerk gänzlich verloren. Irgendwann aber lichtete sich der Dschungel und wir traten hinaus auf ein Feld, hinter dem sich bereits die ersten Hütten eines Dorfes zeigten. Der Knabe blieb stehen und wies mit der rechten Hand in Richtung der kleinen Siedlung. Eine Weile sah ich ihn verwirrt an, dann erkannte ich, dass er mich nicht ins Dorf begleiten würde. Also ging ich allein einige Schritte auf die Ansiedlung zu, bis mir einfiel, dass ich mich nicht bei dem Jungen bedankt hatte. Ich wandte mich noch einmal zu ihm um. Er stand am Waldesrand und betrachtete mich wohlwollend. In diesem Moment zauste eine leichte Windböe sein Haar. Die dichten, dunklen Strähnen, die zuvor seine Stirn bedeckt hatten, wurden durch den Lufthauch sanft angehoben. Nun entdeckte ich das sonnenförmige rote Mal auf seiner Stirn, von dem mein untreuer Guide am Abend zuvor gesprochen hatte.

Ein unbeschreibliches Gefühl wohliger Dankbarkeit durchflutete mich. In diesem Augenblick wurde mir bewusst, dass Ekasringa mich gleich zweifach gerettet hatte. So illoyal Balhar Singh auch sein mochte, er hatte recht gehabt, es war nicht richtig von mir gewesen, über dieses geheimnisvolle, gütige Wesen zu lachen. Instinktiv faltete ich daher nun meine Hände vor der Brust und verneigte mich tief in Richtung des Knaben. Dieser nickte mir freundlich zu, dann wandte er sich ab und verschwand im dichten Urwald.

Im Dorf begegnete ich einem britischen Offizier, der hier auf seinem Weg nach Huzara Rast machte. Wir kamen ins Gespräch und er gestattete mir, ihn auf seiner Weiterreise zu begleiten, sodass ich einige Tage später über diverse Umwege wieder nach Rawalpindi zurückgelangte. Balhar Singh sah ich nie wieder.

Als ausgebildeter Wissenschaftler habe ich gelernt, alles zu hinterfragen und Legenden nicht blind zu glauben. Ich bin auch niemals abergläubisch gewesen. Doch das, was ich in diesem Wald irgendwo in der Nähe von Rawalpindi erlebt hatte, war kein Traum. Es war kein Trugbild, das mir mein erschöpfter Geist vorgegaukelt hatte, nein, es war absolut real. Der heilige Knabe, das stolze Einhorn, ganz egal in welcher Gestalt, Ekasringa gibt es wirklich.

Sollten Sie jemals in die Verlegenheit geraten, sich im indischen Dschungel zu verlaufen, verzweifeln Sie nicht! Ekasringa wird Ihnen gewiss zur Rettung eilen, wie er es auch bei mir getan hat. Denn das indische Einhorn ist nicht nur der Beschützer des Waldes, sondern vor allem ein Wesen voller liebender Güte.

Veronika Rothe

DIE WAHL

Das hier war so ziemlich der letzte Ort, an dem ich sein wollte. Aber ich hatte keine Wahl. Weigerte ich mich, müsste ich mit schlimmen Konsequenzen rechnen – wobei ich eigentlich nicht genau wusste, worin diese bestanden. Absolut niemand weigerte sich freiwillig. Für jeden Ausgewählten war es eine Ehre, eine Freude und das höchste der Gefühle, hier zu sein.

Na ja, für alle bis auf mich.

Ich wäre beinahe zu spät gekommen, weil ich noch einen Auftrag für meine Eltern erledigen musste. Nichts Großartiges, nur ein paar Armbänder bei einem nahe gelegenen Juwelier mitgehen lassen. Solche Aufgaben bekam ich, seit ich acht Jahre alt war, und es war inzwischen zu meinem Alltag geworden. Meine Familie lebte davon, also musste ich meinen Beitrag leisten.

Vor diesem Hintergrund waren wir alle erstaunt, als plötzlich das Schreiben kam. Mir wurde mitgeteilt, dass sich ein übernatürliches Wesen für mich entschieden hätte und ich bei der nächsten Zuteilung anwesend sein müsste.

Meine Eltern und Brüder hatten nicht mehr aufgehört zu lachen und seitdem musste ich ihren Spott ertragen. Eine Diebin mit einem magischen Begleiter? Ging es noch lächerlicher?

Ich verstand das Prinzip der Auswahl sowieso nicht ganz. Ja, klar, vor ungefähr zehn Jahren hatten sich alle übernatürlichen Kreaturen zu erkennen gegeben und den Menschen verkündet, dass sie nicht nur unserer Fantasie entsprangen. Es gab eine Parallelwelt, die voll von diesen Dingern war: Feen, Kobolde, Vampire, Werwölfe. Das ganze Programm eben. Wenn sie vor der Offenbarung – wie der Tag genannt wurde, an dem sie sich uns zeigten – von einem Menschen gerufen wurden, waren sie aus ihrer eigenen Welt in unsere hinübergewechselt, um zu helfen, zu töten oder was auch immer. Seit ihre Existenz offiziell war, suchten sich einige von ihnen einen Menschen als Begleiter aus.

Wie das funktionierte? Keine Ahnung. Bisher war mir das auch völlig egal gewesen. Einige wenige ausgewählte Menschen bekamen das Schreiben, mussten zur Zuteilung und verbrachten fortan ihr Leben mit ihrem neuen übernatürlichen Begleiter, der sie unterstützte und ihnen zu einem glücklichen Leben verhalf.

Was für ein Unsinn.

Mein Leben würde niemals glücklich werden. Ich würde mich niemals aus dem Sumpf befreien können, in dem meine Familie lebte, denn ich war ein Teil davon. Etwas Besseres als ein paar gute Diebstähle würde ich niemals erreichen. Ich hatte mich damit abgefunden. So war es eben. Punkt.

Als ich jetzt zusammen mit zehn anderen im Alter zwischen sechzehn und vierzig in der gigantischen Halle der *Behörde für Übernatürliches*, kurz BfÜ, stand, überlegte ich, welche Kreatur sich wohl für einen verdorbenen Menschen wie mich entschieden hatte. Es musste ja etwas Finsteres sein. Ein Vampir vielleicht? Hm … Das wäre nicht übel, denn er könnte mir bei meinen Aufträgen helfen. Oder eine Todesfee? Nicht dass ich sie einsetzen würde, aber sie könnte den Menschen einen gewaltigen Schreck einjagen.

Die Auswahl fand nur viermal im Jahr statt und war deshalb ein riesiges Spektakel. Neben den Ausgewählten, die sich in einem abgesperrten Bereich vor dem Portal tummelten, war die riesige Halle gefüllt mit Schaulustigen, Fernsehteams und Journalisten. Ich fühlte mich so unwohl wie noch nie, denn ich hasste jede Form der Aufmerksamkeit. Ich war eine Diebin, ich wollte nicht im Fokus der Öffentlichkeit stehen. Dennoch hielten sie ihre Linsen direkt auf mich. Mit einem flauen Gefühl im Magen versuchte ich, mich hinter den anderen zu verstecken, vor allem, als ich einige meiner Mitschüler in den ersten Reihen entdeckte. Keiner von ihnen mochte mich – aber das beruhte definitiv auf Gegenseitigkeit.

Der Minister für Übernatürliches betrat eine kleine Bühne und hielt eine pathetische Rede über die Verantwortung, die wir Ausgewählten trugen, über die Ehre, ausgewählt zu werden, und so weiter. Ich hörte nicht richtig zu, sondern war in Gedanken nur bei dem Wesen, das sich für mich entschieden hatte. Es gab absolut keine Möglichkeit, hiervon zurückzutreten – das wusste ich, weil ich schon alles versucht hatte.

Ich war dazu verdammt, mein Leben mit einem Werwolf oder sonst was zu verbringen, und hatte dabei keinerlei Mitspracherecht. Das war doch zum Kotzen.

Irgendwann hatte der dicke Mann seine peinliche Rede beendet und alle wandten sich dem Portal zu, das genau so aussah, wie man sich ein Tor zu einem Feenreich vorstellte: kitschig und geschmacklos. Es tauchte nur viermal im Jahr an genau dieser Stelle auf und verschwand anschließend bis zur nächsten Zuteilung. Zwischen den steinernen und mit Blumen und Efeu bewachsenen Pforten war das Licht seltsam trüb. Als würde man durch eine zähe, leuchtende Flüssigkeit blicken. Aus diesem Grund war auch absolut nichts hinter dem Portal zu erkennen.

»Ausgewählte, tretet vor!«

Jetzt war es so weit.

Inzwischen sah ich mich panisch nach einem Fluchtweg um, doch es gab kein Entkommen. Der Raum war überfüllt und auch die Straßen vor dem Gebäude würden es sein.

Die ersten vier bekamen ihre Wesen, die beim Klang des menschlichen Namens durch das Portal flatterten oder liefen. Eine Fee in der Größe meines Zeigefingers war dabei und ein kleiner Kobold. Die anderen zwei erkannte ich nicht.

»Anna Miller.«

Mein erschreckend gewöhnlicher Name hallte durch die Halle und ich wandte mich starr vor Angst dem Portal zu. Was würde da gleich herauskommen? Ich wollte es nicht wissen.

Oh Gott.

Dann geschah etwas, das absolut niemand erwartet hatte. Am allerwenigsten ich. Ein Wesen, das noch nie einen Begleiter gesucht hatte, tauchte aus dem Licht des Portals auf und sorgte dafür, dass alle Anwesenden erstaunt die Luft anhielten.

Es war ein Einhorn.

Ein silbernes, majestätisches Einhorn, das Reinheit und Unschuld verkörperte.

Sollte das ein verdammter Scherz sein?!

Schon hörte ich das erste Lachen meiner Mitschüler.

»Wusste gar nicht, dass du noch Jungfrau bist, Anna«, höhnte Tom. »Ich kann das gern für dich ändern, falls du Hilfe brauchst.«

Immer mehr Leute lachten, was mich wütend machte.

»Das muss ein Fehler sein!«, brüllte ich mit geballten Fäusten.

Der Minister für Übernatürliches schüttelte den Kopf. »Es gibt keine Fehler bei der Zuteilung. Dieses Einhorn hat sich für Ihre Seele entschieden und der Prozess ist nicht mehr rückgängig zu machen. Sie sollten sich glücklich schätzen, diese unglaubliche Ehre —«

»Schon gut«, unterbrach ich ihn, ehe er mit seinem Gerede von vorn anfing. Ich wollte nur noch hier raus. Weg von hier. Weg von diesem Vieh, das sich angeblich für mich entschieden hatte. Vielleicht hatte ich ja Glück und es würde mich nicht mehr finden, wenn ich nur schnell genug lief?

Wortlos bahnte ich mir einen Weg durch die Menge und rannte davon, so schnell ich konnte. Die empörten Rufe ignorierte ich. Ich musste weg. Weit weg.

Ich rannte durch die ganze Stadt. Meine Lungen brannten, aber ich hielt erst an, als ich vor unserem schäbigen Haus am Rand der Stadt stand. Morgen würden die Medien voll von meiner Flucht sein, doch das kümmerte mich nicht. Wenigstens war mir das blöde Vieh nicht gefolgt! Ein Leben lang den Spott meiner Familie, meiner Mitschüler und aller anderen ertragen zu müssen, hätte ich nicht geschafft. Warum war das Schicksal so grausam? Warum musste sich dieses blöde Tier für mich entscheiden? Was sollte ich denn mit ihm machen? Meine Beute auf seinen Rücken schnallen und davonreiten? Schön unauffällig.

Ich konnte nur hoffen, dass ich es ein für alle Mal abgeschüttelt hatte.

»Da ist ja unsere Ausgewählte«, höhnte Dad, kaum dass ich das Haus betreten hatte. »Und, wo ist dein Wesen?«

»War ein Irrtum«, brummte ich und wollte in mein Zimmer gehen.

Meine Eltern und zwei meiner Brüder lachten lauthals.

»Das war ja klar! Warum sollte sich auch ein Wesen ausgerechnet für dich entscheiden?«

»Wussten wir doch gleich, dass du nichts Besonderes bist.«

Ich war solche Worte gewohnt, trotzdem taten sie auch nach all den Jahren noch weh. Trost oder Liebe suchte man hier vergeblich.

»Ja, okay. Ich geh in mein Zimmer.«

»Warte, nicht so schnell.« Mom kam näher und sah mich eindringlich an. Für einen Sekundenbruchteil flammte die Hoffnung in mir auf, dass sie mich trösten würde. Dass sie ein einziges Mal für mich da sein würde.

»Wo ist die Beute?«

Ein dicker Kloß schnürte mir die Kehle zu. Ich war so dumm.

Während ich die Armbänder auf den Küchentisch legte, öffnete sich die Haustür erneut und mein dritter Bruder kam herein. Er sah uns mit riesigen Augen an und hatte deshalb sofort die volle Aufmerksamkeit.

»Da ... da ... steht ein Einhorn vor unserer Tür.«

Ach. Du. Scheiße.

Alle Blicke wanderten zu mir. Fassungslosigkeit stand ihnen ins Gesicht geschrieben und dann fingen sie an zu lachen. Lauter als je zuvor, bis ihnen die Tränen kamen.

Ich ertrug es nicht länger und rannte, ebenfalls mit Tränen in den Augen – wenn auch aus ganz anderen Gründen –, in mein Zimmer.

Mein Leben würde ab sofort die Hölle sein. Dank dieses bescheuerten Viehs.

»Verschwinde endlich!«, brüllte ich zum hundertsten Mal. »Lass mich doch endlich in Ruhe! Such dir jemand anderen, den du nerven kannst!«

Wie die vorangegangenen Male auch sah mich das Einhorn nur an. Es hatte bisher nicht ein einziges Wort gesagt und ich wusste nicht einmal, ob es überhaupt sprechen konnte oder meine Sprache verstand.

Es war gestern wie aus dem Nichts in meinem Zimmer aufgetaucht. Offenbar konnte das Ding auch noch beamen oder so. Klasse. Ich hatte alles versucht, um es loszuwerden, aber es war hoffnungslos. Meine Familie hatte mich weiterhin ausgelacht, Hilfe war von ihnen nicht zu erwarten.

Selbst jetzt in der Schule verfolgte mich das blöde Vieh auf Schritt und Tritt. Alle – und ich meine ausnahmslos jeder – starrten mich mit offenem Mund an, machten Fotos oder lachten über mich. Jungfrauenwitze begleiteten mich pausenlos und ich wurde mit jeder

Sekunde wütender. Das war die Hölle. Sie würde sogar noch weitaus schlimmer werden, wenn ich meine Aufträge nicht mehr erledigen könnte. Das hatte mein Vater heute Morgen deutlich gemacht ... Die Handabdrücke an meinem Oberarm zeugten davon.

Nach dem Unterricht stürmte ich nach draußen, aber es hatte keinen Zweck. Die Witze und das verdammte Einhorn verfolgten mich weiterhin. Das Schlimme war, dass ich zu einem Auftrag musste. Irgendetwas von einem von Dads Lieferanten abholen. Das Allerletzte, das ich dabei gebrauchen konnte, war dieses verfluchte Vieh, das die ganze Aufmerksamkeit auf sich zog.

Bei jedem Menschen, der mit einer winzigen Fee vorbeikam, wurde ich neidisch. Warum hatte sich nicht etwas so Kleines für mich entscheiden können? Warum ein ausgewachsenes Pferd mit glänzendem Horn auf der Stirn, das heller leuchtete als jede Straßenlaterne?

In einer Nebenstraße blieb ich stehen und wartete auf meinen treuen Begleiter. Nachdem ich sicher war, dass uns niemand hören konnte, funkelte ich das Einhorn wütend an.

»Okay, hör mir mal gut zu. Ich werde jetzt einen Auftrag für meine Eltern erledigen und dabei kannst du auf keinen Fall mitkommen. Hast du das kapiert? Von mir aus stalk mich danach wieder, aber ich *muss* diesen Auftrag erfüllen. Und zwar allein. Verstanden?«

Dass mein Vater zuerst mich und dann das Einhorn umbringen würde, wenn seine Kontakte nichts mehr mit ihm zu tun haben wollten, weil ich es vermasselte, sagte ich nicht.

Natürlich bekam ich erneut keine Antwort. Warum sollte sich das auch plötzlich ändern?! Die silbernen Augen fixierten mich, ohne zu blinzeln, aber ich konnte keine Emotion daraus lesen. Es war zum Verrücktwerden!

Genervt stöhnte ich auf und raufte mir die Haare. »Ich bekomme riesigen Ärger, wenn ich das nicht schaffe, okay? Also bleib einfach hier oder noch besser: Geh zurück in deine eigene Welt.«

Ohne auf eine – sowieso nicht zu erwartende – Reaktion des Einhorns zu warten, marschierte ich davon in Richtung des Treffpunkts. Immer wieder spähte ich über die Schulter, aber ich konnte meinen persönlichen Stalker nicht entdecken. Erleichtert atmete ich aus. Wenigstens schien es mich zu verstehen, wenn es schon nicht sprechen konnte.

Wie durch ein Wunder ging die Übergabe gut und ich zog keine Aufmerksamkeit auf mich, doch kaum war ich anschließend ein paar Schritte gegangen, erschien das Einhorn plötzlich vor mir.

»Verdammt! Musst du mich so erschrecken?! Wie machst du das denn immer?!«

Außer einem langen Blick bekam ich natürlich keine Antwort. Irgendetwas war jedoch anders an den silbernen Augen. Oder bildete ich mir das nur ein? Ich hätte schwören können, dass sie mich vorwurfsvoll anstarrten. Anklagend.

Das Schlimmste daran war, dass ich tatsächlich ein schlechtes Gewissen bekam.

Seit neun Jahren, seit meinem ersten Diebstahl, hatte ich mich nicht mehr schuldig gefühlt. Das Stehlen war mein Geschäft, das Einzige, das ich konnte. Aufträge erledigen und fertig. Jetzt kam ein übernatürliches Wesen, das es eigentlich überhaupt nicht geben durfte, und machte mir ein schlechtes Gewissen?!

»Schau mich nicht so an!«, fuhr ich das Einhorn an. »Es geht dich einen Dreck an, was ich mit meinem Leben mache. Wenn es dir nicht passt, kannst du gern verschwinden! Niemand zwingt dich, hierzubleiben.«

Ich muss nicht erwähnen, dass es natürlich *nicht* verschwand, oder?

Es war verrückt, aber irgendwie entwickelte sich im Laufe der nächsten Wochen eine gewisse Routine. Zu Hause und in der Schule musste ich täglich blöde Sprüche über mich ergehen lassen. Inzwischen kannte ich jeden einzelnen Witz über Jungfrauen und Angebote, diesen Zustand zu beenden, auswendig.

Das Einhorn wich so gut wie nie von meiner Seite. Im Badezimmer war ich allein, aber das war auch das Einzige, was es mir zugestand.

Abgesehen von meinen kriminellen Tätigkeiten. Ich verstand nicht warum, aber sobald ich in einem Laden oder Haus etwas klauen, irgendwelche Lieferungen für meine Eltern abholen oder mich mit Kontaktleuten treffen sollte, verschwand das Einhorn und tauchte erst wieder auf, sobald ich allein war. Die Schuldgefühle, die mich jedes Mal bei seinem vorwurfsvollen Blick überkamen, machten mich wütend und ich schrie meinen Stalker immer wieder aufs Neue an. Es verteidigte sich nicht, schwieg wie immer, doch vor allem verließ es mich nicht.

Ich hatte Berufung bei der BfÜ eingereicht, aber sie wurde abgelehnt. Bei der Zuteilung gäbe es keine Irrtümer und das Einhorn sei für mich bestimmt.

So ein Schwachsinn.

Mir blieb nichts anderes übrig, als irgendwie damit klarzukommen. Auch mit den Reportern, die täglich vor der Schule lauerten und Bilder, Interviews oder dergleichen von mir verlangten.

Das Mädchen mit dem Einhorn. Die reinste Seele der Menschheit?

Das war so ätzend und feuerte die blöden Sprüche meiner Mitschüler noch zusätzlich an. Natürlich gab ich keine Interviews, aber was die Journalisten erfanden, war wahrscheinlich noch schlimmer. Nicht dass ich es mir durchgelesen hätte, aber ich konnte mir vorstellen, was dort geschrieben stand.

Warum hatte ich nicht irgendeine blöde Elfe bekommen können? Eine Fee, einen Kobold – irgendetwas Normales? Warum ausgerechnet als einziger Mensch ein verdammtes Einhorn?! Es ergab einfach keinen Sinn. Ich war kriminell, also alles andere als rein oder unschuldig.

Wenn sich das blöde Wesen doch endlich mal dazu äußern würde, warum es mich ausgewählt hatte!

An diesem Abend plante mein Vater einen größeren Einbruch. Es war der große Ball zu Ehren der Übernatürlichen, zu dem natürlich nur die Reichen und Schönen der Welt geladen waren. Ja, auch wir Ausgewählten wurden eingeladen, aber mich würden keine zehn Pferde – oder Einhörner – dort hinbekommen. Jedenfalls standen deshalb heute Abend die Villen besagter Reicher und Schöner leer. Die perfekte Gelegenheit, um sich dort ein wenig … umzusehen.

»Lass dein Vieh bloß zu Hause. Hast du verstanden? Ich will das Einhorn nicht in der Nähe der Villa sehen«, blaffte mich mein Vater an.

Ich sagte nicht, dass ich keinen Einfluss darauf hatte, was das Einhorn tat, weil Dad dann ausgerastet wäre. Deshalb nickte ich nur und flehte stumm, dass es sich auch heute an unsere unausgesprochene Vereinbarung halten würde. Es starrte mich von der Zimmertür aus an und sagte natürlich wieder einmal kein Wort. Wenn es hörte, wie ernst es Dad war, würde es hoffentlich hierbleiben, bis ich zurückkam.

Mein Vater beugte sich näher zu mir heran, sodass ich seinen widerlichen Atem riechen konnte. Zigaretten und Alkohol. Tolle Voraussetzung für einen Einbruch.

»Wir sollten uns etwas überlegen, wie wir es endlich loswerden«, flüsterte er wesentlich lauter, als er vermutlich beabsichtigt hatte. »Ich bin mir sicher, dass ich jemanden finde, der einen gewaltigen Haufen Geld für das Vieh bezahlt.«

Ja, ich wollte, dass das Einhorn verschwand. Es sollte dorthin zurückkehren, wo es hergekommen war. Aber es verkaufen? Es an den Meistbietenden verschachern? Nein, das konnte ich nicht.

Ich blickte in die silbernen Augen und schluckte schwer. Es war merkwürdig, aber so furchtbar ich seine Anwesenheit auch fand – irgendwie hatte ich mich mittlerweile daran gewöhnt.

»Das würde die BfÜ merken«, erwiderte ich knapp.

Dad seufzte und nickte langsam. »Wir warten noch eine Weile. Bis Gras über die Sache gewachsen ist und das Vieh nicht mehr im Fokus der Medien steht. Aber bis dahin will ich es nicht ein einziges Mal in der Nähe unserer Aufträge sehen. Hast du das verstanden?«

»Ja. Natürlich.«

Die Frage sollte eher lauten: Hatte es auch das Einhorn verstanden?

Als es dämmerte und wir sicher sein konnten, dass alle Reichen zu dem lächerlichen Ball aufgebrochen waren, machten sich Dad, mein Bruder Bo und ich auf den Weg. Wir waren in Schwarz gekleidet, um in der Dunkelheit der Nacht möglichst wenig aufzufallen. Dem Einhorn hatte ich zuvor eine Stunde lang erklärt, dass es unbedingt hierbleiben musste. Dass es Dad keinen Grund liefern durfte, durchzudrehen. Nachdem wir unsere angepeilte Villa beinahe erreicht hatten und ich nichts silbern Schimmerndes hinter uns herlaufen sah, ging ich davon aus, dass das Einhorn auf mich gehört hatte.

Erleichterung machte sich in mir breit und ich entspannte mich, obwohl ich nicht bemerkt hatte, wie verkrampft ich gewesen war. Mein Vater war nicht übermäßig gewalttätig – es sei denn, man reizte ihn. Das Auftauchen meines Einhorns während eines Einbruchs gehörte definitiv in diese Kategorie und ich verspürte nicht die geringste Lust, Zeuge seines Wutausbruchs zu werden.

Es war kein Problem, in die Villa einzusteigen. Bo war Spezialist, was das Außerkraftsetzen von Alarmanlagen anging, sodass wir innerhalb weniger Minuten durch die Terrassentür schlüpfen konnten.

»Anna, du suchst das Arbeitszimmer und siehst dich dort um. Bo bleibt im Untergeschoss und ich übernehme das Schlafzimmer. Los.«

Wortlos folgten wir Dads Anweisungen. Ich eilte die Treppe nach oben und fand das Arbeitszimmer ohne Mühe. Diese Villen waren von ihrem Grundaufbau alle gleich.

Routiniert durchsuchte ich alle gängigen Verstecke und wurde rasch fündig. Einige Bündel Bargeld, ein paar wertvoll aussehende Schmuckstücke und sogar einen kleinen Diamanten an einer schlichten Kette konnte ich in meinen Rucksack stecken. Gerade als ich die Treppe hinunterrennen wollte, damit wir verschwinden konnten, hörte ich plötzlich Stimmen aus dem Schlafzimmer.

Alarmiert blieb ich stehen und sah mich panisch nach der nächsten Fluchtmöglichkeit um. Ich durfte mich nicht mit den Wertsachen erwischen lassen. Das wäre dann wohl mein direktes Ticket ins Gefängnis. Ich sah die Schlagzeilen schon vor mir …

Dann gäbe es keine Hoffnung mehr darauf, dass sich mein Leben eines Tages doch noch ändern würde. Dann könnte ich es vergessen, jemals etwas anderes als eine Diebin zu sein.

Erschrocken hielt ich inne. Woher kamen denn diese Gedanken auf einmal?! Ich … So etwas hatte ich niemals zuvor gedacht. Ich hatte zu keiner Zeit so etwas wie Hoffnung empfunden. Nie überlegt, wie mein Leben sein könnte, wenn ich einer ehrlichen Arbeit nachging.

Während ich mit Diebesgut in einer Villa herumstand und aus dem Zimmer nebenan Stimmen hörte, war aber definitiv kein guter Zeitpunkt, damit anzufangen.

Ich wollte gerade so leise wie möglich und mit wild pochendem Herzen die Treppe hinunterschleichen, als ich vor Schreck in die Luft sprang, weil ich eine schneidende Stimme hörte. »Warte!«

Ich konnte mir einen kleinen Aufschrei nicht verkneifen.

Ich überlegte, ob ich es bis zur Haustür schaffen würde, ehe ich geschnappt wurde – oder lieber denjenigen bewusstlos schlagen sollte. Was würde meine Fluchtchancen erhöhen?

»Anna, lass den Mist und komm her«, fauchte die Stimme. Verwirrt drehte ich mich um und war zum ersten Mal in meinem Leben erleichtert, meinen älteren Bruder dort stehen zu sehen.

»Bo, was soll denn das?! Du hast mich zu Tod erschreckt!«

Mein wild pochendes Herz unterstrich meine Aussage.

»Jetzt komm endlich!«

Wie alle meine Familienmitglieder war auch Bo nicht gerade geduldig. Er drehte sich einfach um und marschierte zurück ins Schlafzimmer, von wo er gekommen war. Schnell eilte ich hinterher, weil ich wissen wollte, was hier eigentlich passierte.

Vater stand mit verschränkten Armen da und blickte auf etwas am Boden, das ich im dämmrigen Licht der Straßenlaternen, das von draußen hereinschien, nicht richtig erkennen konnte. Erst als ich nähertrat, wurde mir klar, dass es sich um einen Menschen handelte.

Ich sog keuchend die Luft ein.

Es war ein älterer Mann, der eine stark blutende Kopfwunde aufwies sowie eine Stichverletzung im Bauchbereich.

»Was hast du getan?«, wisperte ich schockiert. Ich blickte zu meinem Vater, der mich kalt musterte.

»Was ich getan habe? Willst du mich auf den Arm nehmen? Der Kerl hat mich gesehen, hätte ich abwarten sollen, bis er die Bullen ruft?«

»Aber …«

»Kein Aber«, fiel mir Bo genervt ins Wort. »Wir müssen jetzt abhauen. Hast du im Arbeitszimmer was gefunden?«

Ich nickte abwesend. Bo und Dad tauschten einen zufriedenen Blick und nickten sich kurz zu. Dann wandten sie sich um und wollten aus dem Zimmer marschieren.

Ich konnte es nicht fassen. Ich hatte schon viel mitangesehen, viel gehört und erlebt. Ich wusste, dass meine Familie nur aus Dieben und Verbrechern bestand, die auch vor einer Schlägerei nicht zurückschreckten. Aber das hier? Das ging eindeutig zu weit. Wir waren keine Mörder!

»Wenn wir ihn liegen lassen, wird er verbluten«, sagte ich mit seltsam tonloser Stimme. Ich klang in meinen eigenen Ohren wie eine Fremde.

Dad drehte sich um und kam noch einmal zu mir. Ein gefährliches Funkeln lag in seinen Augen, das selten etwas Gutes verhieß. »Und? Ist das mein Problem? Wir verschwinden, habe ich gesagt. Also komm.«

»Nein.« Ich konnte nicht glauben, dass das tatsächlich aus meinem Mund gekommen war. Ein kleines Wort mit einer großen Bedeutung. Ich hatte mich noch nie den Befehlen meines Vaters widersetzt.

»Wie war das?« Er baute sich drohend vor mir auf und packte mich grob am Arm.

»Ich sagte Nein«, wiederholte ich, nach außen ruhig, obwohl ich innerlich riesige Angst hatte. Keine Ahnung, was in mich gefahren war, aber die Gedanken von vorhin ließen mich nicht mehr los. Ich wollte niemand sein, der nur Schlechtes tat. Das … das war ich nicht. Ich war auf keinen Fall eine Mörderin.

Ohne jede Vorwarnung traf mich die Faust meines Vaters im Gesicht. Ich wurde nach hinten geschleudert und Blut floss aus meiner Nase. Es tat höllisch weh und Tränen schossen mir in die Augen.

»Wag es nicht, mir noch mal zu widersprechen, du undankbares Gör! Jetzt komm endlich.«

Ich wollte nachgeben. Ich wollte mit ihm gehen und vergessen, was ich vorhin gedacht hatte. Ich wollte meine Hoffnungen begraben, wollte mein Gewissen verraten.

Dann geschah jedoch etwas Unheimliches.

»Jeder hat die Wahl. Jeder kann das Richtige tun. Hör auf dein Herz.« Ich hörte eine Stimme. In meinem Kopf.

Offensichtlich war der Schlag heftiger gewesen, als ich angenommen hatte, wenn ich jetzt schon anfing, zu halluzinieren.

So merkwürdig und irre das auch klang – aber die Stimme hatte recht. Ich hatte eine Wahl. Hier und jetzt konnte ich mich entscheiden, das Richtige zu tun und einen unschuldigen Mann zu retten – oder zur Mörderin zu werden.

Plötzlich ergab alles Sinn.

Ich wollte das hier nicht mehr. Ich hatte keine Ahnung, was ich wollte, aber *das* war es ganz sicher nicht.

»Ich werde nicht mit euch kommen.«

Dads Gesichtszüge entgleisten für einen Augenblick völlig und ich genoss diesen Anblick fast schon. Dann kehrte die Wut zurück und mit ihr das bedrohliche Funkeln.

»Wenn du nicht auf der Stelle deinen Hintern hierher bewegst, brauchst du mir niemals wieder unter die Augen zu treten! Hast du mich verstanden?!«

Der Gedanke, meine Familie nie wiederzusehen und mein Zuhause nicht mehr betreten zu können, sollte wehtun. Ich sollte traurig sein. Doch das war ich nicht. Im Gegenteil. Ich erkannte mit einer unfassbaren Klarheit, dass es nie eine richtige Familie gewesen war. Dass ich niemals ein richtiges Zuhause gehabt hatte. *Das* machte mich traurig. Die Tatsache, dass ich nie wieder etwas mit diesen Menschen zu tun haben musste, war hingegen eine Erleichterung.

»Leb wohl«, erwiderte ich knapp.

Ich weinte immer noch, sowohl vor Schmerz als auch vor Schock über meine Erkenntnis. Es kümmerte meinen Vater nicht. Er beschimpfte mich noch eine Weile, bis ich es nicht mehr ertragen konnte.

»Verschwinde lieber auf der Stelle, oder ich rufe die Polizei.«

Das verschlug ihm und auch Bo, der inzwischen wieder zu uns getreten war und mich ebenfalls beschimpft hatte, die Sprache.

»Seit dieses verfluchte Vieh bei dir ist, hältst du dich für etwas Besseres, Anna. Du denkst, du bist besser als wir, weil ein beschissenes Fabelwesen bei dir wohnt. Aber lass dir eins gesagt sein: Du bist weniger wert als der Dreck unter meinen Sohlen. Wenn du in ein paar Tagen angekrochen kommst, wird dir das nichts nützen. Wir sind fertig mit dir.«

Ich erwiderte nichts. Was sollte ich auch sagen? Dass ich jahrelang genau das geglaubt hatte? Dass ich jahrelang gedacht hatte, dass ich nichts als Dreck war? Wertlos. In einem Punkt hatte er allerdings recht. Seit mich das Einhorn ausgewählt hatte, ging eine Veränderung in mir vor. Es war ein langsamer Prozess gewesen, doch jetzt erkannte ich es.

Seitdem hatte ich angefangen zu glauben, dass vielleicht doch mehr in mir steckte. Ich hatte zu hoffen begonnen.

Bo spuckte mir vor die Füße, ehe er sich abwandte und verschwand. Dad blickte mich noch eine Weile an.

»Wenn ich dich noch einmal sehe, werde ich dir deine verdammte Arroganz heimzahlen. Verlass dich drauf.«

Dann ging auch er.

Zum ersten Mal in meinem Leben war ich völlig allein. Okay, abgesehen von dem schwer verletzten Mann, um den ich mich dringend kümmern sollte.

Ich hatte keinen Ort, an dem ich schlafen, keinen Plan, was ich machen sollte. Ich war einfach … frei.

Ach ja, da war ja noch was.

Ein silbernes Licht erleuchtete den Raum und ich musste mir die Augen zuhalten, weil es so grell war. Im nächsten Moment stand das Einhorn vor mir und blickte mich mit silbernen Augen an. Zum ersten Mal glaubte ich, darin Stolz zu erkennen und keinen Vorwurf.

»*Ich wusste, dass du eines Tages deine reine Seele entdecken und dich selbst finden würdest.*«

Entsetzt sprang ich auf, da ich wieder die Stimme in meinem Kopf hörte. »Warst ... warst du das?! Wie in aller Welt hast du das gemacht?!«

»*Ich bin zu dir gekommen, weil ich wusste, dass du den dir vorherbestimmten Weg finden würdest*«, fuhr das Einhorn mental fort, ohne auf meine Fragen einzugehen. Toll. Da redete es endlich mit mir und dann konnte es nicht zuhören.

»*Ich konnte nicht vorher mit dir sprechen, weil du die Wahrheit allein erkennen musstest. Es ist ein Unterschied, ob wir etwas hören oder es selbst erleben. Du bist für etwas Großes bestimmt, Anna. Du wirst noch so viel Gutes auf der Erde bewirken. Deshalb bin ich hier. Um dir dabei zur Seite zu stehen.*«

Das Einhorn trat ein paar Schritte nach vorn und beugte sich über den blutenden Mann. Das silbern leuchtende Horn berührte die Wunden und wie von Zauberhand schlossen sie sich.

Ich wusste nicht, was ich sagen sollte. Das war alles zu viel. Ich sollte für Großes bestimmt sein? Ich sollte Gutes bewirken? Aber das ... war doch nicht möglich.

Während die unterschiedlichsten Gedanken durch meinen Kopf rasten, blickte mich das Einhorn an.

Dieses Wesen war das erste, das jemals an mich geglaubt hatte. Es hatte mich nicht aufgegeben, trotz meiner vielen schlimmen Taten. Es hatte an mich geglaubt, mich aber nie gedrängt, das Richtige zu tun. Das musste es auch nicht. Seine Anwesenheit war ausreichend gewesen.

Wie hatte ich nur so blind sein und nicht merken können, wie sehr ich das Einhorn die ganze Zeit über gebraucht hatte, obwohl ich es ständig loswerden wollte?

Ich kannte die Antwort: aus Angst. Angst vor den Möglichkeiten, die sich mir boten, sobald ich anfing, an mich zu glauben. Angst vor der Wahrheit, vor der Freiheit.

Da durchfuhr es mich wie ein Blitz. Nach all den verrückten Dingen, die heute geschehen waren, überraschte es mich nicht mehr, aber es war dennoch unheimlich. Ich wusste plötzlich, was das Einhorn gemeint hatte. Ich wusste, was ich in meinem Leben tun wollte.

Es hatte ein verdammtes Einhorn gebraucht, um mich erkennen zu lassen, was ich *nicht* wollte. Um mich auf den richtigen Weg zu führen – wie auch immer der aussehen würde. Aber eines stand mit erschreckender Klarheit für mich fest: Ich wollte versuchen, für so viele Menschen wie möglich ein Einhorn zu sein. Jeder von uns sollte die Wahl haben. Jeder sollte ein Einhorn an seiner Seite haben – egal in welcher Erscheinungsform.

Michael Schäfer

DIE INSEL DES DOKTOR MAGGIORE

Liebster Onkel,

mit großer Sorge schreibe ich dir diese Zeilen. Seit dem Verschwinden von Thomas sind sieben Tage vergangen. Es ist immer noch ein Rätsel, was mit ihm geschehen ist. Sein Freund, Leutnant Baldacci, unterstützt mich, wo er kann, doch die Lagunenpolizei tappt im Dunkeln. Er war so freundlich, mir eine billigere Pension zu vermitteln, damit ich mit meinem Geld auskomme. Ich bin gestern eingezogen und möchte dir mitteilen, dass ich mich trotz aller Umstände wohl befinde. Ich habe weiterhin Hoffnung, was den Fortgang unserer Suche angeht. Der Leutnant machte entsprechende Andeutungen, die es heute zu bereden gilt. Ich werde dir schreiben, sobald es Neuigkeiten gibt.

Deine Nichte Franziska, zu Venedig 24. April 1817

Franziska starrte kurz auf das Papier in ihrer Hand, faltete es zusammen und versiegelte es mit einigen Wachstropfen. Ungeduldig stand sie vom Schreibtisch auf. Ihre Unterkunft war klein, aber sauber und mit ordentlichem Mobiliar ausgestattet. Sie öffnete das Fenster und atmete die frische Luft ein. Der Wind war kalt, obwohl es Frühling war; immerhin erfrischte er ihre Nerven. Sie vernahm Schritte, die von der Straße unter ihr heraufklangen. Sicher war das Leutnant Baldacci, der sich zu dieser Uhrzeit angekündigt hatte. Bald erklangen Tritte auf den Stufen, die zu ihrer Wohnung führten, und sie schloss das Fenster. Es klopfte und wenig später stand ein junger Mann im Türrahmen, der sich verbeugte.

»Signora Francesca«, grüßte er und nahm seinen Tschako ab, den er sich unter den Arm klemmte. Er nannte sie Francesca, obwohl sein Deutsch gut war. Die Habsburger hatten das Königreich Lombardo-Venetien vor zwei Jahren in Besitz genommen und Deutsch als zweite Amtssprache eingeführt.

»Umberto, sei gegrüßt. Gibt es neue Informationen über Thomas?«

Der Leutnant strich verlegen über seine grüne Uniformjacke. Die Tatsache, dass sie immer ohne Umschweife zur Sache kam, schien ihm nicht zu behagen. Thomas hatte ihr einmal erklärt, dass Venetier erst nach einer geraumen Weile über den Grund ihres Besuches redeten – wenn überhaupt.

»Nun, keine genauen Informationen. Ich habe jemanden ausfindig gemacht, der ihn gesehen haben will. Thomas ist groß und blond, selbst mit den vielen Österreichern in der Stadt ist er eine auffällige Erscheinung.«

»Jemand hat ihn gesehen? Wann und wo?« Franziska sah den Offizier zuversichtlich an. Auch wenn sie seit dem Verschwinden ihres Verlobten viele Menschen befragt und noch mehr falsche Auskünfte erhalten hatte, war sie voller Hoffnung. Sie war keine Frau, die leicht aufgab. Baldacci machte ein Gesicht, als wären ihm seine nächsten Worte peinlich.

»Eine Prostituierte hat ihn angeblich gesehen.«

Franziska zuckte unmerklich zusammen. Eine Prostituierte? Was hatte das zu bedeuten?

»Thomas sprach am Rive Sebastiano mit einem Mann in einem Boot.«

»Ein Kaufmann vielleicht?«

»Das konnte sie leider nicht sagen«, sagte Baldacci bedauernd. »Angeblich war ihr das Boot bekannt. Es war das mechanische Boot von Dottore Maggiore. Sie behauptete, dass die Männer damit über die Lagune fuhren. Zur Insel San Giorgio in Alga.«

»Glaubst du dieser Prostituierten?«

»Schon, auch wenn solche Personen gewöhnlich nicht vertrauenswürdig sind. Doch warum sollte sie sich diese Geschichte ausdenken? Ich gab ihr einige Kreuzer zur Belohnung, was sie vorher nicht wissen konnte. Ich werde eine Barke der Gendarmerie anfordern. Sie wird morgen oder übermorgen bereitstehen, dann schauen wir uns die Insel näher an. Offiziell ist sie unbewohnt, dort gibt es nur ein verlassenes Kloster.«

»Können wir nicht jetzt gleich aufbrechen?«

Er dachte kurz nach, zuckte mit den Schultern und setzte seine dunkelgrüne Kopfbedeckung wieder auf.

»Warum nicht. Ich werde ein Transportmittel ausfindig machen. Nur – es ist kühl, eine Fahrt in einem einfachen Boot ist nicht sehr bequem, Signora.«

»Ich bin nicht empfindlich, mein lieber Umberto, mach dir keine Sorgen.« Sie packte Handschuhe und Hut und Baldacci öffnete sogleich die Tür. In weiser Voraussicht hatte sie ihr robustes Reisekleid angelegt, zusätzlich einen wärmenden Schal aus Wolle. Voller Hoffnung machten sie sich auf den Weg.

Franziska schritt mit Baldacci durch die Gassen Venedigs.

»Wer ist dieser Doktor Maggiore?«

Der Leutnant zog verärgert die Stirn kraus. »Ein Scharlatan. Angeblich ein Maestro der Mechanik sowie der Alchemie. Als Napoleon vor der Stadt auftauchte, um Venedig zu erobern, wandte er sich an den Rat, um mit Wunderwaffen die Invasoren zu vertreiben. Man bewilligte ihm einige Mittel, doch als die Kanonen vom Lido den ersten Angriff zurückschlugen, verschwand er spurlos.«

»Was hat es mit diesem Boot auf sich?«

»Angeblich besaß der Dottore ein Boot, das ohne Ruder oder Segel fahren konnte. Wenn Ihr mich fragt, ist dieser Mann, wenn er denn existiert, nur ein Hochstapler, der sich an der Not der Serenissima bereichern will.«

Auch wenn es die Republik Venedig nicht mehr gab, war der alte Name der Lagunenstadt noch verbreitet. Franziska versuchte, mit den langen Beinen des Offiziers Schritt zu halten.

»Warum sollte ausgerechnet Thomas mit diesem Doktor Kontakt aufgenommen haben? Er ist Kaufmann, kein Handwerker.«

»Das, Francesca, gilt es herauszufinden. Dies ist die beste Spur, die wir haben.«

Wenig später organisierte er ein Boot mit zwei Ruderern. Baldacci stand am Bug, Franziska saß am Heck. Die sonnengebräunten Venetier ruderten schweigsam und gleichmäßig über das ruhige Wasser. Die baumbestandene Insel, die mitten in der Lagune lag, kam bald näher. Am Ufer zog sich ein heller Streifen entlang.

»Sie ist von einer Mauer umgeben«, sagte Baldacci, der mit einem ausgestreckten Arm auf die Insel zeigte. »Wir müssen um sie herum, um die Anlegestelle zu finden.«

Franziska nickte und wandte den Kopf, weil sie aus den Augenwinkeln etwas gesehen hatte. Sie rief nach dem Offizier und deutete über das Wasser. Ein Boot näherte sich mit großer Geschwindigkeit und schob eine schäumende Bugwelle vor sich her. Einer der Ruderer bekreuzigte sich, der andere fing an, ein Wendemanöver einzuleiten. Baldacci schrie die Männer auf Italienisch an. Ihr Fahrzeug begann, wild zu schaukeln, und Franziska klammerte sich ängstlich an der Reling fest. Das fremde Fahrzeug war größer als ihres, sie konnte nicht erkennen, wer sich darauf befand. Es hatte weder Segel noch Ruder!

Das Boot näherte sich unnatürlich schnell. Die Venetier legten sich ins Zeug, um den Kurs zu ändern, doch vergeblich. Die Bugwelle drückte sie zuerst beiseite, dann krachte der fremde

Bug in den ihren. Baldacci schrie und fiel rücklings ins Wasser. Franziska fühlte sich von starken Händen unter den Schultern gepackt und von jemandem über die Bordwand gezerrt. Von Baldacci sah sie keine Spur, die beiden Ruderer klammerten sich mit aller Kraft an die zersplitterte Reling ihres Bootes. Sie selbst war hilflos, der Fremde hielt sie mit enormer Kraft fest und schnürte ihr die Luft ab. Ihr wurde schwindelig – und dann schwarz vor Augen.

Einen Augenblick später hob sie die Lider und blinzelte. Indes musste mehr als nur ein Augenblick vergangen sein – sie befand sich nicht mehr auf dem Wasser der Lagune!

Sie saß auf einem Stuhl in einem Hof und sah um sich herum eine moosbewachsene Steinmauer. Vor ihr stand ein kleiner, runder Tisch wie aus einem Caféhaus, daneben ragte ein Mann auf und fächelte ihr mit einem Tuch Luft zu. Ihr gegenüber saß ein Unbekannter und musterte sie besorgt durch halbmondförmige Augengläser, die in einem Metallgestell auf seiner dicken Nase ruhten. Sein Gesicht war rund, ein Schopf dünner rötlicher Haare krönte sein Haupt, eingerahmt von abstehenden Ohren.

»Wie geht es Ihnen, Signora?«, fragte er mit heller Stimme.

»Es geht schon«, antwortete sie und warf einen Blick auf den anderen Mann. Er war groß, kräftig und trug ein bis zum Hals zugeknöpftes Hemd. Das wachsbleiche, verschwitzte Gesicht passte nicht ganz zu seiner Erscheinung, denn seine Hände waren stark gebräunt.

»Wo bin ich?«, fragte sie.

»Wir sind auf der Insel San Giorgio in Alga. Mein Freund Giacomo hat Sie vor dem Schiffbruch gerettet. Leider ist er etwas ungehobelt und sich seiner Kräfte nicht immer bewusst. Daher möchte ich mich für seine grobe Behandlung entschuldigen.«

»Ich bin auf der Insel? Was ist mit meinen Begleitern?«

Ihr Gegenüber machte ein betrübtes Gesicht. »Leider ist Giacomo kein guter Schiffsführer. Ich muss gestehen, dass er Ihr Boot beschädigt und zum Sinken gebracht hat. Der Umgang mit meinen Erfindungen gebietet Übung, die er leider vernachlässigt.«

Der Mann namens Giacomo sagte nichts, verzog nur zerknirscht die Miene.

»Ihren Erfindungen? Sind Sie Doktor Maggiore?« Sie versuchte, das Gehörte zu verarbeiten.

»Oh, ich fühle mich geehrt, Signora, Sie haben schon von mir gehört. Wie lautet Ihr Name?«

»Franziska Hohenstein – und verzeihen Sie, wenn ich noch einmal nachfrage: Nur *ich* wurde gerettet?«

Der seltsame Mann zuckte mit den Schultern, die dabei fast seine Ohren berührten. Trotz seiner geringen Größe waren die Arme ungewöhnlich lang, fast wie bei einem Affen.

»Leider, verehrte Signora Hohenstein, gelang es nur, Sie vor den Fluten zu erretten.«

Franziska presste die rechte Hand vor den Mund. Sie konnte es nicht fassen. Baldacci und die zwei Männer waren tot! »Warum wurde unser Boot von Ihrem Freund Giacomo verfolgt? Ich sah, wie er Kurs auf uns hielt!«

Sie sah empört zu dem blassen Mann hoch, der stoisch neben ihrem Stuhl stand. Dabei vernahm sie ein leises Ticken, als ob er eine große Taschenuhr tragen würde.

»Er sollte Sie zu mir bringen«, sagte Maggiore.

»Mich? Warum ausgerechnet mich?«

»Sie suchen doch Ihren Verlobten? Thomas von Sayn? Er befindet sich hier auf der Insel. Seit ich Ihren Namen kenne, weiß ich, dass Giacomo die richtige Frau gefunden hat. Ich habe Sie suchen lassen, um Sie wieder zusammenzuführen.«

»Thomas ist hier?«, platzte es aus ihr heraus.

Der Mann hob beschwichtigend seine großen Hände. »Nur keine Hast, ich werde Sie zu ihm bringen. Er ist mir bei einem

Experiment behilflich, welches ihn unabkömmlich macht. Ich wollte sichergehen, dass Sie so weit wiederhergestellt sind, bevor ich Sie zu ihm führen kann.«

Er sprang von seinem Stuhl auf und Franziska erhob sich ebenfalls. Sofort wurde ihr schwindelig, doch das Gefühl ließ schnell nach.

Maggiore war nicht groß, er ging ihr gerade bis zur Schulter. Als sie sich umdrehte, sah sie das große Gebäude, das zum alten Kloster der Insel gehört haben musste. Der Doktor watschelte mit ausgeprägten O-Beinen schnurstracks darauf zu. Ratlos ging sie hinterher. Giacomo hingegen drehte sich nur sehr langsam um, er schien keine Eile zu haben. Maggiore drückte das Tor zum Gebäude auf und ging hinein. Franziska folgte ihm und betrat eine lange, hohe Halle. Überall standen große Holztische voller Werkzeug. An der linken Wandseite lief ein riesiger Transmissionsriemen entlang, der sich mit hoher Geschwindigkeit bewegte. Der Doktor ging voraus durch eine Tür am Ende der Halle und sie beeilte sich, den Anschluss nicht zu verlieren. Kurz warf sie einen Blick zurück über die Schulter und sah Giacomo, der ihnen langsam folgte. Der Mann war ihr unheimlich, auch wenn er ihr bisher nichts getan – oder gesagt – hatte. Hinter der Tür befand sich ein Labor, auch hier bewegte sich ein Transmissionsriemen an der Wand entlang. In der Mitte stand ein großer Tisch aus Stein, an den Wänden reihten sich Regale voller gläserner Behälter und rätselhafter Werkzeuge. Sie sah Apparaturen groß wie Kleiderschränke, von denen dicke Kupferleitungen in den angrenzenden Raum führten. Maggiore setzte sich bei ihrem Eintreten auf einen Schemel und breitete die Arme aus.

»Willkommen in meinem Reich, Signora.«

»Wo ist Thomas?«, fragte Franziska zögerlich. Langsam wurde ihr die Sache unheimlich. Der Doktor lächelte und entblößte schiefe Zähne.

»Sie werden ihn bald sehen. Im Moment ist er noch mit einem meiner Experimente beschäftigt. Wissen Sie, ich bin ein Erfinder.

Jemand, der mechanische und galvanische Experimente durchführt. Ein Jünger da Vincis, wenn Sie so wollen.«

»Thomas ist kein Erfinder. Er ist Kaufmann – wie kann er Ihnen behilflich sein?«

»Auf eine sehr spezielle Weise, Signora, die ich erklären werde. Darf ich Francesca sagen? Das macht es etwas einfacher, schließlich sind Sie unter Freunden.«

Sie nickte, obwohl seine Erklärungen nicht beruhigend waren. Da schlurfte Giacomo in den Raum. Er wirkte noch blasser und kränklicher. Alle Kraft schien aus dem großen Mann entschwunden zu sein. Maggiore warf die langen Arme in die Luft.

»Oh, Giacomo, nicht schon wieder.«

Der kleine Mann bugsierte seinen Gehilfen ohne Widerstand zu einem Holztisch und entnahm einer Schublade ein kleines Kästchen. Als er es öffnete, erkannte Franziska darin einen schwarzen Schlüssel. Seine Spitze besaß keinen Bart, sondern eine sechseckige Kante. Ohne großes Federlesen riss der Doktor Giacomos Hemd auf und entblößte eine hässliche rote Narbe, die sich über den Brustkorb zog. Entsetzt hob Franziska die Hand vor den Mund. Genau in der Mitte der Narbe, über dem Herzen, befand sich eine offene Wunde. Die Ränder waren mit Haut oder dunklem Leder vernäht, ein kleines rotes Loch gähnte darin. Mit spitzen Fingern zog der Doktor einen roten Stopfen aus der Tiefe der Öffnung, rückte seine Augengläser zurecht und stieß energisch den Schlüssel in das Loch. Franziska entfuhr ein Keuchen, während Giacomo keine Miene verzog – obwohl sein Herr ihn aufzog, als wäre er eine Spieldose! Nach acht Umdrehungen im Uhrzeigersinn ertönte ein lautes Klicken. Giacomos Gesicht gewann sichtlich an Farbe und Franziska hörte wieder das Ticken, das sie schon einmal wahrgenommen hatte. Der Doktor drehte sich um, legte den Schlüssel zurück in das Kästchen und lächelte entschuldigend.

»Ich muss beizeiten das Uhrwerk ersetzen, es verliert zu schnell an Kraft. Sein Herz ist krank gewesen, ich habe es durch ein mechanisches ersetzen müssen. Doch es wird nicht mehr lange dauern, dann kann ich ihn mittels galvanischer Kräfte am Leben erhalten. Ein Durchbruch in der Medizin, glauben Sie mir.«

Sie versuchte, sich unter Kontrolle zu halten, um diesen Doktor nicht zu verärgern. Inzwischen hatte sie Angst, doch sie musste mutig sein, wollte sie herausfinden, was Thomas widerfahren war.

»Wo ist mein Verlobter? Kann ich ihn sprechen?«, fragte sie. Maggiore zuckte nicht einmal mit der Wimper, als er antwortete. »Sie können ihn sehen und so lange bei ihm bleiben, wie Sie möchten, das verspreche ich. Vorher möchte ich Ihnen etwas zeigen. Es wird Sie fraglos begeistern.«

Er klatschte in die Hände, watschelte zu einem eisernen Tor und öffnete einen Flügel. Gemeinsam betraten sie einen Raum, in dem alle Kupferleitungen und Transmissionsriemen zusammenliefen. Sie endeten in seltsamen Apparaten, die an den Wänden standen und unablässig summten. Darin eingebaute Uhren mit zuckenden Zeigern oder blubbernden Wassersäulen faszinierten und entsetzten Franziska zugleich. Was ihr aber die Sprache verschlug, war nicht der große, kupferne Schirm, der von der hohen Decke herabhing und aus dessen Mitte kleine Blitze um eine eiserne Spitze zuckten. Nein, es war das Ding in der Mitte des runden Raumes.

Dort stand, gänzlich aus goldglänzendem Metall gefertigt, ein Pferd. Seine Größe entsprach der eines guten, muskulösen Reitpferdes. An den Beinen waren Gelenke angebracht, an Hals und Schweif ebenso, der nur aus dünnen Metallstreifen bestand. Durch seitliche Schlitze konnte man in das Innere der Skulptur sehen, das mit Unmengen an Zahnrädern gefüllt war. Der Körper aus Metall erglühte im Licht der Blitze und Petroleumlampen wie ein Traumgebilde. Dazu trug das lange, spitze Horn bei, das auf der Stirn prangte. Die Augen bestanden aus Kugeln mit an Scharnieren befestigten Lidern.

»Ein goldenes Einhorn?«, platze es aus Franziska heraus, als sie ihre Fassung wiedergewonnen hatte.

»Oh, aus Gold ist es mitnichten, das würde meine Mittel übersteigen. Es besteht aus einer von mir entwickelten Legierung«, erklärte der Doktor stolz.

»Wollen Sie dieses Kunstwerk dem Vizekönig schenken?«

»Es ist in der Tat ein Kunstwerk, und für den Vizekönig ist es auch. Oder für den Kaiser – wer es halt bezahlen kann. Aber es ist keine Skulptur. Es kann sich bewegen.«

»Bewegen? Wird es auch mit Federkraft betrieben wie Giacomo?« Franziska warf einen Blick zum Eingang, in dem der Gehilfe mit über der Brust verschränkten Armen stehen geblieben war und sie still beobachtete. Sein Hemd stand offen und entblößte seine Narbe.

»Dieses künstliche Pferd ist ein Automat, doch Federkraft hat sich als zu gering erwiesen«, erklärte der Doktor.

»Sie kennen sicher diese Jahrmarktsexperimente, in denen Frösche mithilfe der Elektrizität zu scheinbarem Leben erweckt werden. Ich habe diese galvanischen Kräfte erforscht, um sie zu erhalten und meiner Apparatur zur Verfügung zu stellen. Sehen Sie das Horn auf der Stirn? Es steigert die Wehrhaftigkeit meiner Schöpfung. Damit durchbohrt es jeden Feind. Kugeln machen ihm nichts aus, es kann den ganzen Tag laufen oder Lasten ziehen. Wenn der Kaiser es nicht will – Kundschaft findet sich bestimmt.«

Er rieb sich die Hände und lächelte überheblich. Hatte sie richtig gehört, er wollte dieses Ding als Kriegsmaschine einsetzen?

»Aber wie kann diese Apparatur denn selbstständig handeln? Ein Pferd kann man trainieren, aber eine Maschine doch nicht!«

Maggiore schritt langsam auf das Einhorn zu. Sie begann zu überlegen, was sie tun sollte, falls dieser Verrückte sie nur zum Narren hielt.

Der Erfinder hatte sein Werk erreicht und drückte am Bauch auf eine Platte. Zuerst geschah nichts. Franziska, die den Atem angehalten hatte, holte wieder Luft. Da klapperten plötzlich die Augenlider und lautes Rasseln und Ticken erfüllte den Raum. Das Pferd hob langsam ein Bein und setzte den Huf krachend auf den Boden. Der Hals bog sich und der Kopf drehte sich quietschend in Franziskas Richtung.

»Es lebt!«, entfuhr es ihr, obwohl sie wusste, dass es kein echtes Leben war, welches diesen geschmiedeten Körper bewegte.

Der Doktor sah sie unglücklich an. »Sie haben einen wunden Punkt angesprochen, Francesca, denn die Autonomie lässt noch zu wünschen übrig. Ich dachte, ich hätte einen Weg gefunden, doch leider ist der Geist, der diese Apparatur beherrscht, nicht in der Lage, komplexe Befehle zu verstehen. Er ist störrisch und ungehorsam. Doch das wird sich bald ändern.«

Franziska verstand nicht, was er meinte, doch ihr ungutes Gefühl verstärkte sich. Das Einhorn schien sie anzustarren – allerdings erschien ihr das unmöglich, besaß es doch lediglich Augen aus Metall.

»Was ... bitte sagen Sie mir endlich, wo Thomas ist.«

Maggiore ging wortlos zu einer Werkbank und zog eine Decke herunter. Der Kopf eines weiteren Einhorns kam zum Vorschein. Aufgeklappt entblößte dieser eine Glaskugel, die mit unzähligen feinen Kupferdrähten verbunden war.

»Hier sehen Sie das verbesserte Modell, es ist schon fast fertig«, sagte er stolz. »Was Ihren geliebten Thomas betrifft – nun, ich dachte, Sie wären klüger, Francesca. Haben Sie es immer noch nicht erraten?«

Verwirrt sah sie ihn an. Da bemerkte sie, dass Giacomo langsam näherkam.

»Er hat großen Ruhm erworben«, fuhr Maggiore fort und nahm einen langen Beitel von der Werkbank. Mit dem scharfen Werkzeug kam er ebenfalls auf sie zu. »Doch das männliche Gehirn ist voller Ratio und Ego. Ein weibliches wird sich besser fügen. Es ist auch kleiner und leichter, aber durch Fehler lernt man dazu, nicht wahr?«

Der Doktor grinste sie so bösartig an, dass Franziska ein Schaudern durchlief. Aus dem Augenwinkel sah sie eine Bewegung – blitzschnell drehte sie sich um. Giacomo näherte sich ihr mit ausgestreckten Armen. Sie duckte sich unter ihnen durch – und rammte ihm ohne nachzudenken die lange Nadel in die Brust, die sie sich vorher heimlich aus ihrem Haar gezogen hatte. Da er sie überragte, traf sie ihn genau an der Stelle, wo die offene Wunde gähnte. Erschrocken von der eigenen Gewalt sprang Franziska einen Schritt zurück und stieß mit dem Doktor zusammen. Giacomos Gesicht verzerrte sich. Überrascht starrte er auf die Haarnadel, die bis zur Hälfte in seiner Brust steckte. Das Ticken setzte aus, er wankte rückwärts, bis er an die Wand neben dem Tor stieß. Dort sank er mit einem Seufzen zusammen.

»Was hast du getan, du Weibsstück!«, schrie Maggiore und hieb mit dem Beitel nach ihr. Ihr gelang es auszuweichen, doch er versperrte den Weg hinaus. Sie stieß rücklings an ein Regal, tastete dort verzweifelt nach einer Waffe. Wütend sprang er ihr nach. Als er nach ihr stach, ergriff sie das Erstbeste und versuchte verzweifelt, ihn abzuwehren. Leider hielt sie die Zange nicht fest genug, denn Maggiore schlug ihr das eiserne Werkzeug aus der Hand. Anstatt zu Boden flog es in hohem Bogen durch die Luft, geradewegs in den summenden Schirm aus Kupfer über ihren Köpfen. Der Doktor sah entsetzt, wie um das magnetisch angezogene Werkzeug Blitze zuckten. Ein lautes Rauschen erfüllte den Raum, die Treibriemen liefen mit einem Mal rasend schnell, Rauch schwoll aus einer Maschine und ein Blitzstrahl schlug vom Rand der Kupferkuppel in eine Werkbank. Eine Petroleumlampe kippte dabei um und setzte augenblicklich Bücher und lose Zettel in Brand.

»Ich werde Sie töten und das Gehirn in der Lagune versenken!«, schrie Maggiore schrill. Mit hochrotem Kopf stürzte er auf Franziska zu, warf sie um und presste ihre Schultern auf den Boden. Sein heißer Knoblauchatem stieg ihr in die Nase. Sie versuchte, den Mann von sich herunterzustoßen, doch es gelang ihm, eine Hand an ihren Hals zu bringen.

»Niemand wird mich …«, setzte er an, bespritzte sie mit Spucke – und mit Blut!

Seine Augen traten hervor, er keuchte und wurde von ihr weggerissen. Er schien in der Luft zu schweben, seine Füße erreichten nicht mehr den Boden. Eine Spitze stach aus seiner Brust heraus, goldglänzend und besudelt. Das Einhorn aus Metall stand vor Franziska. Der kleine Doktor hing an seiner Stirn, auf dem Horn aufgespießt wie ein Insekt. Das Einhorn senkte mit einem leisen Quietschen den Kopf, der leblose Körper des Mannes rutschte zu Boden. Franziska kroch ein wenig weg, um sich an einem Tisch hochzuziehen. Sie rang zitternd nach Atem. Da löste sich wieder ein Blitz von der Deckenkuppel, der krachend in einem Schrank hinter ihr einschlug. Erst jetzt bemerkte sie den Rauch, der von einem brennenden Regal aufstieg. Einige Transmissionsriemen an der Wand ratterten in so hohem Tempo, dass weitere Fehlfunktionen zu befürchten waren. Unter ihr vibrierte der Boden, sie spürte es durch die Schuhsohlen.

Das blutbespritzte Einhorn trat einige Schritte zurück und wies mit dem Horn auf die offene Tür. Franziska war immer noch unschlüssig, was sie von alldem halten sollte: Thomas' Verschwinden, der Unfall in der Lagune, der Übergriff des Doktors, der ihr Gehirn entnehmen wollte – und dieses mechanisch-galvanische Kunstwerk vor ihr, das ihr Leben gerettet hatte. Hinter ihr löste sich ein Riemen von seinem Lager, riss mit einem Knall und zerschlug einen weiteren. Sie fasste ihren letzten Mut zusammen und hastete zum Tor. Dort blieb sie stehen, sah auf das Chaos hinter sich und auf das künstliche Pferd, das sie stumm zu beobachten schien.

»Was ist mit dir? Willst du mir nicht folgen?«, rief sie mit brüchiger Stimme.

Es regte sich nicht. *Vielleicht hatte es keine Möglichkeit zu hören?* Während sie dies dachte, bewegte es den Hals, schüttelte den Kopf und stampfte mit einem Huf auf. Franziska drehte sich um und packte den zweiten eisernen Torflügel, der geschlossen war – und es auch blieb. Er war mit einer Stange fest im Boden verankert. Sie drehte sich keuchend um. Das Einhorn war zu groß! Es würde niemals durch die Öffnung passen.

Etwas Unheilvolles ging vor sich: Die ganze Decke war von Blitzen erfüllt, ein scharfer Geruch stach ihr in die Nase und ihr standen die Haare zu Berge. Sie sah auf den Körper Giacomos, der neben ihr an der Wand lehnte. Blutiger Schaum quoll aus seinem Mund, die Augen waren leer. Sie hatte ihn getötet – falls er denn wirklich gelebt hatte! Ihr wurde übel bei diesem Gedanken.

Das Einhorn stampfte ungeduldig auf und bewegte den Kopf, als wollte es sie hinaustreiben.

»Ich kann dich nicht zurücklassen!«

Das Pferd nickte, es beugte den Kopf sehr tief, als wollte es sagen: *Doch, genau das.*

Da erschütterte Franziska die Erkenntnis: Thomas – der Doktor – Uhrwerke – Gehirne von Männern und Frauen – die Bemerkung des Doktors, ob sie es noch nicht erraten hätte. Diese Gedankenkette ließ sie schaudern, als hätte man sie in Eiswasser getaucht.

»Thomas!«, rief sie krächzend und hob die Hände. Das Geschöpf kam rasselnd auf sie zu, beugte den Kopf, zielte mit dem Horn auf sie. Instinktiv wich sie zurück, zu sehr von Grauen erfüllt. Um sie herum krachte es, Maschinen und Möbel standen in Flammen. Sie wich zurück, bis sie den Raum verlassen hatte. Das goldene Horn ragte über die Schwelle hinaus und bedrohte sie. Sie sah auf die starren, metallischen Augen des Pferdekopfes.

»Thomas? Oh mein Gott, was hat man dir angetan?«, flüsterte sie. Das Wesen zeigte keine Regung. Es folgte ein lauter Knall, der sie fast taub werden ließ. Eine Rauchwolke quoll aus dem Raum und versperrte ihr die Sicht. Der ganze Boden der Insel schien zu beben, Glaskolben klirrten und zerbrachen. Das Horn aus Metall zog sich aus ihrer Sicht zurück. Verzweifelt wollte sie folgen, doch der beißende Qualm trieb sie zurück. Ihre Augen tränten, die Lungen brannten, trotzdem zerrte sie wieder am Torflügel, um dem Einhorn doch noch den Weg frei zu machen, damit es sich ebenfalls retten konnte. Er ließ sich nicht bewegen. Eine Explosion erfolgte, Flammen stachen nach ihr.

Franziska drehte sich um und rannte los. Weg von den Schrecken in diesem Raum, weg von der Zerstörung, weg von allem. So schnell sie es vermochte, lief sie durch die Halle, während um sie herum die Fenster in einer lauten Explosion zerbarsten.

Sie bekam nicht bewusst mit, wie sie es hinaus bis an das Ufer schaffte. Tränen rannen ihr unaufhörlich die Wangen hinab, als ein Beben die Insel erschütterte, als wollte sie wie Atlantis jeden Moment im Meer versinken.

Franziska gelangte an den kleinen Steg, an dem das Boot des Doktors vertäut lag. Schluchzend sprang sie hinein, nur um ratlos das Innere zu betrachten. Das Schiff hatte wirklich keine Ruder. In der Mitte befand sich eine große Holzkiste, in der ein riesiger Messingschlüssel steckte. Davor ragte ein rundes Steuerrad auf, daneben ein Hebel, ähnlich dem Bremshebel einer Kutsche. Mutig zog sie daran und sah, wie sich der Schlüssel klickend drehte. Es gab einen Ruck und das Boot bewegte sich schlingernd hin und her. Es war noch am Steg vertäut! Das Tau erwies sich als zu straff, um es lösen zu können. Zum Glück fand sie ein kleines Beil, mit dem sie es einfach durchschlug. Endlich entfesselt, machte das Boot einen Satz und raste davon. Franziska wurde von den Beinen gerissen und landete schmerzhaft auf dem Hosenboden. Mühsam rappelte sie sich auf und packte das Ruder mit aller Kraft. Verbissen versuchte sie zu steuern und einen Kurs auf das nächste Ufer zu halten. Sie schaute nicht zurück. Hinter ihr lag die Insel in Trümmern – zusammen mit einem toten Erfinder, seinem Gehilfen und vermutlich ihrem Verlobten, dem man Furchtbares angetan hatte.

Ein Zweimaster kreuzte mit schlanken, geblähten Segeln ihren Kurs. Am Hauptmast wehte die Fahne des Vizekönigs. Unvermittelt blühte eine Rauchwolke am Rumpf des Schiffes auf, ein Blinzeln später klatschte etwas vor ihr ins Wasser. Ungläubig riss Franziska die Augen auf. Hatte man auf sie geschossen? Wie sollte sie anhalten? Ratlos griff sie zum Hebel neben ihr, drückte ihn versuchsweise nach vorn. Der Schlüssel des Federantriebs drehte sich langsamer! Sie schob ihn energisch ganz nach vorn – das Summen und Ticken des Antriebs erstarb. Das Boot tanzte auf den Wellen der Lagune auf und ab. Franziska seufzte. Das Schiff der Venetier hatte ihren Stopp bemerkt, jedenfalls erfolgte kein weiterer Kanonenschuss. Nach einigen Manövern, da es gegen den Wind kreuzen musste, kam es längsseits. Taue mit Haken wurden herübergeworfen und ein junger Mann in grüner Uniform sprang ins Boot. Er blickte sie verblüfft an.

»Francesca?«, fragte er und sie antwortete erfreut: »Leutnant Baldacci? Umberto, du lebst?«

»Ich bin ein guter Schwimmer, Signora Francesca. Aber ich dachte, Sie sind ertrunken. Ich fand keine Spur von Ihnen, nachdem uns dieses seltsame Gefährt gerammt hatte.«

Hinter ihnen ertönte eine hallende Explosion, gewaltige Rauchwolken versperrten die Sicht auf die Insel. Der Leutnant bekreuzigte sich und bestaunte mit offenem Mund die Wolke. »Madonna mia, die Insel scheint im Meer zu versinken!«

»Das ist auch das Beste«, sagte Franziska und wischte sich energisch eine Träne aus dem Auge.

Venedig, 26. April 1817
... und hiermit habe ich dir alle Ereignisse geschildert, liebster Onkel. Die Insel versank nicht im Meer, wurde aber schwer verwüstet. Die Gendarmen fanden keinen Stein mehr auf dem anderen. Was immer diese Zerstörungen verursacht hatte, es war sehr mächtig in seiner Kraft gewesen. Vom Doktor fand man nur noch verkohlte

Überreste, von Giacomo ebenso. Das einzig verschonte Wunderwerk des irren Erfinders ist das federgetriebene Boot, das zerlegt nach Wien geschickt wurde. Die Existenz des Einhorns verschwieg ich, du hast sicher Verständnis dafür. Es schmerzt mich immer noch sehr, darüber nachzudenken. Ich erzählte den Behörden lediglich, dass Thomas tot ist. Von den Experimenten des Doktors zugrunde gerichtet. Baldacci war sehr erschüttert, als er dies hörte. Doch ich mag ihm noch nicht die Wahrheit erzählen. Thomas war ein sehr sturer und eigensinniger Mensch, vermutlich reagierte er deshalb nicht so, wie Maggiore es erwartet hatte. Doch als der ihn aufweckte, musste er mich erkannt haben. Und mordete letztlich den Mann, der ihm all das angetan hatte. Man fand sehr viele geschmolzene Gegenstände. Ich hoffe, der Pferdekörper war darunter, und ich bete, dass er keinen elenden Tod erlitten hat. Doch eigentlich war er schon tot, denke ich.

Die Taten des Maggiore waren blasphemisch und niederträchtig. Ich kenne natürlich deine Neigungen zur Wissenschaft, Onkel Vincent. Doch sicher verstehst du es, die Grenzen zwischen Erkenntnis und Unheil zu ziehen, da bin ich mir sicher.

Ich werde noch einige Tage hier in Venedig verweilen, um meine zerrütteten Nerven zu schonen. Baldacci kümmert sich mit vollem Respekt um meine Person, also sorge dich nicht um mich.

Deine dich liebende Nichte Franziska

Adressiert an Vincent Frankenstein, Villa Frankenstein, Genf.

Adrian Schwarzenberger

DIE TRÄNEN DES SCHWARZEN EINHORNS

In einem weit entfernten Land, in längst vergangenen Tagen, als noch Wunder geschahen und Wünsche wahr wurden, da lebten einmal ein König und eine Königin, die hatten einen Sohn, der sollte dereinst über das ganze Reich herrschen. Bald schon spürte die Königin gar, dass sich ihr Glück noch vermehren sollte, denn die Natur hatte sie mit einem zweiten Kind gesegnet. So dauerte es nicht lange, da schenkte sie einem wunderschönen Mädchen das Leben. Weil aber Freude und Leid nie weit auseinander liegen, starb die Königin bei der Geburt der Prinzessin. Groß war die Klage: Der König trauerte um seine geliebte Frau, der Prinz um seine geliebte Mutter und das ganze Volk um seine geliebte Königin. Nur die Prinzessin erfuhr von alledem noch nichts und wuchs wohlbehütet in den Armen ihrer Amme auf.

Als ein Jahr der Trauer vergangen war, nahm sich der König eine neue Frau, denn er wollte seinen beiden Kindern eine Mutter geben und dem Volk eine Königin. Bald schon erwies sie sich aber als böse und mochte gerade den Prinzen nicht leiden, weil er nicht ihr rechter Sohn war und nicht ihr eigen Fleisch und Blut. Wo sie nur konnte, ließ sie ihn ihren Zorn spüren, keine Spiele spielte sie mit ihm, wie es andere Mütter taten, und sang ihm nie von den Heldentaten seiner glorreichen Ahnen. Dem König blieb all dies nicht verborgen, und bald gereute es ihn, wie sich seine gute Absicht ins Gegenteil verkehrte. Auch der Prinz litt unter der bösen Stiefmutter und trauerte mit jedem Tag mehr seiner verstorbenen leiblichen Mutter nach. Bald wünschte er sich, gar selbst aus dieser Welt zu scheiden, als so weiterzuleben.

Als die böse Stiefmutter dies hörte, sprach sie einen unheilvollen Fluch aus, und der junge Prinz verwandelte sich in kalten, harten, leblosen Stein. Vor Zorn und Schmerz jagte der König seine zweite Frau davon, und erneut stürzte das ganze Reich in tiefe Trauer. In aller Herren Länder und in die entferntesten Reiche ließ der König schicken, rief die größten Zauberer und Gelehrten zusammen, alte, weise und ehrwürdige Männer und heilkundige Frauen, doch niemand vermochte ihm zu helfen. Niemand kannte ein Mittel, seinen verwunschenen Sohn wieder zu erlösen.

Die junge Prinzessin bekam von alledem freilich nichts mit. Die Jahre vergingen, und sie wuchs zu blühender Schönheit und herrlichstem Liebreiz heran und war des Königs ganze Freude. Jedermann im Reiche hatte sie gern, und so fiel es den Menschen mit jedem Tag schwerer, das Geheimnis um ihren Bruder, den versteinerten Prinzen, vor ihr zu verbergen. Denn ihr Vater, der König, hatte verfügt, niemand möge ihr je auch nur ein Sterbenswörtchen vom Schicksal ihres Bruders erzählen. Wenigstens seine Tochter sollte unbeschwert heranwachsen, wenn ihrem Bruder ein solches Leben schon nicht vergönnt gewesen war.

Alle Bemühungen halfen auf Dauer nichts, und die Prinzessin begann, die unbestimmte Trauer zu spüren, die tief in den Herzen der Menschen schlummerte und sich hinter den fröhlichen Gesichtern verbarg. Deshalb trat sie eines Tages an den König heran und fragte: »Mein lieber Vater, ich sehe die

Menschen in unserem Lande lachen, und doch will sich keine Freude zeigen. Sage mir, woran liegt das?«

Da konnte der König nicht anders, als ihr die ganze schreckliche Geschichte zu erzählen, wie sie sich zugetragen hatte. Große Bestürzung befiel das Herz der Prinzessin, aber schnell wuchs auch der Wunsch in ihr heran, ihren Bruder zu erlösen. Sie suchte die steinerne Statue des Prinzen auf, die sie ihr Leben lang für nichts anderes als ein unvergleichliches Kunstwerk gehalten hatte, und leistete vor ihr einen Eid, nicht eher zu ruhen, als bis ihr Bruder wieder in Fleisch und Blut vor ihr stand. Mit diesem Schwur auf den Lippen und im Herzen machte sie sich auf den weiten Weg in die Welt hinaus, Erlösung für ihren Bruder zu finden.

Von ihrem Vater hatte sie ja bereits erfahren, wie aussichtslos ihre Suche sein würde, denn schließlich hatte er schon die weisesten Männer ohne Erfolg befragt. Doch das bestärkte sie nur in ihrem Entschluss, ihren Bruder zu erlösen. Tage kamen und Nächte gingen, und die Wochen und Monate flogen dahin, und die Prinzessin erreichte nicht mehr als ihr Vater. Wohin sie auch kam, gaben ihr die Menschen zu essen oder gewährten ihr ein Dach über dem Kopf, damit sie des Nachts ruhen konnte. Aber weiter vermochte ihr niemand zu helfen. Die Prinzessin lief sich die Füße wund, ihre Kleider zerrissen, ihre Haut war zerkratzt, doch alle diese Opfer schienen umsonst. Mit jedem Tag, der verging, schwand ihre Hoffnung; mit jedem Schritt, den sie tat, wuchs ihre Verzweiflung.

Eines Morgens, das Gras der Wiesen unter ihren Füßen war noch feucht vom Tau der Nacht und der Himmel lag noch im Grau der Dämmerung, eines Morgens also, wie sie so ging, da legte sich weißer Nebel über die Welt, umfing die Prinzessin mit seinen unwirklichen Armen wie ein Schleier und wollte ihr schier den Atem nehmen, so fest hielt er sie bald umklammert. Nur mehr gedämpft drang das Plätschern eines Baches an ihre

Ohren, und im nahen Wald rührte sich nichts, als hielte die ganze Welt inne und wagte nicht einmal mehr zu wispern. Dichter und dichter wurde der Nebel, wollte Gestalt annehmen, wie Geisterfrauen tanzten die Schwaden um sie herum und raunten ihr längst vergessene Zauberworte zu. Jeder Schritt fiel der Prinzessin schwerer als der vorhergehende, und bald war sie so voller Angst und Müdigkeit, dass sie die Besinnung verlor.

Als sie wieder zu sich kam, fand sie sich vor einem kleinen Haus wieder. Glücklich, nach Tagen des einsamen Wanderns endlich einen Menschen zu treffen, betrat sie die Hütte und erblickte dort eine steinalte Frau. Ihre Haare waren weiß wie der Schnee, ihre Schultern von ungezählten Jahren gebeugt, und die Prinzessin mochte schon denken, sie sei bereits tot, denn kein Mensch konnte so alt werden. Als die Alte aber die federzarten Schritte des Mädchens vernahm, erwachte sie zu neuem Leben und hieß sie in ihrem bescheidenen Haus willkommen. Die Prinzessin dankte ihr für die Einladung und nahm Speis und Trank an, die sie ihr darbot. Nachdem sie sich gestärkt und ein wenig ausgeruht hatte, erzählte sie der alten Frau, was sie hierhergeführt hatte.

»Wisse«, sagte da die Alte und weckte endlich neue Hoffnung in der Prinzessin, »nur die Tränen eines schwarzen Einhornes können die Versteinerung lösen und deinen Bruder von dem unseligen Fluch befreien.«

Voller Freude dankte die Prinzessin ihr und wollte sich schon auf den Weg machen, da zerbrach ihre gerade neu aufgekeimte Hoffnung wie sprödes Glas, als die alte Frau sagte: »Aber niemand weiß, wo das schwarze Einhorn lebt.«

Den Tränen und der Verzweiflung nahe nahm das Mädchen Abschied und setzte ihre Suche fort. Wieder trugen ihre Füße sie Tage und Wochen und Monate durch die Welt, und wieder sank ihr Mut mit jedem Schritt. Sie kannte unzählige Geschichten von Einhörnern, wusste um die vielen Wunderdinge, die man ihnen zuschrieb, doch gesehen hatte sie noch nie eines. Wohin sie auch kam, hörte sie immer wieder dieselben Worte von den Menschen: »Einhörner hat hier schon lange niemand mehr gesehen.« Viele Menschen zweifelten auch, denn sie sagten: »Einhörner? So etwas gibt es nicht.«

Dabei wusste die Prinzessin, dass Einhörner nur von Menschen mit einem reinen Herzen gesehen werden konnten. Für alle anderen mochten sie wie gewöhnliche Pferde erscheinen, prachtvoll zwar und stolz anzusehen, aber doch nicht mehr als jeder andere Schimmel. Von einem schwarzen Einhorn jedoch konnte nicht einmal die Sage berichten, und so suchten wieder Bangen und Verzweiflung das Herz der Prinzessin heim.

Eines Morgens, als die Dämmerdecke sich noch nicht ganz gehoben hatte und die Welt im Halbdunkel dalag, eines frühen Morgens also, als sich diese Welt und die andere besonders nahe waren, da wanderte die Prinzessin durch einen dichten grünen Wald. Die Vögel und die Tiere waren noch nicht aus ihrem Schlaf erwacht, aber die Bäume rauschten und wisperten schon in ihren weiten Kronen, als kannten sie alle Geheimnisse der Welt. Wenn die Prinzessin genau hinhörte, da vermeinte sie auch, ihre Stimmen zu verstehen, wie sie ihr etwas zuflüsterten. Wie in einem unwirklichen Traum lief sie durch die grüne Dämmerung, und ihre Schritte führten sie bis ins Herz des Waldes. Dort spannten sich die Äste weit zu einer heiligen Halle auf. Durch die dichten Kronen fielen die ersten Sonnenstrahlen, wie um aufleuchten zu lassen, was sie dort auf einer Lichtung erblickte: Es war eine große Herde strahlend weißer Einhörner, deren überirdisches Schimmern wohl den ganzen Wald erhellen mochte. Die Prinzessin spürte, wie stark der Zauber dieser Wundertiere war, und voller Ehrfurcht wagte sie kaum, einen Schritt zu tun, als sie sich diesen göttlichen Wesen näherte.

Auch als sie endlich vor ihnen stand, brachte sie vor Verzagtheit kaum den Mund auf, um ihnen ihre Geschichte zu erzählen und sie um Hilfe zu bitten. Denn das sah sie wohl: Unter all den weißen Einhörnern war nicht das schwarze, das sie eigentlich suchte.

Wie groß aber war ihre Enttäuschung, als die Einhörner ihr nicht sagen konnten, wo sie Erlösung für ihren versteinerten Bruder finden würde. Mehr noch, sie wollten ihr nicht sagen, wo das schwarze Einhorn lebte. Denn mit seinem schwarzen Fell war es unvollkommen und ein ständiger Makel auf dem edlen Geschlecht der blendend weißen Einhörner. Unwillig wiesen sie die Prinzessin ab, als sie dennoch bat und bettelte; mochte sie doch woanders suchen.

Mit Tränen in den Augen und Schmerzen im Herzen wandte sich die Prinzessin schließlich um, als sie einsehen musste, wie wenig Erfolg ihr hier beschieden war. Sie hatte die Lichtung bereits verlassen, und das weiße Strahlen, das nur noch kalt und hart wirkte, war längst hinter ihr zurückgeblieben, da hörte sie hinter sich die sanften Tritte leichter Hufe auf frischem Waldboden. Wie sie zurückblickte, entdeckte sie ein junges Einhorn, das ihr nachgelaufen war, als es ihre Trauer gesehen hatte. Es wusste noch nichts vom Stolz und Hochmut der anderen, und weil ihm die Prinzessin leidtat, wollte es ihr helfen.

»Unser schwarzer Bruder«, so berichtete es, »lebt im Garten am Ende der Welt. Gehe durch Feuer, Wasser und Wind, und du wirst den Weg dorthin finden. Mehr weiß ich auch nicht.«

Damit berührte es die Prinzessin mit seinem Horn an der Stirn, um sie für ihren weiteren Weg zu segnen, und verließ sie, bevor die anderen seine Abwesenheit bemerken konnten. Das Mädchen rief ihm ihren Dank nach und schöpfte endlich wieder Hoffnung, ihren verwunschenen Bruder doch noch erlösen zu können. Ihr Herz sang, und ihre Schritte wurden so leicht, dass die Füße kaum den Boden berührten.

Bald schon wich auch dieses Gefühl von ihr, als sie das Land des Feuers erreichte, zu dem das junge Einhorn sie gewiesen hatte. Unerbittlich brannte hier die Sonne vom Himmel, der Boden unter ihren Füßen schwelte, und die Luft schien sie schier erdrücken zu wollen. Bäume, die ihr hätten Schatten spenden können, und Wiesen, die ihr hätten Kühlung verschaffen können, gab es hier schon lange keine mehr. Kein Bach plätscherte fröhlich dahin, kein Vogel sang, und kein Tier wagte sich in die öden Lande. Jeder Schritt wurde zur Qual, jeder Blick stach ihr in die Augen, jeder Atemzug rann wie flüssiges Feuer ihre Kehle hinab. Hunger quälte sie, und Durst wurde zu ihrem ständigen Begleiter. Einzig der Gedanke an die Erlösung ihres Bruders ließ die Prinzessin all diese Hindernisse überwinden und tapfer einen Fuß vor den anderen setzen.

So gelangte sie schließlich nach Tagen und Wochen an ein weites Meer, das sich bis zum Horizont und darüber hinaus erstreckte. Nirgends war eine Insel oder gar neues Land zu erblicken, das ihr Ziel hätte sein können. Nur ein einsames hölzernes Boot wartete am Ufer auf sie. So blieb der Prinzessin nichts anderes übrig, als sich in diesem Schiffchen aufs offene Meer hinauszuwagen und sich dem tückischen Spiel der Wellen anzuvertrauen. Immer wieder warfen sie das Boot hin und her, trieben es mal in die eine Richtung, mal in die andere und wollten es gar zu oft zum Kentern bringen. Vom Ufer war schon bald nichts mehr zu sehen, und das Mädchen trieb einsam und verloren auf dem endlosen Wasser dahin, einem ungewissen Ziel oder gar dem Tod entgegen.

Als sich auch nach Tagen und Wochen kein Land zeigen wollte, zog ein heftiger Sturm herauf. Die Wolken brauten sich zusammen, und es brodelte und blubberte am Himmel wie in einem Topf kochenden Wassers. Weiße und gelbe Blitze zuckten herab, als wollten sie das einsame Schiffchen treffen. Die Wellen türmten sich zu wahren Bergen auf, hoben das Boot in die Höhe und warfen es ins Wasser zurück. Mit jedem Schlag, der das kleine Boot traf, ächzte und stöhnte das morsche Holz mehr auf, bis es schließlich ganz zerbrach und die Prinzessin auch den letzten Halt verlor. So war sie dem Toben des Windes und der Wogen rettungslos ausgeliefert, und der letzte Gedanke, bevor sie in den Fluten versank und in die Tiefe hinabgerissen wurde, galt ihrem versteinerten Bruder und dem Schwur, den sie ihm geleistet hatte und nun nicht mehr würde halten können. Dann verlor sie die Besinnung.

Als sie wieder zu sich kam, da erblickte die Prinzessin rings um sich her einen weißen Strand. Das Meer lag still und ruhig und glatt wie ein Spiegel vor ihr, als hätte es den Sturm nie gegeben, und auch von dem Boot waren keine Reste mehr geblieben, als wäre alles nur ein böser Traum gewesen. Hinter ihr aber erstreckte sich eine schier endlose Wiese, auf der blühten die schönsten Blumen in tausend und abertausend Farben und ungezählten Formen, für die sie keinen Namen fand. Eine jede sah schöner aus als die nächste, und der Wind trug den betörenden Duft all dieser Blüten zu ihr herüber und vernebelte ihr die Sinne.

Staunend erhob sich die Prinzessin. Sie wagte kaum, die zauberhafte Wiese zu betreten aus Angst, sie könnte eine der zarten Blumen knicken. In der Ferne hatte sie aber ein Schloss entdeckt, und zu dem wollte sie jetzt gehen. Sie ahnte schon, dass sie, nachdem sie bereits alle Hoffnung aufgegeben hatte, endlich den Garten am Ende der Welt erreicht hatte. Ein schwarzes Einhorn konnte sie nirgends erblicken, und so wünschte sie sich nichts sehnlicher, als einen Menschen zu treffen, der ihr vielleicht sagen konnte, wo es lebte.

Als sie das Schloss erreichte, schlugen ihre Hoffnungen wieder in Verzweiflung um. Nirgends konnte sie auch nur eine Menschenseele erblicken, kein Lachen und Rufen drang aus den vielen Fenstern und Türen, und es schien gänzlich unbewohnt. Wie die Prinzessin durch die verlassenen Mauern streifte, entdeckte sie aber bald einen Jüngling, der unter einem Baum mit silbernen Äpfeln saß. Sie trat auf ihn zu, begrüßte ihn und fragte: »Wer bist du? Ist das hier der Garten am Ende der Welt, wo das schwarze Einhorn lebt?«

»Ich bin der Prinz, der hier im Garten am Ende der Welt lebt«, stellte sich der Jüngling vor und sagte: »Lange habe ich auf dich gewartet. Die Wellen tragen deinen Namen schon seit Tagen und Wochen heran, und der Wind hat mir deine Geschichte zugeflüstert.«

Wie freute sich die Prinzessin und bat ihn von ganzem Herzen, ihr zu sagen, wo das schwarze Einhorn lebte. Der Prinz wollte es ihr gern sagen, doch wieder traf das Schicksal sie in seiner ganzen Härte, denn er erklärte: »Lange hat das schwarze Einhorn geweint, weil es von seinen hochmütigen Brüdern verstoßen worden war, doch jetzt sind all seine Tränen versiegt. Ganz allein und einsam lebt es nun hier im Garten am Ende der Welt und wagt sich keiner Menschenseele zu zeigen.« Bevor die Verzweiflung die Prinzessin übermannen konnte, beruhigte er sie mit den Worten: »Verzage nicht. Mit den silbernen Äpfeln dieses Baumes kannst du das Einhorn anlocken, und vielleicht wird das reine Herz einer Jungfrau es doch zu einer Träne rühren können. Bedenke aber, dass auf diesem Garten der Zauber von Regen, Schnee und Eis liegt. Pflückst du einen der silbernen Äpfel, dann werden Regen, Schnee und Eis über diesen Garten hereinbrechen, und bist du nicht standhaft genug, wirst du das Einhorn nie zu sehen bekommen.«

Die Prinzessin wollte sich der Prüfung stellen, blieb ihr doch keine andere Hoffnung als dieser winzige Funke. Sie pflückte einen der silbernen Äpfel, und kaum hielt sie ihn in Händen, da brach auch schon der Regen über sie herein, als wollte er nie mehr aufhören. Die ungezählten Tropfen, die vom Himmel strömten, vermischten sich mit ihren Tränen, während sie so dasaß und den silbernen Apfel vor sich in Händen hielt und das Einhorn herbeisehnte. Der Prinz blieb die ganze Zeit an ihrer Seite, doch auch seine Nähe und Wärme reichten bald nicht mehr, die Kälte des Wassers und des Schmerzes aus ihrem Leib zu vertreiben. So ging ein ganzer Tag herum, ohne dass sich das schwarze Einhorn zeigte.

Am zweiten Tag pflückte die Prinzessin einen weiteren der silbernen Äpfel, und sofort begann es zu schneien. Dicke Schneeflocken tanzten vom Himmel herab und deckten den wunderschönen Garten mit einer weißen Decke zu, die rasch immer höher wuchs. Bald schon war von den tausendfarbigen Blumen keine einzige mehr zu sehen, und immer noch schneite es. Die Prinzessin und der Prinz begannen, am ganzen Leibe zu zittern, und rückten näher zusammen, aber die Kälte kroch unerbittlich in ihre Herzen und ließ die Tränen auf ihren Wangen zu weißen Kristallen erstarren. Auch dieser Tag ging vorüber und die Nacht senkte sich nieder, ohne dass sich das schwarze Einhorn zeigte.

Als der dritte Tag anbrach, pflückte die Prinzessin wieder einen der silbernen Äpfel, und Eiseskälte brach über sie herein. Sie war noch viel schlimmer als der Schnee vom vergangenen Tag, war sie doch nicht einmal zu sehen. Die zwei einsamen Gestalten konnten nur zuschauen, wie sich die Blumen rings um sie in zerbrechliche Kristalle wie aus Zucker verwandelten, wie das Gras vor Kälte knisterte, wie der Wind seinen eisigzarten und schaurigschönen Gesang anstimmte, wenn er über die vielleicht für alle Zeiten erstarrte Schönheit strich. Kein Feuer der Welt konnte sie mehr wärmen, und so erfroren die beiden Arm in Arm, den silbernen Apfel wie als letztes Zeichen der Hoffnung in der Hand.

Da erst zeigte sich das schwarze Einhorn, und scheu trabte es näher. Mit seinem Horn berührte es die zwei Menschen vor sich, und sie kehrten ins Leben zurück. Gleichzeitig fiel die eisige Hülle von der Welt ab, und alle Blumen und Pflanzen erstanden zu neuer Schönheit auf. Wie staunten die beiden und freuten sich, dass ihr Ende doch nicht gekommen war, nachdem sie sich schon verloren geglaubt hatten.

Aber noch war ein Schwur zu erfüllen. Die Prinzessin erzählte dem Einhorn ihre Geschichte, wie ihr Bruder versteinert worden war und sie sich durch die ganze Welt auf die Suche nach einem Heilmittel begeben hatte, wie die weise Frau ihr geholfen hatte und wie sie auch den weißen Einhörnern begegnet und schließlich auf wundersame Weise hier im Garten am Ende der Welt angekommen war. Tatsächlich war das schwarze Einhorn von ihrer Geschichte so ergriffen, dass es vor Schmerz und Trauer ungezählte Tränen weinte. Die Prinzessin beeilte sich, sie alle aufzufangen, damit ja keine der wertvollen Tränen verlorenging, und barg sie in ihrer Hand. Von ganzem Herzen dankte sie dem schwarzen Einhorn und dem Prinzen und wollte sich schon auf den Weg zurück in ihre Heimat und zu ihrem versteinerten Bruder und ihrem Vater machen.

Der Prinz und das schwarze Einhorn aber begleiteten sie auf dem langen und beschwerlichen Weg über das weite Meer, durch das Land des Feuers und die vielen anderen Länder, die die Prinzessin durchreist hatte. So erreichten sie bald zu dritt das Schloss ihres Vaters, und endlich konnte sie ihren verwunschenen Bruder ins Leben zurückrufen. Kaum hatten die Tränen des schwarzen Einhorns die Statue berührt, fiel die steinerne Hülle von dem Prinzen ab wie die Erinnerung an einen bösen Traum.

Wie groß war die Freude, als sich der Prinz und die Prinzessin nun zum ersten Mal in den Armen liegen konnten. Auch der König eilte herbei und herzte und küsste seine Kinder. Eine ganze Woche feierte jedermann im Reiche die glückliche Heimkehr der Prinzessin und die Erlösung des Prinzen. Nicht lange danach heiratete die Prinzessin den Prinzen aus dem Garten am Ende der Welt, der ihr so treu zur Seite gestanden hatte, und auch der Prinz fand bald eine gute Frau. Dem schwarzen Einhorn aber gaben sie einen warmen Stall, und alle Tage mangelte es ihm nie an Hafer und Stroh. Und wenn sie nicht gestorben sind, dann leben sie vielleicht noch heute.

Nele Sickel

BILLY O'MALLY BEGEGNET EINER BESTIE

Krach. Die Tür sprang auf und herein stürzte Billy O'Mally. Gehetzt sah er sich um, nach links, nach rechts, geradeaus, hinter sich durch die Türe und noch einmal von vorn. Das Kaminfeuer tauchte die dunklen Holzbalken und niedrigen Decken des Pubs in schummriges Licht. Billy musste die Augen zusammenkneifen, um etwas erkennen zu können. Nachdem er den Raum, sein Mobiliar und seine Gäste ein zweites Mal genau gemustert hatte, stieß er die Tür zu und ließ die Schultern sinken. Er zog ein grauweißes Tuch aus seiner Westentasche. Damit tupfte er sich den Schweiß von der Stirn. Dann schleppte er sich zur Theke.

»Bist spät heute«, meinte Kathy Finnegan und fuhr mit einem längst klatschnassen Geschirrtuch durch einen frisch gereinigten Krug. Wie üblich stand sie hinter dem Tresen und war die Herrin über Bier und Schnaps in diesem kleinen Reich. So war es nicht weiter verwunderlich, dass Donald O'Riley und Tom Brody, die eifrigsten Trunkenbolde der Gegend, zu jedem Wort nickten, das aus Kathys Mund kam.

»Spät«, sagte Donald.

»Sehr spät«, ergänzte Tom.

Billy zuckte bloß die Schultern. Er zog sich einen Hocker an den Tresen, hievte keuchend seine plumpe Gestalt hinauf und wischte sich erneut den Schweiß von der Stirn.

»Wirklich spät«, versuchte Kathy es noch einmal und beugte sich über die Theke. Ihr Lächeln war neugierig, ihr Dekolleté einladend.

Billy gönnte sich einen Blick, ehe er endlich zu sprechen begann. »Ihr wärt auch spät, wenn euch widerfahren wäre, was mir heute Abend widerfahren ist. Mehr noch sage ich: Ihr könntet froh sein, wenn ihr überhaupt hier wärt. Ich bin's jedenfalls.« Damit schnaufte er und tupfte sich ein drittes Mal seine Stirn.

Die drei anderen machten große Augen.

»Um Himmels willen, was ist denn nur passiert?«, fragte Kathy. Donald und Tom nickten.

»Ich«, begann Billy, ehe er noch einmal tief Luft holte. »Ich bin dort draußen gerade noch so einer Bestie entkommen.«

»Einer Bestie?«, staunte Donald. »Was denn für einer Bestie?«

Billy beugte sich vor und setzte zum Sprechen an. Dann aber, noch ehe die erste Silbe seine Lippen überquert hatte, hielt er inne. »Erst ein Bier«, sagte er und langte in seine Tasche. Dort ließ er seine Hand und sah die drei der Reihe nach an. »Oder ihr ratet. Wer errät, was für einem Untier ich heute Abend im Wald begegnet bin, direkt vor der Türe, dem gebe ich sein Bier aus. Errät es keiner von euch«, er sah zu Kathy, »bekomme ich meines auf Kosten des Hauses. Ist das ein Wort?«

Kathy musterte ihn misstrauisch, aber schnell obsiegte ihre Neugier. »Also abgemacht. Es war ein Bär!«

Billy schüttelte den Kopf. Kathy schürzte verstimmt die Lippen.

»Ein Wolf«, riet Donald.

Doch auch darauf schüttelte Billy den Kopf.

»Ein tollwütiger Eber!«, rief Tom.

Wieder ein Kopfschütteln. Billy schmunzelte. »Mein Bier, Teuerste«, verlangte er an Kathy gewandt.

Die aber schüttelte nun ihrerseits den Kopf. »Nicht so schnell.« Sie wandte den Blick an Billy vorbei in die schattigeren Gefilde des Pubs. »He da!«, rief sie. »Jack! Komm zu uns und rate mit!«

Die Schatten an der fernen Wand bewegten sich und heraus löste sich eine Gestalt. Jack Sullivan, ein rechter Eigenbrötler, kam mit einem halb vollen Bierkrug von seinem Tisch herüber und gesellte sich mit missmutigem Gesicht zu der lustigen Gesellschaft am Tresen. »Was gibt es?«, brummte er.

»Billy will heute einer Bestie begegnet sein und wir müssen erraten, was für einer. Es ist kein Bär, kein Wolf und kein Eber und es ist ein Bier für dich drin, wenn du richtig rätst.«

»Kein Bär, kein Wolf und kein Eber, hm?«, sagte Jack und zog sich einen Hocker heran. »Dumm von euch, nur an die großen Bestien zu denken. Ich sage, es war eine Schlange. Eine giftige.«

Alle schauten gespannt zu Billy. Doch der schüttelte wieder nur mit dem Kopf. »Mein Bier bitte«, verlangte er abermals von Kathy.

Die fluchte ausgiebig, füllte ihm aber nichtsdestotrotz einen Krug mit der Marke des Hauses und reichte ihn über den Tresen. »Ehrlich gewonnen ist ehrlich gewonnen«, murrte sie dazu. »Nun musst du aber auch auflösen.«

»Du musst!«, forderte Donald.

»Unbedingt!«, bestätigte Tom.

»Gewiss«, antwortete Billy. Er hob seinen Krug und nahm einen kräftigen Schluck. Dann stellte er den Krug schwungvoll zurück auf das Holz und wischte sich über den Mund.

»Was nun also?«, drängte Jack.

»Also war ich im Wald«, begann Billy. »Es war ein langer Tag auf dem Feld gewesen und es wäre ein ebenso langer Abend daheim geworden, hätte ich mich heute dort blicken lassen.

Meine Alte will für ein neues Kleid und eine neue Haube sparen, ich will lieber ein Bier, ihr kennt das ja.«

Donald und Tom nickten.

»Weiter!«, forderte Kathy. »Was war im Wald?«

»Ich habe also direkt nach der Feldarbeit zusammengepackt und die Abkürzung durch den Wald genommen, damit mir die Alte den Biergroschen nicht abluchsen kann. Wie gesagt, es war ein langer Tag gewesen und so kam es, dass die Sonne schon tief hinter den Hügeln stand, als ich aufbrach. Der Himmel war rot, dann wurde er blau, dann schwarz.«

»Das wurde er hier auch«, murrte Jack. »Das wurde er überall. Jetzt erzähl uns schon von deiner Bestie! Oder fallen dir vor lauter Flunkern keine Tiere mehr ein?«

»Von wegen Flunkern! Ich muss mir nichts ausdenken«, erwiderte Billy mit übertrieben beleidigter Stimme und ebensolchem Gebaren. »Zu der Bestie komme ich gleich, aber alles zu seiner Zeit.« Er nahm einen weiteren großen Schluck aus seinem Bierkrug. So groß in der Tat, dass nur wenig am Boden des Gefäßes zurückblieb.

»Du hast heute aber einen Zug drauf«, bemerkte Tom.

»Hättest du auch, wenn du gerannt wärst, wie ich gerannt bin.«

»Jetzt erzähl endlich!«, drängte Kathy.

Billy lächelte. »Es war also stockdunkel. Schwarz war es. Und ich immer noch im Wald!«

Kathy, Donald und Tom nickten eifrig. Jack trank sein Bier.

»Ich war schon auf halbem Wege hierher, da hörte ich ein Knacken hinter mir. Ein Rascheln im Gebüsch.«

»Könnte ein Häschen gewesen sein, nach allem, was wir wissen«, spottete Jack.

»Quatsch, Häschen!«

»Woher denn? Du hast doch gesagt, es war schon stockdunkel im Wald. Wenn es im Gebüsch geknackt und geraschelt hat, dann kann das auch ein Häschen gewesen sein, und wenn man bedenkt, dass du alter Sack nun heil und unversehrt hier bist, war es wahrscheinlich auch eins.«

Billy schüttelte den Kopf. »Es war kein Häschen, das da hinter mir die Böschung heraufkam. Oder haben Hasen vielleicht Hörner, hm?«

»Ein Hirsch!«, rief Donald aufgeregt.

»Ein Bulle!«, rief Tom.

»Nein und nein«, entgegnete Billy. »Keins von beidem. Oder haben Hirsche oder Bullen etwa je nur ein Horn auf ihren Köpfen?«

»Klar«, sagte Kathy. »Wenn sie sich eines abgeschlagen haben, bleibt ihnen nur noch das andere.«

»Auch das nicht.« Billy leerte seinen Krug. »Ihr habt wieder alle falsch geraten, also wer gibt mir nun das nächste Bier aus?«

»Jack hat noch nicht geraten!«, warf Donald ein.

»Ja, Jack soll raten!«, riefen da auch Tom und Kathy.

»Ein sturer alter Bock«, brummte Jack.

Billy schüttelte den Kopf. »Nur ein Horn, sage ich euch, ein Bock hat zwei, her also mit der nächsten Runde!« Er sah einen nach dem anderen auffordernd an, bis Tom schließlich unter Murren zahlte.

Zufrieden reichte Billy seinen Krug über die Theke und Kathy füllte ihn bis zum Rand.

»Was ist es nun gewesen?«, fragte Donald, gerade als Billy das Bier an die Lippen setzte.

Wieder trank er, ehe er antwortete. »Ein Einhorn, ganz einfach«, sagte er schließlich.

Kathy, Donald und Tom starrten ihn an.

Jack lachte. »Du treibst einen bösen Scherz mit unseren einfachen Gemütern hier, Billy. Schau, wie sie gucken! Am Ende glauben sie dir deine Märchen noch!«

»Keine Märchen«, beharrte Billy. »Es ist passiert, wie ich es euch erzähle, so wahr ich hier sitze!«

»Und ein Einhorn soll nun deine schauerliche Bestie sein? Was hat es gemacht? Dich durch zeitlose Schönheit und Anmut an deine eigene hässliche Vergänglichkeit erinnert?«

»Schönheit und Anmut, ha! Was ich gesehen habe, Freunde, hatte nichts mit den sanftmütigen Geschöpfen aus euren Kindergeschichten zu tun.«

»Wenn es so anders war, wie hast du es denn dann erkannt?«, fragte Kathy.

»Ja wie?«, fiel Donald in.

»Wie?«, echote Tom.

»Weil es schon irgendwie so aussah, nur doch auch ganz anders. Wer auch immer die Einhörner aus den Kindermärchen erdacht hat, er kann die Bestie nur von Weitem gesehen haben.«

»Oder im Stockdunkeln!«, warf Jack ein. »So wie du.«

Billy aber ließ sich durch Jacks spitze Zunge nicht von seiner Geschichte abbringen. »Es war in der Tat weiß«, sagte er, »so weiß, dass es regelrecht leuchtete. Selbst in der Nachtschwärze des Waldes. Riesig war es. Gigantisch. Es hatte den Körper eines Pferdes, den Schwanz eines Esels und den Bart einer Ziege. Und ein Horn natürlich. Ein Horn! Ihr macht euch keine Vorstellung! Gedreht war es und lang und spitz wie kein Bock, kein Bulle, nicht einmal ein Hirsch es tragen würde.«

»Klingt wie im Märchen«, meinte Kathy.

»Ja, aber die Augen! Die Augen, sage ich euch! Rot wie der Abendhimmel und der Blick finster wie der des Leibhaftigen höchstpersönlich!«

»Woher willst du das wissen? Hast du den etwa auch gesehen?«, spottete Jack.

Billy brummte bloß und versenkte die Nase in seinem Bierkrug.

»Also?«, fragte Donald.

»Also?«, entgegnete Billy und tat so, als wisse er nicht, worauf alle im Raum warteten – ob sie es nun eingestanden oder nicht.

»Also, wie ging es weiter mit dir und dieser Einhornbestie?«, drängte Kathy.

Billy nickte. »Ihr wollt mehr hören?«, fragte er schmunzelnd. Die gebannten Blicke aus drei Augenpaaren waren genug der Antwort. »Wie ihr wollt!« Er beugte sich ein wenig vor. »Da stand ich also, mitten im Wald. Es war stockdunkel. Nur der schneeweiße Pelz des Ungeheuers leuchtete mir entgegen. Es hatte mich gesehen und alle vier Hufe fest in die Erde gestemmt. Seinen Kopf hielt es gesenkt, bereit, Anlauf zu nehmen und mich mit seinem schrecklichen Horn zu durchbohren. Ich glaube, es kam sogar Rauch aus seinen Nüstern. Da stand ich also«, sagte er noch einmal und wies mit großer Geste an das eine Ende des Tresens. »Und da stand die Bestie.« Er deutete auf das andere Ende. »Das Scheusal blickte mich aus teuflischen Augen an, bis mir ganz angst und bange wurde. Wäre ich ein geringerer Mann als der, der ich nun einmal bin, nicht ganz so tapfer, ich wäre zitternd und schluchzend zusammengesackt und das Untier hätte mich aufgespießt.«

Er machte eine dramatische Pause. Keiner sprach. Nicht einmal Jack.

Zufrieden fuhr Billy fort. »Ich nahm also meinen ganzen Mut zusammen und machte einen Schritt zurück. Die Bestie scharrte mit den Hufen, aber sie griff nicht an. Sie beobachtete mich wie eine Katze die Maus. Also machte ich noch einen und noch einen Schritt, langsam, ganz langsam. Bis ich schließlich mit dem Rücken an einen kräftigen Baumstamm stieß. Da kam mir die rettende Idee.«

»Oh, ich weiß, welche!«, rief Donald.

»Nein, ich!«, ereiferte sich Tom. Mit leuchtenden Augen sah er seinen Kumpan an. »Wetten wir um das nächste Bier?«

Donald nickte und die beiden besiegelten die Wette mit einem Handschlag.

»Und ein Bier für mich vom Verlierer obendrauf, wenn ihr wissen wollt, wer recht hat«, verlangte Billy.

Die beiden Trunkenbolde zögerten, aber sie zögerten nur kurz. »Abgemacht«, sagte Donald. »Ich zuerst! Du bist den Baum hinaufgeklettert. Pferde können nicht klettern, auch solche mit Hörnern nicht, also warst du sicher.«

»Vielleicht wäre ich das gewesen«, bestätigte Billy. »Aber so habe ich es nicht gemacht.« Er blickte zu Tom.

»Du hast dir einen Ast abgebrochen«, riet der. »Länger als das Horn der Bestie. Damit konntest du sie dir vom Leibe halten.«

»Vielleicht hätte ich das gekonnt«, bestätigte Billy. »Aber so habe ich es nicht gemacht.« Er sah erwartungsvoll vom einen zum anderen.

»Du hast das Untier kommen lassen«, sagte da Kathy. »Und bist im letzten Moment beiseite gesprungen, auf dass es sein Horn im Holz verkeilen und steckenbleiben möge.«

Billys Augen leuchteten überrascht. »Volltreffer!«, rief er aus. »So und nicht anders habe ich es gemacht.«

Kathy grinste zufrieden. »Das macht also zwei Bier, die Herren«, meinte sie an Donald und Tom gewandt. Während die daraufhin widerwillig ihre letzten Groschen zusammenkratzten, füllte Kathy dieses Mal zwei Krüge, einen für sich und einen für Billy. »Hat es geklappt?«, wollte sie wissen, nachdem sie den ersten Schluck genommen hatte. »Ist es dir gefolgt? Ist es steckengeblieben?«

Billy wischte sich etwas Schaum vom Mund, ehe er antwortete. »Gefolgt? Ja, gefolgt ist es mir, so kann man das schon sagen. Nur wird es der Dramatik des Augenblicks nicht im Mindesten gerecht.« Er holte tief Luft. »Da stand ich also«, donnerte er. »Mit dem Rücken am Baum. Stockdunkel alles um mich her, bis auf die glühende, qualmende Bestie mir gegenüber.«

»Wenn das so weitergeht«, brummte Jack über den Rand seines Bierkrugs hinweg, »dann speit das Tier demnächst auch noch Feuer.«

»Still jetzt!«, verlangte Kathy.

»Ja, still!«

»Still!«

Billy nickte zufrieden. »Nachdem das Untier eine Weile tiefe Furchen in die Erde gegraben und gestampft hatte, musste es irgendwann bemerkt haben, dass ich mich nicht mehr rührte. Jedenfalls wurde es einen Moment still, sehr still. Nicht einmal der Wind wagte, an seiner Mähne zu ziehen, so still war es. Dann sprang das Scheusal los. Seine Hufe donnerten so schnell und so kräftig über die Erde, dass sie Funken schlugen. Sein Schweif peitschte wild und sein todbringendes Horn blitzte im Widerschein seines schneeweißen Pelzes. Es raste heran, schneller als die schnellsten unserer Hengste hier oder irgendwo sonst in der Gegend. Schneller als der schnellste Jagdhund des Fürsten. Mir blieb nicht einmal ein Wimpernschlag, ehe es mich erreicht hatte. Also warf ich mich beherzt zur Seite. Flink wie ein Wiesel rettete ich mich gerade noch so an die Seite.«

»Wiesel sind langsamer als Jagdhunde«, bemerkte Jack, aber die anderen starrten ihn nieder.

»Ist es also steckengeblieben?«, fragte Tom. Vor Aufregung war er fast so atemlos, wie Billy bei seiner Ankunft im Pub gewesen war.

»Ist es nicht. Als sie mich ausweichen sah, riss die Bestie Kopf und Hufe hoch und statt ihres Horns rammte sie die Vorderläufe gegen das Holz. So riesig war das Untier und mit solch einer Wucht hatte es sich bewegt, dass der ganze Baum nachgab und gefällt zu Boden ging. Ihr könnt nachsehen gehen, falls ihr mir nicht glaubt. Ich beschreibe euch die Stelle. Aber glaubt mir, mich bringen keine zehn Pferde mehr in diesen Wald. Das könnt ihr wissen!«

»Schon gut, schon gut«, erwiderte Kathy. »Das Nachsehen muss warten. Nun erzähl schon, was weiter geschehen ist!«

»Gemach, gemach«, entgegnete Billy. »Jeder gute Erzähler muss dann und wann seine Stimme ölen. Die, die gerade erst dem

Tode von der Schippe gesprungen sind, ganz besonders.« Und er nahm einen weiteren kräftigen Zug aus seinem Bierkrug. »Da stand ich also. Stockfinstere Nacht. Direkt neben mir die Bestie und der gefällte Baum. Ich stand noch immer auf der Böschung. Von dort konnte ich hinauflaufen, dem Pub entgegen, oder hinab zum Bach, wo ich hergekommen war.«

»Na, das ist ja bei dir nicht schwer zu erraten«, meinte Jack. »Immer den kürzesten Weg zum Pub.«

»Da halte ich gegen!«, rief Kathy. »Zum Bach. Wasser schreckt allerlei Gespenster. Das Weihwasser aus der Kirche besonders, aber wenn man das nicht hat ...« Sie ließ den Satz unbeendet und alle sahen erwartungsvoll zu Billy.

Der nickte in Kathys Richtung. »Das war auch mein Gedanke, in der Tat. Also ging es runter zum Bach für mich.«

»Ha!« Kathy lachte und Jack zahlte ihr schweigend ein neues Bier.

»Weiter!«, drängte Donald unterdessen.

»Ja, weiter!«, verlangte auch Tom.

Billy lächelte. »Bis zum Wasser sollte ich dann aber gar nicht kommen. Ich drehte um und lief auf geradem Wege hinab zum Bach. Das Einhorn drehte auch herum und folgte mir nach. Ich konnte seine Hufe in die Erde schlagen hören. Bald schon spürte ich außerdem die Hitze seines Atems in meinem Nacken. Dampfschwaden hüllten mich ein und ich lief und sprang über Wurzel, Stock und Stein, als wäre der Teufel persönlich hinter mir her.«

»Und dann?« Kathys Augen funkelten vor Aufregung und ließen für einen kurzen Moment erahnen, wie schön sie einst als Mädchen gewesen sein musste.

»Und dann«, wiederholte Billy getragen. Vier Augenpaare sahen ihn gebannt an. »Und dann, gerade als ich einen winzigen Stich in meinem Rücken spürte und glaubte, nun wäre alles zu Ende, da hörte ich ein Poltern hinter mir. Ich fuhr herum und sah, dass das Untier gestürzt war. Es war nicht wie ich auf gerader Route gelaufen, sondern hatte versucht, mich in schräger Linie vom gefällten Baum aus einzuholen. Dabei war es in der Finsternis der Nacht in eine der tiefen Schluchten gefallen, die es selbst mit seinen Hufen in den Erdboden gescharrt hatte, während es mich taxiert hatte.« Er machte eine dramatische Pause und sah jeden der vier für einen kurzen Moment bedeutungsschwer an. Alle schwiegen. Sogar Jack. »Wie ich das Untier am Boden sah, erkannte ich meine letzte und einzige Chance. Ich kehrte um und nahm die Beine in die Hand. Mein Vorsprung reichte die Böschung hinauf und an den Waldesrand. Dann hörte ich die Hufschläge wieder. Noch schneller, noch wütender als zuvor. Mein Herz schlug mir bis zum Hals und ich glaubte, meine Beine würden versagen. Aber sie versagten nicht. Ich sah das rettende Licht, sah das Feuer hier durch die Fenster scheinen, rannte um mein Leben und konnte mich geradeso hier hinein retten.« Schwer atmete er aus, ehe er schloss: »Wieso mir das Untier nicht weiter gefolgt ist? Ich weiß es nicht. Ich nehme mal an, wie alles Böse scheut es das Licht. Das hat mich heute Nacht gerettet und es hat auch euch gerettet. Und hier sitzen wir nun.«

»Ja«, hauchte Kathy. Ihr Blick war auf das herunterbrennende Kaminfeuer gerichtet. »Hier sitzen wir nun.«

»Hier, ja«, echote Donald.

»Hier«, bestätigte Tom.

Jack schaute Billy noch einen Moment mit großen Augen an, dann schüttelte er den Kopf, schob seinen leeren Bierkrug von sich und erhob sich. »Ein nettes Märchen, Billy, wirklich nett. Hast dir dein Bier verdient, nachdem deine Alte dir die Groschen abgeluchst und dich mit leeren Taschen hergeschickt hat. Verdient fürwahr! Aber mir reicht es nun für heute. Gute Nacht allerseits!«

Unter gemurmelten Verabschiedungen der nun nicht mehr ganz so lustigen Gesellschaft schritt er durch das Zwielicht des Raumes und öffnete die Tür. Draußen empfing ihn tiefschwarze Nacht. Wind rauschte in den Blättern des nahen Waldes. Und aus der Ferne, ganz leise, drang Hufgetrappel zu ihnen herein. Jack starrte einen Moment hinaus, dann zog er die Tür zurück ins Schloss.

»Wobei … jetzt, wo ich recht darüber nachdenke«, sagte er, als er sich seinen Hocker zurück an den Tresen zog. »Meine Kinder nerven mich schon lange, ich solle ihnen endlich neue Märchen mitbringen. Deine sind gut, Billy, wirklich gut. Das lässt sich nicht abstreiten. Erzählst du noch eins? Kriegst auch noch ein Bier!«

Silke Vogt

FABELHAFT (R)EVOLUTIONÄRER EINHORN-STREIF(EN)ZUG

Endlich war es so weit. Mit nahezu übertierischer Geduld hatten die Einhörner auf dieses langersehnte Ereignis warten müssen. Die junge Stute Prudentia, wegen geradezu orakelhaft zuverlässiger Weisheit das Leittier der Herde, bekam ihr erstes Fohlen. Das war inzwischen schon eine Woche überfällig.

Zu ihrer bevorstehenden Niederkunft hatte es vorab eine Menge Maulzerreißen gegeben, schließlich ist Stutenbissigkeit bei weiblichen Einhörnern eines der beliebtesten Hobbys. Sie neideten ihrer Anführerin weniger die Weisheit, der von Damen jeglicher Spezies, uns Menschen inbegriffen, leider allzu oft mangelnde Bedeutung beigemessen wird, sondern vielmehr das blendende Aussehen.

In voller Jugendblüte stehend, war ihr glattes, glänzendes Fell so weiß wie frisch gefallener Schnee, dazu die Gestalt makellos. Ihr graziler Kopf saß auf einem sanft geschwungenen, dennoch kräftigen Hals. Der stabile Rücken, zum Tragen von Verantwortung geradezu wie geschaffen, ging sanft in die gut gebaute Hinterhand über, bestens dafür geeignet, von hinten nahende Feinde in die Schranken zu weisen. Die Hufe schimmerten in einem prächtigen Perlmutt. Bei Sonne, die hier in der Savanne von Gondwanaland nahezu ständig schien, erstrahlten sie sogar in allen Regenbogenfarben. Dafür musste – wie gemein! – kein bisschen mit Huflack nachgeholfen werden, was kaum eine andere Artgenossin von sich behaupten konnte.

Mähne sowie Schweif der Leitstute glitzerten als Spiegelbild ihrer Hufe in derselben überirdischen Farbenpracht, waren zudem unglaublich lang und lockten sich in perfekten Kringeln. Im wahrsten Wortsinne verlockend! Schönheitskorrekturen völlig überflüssig. Kein Wunder, dass die anderen Jungstuten schlecht auf diese von der Natur übermäßig verwöhnte Konkurrentin zu sprechen waren.

Die Hengste der Herde hingegen hatten sich einhellig um die Gunst der Schönen gerissen. Gerissen, wie sie war, konnte keiner die Vaterschaft des nun fälligen Fohlens für sich beanspruchen, hatte doch Prudentia nie einen der schmachtenden Kerle an sich herangelassen. Sie war nämlich zu allem Überfluss mit einem extra langen, äußerst stabilen Horn ausgestattet. Das war nicht, wie normalerweise bei diesen Geschöpfen, einfach nur gedreht, sondern aus drei festen Strängen in den Tönen Silber, Gold und Kupfer geflochten.

Weil es alle anderen in der Herde vertretenen Hörner weit überragte, selbst die der stärksten Hengste, hatte sie damit locker sämtliche unerwünschten Verehrer auf Abstand halten können. Gegen diese hieb- und stichfeste Argumentation war niemand angekommen. Im Gegenteil, manch allzu wagemutiger Recke leckte sich noch seine Flankenwunden; unliebsame Erinnerungen an »flankierende Maßnahmen«, wie die Kämpferin das belustigt nannte.

Durch ihr himmlisches Aussehen war sie bei ihren Altersgenossinnen von vornherein unten durch. Die stimmten daher auch nicht für sie, als es um die Wahl eines neuen Leittiers ging. Alle Hengste hätten sie anfangs hingegen liebend gern auf Hufen getragen, nannten sie aber stattdessen als Folge ihres abweisenden Verhaltens hintenherum bald nur noch »Prüdentia«.

Zumindest symbolisch getragen wurde sie hingegen von den älteren, über Neid längst erhabenen Stuten, die, durch viel Lebenserfahrung weise geworden, die Seltenheit angeborener Weisheit über alles schätzten. Da sie die Mehrheit in der Herde bildeten, konnten sie schließlich ihre Favoritin zur Leitstute befördern.

Allzu prüde konnte Prudentia hingegen bei einem unbekannten Glücklichen außerhalb ihrer Herde wohl kaum gewesen sein, schließlich stand die Geburt des Fohlens bevor.

Von einem fremden Vater gezeugt, wurde es natürlich allerseits mit ganz besonderer Spannung bis hin zu Argwohn erwartet. Bei einer so perfekten Mutter würde es ein ebenso makelloses Kind sein, darin waren sich die anderen jungen Stuten einig. Sie suchten geradezu einen weiteren Grund für nagenden Neid.

Die Geburt dauerte lange, Prudentia quälte sich sehr, aber schließlich, am 31.12., genau um Mitternacht, beschienen von einem bleichen Vollmond, war er da: der langersehnte neue Stammhalter. Sogar ein Hengstfüllen, was die frischgebackene Mutter in der Achtung ihrer gesamten Herde wieder ein klein wenig steigen, zugleich die Ächtung sinken ließ. Seltsamerweise wird bei Einhörnern seit Urgedenken, genau wie bei uns, männlicher Nachwuchs weit höher geschätzt als weiblicher, warum auch immer. Gute Argumente dafür vermögen die Einhörner genauso wenig wie wir Menschen zu benennen.

Wie war das nun mit dem vollendeten Nachwuchs? Für ein Hengstchen, zudem eine ganze Woche übertragen, war der kleine Kerl reichlich mickrig. Außerdem schwarz wie die Nacht. Nun werden Einhörner, genau wie Pferdeschimmel, in den seltensten Fällen weiß geboren, sondern in allen erdenklichen Fellfarben. Das Ausschimmeln, also komplette Weißwerden, kommt erst nach und nach. Während Pferde oft mehrere Jahre dafür benötigen, ist es bei Einhörnern meist schon nach einem halben, allerspätestens einem Jahr abgeschlossen. Die sehr selten ganz schwarz geborenen Einhörner sind jedoch von Anfang an um Augen sowie Nüstern weiß und haben ausnahmslos von Geburt an ein weißes Horn als Vorboten ihrer eigentlichen Färbung.

Nicht so bei dem Neuzugang. An ihm war alles schwarz, kein einziges weißes Härchen zu sehen. Das winzig kleine Hörnchen, selbst für ein Neugeborenes lächerlich, bestand, gerade so erkennbar, aus drei Strängen wie bei seiner Mutter, aber alle pechschwarz. Schweif, Mähne und Hufe hatten einen leicht goldenen Glanz, wirkten dennoch sehr dunkel. Weiße Zähne nebst rosa Zunge, mehr »Normales« gab es an ihm nicht.

Beim Anblick dieses sehr ungewöhnlichen Babyeinhorns kamen in der Herde äußerst unterschiedliche Gefühle auf. Was die anderen Stuten sehr beruhigte: Unter den Hengsten gab es keinen mehr, der sich gewünscht hätte, von diesem Etwas der Vater zu sein. Wer hätte dieses rein optisch schon völlig missratene Kind haben wollen?

Die jungen Damen der Herde neideten der Schönen zwar immer noch ihre äußeren Vorzüge, nicht aber ihr Fohlen. Im Gegenteil: Insgeheim bedauerten sie die Mutter für ihr schweres Schicksal, hätten dies natürlich nie offen zugegeben. Die alten Stuten hingegen zeigten deutliches Mitleid, trösteten ihre Anführerin, sie werde sicher noch viele Fohlen werfen, darunter auch völlig normale, wenn nicht sogar besonders schöne. Wobei sie ihr nahelegten, sich beim nächsten Mal lieber einen passenden Vater aus der eigenen Herde zu nehmen. Da wisse man, was man habe.

Wie stand es um Prudentia? Die war von Anfang an verliebt in ihr Erstgeborenes, wie es alle Mütter sind, oder zumindest sein sollten. Meistens sorgt die Natur für diese Bindung, egal, was für ein Individuum da auch immer zur Welt gekommen ist. Schließlich war an dem Kleinen alles dran: Er hatte einen zwar schwächlichen, aber vollständigen Pferdekörper, sogar ein kleines Horn auf der Nase. An ihm würde alles noch wachsen. Wer weiß, weiß würde er mit der Zeit wohl auch noch. Wobei, sicher war sich Prudentia in diesem Punkt nicht, schließlich wusste sie, und nur sie, um die geheimnisvolle Vaterschaft.

Als sie nämlich vor genau einem Jahr, genervt von den aufdringlichen Einhornhengsten, völlig planlos in ein nahes Wäldchen geflohen und dort erschöpft stehen geblieben war, hatte sie ein sanftes Schnauben gehört. Keine klassische Einhornsprache, sondern gefärbt mit einem starken Akzent, dafür unglaublich beruhigend. Vor Ausländern war sie immer gewarnt worden, bisher aber noch nie einem begegnet. Anhand der seltsamen Aussprache erwartete sie, leicht verängstigt, ein Einhorn aus einer fremden Herde.

Doch was sah sie stattdessen direkt vor sich auf der sonnendurchfluteten Waldlichtung? Einen stattlichen Pferdehengst. Sozusagen ein Einhorn ohne Horn, dafür kohlrabenschwarz. Welch göttliche Erscheinung! Sie schlug alle Warnungen in den Wind, hörte auf ihr Herz und ließ sich seine Zuneigungsbezeugungen gern gefallen. Tierisch gut, solche Liebe auf den ersten Blick.

Das Ergebnis lag nun, genau ein Jahr später, vor ihr im ausgedörrten Gras. Bis auf das Horn, ihr Erbteil, wenn auch in sehr schwacher Ausprägung, ganz der edle Papa. Welch ein Glück!

Zugegebenermaßen wirkte das Söhnchen ein bisschen zerbrechlich, aber wer wusste, wie sein Vater, ein imposanter Hengst, in dem zarten Alter ausgesehen haben mochte. Leider hatte sie ihn seit der unvergleichlich romantischen Nacht nie wiedergesehen. Allerdings auch nie jemandem aus ihrer Herde davon erzählt, obwohl sie ständig gefragt wurde, wer denn nun der Vater sei.

Jedenfalls war es durchaus verständlich, dass Prudentia unglaublich glücklich mit dem Kleinen war und sich ihr Kind kein bisschen anders gewünscht hätte. Es musste nur noch ein passender Name her, den sie allein bestimmte. Er war schwarz mit kleinem Hörnchen, so taufte sie ihn Nero Cornellito.

Da die Leitstute ihr Amt sehr ernst nahm, weshalb sie in Gefahrensituationen mehr als einmal durch kluges Handeln sowie weise Prophezeiungen die Herde vor einem fast sicheren Unglück bewahren konnte, stieg ihr Ansehen in ungeahnte Höhen. Mit der Zeit hegte keines der anderen Einhörner mehr ernsthaften Groll gegen sie.

Während die Herde darauf wartete, dass der Kleine doch noch ausschimmeln würde, wegen seiner extremen Schwärze vielleicht ein wenig später als normal, hoffte seine Mutter, ohne dies laut auszusprechen, er möge die Ähnlichkeit zu seinem Papa nie verlieren. All seinen Fragen, warum er solch eine abartige Fellfarbe habe und wer sein Vater sei, wich sie hartnäckig aus.

Nicht nur für Menschenkinder ist es schwer zu ertragen, anders als die anderen zu sein. Nero Cornellito wurde schon bald sehr kräftig, bloß sein Horn wuchs kaum. Auch zeigte sich kein weißes Fleckchen – egal wo am Körper. Oft stießen seine Altersgenossen ihn aus. Spielten sie »Wer hat Angst vor'm schwarzen Mann?«, bekam natürlich er diese unerwünschte Rolle zugeschustert. Er wollte nicht immer der Fänger sein, vor dem sich alle fürchteten.

Genau wie Pferde lieben Einhörner, sich im Staub oder Schlamm zu suhlen, um Plagegeister loszuwerden. Am meisten genoss es Nero, denn nach solch einem Bad war er zumindest eine kleine Weile so weiß wie die anderen. Dann endlich fühlte er sich zugehörig. Welch kurze Momente höchsten Glücks! Schon bald kam jedoch seine angeborene Schwärze wieder durch.

An seinem ersten Geburtstag war er zunächst todtraurig, da unverändert schwarz wie die Nacht. Von der Hoffnung, doch irgendwann auszuschimmeln, verabschiedete er sich an diesem Tag für immer.

Seine Mutter hielt nach wie vor treu zu ihm, versicherte ständig, ihn so zu lieben, wie er sei. Er solle einfach so bleiben, mutig zu seinen Besonderheiten stehen. Im Gegenteil pflegte sie zu schimpfen, sobald er sich allzu oft mit weißem Staub oder Schlamm bedeckte, das sei nämlich schlecht fürs Fell. An diesem seinem Ehrentag war er untröstlich und galoppierte mit einem

Mal davon, genau wie seine verzweifelte Mutter damals, in ein nahes Wäldchen. Dort trabte er aus, um gesenkten Kopfes stehenzubleiben, gänzlich zerworfen mit sich und der Welt.

Wie er so in trübe Gedanken versunken dastand, hörte er ein fremdes, zugleich irgendwie vertrautes Schnauben. Nicht seine eigene Sprache, aber dieser ähnlich. »Kopf hoch, mein Sohn!«

Erstaunt blickte der junge Einhornhengst in die Richtung, aus der er angesprochen wurde. Dort stand ein prächtiges schwarzes Einhorn. Nein, kein Einhorn, das Horn fehlte dem Fremden. Er, Nero, besaß ja wenigstens eine Miniaturausgabe davon.

»?«, traute er sich zu fragen. »Warum bist du nicht weiß wie alle Einhörner? Was ist mit deinem Horn passiert?«

Die warme Stimme entgegnete freundlich: »Ich bin ein schwarzes Pferd, genannt Rappe. Pferde haben nie Hörner und kommen in vielen Farben vor. Sonst sind wir euch Einhörnern in allem gleich.«

Nero fielen fast die Augen aus dem Kopf, plötzlich wusste er genau, wen er da vor sich sah. »Du musst mein Papa sein. Das Horn habe ich von Mama geerbt. Weil du gar keins hast, ist es bei mir so klein geraten, will außerdem kaum wachsen.« An diesem Mangel hatte er am meisten zu knabbern.

»Ja, ich bin dein Vater, eigens zu deinem ersten Geburtstag gekommen, um dir etwas mit auf den Weg zu geben: Man kann auch als Schwarzer unter Weißen glücklich sein, aber nur, sofern man zu seiner anderen Farbe steht. Ebenso kann man mit einem kleinen Horn, ja, sogar ganz ohne, unter ordentlich Gehörnten ein zufriedenes Leben führen. Mal ehrlich, wer braucht so ein Horn, zumal an einer so unpraktischen Stelle? Man schielt ja mit so einem Riesending auf der Nase dauernd!«

Der Jährling dachte eine Weile nach, kam dann zum Schluss: »Weißt du was, Papa, künftig werde ich ausschließlich in schwarzem Schlamm und Staub baden, selbst wenn ich extra danach suchen muss!«

»Du hast mich verstanden, mein Sohn, das macht mich sehr stolz. Ab jetzt kann ich dich mit deiner tapferen Mutter guten Gewissens alleinlassen«, ertönte zum letzten Mal die Stimme, dabei langsam dünner werdend. Vor den ungläubigen Augen des kleinen schwarzen Einhorns wurde der stattliche Pferdehengst immer durchsichtiger, bis nur noch die Umrisse zu sehen waren und er sich schließlich ganz auflöste. Dafür wurde am zuvor strahlend blauen Himmel auf einmal eine riesige dunkle Wolke in Pferdeform sichtbar, mit einem kleinen Loch, genau da, wo das Auge hingehörte. Das blinzelte ihm zu, da war sich Nero sicher.

Durchströmt von einem unbändigen Glücksgefühl trabte er zur Herde zurück, schien von da an wie ausgewechselt. Niemand vermochte ihn mehr wegen seiner Fellfarbe, des mickrigen Hörnchens oder weshalb auch immer zu ärgern. Ebenso freundlich wie bestimmt wies er Anfeindungen zurück, ignorierte sie oder lachte sogar zusammen mit den Angreifern über sich. So verloren die anderen sehr schnell das Interesse daran, ihn zu foppen. Die Energie konnte man sich wirklich sparen.

Auf diese Weise überstand er trotz seines unverkennbaren Andersseins, an dem sich auch im Erwachsenenalter nie etwas änderte, die Kindheit dank zuverlässiger Unterstützung durch seine Mutter sowie der einmaligen, geisterhaften Begegnung mit seinem Vater unbeschadet.

Als er zum Junghengst heranwuchs, wurde er noch einmal auf eine sehr harte Probe gestellt. Unter seinen Altersgenossen vereinten sich alle zu Pärchen, Hengst und Stute. Jeder bekam nach mehrfachem Ausprobieren, heftigen Wirrungen und Dramen einen passenden Partner ab. Bloß er blieb übrig, ganz wie der schwarze Peter im gleichnamigen Kartenspiel. Das könnte man genauso gut in »Schwarzes Einhorn« umtaufen.

Einige Stuten hatte er wirklich sehr attraktiv gefunden und sie umworben, aber nie ließ ihn eine in die Nähe, genau wie seine Mutter damals alle Hengste der Herde abwehrte. Nun konnte er nachvollziehen, wie kläglich sich die Einhornmänner damals gefühlt haben mussten. Alle Weibchen besaßen ein deutlich längeres Horn als er. Jetzt hätte er zu gern noch einmal mit Papa gesprochen, um ihm klarzumachen, wofür Hengste gut gewachsene Hörner brauchten. Wie hatte sein Vater, völlig hornlos, kohlrabenschwarz, Neros kapriziöse Mutter bloß erobern können?

Diese glaubte auch in der pubertätsgeschüttelten Zeit felsenfest an ihren Sohn, welcher voll kritischer Selbstzweifel war. Mehr noch, sie sah voraus, dass ihm eine besondere Zukunft bevorstand. Wie immer sollte sie recht behalten.

Bei der Nahrungssuche durchstreifte die Herde weite Gebiete der kargen Savanne. Einhörner waren schon damals selten. So konnte man es einen besonderen Glücksfall nennen, dass sie bei einer der ausgedehnten Wanderungen plötzlich auf eine fremde Einhornherde stießen. Alle Pferdeartige, Unartige unter ihnen inbegriffen, sind Fluchttiere. Als solche bilden sie gern große Einheiten, was bessere Verteidigungsmöglichkeiten verspricht oder die Chance erhöht, Angreifer in die Irre zu führen, indem unzählige Tiere in alle Richtungen auseinanderstieben. Nach kurzem Beschnuppern beschloss Prudentia zusammen mit dem fremden Leithengst, ihre Herden zu vereinigen.

Niemanden freute das mehr als Nero Cornellito, der, mittlerweile im besten Mannesalter, unfreiwillig solo, nun die Chance witterte, endlich eine Gefährtin zu finden. Doch wieder starrten ihn alle in Frage kommenden Stuten höchst befremdet an, richteten drohend das Horn auf ihn oder suchten das Weite. So waren seine Hoffnungen innerhalb von fünf Minuten in alle Winde zerstoben. Wie immer, wenn es ihm besonders schlecht ging, wollte er allein sein, was nur möglich war, indem er für eine Weile die Herde verließ.

Wie von Sinnen galoppierte er also davon, bloß seine Mutter wusste, warum. Wie von Zauberhand geführt, landete er wieder einmal in einem kleinen Wäldchen, ganz ähnlich dem, wo er als genau Einjähriger seinen Vater getroffen hatte. Wenn er recht nachdachte, war genau an diesem Tag sein Geburtstag, doch zählte er die Jahre schon lange nicht mehr. Wie damals stand er gesenkten Hauptes zwischen den Bäumen, wäre am liebsten ewig so stehengeblieben. Im Gegensatz zu seinem ersten Geburtstag gab es inzwischen kein bisschen Mickriges mehr an ihm, mal abgesehen von seinem Horn, kaum mehr als ein Buckel. Von Statur war er gut gewachsen, stand seinem Vater in nichts nach. Immerhin hatte seinen Herrn Papa damals eine sehr gut ausse-hende Einhornstute ange(sc)himmelt und für sich gewonnen, sonst wäre er selbst nie geboren. Was trotz aller Widrigkeiten irgendwie schade wäre …

Durch solcherlei Gedanken ein wenig mit dem Schicksal ver-söhnt, blickte er auf, wobei er seinen Augen kaum traute. Auf der Lichtung vor ihm stand ein himmlisches Wesen. Eine Einhorn-stute, offenbar im besten Alter, zart gebaut, filigran, wunderschön und – tieftraurig. Die Augen geschlossen, den Kopf gesenkt, tropften unzählige Tränen auf den Boden, wo sich schon eine ansehnliche Pfütze gebildet hatte. Auch sie besaß nur ein zartes, kleines Hörnchen, was ihr prima stand.

Er schnaubte so beruhigend wie irgend möglich. Mit Erfolg, denn sie schaute ihn an. Ihr Fell leuchtete in reinstem Weiß, wie er es noch nie gesehen hatte, es schien förmlich von innen heraus zu strahlen. Ihre Nüstern schimmerten altrosa, die Augen rotglühend wie heiße Kohlen. Etwas Anrührenderes hatte er noch nie zuvor erblickt.

»Wer bist du?«, fragte er sie sanft. »Und vor allem, wie kann ein solch makelloses Wesen so todunglücklich sein?«

Sie hob sehr vorsichtig den Kopf. Die Stimme, die sie ansprach, hatte sie zuvor noch nie gehört, war ihr aber sofort sympathisch. Zwar nicht direkt die Einhornsprache, welche in ihrem Umfeld benutzt wurde, dennoch klar verständlich. Als sie ihr Gegenüber sah, traute sie ihren roten Augen kaum. Ein stattlicher Einhornhengst, kohlrabenschwarz, mit einem Hörnchen, das genauso klein war wie ihres. Fast glaubte sie, zu träumen. Der Sprache endlich wieder mächtig, stellte sie sich vor. »Ich bin Albina und meiner Herde weggelaufen. Immer, wenn ich traurig bin, verkrieche ich mich im Wald, bis es mir ein bisschen besser geht. Wir hatten in der Ferne eine fremde Einhornherde entdeckt. Mein Papa Albion beschloss kurzerhand, sich friedlich zu nähern, um sich mit den Fremden zusammenzuschließen. Gemeinsam sei man stärker gegen Feinde, so seine Begründung. Da bin ich geflohen, schließlich sollte mich kein Fremder zu Gesicht bekommen. Mir reicht schon der Spott meiner Genossen. Genossen habe ich den sicher nicht.«

»Was du da gesehen hast, war meine Herde, auch ich musste flüchten. Sag mal, was ist eigentlich mit dir los?«, wollte der ziemlich verdutzte Nero wissen, immer noch geblendet von ihrer außergewöhnlichen Schönheit.

»Na, das sieht wohl jeder auf den ersten Blick: rote Nüstern, rote Augen, und das nicht vom Weinen, ein so weißes Fell, dass es sogar nachts leuchtet. Ich wurde als Albino geboren, daran erinnert mein Name. Selbst den Weißen bin ich zu weiß. Dazu noch die falsch gefärbten Augen und Nüstern, das viel zu mickrige Horn … Kein Wunder, dass niemand was mit mir zu tun haben will.« Schon begann sie wieder, kläglich zu schluchzen.

Der schwarze Hengst rieb tröstend seinen Kopf an ihrem Hals. »Schau mich mal an, schwarz wie die Nacht. Aus meiner Sicht kann es *zu weiß* gar nicht geben. So etwas Herrliches wie dich habe ich noch nie gesehen.«

Durch glückliche Fügung, je nach Belieben genannt Gott, Schicksal, Vorsehung, hatten zwei Außenseiter, die sich selbst treu geblieben waren, zueinander gefunden. Weder ihn noch sie zog es zur Herde zurück. Sie trabten einfach drauflos, ließen sich treiben und freuten sich des Lebens. Dieses einmalige Gefühl hatten sie zuvor noch nie erlebt. Natürlich wollten sie, wie Frischverliebte das zu tun pflegen, eine Familie gründen.

Immerhin besaß Nero zwar äußerlich ein Fell von reinstem Schwarz, er hatte aber versteckt in seinen Genen als Erbteil der Mutter zur Hälfte auch weiße Fellanteile. Da Albina zudem von einem nicht mehr zu überbietenden Weiß war, glaubten die beiden Zweckoptimisten fest daran, als Mischung der Elterntiere schönen hellgrauen Nachwuchs zu bekommen. Der stellte sich pünktlich nach einem Jahr Tragzeit ein. Da brachte Albina ein prächtiges Zwillingspärchen, Stute und Hengst, zur Welt. Grau waren sie nicht, sondern, womit weder Vater noch Mutter im Entferntesten hätten rechnen können, schwarzweiß gestreift. Mit noch winzigerem Hörnchen als bei ihren Eltern.

Nun ja, sowohl Nero Cornellito als auch Albina zeigten sich aufgrund ihrer eigenen Kindheitserlebnisse sehr tolerant, was optische Entgleisungen betraf. So liebten sie die Jungtiere genau so, wie sie geboren worden waren und umsorgten den Familienzuwachs sehr warmherzig. Alle Fohlen der Folgejahre kamen ebenso schwarzweiß gestreift sowie beinahe hornlos auf die Welt.

Die stetig größer werdende Familie bildete den skurrilsten Einhornverband, den die Welt jemals erlebt hatte.

Nach Jahren trafen sie zufällig auf ihre alte Herde, die sie damals aus tiefster Verzweiflung verlassen mussten. Die Tiere hatten erstaunlich heftig um den Verlust ihres jeweiligen Außenseiters getrauert, wohl erst nach deren Verschwinden bemerkt, was für wunderbare Zeitgenossen es gewesen waren, die allen sehr fehlten. Umso größer war nun die Wiedersehensfreude.

Im Gegensatz zu ihren einst ausgestoßenen Eltern hatten die gestreiften Tiere kein Problem, unter den weißen Einhörnern Partner zu finden. Der gemeinsame Nachwuchs präsentierte sich stets schwarzweiß gestreift. Mal dominierten die schwarzen, mal die weißen Streifen, mal waren sie genau gleich dick. Es gab welche mit ganz glatten Rändern, manche fransten aus.

Einhörner sind äußerst langlebig, sofern sie keinem Jäger welcher Spezies auch immer zum Opfer fallen. Gelingt es ihnen, sich von Feinden fernzuhalten, können sie etliche Tausend Jahre alt werden.

Inzwischen hatte unglücklicherweise der Urmensch die Weltgeschichte betreten, gnadenlos auf alles Jagd machend, was ihm vor Speer oder Keule kam. Gerade das weiße Fell der ursprünglichen Einhörner machte sie in der Savanne weithin sichtbar, womit sie unfreiwillig die allerbesten Zielscheiben abgaben. Immer mehr von ihnen fielen den Steinzeitjägern zum Opfer.

Aufgrund der zunehmenden Gefahr wanderten schließlich alle weißen Einhörner mit Ausnahme Albinas schweren Herzens nach Norden, so weit, bis die Landschaft das ganze Jahr über weiß blieb. In dieser Nordpolarregion legten sie sich ein dickes, wärmendes Fell zu und konnten sich, getarnt, wie sie waren, vor Raubtieren gut verstecken. Menschen waren damals dort noch unbekannt, später eroberten allerdings auch sie die eisigen Kältegebiete.

Die heutigen Inuit finden nicht allzu selten herumliegende Einhornhörner, Beweise dafür, dass es diese Wunderwesen gegenwärtig noch gibt. Sterben muss der ehemalige Hornträger dafür übrigens nicht. Einhörner werfen, ähnlich den Hirschen, jedes Jahr das alte Horn ab und lassen sich ein neues wachsen.

Nur die weißen, da besonders gefährdeten Einhörner, wanderten aus. In der Savanne zurück blieben Nero sowie Albina nebst ihren Kindern und Kindeskindern. Während die beiden Eltern beständig auf der Hut sein mussten, weshalb sie sich am liebsten in Wäldchen versteckt aufhielten, durchstreiften die Gestreiften mutig die weite, offene Landschaft. Vor dem in der Sonne flimmernden hohen Gras oder vertrockneten Sträuchern fielen sie kaum auf. Sollte sie tatsächlich mal ein tierischer Räuber oder menschlicher Jäger entdecken, suchten sie blitzschnell ihr Heil in der Flucht. Da sie innerhalb der Familienverbände, aber auch mit fremden Herden in gegenseitigem Frieden lebten und außerdem mit ihren harten Hufen ausreichend bewaffnet waren, verkümmerten die Hörnchen immer mehr. Schließlich verschwanden sie ganz. Da sich Schweif nebst Mähne wegen ihrer Länge oft in hohem Gras oder tiefhängenden Ästen verfingen, wurden sie von Generation zu Generation kürzer, bis der Schwanz zu einer schmalen Quaste verkümmerte, die Mähne hingegen schließlich steif wie bei einem Borstenpinsel vom Hals senkrecht in die Höhe stand. Wichtige evolutionäre Mosaiksteinchen zur Überlebenssicherung.

So ist die Urform der Einhörner – weiß, mit beeindruckend langem Horn – heute nahezu verschwunden, der Evolution zum Opfer gefallen. Als gestreifte hornlose Zebras hatten und haben sie weitaus bessere Überlebenschancen. Folglich weilen Einhörner mitten unter uns, zumindest in der afrikanischen Savanne, bloß weiß das kaum ein Mensch. Was sicherlich gut so ist, sonst würden Zebras noch intensiver verfolgt, da Einhörner, egal mit welchem Fell und sogar hornlos, als mystische Tiere gelten, deren Stärke und Magie auf den erfolgreichen Jäger übergeht.

Ein paar moderne Inuit behaupten zwar steif und fest, sie sähen regelmäßig pferdeartige, gehörnte, blendend weiße Wesen, die elegant von einer Eisscholle zur anderen sprängen, fast zu schweben schienen. Das sind aber gewiss nur Halluzinationen als Vorboten der gefürchteten Schneeblindheit.

Einzige handfeste Beweise für die Existenz dieser menschenscheuen Fabelwesen sind die immer wieder in der Polarregion auftauchenden gedrehten Hörner. Oder will uns da bloß jemand ins Bockshorn jagen?

Vielleicht doch kein Nar(r), wer dabei eher an Wale denkt?

Jessie Weber

HINTER DEN BILDERN, ZWISCHEN DEN SEITEN

Studienfahrt nach Paris, und wir müssen ins Museum.« Jule verdrehte die Augen. »Dabei gibt es hier so viel anderes zu tun!«

»Zum Beispiel Shoppen auf den Champs-Élysées.« Sibel wickelte eine lange schwarze Locke um ihren Finger. »Wenn ich nicht wenigstens ein, zwei Paar Schuhe mit nach Hause bringe, erklären mich meine Schwestern für verrückt.«

»Na na, meine Damen.« Herr Lehmann bemühte sich um einen strengen Tonfall, doch alle wussten, dass ihr Lehrer diesen nur vorspielte. »Ein wenig Kultur schadet Ihnen nicht, und danach haben Sie Freizeit bis zum Abendessen.«

»Ich mag Museen«, sagte Luna leise in den allgemeinen Jubel hinein. Jule hatte sie trotzdem gehört.

»War ja klar. Unser Bücherwurm wieder.« Der Blick aus den schwarzblau bemalten Augen hatte etwas Verächtliches. Luna biss sich auf die Unterlippe. Alles, was sie jetzt sagte, würde die Situation nur noch verschlimmern.

»Lasst sie in Ruhe, Mädels. Ich mag Museen auch.« Bei Paul wusste man nie, ob er etwas ernst meinte oder einen veralberte, wenn er sein schönstes Lächeln aufsetzte. So oder so – es brachte die meisten Mädchen zum Dahinschmelzen. Die meisten. Zwar konnte sich auch Luna seinem Charme nur schwer entziehen, doch sie war zu wachsam, um sich derselben Schwärmerei hinzugeben wie die anderen. Und nicht dumm genug, um anzunehmen, jemand wie Paul würde ausgerechnet *sie* mögen.

»Kommen Sie jetzt bitte?« Herr Lehmann ging voraus durch die Öffnung in der zinnenbewehrten Mauer, dann standen sie vor dem Palast, der das Museum beherbergte. Die sonnenheißen Straßen der Großstadt mit ihrem Staub und Lärm waren plötzlich weit fort. Luna sah an dem Gebäude hinauf, zu den vielen Türmchen und Dächern, und eine himmlische Ruhe erfasste sie.

»Dieses Bauwerk ist mehr als 500 Jahre alt.« Herr Lehmann blätterte in seinem Reiseführer und wollte zu weiteren Erklärungen ausholen, doch das abfällige Gekicher von Jule und ihren Anhängerinnen ließ ihn verstummen.

»Können wir es *bitte* hinter uns bringen?« Sibel bemühte sich nicht einmal, ihren genervten Tonfall zu verbergen. Herr Lehmann tat, als hätte er nichts gehört. Luna spürte, wie ihr Respekt vor dem Lehrer sank, dessen einziges Ziel es zu sein schien, vor den Schülern seiner Abschlussklasse bloß nicht als uncool dazustehen. So ließ er sich alle möglichen Frechheiten gefallen, tat gerade das Nötigste, um den Lehrplan zu erfüllen, und machte sich ansonsten eine entspannte Zeit.

Nun scheuchte er die Gruppe viel zu schnell durch die Räume mit den Exponaten. Luna hätte gern noch das eine oder andere näher betrachtet; die Ölgemälde und Skulpturen, die mittelalterlichen Waffen, Truhen und Kleidungsstücke, Reliquien und Altarbilder. Welche Chance hatte sie jedoch, wenn sogar ihr Geschichtslehrer nicht im Mindesten interessiert schien? Dann aber betraten sie einen weiteren Raum, und mit einem Schlag war es Luna gleichgültig, was um sie herum geschah.

Der Raum war rund und dunkel, nur die sechs riesigen Wandteppiche wurden angestrahlt und leuchteten rötlich. Luna trat so nah an den ersten heran, wie die Absperrung es zuließ. Sie betrachtete die fein gewebten Fäden in rot, blau, dunkelgrün und cremeweiß. Da waren Tausende von winzigen bunten Blumen im Hintergrund des Motivs, dann das Motiv selbst, eine Edeldame und ihre Dienerin, vier mit Früchten behangene Bäume, ein Löwe, ein Einhorn. Wie durch dicke Mauern drangen die Worte des Lehrers schwach an ihr Ohr, »... Gemisch aus Wolle und Seide ... die fünf Sinne ... 15. Jahrhundert ...«, doch sie konnte den Blick nicht abwenden.

Das Einhorn.

Sein Körper war der hellste Bereich dieses ersten Teppichs. Luna starrte das Tier an. Wie es leuchtete ... Es stand aufgebäumt an einer Art Fahnenmast und schien den Betrachter direkt anzusehen. Sein Körper und sein Kopf waren die eines Pferdes, seine Hufe und das Bärtchen dagegen die einer Ziege.

Sie ging weiter zum nächsten Wandteppich. Auch hier dieselben Personen, dieselben Farben, dieselben Tiere. Wieder das Einhorn mit seinem wachen Blick und dem langen, gedrehten Horn.

Auf dem dritten Teppich hielt die Edeldame dem Einhorn, das die Vorderhufe auf ihrem Schoß abgelegt hatte, einen Spiegel vor. Luna betrachtete das Spiegelbild, als plötzlich ...

»Das Einhorn hat mir zugezwinkert!«

Die Worte waren ihrem Mund entschlüpft, bevor sie es verhindern konnte. Höhnisches Kichern war die Antwort, Augenverdrehen und Spott.

»Ja, sicher.«

»Nee, ist klar.«

»Träum weiter, Bücherwurm.«

Luna straffte die Schultern. Sie war es gewohnt, gehänselt zu werden, und sie musste sich auch nicht wundern, wenn sie so etwas sagte wie gerade eben.

Aber es war die Wahrheit gewesen.

Sie starrte wieder auf das Spiegelbild des Einhorns, und wieder sah sie das Blinzeln ganz genau. Sogar der Mund des Tieres verzog sich zu einem winzigen Lächeln. Luna überlief ein eiskalter Schauder. Sie fuhr herum, sah ihre Gruppe an, auf deren Gesichter sich eine Mischung aus Schadenfreude und Mitleid gelegt hatte. Nur Paul betrachtete sie ernst, sah zu dem Wandteppich hinüber, dann wieder zu ihr, ohne dass sich seine Miene veränderte.

»Können wir endlich gehen?« Jule machte ihre großen blauen Augen noch größer und sah zu Herrn Lehmann auf. »In diesem Museum werden wir noch alle verrückt!« Ihr Seitenblick zeigte deutlich, dass sie nicht wirklich *alle,* sondern nur Luna meinte. Doch die Worte zeigten den gewünschten Erfolg.

»Vielleicht ist es tatsächlich genug. Immerhin steckt uns allen die gestrige Busfahrt noch in den Knochen. Frische Luft wird uns guttun.« Als Luna sich nicht anschickte, den anderen zu folgen, nahm Herr Lehmann ihren Arm. »Kommen Sie bitte.« Widerstrebend ließ sie sich hinausführen, wandte sich an der Tür aber noch einmal zu dem dritten Teppich um. Das Einhorn zwinkerte.

Im Hof empfing sie das grelle Sonnenlicht, und Luna kniff die Augen zusammen. Sofort sehnte sie sich nach der ruhigen Dunkelheit des Museumsraumes zurück. Sibels quengelnde Stimme ähnelte der eines Kleinkindes und schmerzte in ihren Ohren.

»Dürfen wir jetzt shoppen gehen? Bitte, Herr Lehmann!«

»Sie dürfen jetzt tun, was Ihnen beliebt, meine Damen und Herren. Das Kulturprogramm ist absolviert, und schließlich sind Sie alle volljährig.«

»Dann möchte ich noch hierbleiben«, sagte Luna.

»Du solltest lieber mit uns kommen.« Jules Blick wanderte an Lunas Körper hinunter, musterte ihre verwaschene Jeans und das viel zu große Shirt. »Ein paar neue Klamotten wären gerade für dich nicht schlecht.«

»Lass sie doch. Unser Heimkind kann sich die Pariser Preise gar nicht leisten.« Sibels Stimme klang, als wäre sie sich nicht einmal bewusst darüber, dass ihre Worte Luna verletzen könnten.

»Wir könnten ihr etwas spenden. Das wäre mal ein wirklich guter Zweck.«

»Nein, danke«, rief Luna, fuhr herum und stapfte zurück in das Museum. Glockenhelles Lachen folgte ihr, doch sie biss sich auf die Unterlippe. Die Zeiten, in denen Jules Truppe sie zum Weinen brachte, waren vorbei!

Sie musste sich zwingen, nicht zu rennen, so sehr zog es sie zurück in den Raum mit den Wandteppichen. Als sie ihn endlich erreichte, fühlte sie sich, als sei sie nach Hause gekommen – ein Gefühl, das sie noch nie verspürt hatte. *Zu Hause* war ein Schlafraum in der Wohngruppe, den sie mal mit dem einen, mal mit dem anderen Mädchen teilte, da die meisten nur vorübergehend dort untergebracht waren. Nur Luna blieb. Seit sie wusste, dass sie nach dem Schulabschluss nur noch geduldet wurde, bis sie sich eine eigene Wohnung leisten konnte, war selbst dieser einzige Rückzugsort keiner mehr.

Noch einmal begann sie ihren Rundgang durch den Raum, von einem Wandteppich zum nächsten, und diesmal zwinkerte nicht nur das Einhorn im Spiegel. Von jedem der Bildnisse lächelte es ihr zu. Plötzlich war sie sicher, dass hier zwar etwas Seltsames geschah, dass es aber gut war und sie sich nicht ängstigen musste.

Vor dem letzten Teppich blieb sie stehen. Das Einhorn und der Löwe hielten die Plane eines blauen Zeltes offen, auf dem die Worte *Mon seul désir* standen – *mein einziges Verlangen*. Die Tiere schienen Luna in dieses Zelt einzuladen, sie, deren einziges Verlangen ein Zuhause war. Sie malte sich aus, wie sie hineinkroch, wie der fein gewebte Stoff ihr Zuhause wurde und die Menschen und Tiere auf dem Wandteppich ihre Familie. Tränen brannten heiß in ihren Augen. Sie sah sich um, voller Angst, die anderen Besucher würden bemerken, dass sie verrückt geworden war.

Sie war allein.

Selbst der Aufseher hatte den Raum verlassen – sie konnte sich nicht erklären, warum. Wie von Geisterhand fühlte sie sich zu dem Teppich gezogen, wollte nur einmal ihre Finger über den uralten Stoff gleiten lassen. Sie tauchte unter der Absperrung durch, trat vor das Einhorn, legte ihre Hand auf seinen Bauch und spürte die Fasern – nein, das Fell! Die Wärme des Körpers. Den Atem. Das Einhorn wandte den Kopf und sah sie an, streckte ihr sein gewundenes Horn entgegen. Luna umschloss es mit beiden Händen, es war glatt und kühl. Plötzlich fühlte sie sich hochgehoben und klammerte sich an dem Horn fest. Vor Schreck schnappte sie nach Luft, konnte aber keinen Ton herausbringen.

»Schnell, geh ins Zelt«, sagte die kleinere der beiden Frauen zu ihr, denen sie auf einmal gegenüberstand. Ohne nachzudenken, huschte Luna zwischen den Stoffbahnen hindurch, presste sich in die Falten und kniff die Augen zu. Dann versuchte sie, ihren rasenden Atem zu beruhigen.

Seit Luna denken konnte, lebte sie in ihrer eigenen Fantasiewelt. Jedes Buch, das sie las, erwachte für sie zum Leben. Sie litt mit den Charakteren wie mit den Familienmitgliedern, die sie hätte haben sollen und nicht hatte. Wenn sie ein Buch zuklappte, war ihr allerdings stets bewusst, dass es nur ein Buch war, das ein Mensch geschrieben hatte, dass die Personen in der Geschichte nicht wirklich waren. Auch wenn sie für sie gelebt hatten.

Was gerade mit ihr geschah, ließ sie jedoch an ihrem Geisteszustand zweifeln. Hatten die anderen recht, wurde sie verrückt? Schließlich kam ihr verwirrtes Gehirn zu dem Entschluss, dass sie eingeschlafen sein und dies träumen musste. Erleichtert lachte sie auf, was ein vernehmliches »Psst« von draußen vor dem Zelt nach sich zog.

Luna war froh, eine Erklärung gefunden zu haben. Da sie schlief und träumte, konnte sie ebenso gut genießen, was ihr passierte. Sie drückte ihr Gesicht in den weichen Stoff des Zeltes, und zum ersten Mal nahm sie wahr, wie es um sie herum duftete. Kein Wunder bei den vielen Blumen, die sie umgaben!

Luna öffnete die Augen und spähte aus dem Zelt hinaus. Sie sah die Szenerie von hinten, die sie noch vorhin von vorn betrachtet hatte. Die beiden Frauen drehten ihr den Rücken zu, die große Edeldame in dem Samtkleid und die winzige Dienerin. Sie hielt eine Schmuckschatulle geöffnet, in die die Dame eben eine Halskette legte. Die kleinere Frau wandte ganz leicht den Kopf und sah Luna an.

»Das Museum schließt bald«, wisperte sie. »Hältst du es so lange dort aus?«

»Natürlich«, erwiderte Luna ebenso leise. So wartete sie, bis sie von ihrem erhöhten Platz aus sah, dass die Tür des Raumes zufiel. Plötzlich wurde es stockfinster. Die Lampen waren ausgegangen. Dann aber legte sich ein weiches, gelbliches Licht auf die Umgebung. Die kleine Zofe winkte zu Luna hinüber.

»Komm zu uns.«

Die Edeldame scheuchte ein Hündchen von einer schmalen Bank und bedeutete Luna, sich zu setzen. Sie versank in dem dicken, weichen Kissen und blickte sich verwundert um. Allerlei kleine Tiere – Hunde, Ziegen, Kaninchen, Vögel und sogar ein Affe – huschten umher und spielten Fangen. Ein leichter Wind streifte durch die Bäume, und der betörende Duft der unzähligen Blumen machte sie schwindlig.

Das Einhorn trat vor sie und beugte ein Vorderbein.

»Luna. Es ist schön, dass du meine Zeichen verstanden hast. Ich versuche seit Jahrzehnten, den einen Menschen zu finden, der mich versteht.«

»Warum?«

»Weil ich Angst habe. Mit jedem Jahr, das vergeht, wird das Interesse der jungen Menschen an der Kunst kleiner. Ich fürchte, dass man uns vergessen wird.«

»Das wird nicht geschehen. Ihr seid wunderschön und wertvoll.«

»Nur weil wir so alt sind, halten sie uns hier in Ehren. Doch die Kunst ist keinem mehr lieb und teuer. Niemand sieht hinter die Fassade, dorthin, wo unsere wahre Geschichte lebt. Aber du hast hinter das Bild gesehen, so wie du gewiss zwischen die Seiten eines Buches siehst. Wir sind real, so wie die Helden deiner Bücher für dich real sind. Du weißt, dass sie nicht aus Papier bestehen, sondern aus Menschen, Leben. Dass es uns alle wirklich gibt, die wir Teile der Kunst sind. Du bist zu uns gekommen. Ich möchte dich dafür belohnen.«

»Willst du auf meinem Einhorn reiten?«, fragte die Edeldame und zwinkerte Luna zu. Da der Inhalt der Worte zu unbegreiflich war, sagte sie das erste, das ihr in den Sinn kam.

»Warum sprecht ihr meine Sprache?«

»Die Kunst spricht alle Sprachen, Luna.« Die Dame lächelte. »Und die Malerei – ob auf Leinwand oder auf Stoff, wie in unserem Fall – hat einen Vorteil gegenüber einem Buch. Bilder müssen nicht übersetzt werden. Nun, möchtest du einen Ausflug machen?«

Das Einhorn beugte auch das zweite Vorderbein, dann die Hinterbeine. Lunas Knie zitterten, als sie aufstand und vorsichtig auf den Rücken des glänzend weißen Tieres kletterte. Von außen betrachtet hatte es klein gewirkt, doch als es sich nun erhob, entfernte sich der Boden ein ganzes Stück von Luna.

»Ich kann nicht reiten!«, entfuhr es ihr. Dann jedoch fiel ihr ein, dass sie nur träumte. Sie vergrub ihre Hände in der dichten Mähne und sagte mit fester Stimme:

»Ich bin bereit.«

»Ich habe noch etwas für dich.« Die Dame holte eine Kette aus der Schatulle und legte sie Luna um. Die schimmernden Steine waren von der gleichen Farbe wie das Einhorn, weiß und rein, mit einem ganz leichten bläulichen Glanz. Schwer lag die Kette um Lunas Hals.

»Mondstein«, sagte das Einhorn. »Für Luna, meine leuchtende Göttin. Sollen wir nachsehen, ob deine Namensvetterin am Himmel steht?«

Es wartete keine Antwort ab, sondern setzte sich sogleich in Bewegung, so schnell, dass Luna die Augen zukneifen musste. Kälte umfing sie plötzlich, und als sie spürte, dass das Einhorn langsamer wurde, öffnete sie die Augen.

Sie flogen.

Lunas Herz tat einen angstvollen Hüpfer, ihr wurde schwindlig, als sie erkannte, wie hoch sie waren. Doch dann fühlte sie nur noch eine nie gekannte, freudige Verzückung, die sie wie ein Rausch erfasste.

Um sie herum war der schwarze Himmel, unter ihnen tausende Lichter, die riesige Stadt, in der das Leben tobte, in der Jule, Sibel und die anderen jetzt ihre neuen Schuhe ausführten und ihrem Lehrer auf der Nase herumtanzten.

»Wenn die wüssten!«, rief Luna übermütig in die Nacht.

Sie glitten lautlos dahin, ein dürres Mädchen mit einer viel zu edlen Halskette auf einem schimmernden, fliegenden Einhorn ohne Flügel. Freudentränen strömten über Lunas Gesicht, ihr Herz schien überzufließen, sie lachte und weinte gleichzeitig.

»Sieh, dort ist sie.« Das Einhorn wies mit seinem Horn auf den Mond, der voll und nah wie noch nie am Himmel vor ihr stand. Der Mond, nach dem sie benannt war, von einer Mutter, der es nicht möglich gewesen war, eine solche zu sein. Die ihr nichts als diesen Namen in die Welt mitgegeben hatte und sich dann von ihr fortgemacht hatte. In diesem Augenblick, mit dem überschäumenden Glücksgefühl im Herzen, konnte sie ihr endlich verzeihen.

Das Einhorn verlangsamte den Flug erneut und ließ sich absinken. Luna befürchtete schon, der Ausflug wäre zu Ende, doch dann sah sie, was das Einhorn ihr zeigen wollte. Der Eiffelturm blitzte und blinkte von Tausenden von Lichtern, dieses atemberaubende Wahrzeichen der Stadt, bei Nacht noch viel schöner als am Tag. Sie umkreisten ihn, einmal, zweimal, bis leuchtende Punkte vor Lunas Augen tanzten.

Weiter ging der Ritt, niedriger jetzt, sodass Luna die winzigen Menschen erkennen konnte, die die Straßen bevölkerten.

»Können sie uns sehen?«, rief sie gegen den Wind an, und das schnaubende Lachen des Einhorns wehte zu ihr zurück.

»Manche vielleicht. Solche Menschen, wie du einer bist. Aber davon gibt es nicht mehr viele. Kinder würden uns sehen, doch die sind längst im Bett um diese Zeit.«

Das sollte ich auch sein, schoss es Luna durch den Kopf. *Ob sich jemand um mich sorgt?*

Dann war der Gedanke auch schon wieder fort, und sie genoss den Ausflug, der sie zu den mächtigen, angestrahlten Kirchen, den beleuchteten Brücken über den schwarzen Fluss, zu den Theatern, aus denen fröhliche Musik erklang, und zu den weitläufigen, bei Nacht verlassenen Parkanlagen brachte. Auf einem der flachen Turmdächer der Kathedrale Notre-Dame landeten sie. Luna schmiegte sich an den Hals des Einhorns, und gemeinsam betrachteten sie still die tobende Stadt. Entlang des Flussufers unter ihnen saßen Menschen, unterhielten sich und tranken Wein, ihr Gelächter wehte zu ihnen hinauf.

»Es kommt mir vor, als ob jedermann Freunde und Familie hat, nur ich nicht.« Plötzlich fühlte sich Lunas Kehle wie zugeschnürt an. »Sieh doch, wie fröhlich sie alle sind. Warum kann ich nicht auch so glücklich sein? Ich meine, ich bin es jetzt, hier, mit dir. Du bist mir näher, als jeder Mensch es jemals war.« Sie sprang ab und trat vor das Einhorn. »Kann ich nicht bei euch bleiben? Es hält mich nichts in dieser Welt. Ich würde mich tagsüber im Zelt verstecken, und nachts wäre ich dann bei euch. Ihr könntet meine Familie werden, die Dame und die Zofe, der Löwe und du und all die anderen Tiere …«

»Du weißt, dass das nicht geht.« Das Einhorn neigte den Kopf und stupste Luna ganz zart mit dem Horn in den Bauch. »Du wirst noch gebraucht. Wer soll alte Kunst bewahren und neue erschaffen, wenn nicht Menschen, die die Welt so sehen wie du? Die Kunst ist das, was überdauert. Das, was von der Menschheit bleibt.«

»Aber ich bin nicht begabt!«

Das Einhorn verzog seinen Mund zu einem Lächeln. »Oh doch, das bist du. Das spüre ich genau. Du musst nur noch herausfinden, worin deine Begabung liegt. Und du wirst dein Glück finden. Du trägst jetzt die Mondsteine. Sie werden dich leiten und beschützen.«

Luna spürte, dass der Abschied nahte, und sie konnte die Tränen nicht mehr zurückhalten.

»Darf ich euch wieder besuchen?«

»Natürlich. Du kannst jederzeit zu uns kommen. Du hast Familie, bei uns im Museum, in jedem Kunstwerk und zwischen den Seiten jedes Buches, das du liest. Mit diesem Wissen kannst du ganz ruhig abwarten, bis die Menschen endlich deinen Wert erkennen. Es wird geschehen, sorge dich nicht. Und nun komm, steig wieder auf.«

Sie flogen eine letzte Runde um die Kathedrale, dann landete das Einhorn sanft in einer menschenleeren Gasse. Luna glitt von seinem Rücken, trat vor das Tier und neigte den Kopf.

»Ich danke dir für den Ausritt und deine weisen Worte.«

Das Einhorn verbeugte sich ebenfalls, so tief, dass das schimmernde Horn das Straßenpflaster berührte.

»Ich danke dir für dein Vertrauen.«

Luna ließ ihre Hand ein letztes Mal über das Gesicht des Einhorns gleiten, strich über das weiche Fell seiner Stirn und lächelte unter Tränen.

»Bis bald. Und grüß die Dame und ihre Zofe von mir.«

»Auf bald, meine Mondgöttin. Vergiss mich nicht.«

»Niemals!«

Das Einhorn zwinkerte noch einmal, wandte sich ab, schwang sich in die Luft und verschwand. Luna sah ihm nach, dann setzte sie sich auf den Boden, vergrub das Gesicht in den Händen und weinte, mehr aus Erschöpfung als aus Traurigkeit. Endlich spürte sie, wie sie ganz ruhig wurde. Sie atmete tief, ein und aus, ein und aus …

»Luna?«

Sie schrak hoch. Im ersten Augenblick dachte sie, das Einhorn sei zurückgekehrt, bis ihr klar wurde, dass sie aufgewacht sein musste. Aus dem verrücktesten Traum, den sie je gehabt hatte. Verwirrt sah sie sich um. Wie war sie bloß hier in dieser Gasse eingeschlafen? Zuletzt war sie im Museum gewesen! Was war geschehen?

»Luna! Du bist es doch!« Jemand trat näher, in den Schein einer nahen Laterne.

»Paul?«

Da stand er, sah sie ernst an, das Hemd halb geöffnet, in der Hand eine Flasche Rotwein.

»Was tust du hier?«, sagten sie beide gleichzeitig, dann lachten sie. Paul streckte Luna die freie Hand hin und half ihr auf.

»Also ich hab mich nach dem Abendessen verzogen. Wollte ein bisschen alleine sein und mich wie ein Franzose fühlen, weinselig und schwermütig.« Er hob die Flasche und hielt sie gegen das Licht. Sie war halb leer. »Hat funktioniert. Und du?«

»Ach, ich bin nach dem Museum einfach durch die Gegend geflo-«, sie räusperte sich, »-laufen.«

»Der Lehmann hat sich vielleicht aufgeregt, als du nicht beim Abendessen warst.« Paul lächelte sein schönstes Lächeln. »Doch wie er gesagt hat: Wir sind alle volljährig. Er konnte gar nichts tun. Dann hat er sich Wein gekauft und mit der Pensionswirtin angebändelt. Der hier ist übrigens gut. Willst du?« Er hielt ihr die Flasche hin. Luna nahm einen Schluck und fühlte, wie ihr leichter ums Herz wurde. Es war so ein schöner Traum gewesen!

»Wie hast du mich gefunden, Paul?«

»Zufällig. Erst hab ich am Fluss gesessen, danach bin ich durch die Straßen gelaufen. Dann dachte ich, ich hätte etwas

Glänzendes gesehen, irgendwas, das meinen Blick auf diese Gasse zog. Dann sah ich dich. Und du – glänzt irgendwie auch. Kann das sein, oder kommt das vom Wein?«

Lunas Hand fuhr an ihren Hals, und als sie die kühlen, glatten Mondsteine ertastete, wurde ihr schwindlig.

Das ist unmöglich!, dachte sie. *Ich werde verrückt! Oder habe ich doch nicht geträumt?*

»Schöne Kette«, sagte Paul. »Sieht alt aus.«

»Oh ja, das soll sie wohl.« Luna zwang sich zu einem Lachen. »Die gab es im Museumsshop.«

»Sie steht dir. Gehen wir zum Fluss? Dort ist es nett. Ein bisschen voll, alle jungen Leute von Paris scheinen da herumzusitzen, aber es gibt Musik. Und Wein haben wir auch noch.«

Menschen waren eine gute Idee, fand Luna – ein seltsamer Gedanke, da sie ansonsten lieber allein war. Aber was war nicht seltsam an diesem Tag?

Sie setzten sich ans Flussufer, ließen die Beine baumeln, tranken ihren Wein. Die Nacht schritt voran, und mit jeder Minute wurde Luna ruhiger. Anfangs hatte sie erwartet, dass im nächsten Augenblick ihre Mitschüler herbeikommen und sie auslachen würden, weil sie auf Paul hereingefallen war. Doch nichts dergleichen geschah, und bald schon begann sie zu glauben, dass er sie wirklich gern hatte. Irgendwann war sie sogar sicher. Sein Lächeln war echt, und es galt ihr. Sein Kuss schmeckte nach Wein und machte sie schwindlig vor Glück.

»Mir ist nie aufgefallen, wie du leuchtest, Luna. Wie der Mond. Wie konnte ich das übersehen?«

Luna lehnte sich an ihn, und die Worte des Einhorns kamen ihr in den Sinn.

Es wird geschehen, sorge dich nicht.

Es *war* geschehen. Paul, der Beliebte, Umschwärmte, nach dem sich Jule und ihre Gang verzehrten, saß hier mit ihr, Luna, küsste sie, hielt sie fest, strich ihr über das zerzauste Haar.

»Was hast du bloß getrieben, meine Süße? Du bist struppig wie nach einem Sturm.«

»Ich bin geflogen«, sagte sie.

Er lächelte. »Und ich fühle mich, als würde ich jetzt gerade fliegen.«

Dann küsste er sie wieder. Und wieder. Die ganze Nacht.

Jenny Wood

DIE REITER
VON DRAZ AL D'YR

Marek und ich saßen im roten Staub der Steinwüste und beobachteten die Tiere durch zusammengekniffene Augen. Die Sonne hatte ihren Zenit knapp überschritten und ließ die trockene Luft flirren und wabern. Wie Fata Morganas bewegten sich die stolzen Kreaturen, jagten sich über die Ebene und suchten in den Spalten des rissigen Bodens nach seltenen Kräutern. Die Hitze schien ihnen nichts auszumachen.

Mir hingegen klebte die Zunge am Gaumen. Meinen Wasserschlauch hatte ich schon vor Stunden geleert, der Schweiß lief mir den Rücken hinab und meine Kopfhaut juckte unter dem warmen Turban, der mich vor der Sonne schützen sollte. Meine Gedanken drehten sich träge um die Ereignisse des gestrigen Tages.

Warum nahm ich das alles nur auf mich?

Mutter weinte die ganze Nacht. Vater trank viel und schrie mich an. Er holte mit der Hand aus, doch zum ersten Mal seit siebzehn Jahren schlug er nicht zu. Er hatte Respekt, vielleicht auch Angst, vor dem, was aus mir werden könnte – wenn ich die kommenden Tage überlebte.

Am meisten schmerzte das Schweigen meiner Schwester Yara. Sie wich mir aus, konnte mir nicht mehr ins Gesicht sehen. Dabei war sie es gewesen, die mich ermutigt hatte, zu reiten. Nur mein kleiner Bruder Samir tanzte durch unsere Hütte, sang und klatschte in seine Händchen. »Necmi ist beim Rennen! Necmi ist beim Rennen!«, rief er immer wieder, bis Vater eine leere Flasche nach ihm warf.

Ich selbst wandelte wie in einem Traum. Die Reiter der Draz Al D'yr hatten mir die Nachricht persönlich überbracht. Sie waren von ihrer hohen, glänzenden Festung ins Herz des Armenviertels von Alkeshyr abgestiegen und hatten mir eine Rolle aus verziertem Holz überreicht, in deren Innerem ich ein Pergament fand. Ich war sprachlos, verwirrt, konnte meinen Blick nicht von den drei Kriegern in ihren schillernden Rüstungen wenden. Das Haupt eines Einhorns prangte auf ihren Brustplatten und die hellen Umhänge verliehen ihnen etwas Reines. Die Kapuzen hatten sie tief ins Gesicht gezogen und ein Schal verdeckte Nase und Mund. Sie waren Männer ohne Namen, ohne Gesicht und doch Helden.

Jedes Kind in Alkeshyr, nein, im ganzen Land, wuchs mit der Geschichte der Reiter von Draz Al D'yr auf. Jeder Junge und auch einige Mädchen wollten eines Tages so sein wie sie – voller Ehre, Güte, Kraft und Gerechtigkeit. Die Reiter dienten keinem weltlichen Herren, nur ihrem Gott. Sie schützten das Land vor Eindringlingen, setzten sich für die Schwachen ein und waren sagenhafte Kämpfer. Mehr wusste niemand über die geheimnisvollen Männer aus der Festung auf dem Berg, außer dass ihre Anwesenheit reichte, um manchen Scheich dazu zu bringen, gerechter über sein Volk zu herrschen.

Leider wurden die Mitglieder dieses Ordens mit der Zeit immer weniger und ihr Einfluss sank. Das lag vor allem an dem schwierigen, oft tödlichen Aufnahmeritus. Genau deswegen hatten sie vor unserer Tür gestanden: um mich zu holen.

Geduldig warteten die Männer, während ich das Pergament drehte und wendete. Einer der Männer begriff, dass ich nicht lesen konnte, nahm den Brief und las mit tiefer, warmer Stimme vor.

»Necmi ibn Yasef, hiermit seid Ihr aufgefordert, am Rennen von Draz Al D'yr teilzunehmen, um die Prüfung zum Reiter abzulegen. Das Rennen findet am Fuß des Berges beim ersten Sonnenaufgang nach dem nächsten Vollmond statt. Die Reittiere werden in Kürze freigelassen. Jedem Teilnehmer steht es zu, sein eigenes Reittier zu wählen und zu fangen. Hat ein Teilnehmer ein Reittier gebändigt, ist es ihm verboten, es zu wechseln. Allen Anwärtern viel Erfolg. Mögen die Sterne über Euch wachen. Unterzeichnet Primus Keshim ibn Afnar.«

Sie fragten mich, ob ich verstanden hatte. Ich nickte mit offenem Mund. Dann waren sie fort und nur die tiefen Abdrücke ihrer Stiefel verrieten ihren Besuch.

Die Teilnahme am Rennen von Draz Al D'yr war eine Ehre und ein Fluch zugleich. In der langen Geschichte des Ordens hatte noch niemand die Einladung abgelehnt und ich hatte nicht vor, der Erste zu sein.

Auch wenn das bedeutete, dass in bei dem Versuch, mein Reittier zu bändigen, sterben könnte. Niedergetrampelt von den mächtigen Hufen, abgeworfen oder aufgefressen. Diese Bilder sah ich in den Augen meines Vaters – die Hoffnung, dass ich versagte und starb. Ein nutzloses Maul weniger zu stopfen. Mehr war ich nicht für ihn.

Er hatte meine Arbeit nie verstanden, meine Geduld mit den Pferden. Für ihn waren es Tiere, die gehorchen mussten, wie Frauen und Kinder. Taten sie das nicht, machte man sie mit dem Stock gefügig.

Seit Generationen arbeitete meine Familie für einen der wenigen Großgrundbesitzer der Stadt. Jeder wurde entsprechend seinen Fähigkeiten eingesetzt, doch die meisten von uns kümmerten sich um die erbärmlichen Felder. Als ein Vorarbeiter bemerkte, dass die Esel auf meine Stimme reagierten, übergab man mich den Stallungen, wo die größten Schätze des Landbesitzers gepflegt wurden: teure Pferde aus dem Osten des Reichs. Makellos, temperamentvoll und wunderschön. Ich lernte Reiten, bildete die Stuten aus und bewies ein großes Geschick dabei. An einem Rennen hatte ich jedoch bisher nicht teilgenommen.

Mich bestärkte die Hoffnung meines Vaters in dem Entschluss, anzutreten. So oder so, es würde mein Leben radikal verändern.

Meine Finger zuckten nervös bei der Vorstellung, dass ich ein Einhorn reiten würde – vorausgesetzt ich könnte eines von ihnen fangen.

»Wie lange sitzen wir hier schon?«, stöhnte Marek und schirmte seine Augen vor der Sonne ab.

»Sechs Stunden«, antwortete ich. »Mindestens.«

»Großartig.« Mein bester Freund schnaufte genervt. »Bald kannst du mich als Reittier nehmen. Wenn wir hier noch länger sitzen, bilde ich mir ein, ein Einhorn zu sein!«

Ich blinzelte irritiert und fokussierte mich zum ersten Mal seit Stunden auf Marek. »Ich habe dich nicht gezwungen, mitzukommen«, stellte ich fest.

Er winkte ab. »Ich lasse dich bestimmt nicht allein so eine Bestie fangen.«

Stumm nickte ich und spähte wieder zu den Tieren. Die Einhörner hatten nichts gemein mit dem, was in den Märchen und Legenden über sie erzählt wurde. Zwar waren sie strahlend, anmutig, stark und sanft – aber nur, solange sie ihr Horn trugen. Es war nämlich eine Lüge, dass ein Einhorn starb, wenn man das Horn absägte. Allerdings begann dann für das unsterbliche Tier ein neuer Lebensabschnitt, dessen Anfang von Wut und Zorn geprägt war.

Ein Einhorn ohne Horn wurde finster, bösartig und verabscheute die Menschen, selbst Jungfrauen. Erst wenn sich auf der

Stirn ein neues Horn gebildet hatte, kehrte ihre Sanftmut zurück. Das Gesetz der Reiter von Draz Al D'yr besagte, wer ein Einhorn reiten wollte, musste zuerst dessen dunklen Schatten zähmen. Zusammen mit dem neuen Horn wurde der neue Reiter an das Tier gebunden. Verstarb der Reiter, starb das Tier symbolisch mit ihm, in dem man sein Horn entfernte.

In kleinen Herden zogen die boshaften Kreaturen nun um die Stadt, grasten und attackierten Menschen, die ihnen zu nahe kamen. Gemeinsam mit Marek hatte ich beobachtet, wie eine Gruppe von fünf Männern versucht hatte, sich den Kreaturen zu nähern. Es hatte damit geendet, dass sie einen von ihnen schwer verletzt zurück in die Stadt tragen mussten. Damit war es wohl ein Gegner weniger.

»Und was hast du jetzt vor?«, brummte Marek. »Ich meine, außer dir vor Angst in die Hose zu pissen.«

Ich ignorierte den Spott und erhob mich langsam. Seine Frage war berechtigt und mir war auch nach Stunden des Grübelns kein Plan eingefallen. »Lass uns gehen«, schlug ich vor. »Vielleicht können wir einen klaren Gedanken fassen, wenn wir unsere Köpfe in den Brunnen tauchen.«

Marek lachte befreit und ließ sich von mir auf die Füße ziehen. »Du wirst sehen, wir kriegen das hin«, versuchte er mich zu beruhigen und klopfte mir brüderlich auf die Schulter. »Das haben schließlich auch schon andere Idioten geschafft.«

Ich seufzte, wandte mich zur Stadt und schlurfte los. Wir waren noch nicht weit gekommen, als ein lauter Knall über die Ebene hallte.

Marek blickte alarmiert auf. »Was war das?«

Ein tiefes Grollen folgte seinen Worten.

Wir warfen einen Blick über die Schulter. Bewegung war in die Herde gekommen. Aufgescheucht galoppierte sie direkt auf uns zu.

»Lauf!«, brüllte Marek, doch das brauchte er mir nicht zu sagen. Ich rannte, so schnell es Hitze, Wassermangel und steife Gliedmaßen zuließen, aber mir war klar, dass wir keine Chance hatten. Niemals konnte ein Mensch schneller sein als ein Einhorn.

Als das Donnern ihrer Hufe direkt hinter mir ertönte, schickte ich ein Stoßgebet zum Himmel und ließ mich auf den Boden fallen. Panisch rollte ich mich zusammen und versuchte, mit den Armen meinen Kopf zu schützen. Fünf endlose Atemzüge dauerte es, bis die Herde über mich hinweg galoppiert war. Zögernd schaute ich auf. Der Staub brannte in meinen Augen und ließ mich husten.

»Marek?«, krächzte ich und rappelte mich auf. »Marek!«

Ich blinzelte und drehte mich suchend im Kreis. Erst als sich der Staub legte, entdeckte ich ihn ein paar Meter neben mir ausgestreckt auf dem Boden liegen. Mein Herz setzte einen Schlag aus.

»Marek! Nein!« Ich stürmte zu ihm, fiel auf die Knie und streckte die Hand nach seiner Schulter aus. Blut sickerte aus einer Wunde an seiner Stirn. Die Biester hatten ihn erwischt! Ich schluchzte. »Oh, bitte! Das kannst du mir nicht antun.« In meiner Angst um ihn schüttelte ich ihn heftig.

Mareks Augenlider flatterten und öffneten sich schließlich widerwillig. Er würgte und erbrach sich. Ich sackte vor Erleichterung zusammen.

»Necmi«, murmelte mein Freund leise, nachdem er seinen Magen geleert hatte. »Du bist irre, wenn du so ein Vieh reiten willst.«

In der Nacht plagte mich Schlaflosigkeit. Ich wälzte mich stundenlang hin und her, bis mich mein Bruder aus dem Bett trat, weil er meinetwegen nicht schlafen konnte.

Der Vorfall mit Marek wühlte mich immer noch auf, obwohl er mit einem blauen Auge davongekommen war. Der Medikus meinte, er würde ein paar Tage Ruhe brauchen, aber dann sei er wieder ganz der Alte.

Ich suchte im Dunkeln nach meinem Mantel, stieß mir den Fuß am Türrahmen und verließ jammernd unsere kleine Hütte. Mein Atem malte blasse Wölkchen in die Luft. So heiß es am Tag war, so kalt war es in der Nacht. Der eisige Wind biss mir in die erhitzten Wangen und ließ mich den Kopf zwischen die Schultern ziehen. Die Stadt erstreckte sich still in der Senke vor mir. Jedes Haus dicht gedrängt um das Wasserloch im Zentrum. Hier und da tanzten Laternen im Wind und funkelten mit den Sternen um die Wette.

Nach einem tiefen Atemzug wandte ich mich von der Stadt ab und bog in die schmale Gasse ein, um zu den Gehöften außerhalb zu kommen. Den Weg kannte ich im Schlaf. Meine Füße waren ihn so oft gegangen, dass mich die Dunkelheit, die unebenen Steine und Löcher nicht aufhielten. Es gab nur einen Platz in dieser Stadt, an dem ich einen klaren Gedanken fassen konnte.

Als ich die Stalltüren aufzog, strömte mir der warme Geruch von Holz, Stroh und Pferden entgegen und hüllte mich ein. Ich mochte den Duft so sehr, dass ich lächeln musste. Kaum hatte ich die Schwelle überquert, schien eine schwere Last von mir abzufallen, die Sorgen rund um das Rennen waren beinahe vergessen.

Ulan, der älteste Hengst im Stall, wieherte leise, als er mich witterte. Ich gab einen beruhigenden Laut von mir und er verstand. Meine Hände fanden eine Öllampe und entzündeten sie. Goldenes Licht erhellte den Stall. Einige der Pferde steckten die Köpfe aus ihrem Verschlag, neugierig, wer zu dieser späten Stunde den Stall betrat.

Ich strich einer Stute im Vorbeigehen über die Nase. Ihre Lippen suchten nach etwas Essbarem in meiner Handfläche.

Als ich Ulan erreichte, drückte er seinen Kopf zärtlich gegen meine Brust, als ob er mich aufmuntern und fragen wollte, was los war. Leider konnte er mir bei meinen Problemen nicht helfen.

Ich lehnte meine Wange an seine Stirn und genoss seine Wärme, seinen Duft. Er schnaubte und ließ sich entspannt von mir kraulen.

»Entschuldige, dass ich dich mitten in der Nacht belästige, mein Alter. Aber ich wusste nicht, wo ich hin sollte.«

Ulan blickte mich verständnisvoll aus seinen großen, dunklen Augen an. Er kannte mich seit Jahren und spürte es. Für mich waren Pferde viel einfühlsamer als die meisten Menschen. Sie fühlten instinktiv, wie es einem ging, und reagierten darauf.

»Hast du Lust, etwas rauszugehen?«

Ulan hob den Kopf, als ob er sagen wollte: *Worauf wartest du noch?*

Wenige Augenblicke später drehte Ulan auf dem Reitplatz seine Kreise. Seine Brust war vor Stolz geschwellt, den Kopf hielt er gerade, seine Schritte waren lang und schwungvoll. Ich stand in der Mitte des Platzes und beobachtete das Zusammenspiel seiner Muskeln. Ich brauchte keine Zügel, keine Peitsche, um Ulan zu dirigieren. Er reagierte auf meine Stimme, das Schnalzen meiner Zunge und das Klatschen meiner Hände. Für Rennen war der edle Hengst mittlerweile zu alt, doch er brachte noch viel Geld in der Zucht.

Zwischen uns herrschte Freundschaft und Vertrauen. Ulan wusste, dass er sich auf meine Befehle verlassen konnte, dass ich ihm nichts abverlangte, was ihn überanstrengte. Umgekehrt enttäuschte er mich nie, wenn es darauf ankam.

Es dauerte nicht lange, bis feiner Dampf von Ulans warmem Fell aufstieg und ihn wie eine geisterhafte Erscheinung wirken ließ. Trotz der ungewöhnlichen Zeit trabte der Hengst voller Hingabe um mich herum. Zu gern hätte ich ihn gesattelt und wäre mit ihm ausgeritten. Einfach raus aus der Stadt, durch die Wüste dem bleichen Mond entgegen. Aber der Ärger, wenn ein wertvolles Tier und ein Stallbursche bei Sonnenaufgang verschwunden waren, würde meine Familie treffen. So sehr ich meinen Vater hasste, so sehr liebte ich meine Mutter und meine Geschwister und wollte das nicht riskieren.

Ein Knacken riss mich aus meinen Gedanken. Ich hatte alles bis auf den Reitplatz ausgeblendet und schaute mich verwirrt um.

Mein Herz raste vor Schreck, als ob ich seit Stunden im Kreis gelaufen wäre. Wie lange waren wir schon hier? Ich suchte den Himmel ab – noch dämmerte es nicht.

Ulan parierte durch und schnaubte unruhig. Seine Ohren zuckten neugierig und suchten nach dem Ursprung des Geräuschs. Ich legte den Kopf zur Seite und lauschte mit ihm, aber da war nichts. Oder doch?

Langsam trat ich zu Ulan, strich ihm beruhigend über den Hals und spähte an ihm vorbei. »Was hast du, mein Junge?«

Erneut knackte etwas. Ulan riss den Kopf hoch und wieherte aufgebracht. Ich hob die Hände und sprach leise auf ihn ein, als ich im Augenwinkel eine Bewegung wahrnahm. Ulan wich weiter zurück, ich hingegen erstarrte.

Zwischen einer Palme und ausgetrockneten Farnen trat ein Einhorn hervor. Obwohl kein Horn zu sehen war, konnte man es nicht mit einem normalen Pferd verwechseln. Sein sandfarbenes Fell schimmerte geheimnisvoll im Mondlicht, ebenso die weißen, pupillenlosen Augen, die ihm etwas Gespenstisches gaben. Die lange Mähne wehte trotz Windstille.

Ich schluckte schwer und wich einen Schritt zurück, aber das Einhorn blieb ruhig, beobachtete jede meiner Bewegungen und wartete ab. Vorsichtig trat die Stute näher. Ulan tänzelte nervös neben mir. Ohne den Blick vom Einhorn zu nehmen, griff ich in seine Mähne und kraulte ihn.

Ich kann nicht sagen, wie lange wir da standen und uns belauerten. Niemand schien sich rühren zu wollen, dabei zitterten meine Knie vor Angst. Nach einer gefühlten Ewigkeit wieherte das Einhorn, als ob es uns auffordern wollte, weiterzumachen. Ulan antwortete mit einem langgezogenen Laut, machte einen Satz und trabte los.

Langsam begriff ich, dass das Einhorn uns nichts tun wollte. Ich sog die kalte Nachtluft ein und wandte mich wieder Ulan zu. Nach ein paar sanften Worten beruhigte sich die Gangart des Hengstes. Schwungvoll warf er seinen Kopf und streckte seine

Beine noch mehr als sonst. Ich konnte mir ein Schmunzeln nicht verkneifen. Ulan wollte die Stute beeindrucken.

Nach ein paar Runden ließ ich ihn anhalten. Er schnaufte schwer und Schweiß klebte an seinem Fell. Genug für diese Nacht. Ich wollte nicht, dass er sich überanstrengte oder erkältete.

Mein Blick huschte zum Rand des Platzes, wo ich das Einhorn zuletzt gesehen hatte, aber es war verschwunden. Unbewusst atmete ich auf.

Das Schauspiel wiederholte sich nun jede Nacht. Ich erzählte niemandem davon und genoss mein kleines Geheimnis. Außerdem rechnete ich mir Chancen aus, die Einhornstute zu meinem Reittier zu machen. Der Tag des Rennens kam immer näher, und wenn ich bis dahin kein Einhorn gefangen hatte, durfte ich nicht teilnehmen. Marek lag mir jeden Tag damit in den Ohren, wenn ich übermüdet im Schatten unserer Hütte saß. Während der Vorbereitungszeit zum Rennen war ich von meinen Aufgaben befreit.

Ich schwieg, als sich Marek den Kopf zerbrach und die abenteuerlichsten Ideen erdachte. Er vermutete, dass ich längst aufgegeben hatte. Dabei rasten meine Gedanken. Warum sollte ich ein Einhorn fangen, wenn es von selbst zu mir kam? Nur, wie konnte ich es von mir überzeugen?

Jede Nacht versuchte ich etwas anderes. Ich brachte Leckereien mit, die das Einhorn ignorierte. Ich probierte es mit lockenden Worten, sogar mit Liedern. Ich setzte mich stundenlang auf den Boden, in der Hoffnung, dass es vielleicht auf mich zukam. Ich ignorierte es sogar. All meine Versuche brachten nichts.

Als der letzte Abend vor dem Rennen anbrach, war ich der Verzweiflung nah. Ulan bemerkte meine Unruhe, rieb seinen Kopf an mir und knabberte aufmunternd an meinem zerschlissenen Kaftan.

Ohne zu wissen, was ich noch tun sollte, trotteten wir beide zum Reitplatz. Ulan schienen unsere nächtlichen Ausflüge viel Freude zu bereiten. Tatsächlich wurde mir warm ums Herz bei dem Gedanken, nicht am Rennen teilzunehmen, denn dann konnte ich bei meinen geliebten Pferden bleiben.

Ich öffnete das hölzerne Tor zum Reitplatz und Ulan lief fröhlich schnaufend an mir vorbei, bereit für weitere Übungen. Gerade als ich das Gatter wieder schließen wollte, löste sich die Einhornstute aus der Dunkelheit. Sie kam auf das Tor zu und warf den Kopf hoch, als ob sie mir sagen wollte, ich solle zur Seite treten. Ich machte bereitwillig einen Schritt nach rechts, wobei ich das Gatter wieder ein Stück aufschob.

Das Einhorn schwebte mit erhobenem Haupt hindurch. Ich deutete eine Verbeugung an, auch um mein Grinsen zu verbergen. Wollte sich die Stute nun dem Hengst präsentieren?

Da es mir nicht zustand – und ich mich nicht traute –, ein Einhorn einzusperren, ließ ich das Tor angelehnt. Ohne meinen Befehl fiel Ulan in einen lässigen Trab mit rundem Hals und peitschendem Schweif. Das Einhorn gesellte sich dazu, hielt locker mit ihm mit und lief neben ihm her. Ulan wieherte und die Stute antwortete. Sie machte einen fröhlichen Sprung und verfiel in einen spielerischen Galopp. Wie in Trance folgte mein Blick ihren Bewegungen. Ich bewunderte, wie sich ihre Muskeln unter dem hellen Fell bewegten. Jede Faser an ihr strahlte Eleganz und Stärke aus. Ich hatte in meinem Leben noch nie so etwas Beeindruckendes gesehen. Mein Puls beschleunigte sich. Wie gern hätte ich dieses märchenhafte Wesen berührt.

Jemand keuchte hinter mir erschrocken auf. Ich wirbelte herum und entdeckte meinen Vater am Gatter. Aus großen, wässrigen Augen starrte er auf Ulan und das Einhorn. Er hatte offenbar den ganzen Abend gesoffen und taumelte, obwohl er sich am Zaun festhielt. Geräuschvoll zog er die Nase hoch und wischte sich mit dem Ärmel über die Augen.

»Was machst du hier?«, sagte er, ohne den Blick von den Tieren zu nehmen. »Was soll das? Bist du irre?« Seine Stimme wurde immer lauter, seine Miene verzerrte sich vor Zorn.

Ulan parierte durch und blieb schließlich stehen. Die Stute folgte seinem Beispiel. Sie wollten nicht an einem schreienden Menschen vorbei.

Ich ballte die zitternden Hände zu Fäusten. »Du hast hier nichts zu suchen«, wies ich ihn mit bebender Stimme zurecht.

»Du auch nicht!«, polterte mein Vater, riss das Gatter auf und stürmte auf den Reitplatz.

Ich stieß einen leisen Fluch aus, drückte die Schultern durch und trat ihm entgegen.

»Willst du den Hengst umbringen?!«

Natürlich, es ging ihm um das Pferd, nicht um mich. Ihm war es doch egal, ob ich mich verletzte oder nicht.

»Er ist nicht in Gefahr«, zischte ich. »Und jetzt geh. Du machst sonst alles kaputt.«

Die Stirn meines Vaters legte sich in tiefe Falten, die dunklen Augen wurden schmal. Sein in Alkohol getränktes Hirn begann zu verstehen. »Ist das dein Einhorn? Du willst wirklich am Rennen teilnehmen?«

»Was geht es dich an? Du bist doch froh, wenn ich aus dem Haus bin.« Erschrocken biss ich mir auf die Zunge, aber die Worte waren schon ausgesprochen.

Mein Vater starrte mich überrascht an, dann brach er in schallendes Gelächter aus. Die Stute erschrak vor dem rohen Laut und sprang mit einem Satz über den Zaun, um in der Dunkelheit zu verschwinden.

Ich stöhnte auf. Damit war meine letzte Chance zerstört worden. Es würde kein Rennen für mich geben. Ulan wieherte leise, als ob er die Stute zurückrufen wollte.

Die Schmach, von meinem Vater ausgelacht zu werden, ließ mir die Röte in die Wangen schießen. Zum Glück war es dunkel, sodass er seinen Sieg nicht sehen konnte.

Er lachte, bis ihm die Tränen kamen. Mein ganzer Körper zitterte vor unterdrückter Wut.

»Sieh an, biste mittlerweile ein Mann geworden? Seit wann traust du dich denn, den Mund aufzumachen?« Mein Vater kicherte wie ein Irrer und schlug mir mit der flachen Hand gegen die Schulter.

Ich taumelte zurück, stolperte über meine eigenen Füße und stürzte. Beim Aufprall schoss Schmerz durch meine Wirbelsäule und presste mir die Luft aus den Lungen.

»Aber große Worte machen keinen starken Mann aus«, blaffte mein Vater und baute sich drohend über mir auf. »Du wirst immer ein schwacher Nichtsnutz bleiben.« Sein Speichel benetzte mein Gesicht. Ohne Vorwarnung holte er aus und trat mir in die Rippen. Ich schrie vor Schmerz auf. Ulan stimmte mit ein. Ich konnte hören, wie er mit seinen Hufen unruhig über Sand und Kies kratzte.

»Du bist zu schwach für das Rennen! Du wirst immer nur im Dreck kauern!« Wieder und wieder trat mein Vater zu, bis ich nur noch ein klägliches Wimmern von mir gab. Das Atmen fiel mir schwer und mein Magen drohte, den wenigen Inhalt auszuspeien. Ich grub meine Finger in den Sand und versuchte, wegzukriechen.

Ein lautes Wiehern ließ mich aufschauen und plötzlich fand ich mich zwischen Ulans Hufen wieder, geschützt von seinem breiten Körper. Mein Vater fluchte, doch davon ließ sich Ulan nicht einschüchtern. Er senkte den Kopf und stieß den alten Mann unsanft zur Seite.

Eilig krabbelte ich unter dem Hengst hervor und versuchte, auf die Beine zu kommen.

Vater rappelte sich ebenfalls auf. »Du elendes Mistvieh!« Er griff nach einem Stock, der am Rand des Platzes lag, und holte damit aus.

»Nein!« Dieses Mal war ich es, der sich schützend vor Ulan warf. Die Rute zischte nieder wie eine wütende Schlange, zerriss den Stoff meines Kaftans und traf hart auf meine rechte Schulter und den Brustkorb. Die Haut platzte unter der Wucht auf und mein Schmerzensschrei durchschnitt die Nacht. Warmes Blut lief meinen Bauch hinab. Der Schmerz ließ mich in die Knie gehen. Mit dem Gesicht voran stürzte ich in den Staub.

Das Donnern von Hufen jagte mir einen Schauder über den Rücken. Ein Wiehern – wild und schrill – drang durch meinen benebelten Geist. Es war nicht Ulan, das spürte ich.

Stöhnend stützte ich mich auf die Ellbogen. Mein Vater lag abermals auf dem Boden. Die Einhornstute war zurückgekehrt. Schaum klebte am Maul des Tieres. Sie tänzelte aufgebracht und warf ihren Kopf hin und her. Ich sah blanke Wut in ihren Augen und erstarrte vor Angst.

Das Einhorn stieg auf die Hinterbeine, schlug aus und ließ sich nach vorn fallen wie ein gefällter Baum. Vater schrie und riss die Arme hoch, doch es war zu spät. Die Hufe zerschmetterten seinen Brustkorb wie überreifes Obst. Der Schrei brach abrupt ab und grauenhafte Stille legte sich über den Reitplatz. Mein keuchender Atem klang unnatürlich laut. Ich konnte den Blick nicht von dem zerquetschten Körper wenden. Er war tot. Mein Vater war tot. Ich würgte. Mein Magen gab nach und ich erbrach mich in den Staub.

Als mein Bauch aufhörte, sich zu verkrampfen, kämpfte ich mich auf die Beine. Ich wandte mich direkt Ulan zu, der panisch von einer Ecke des Platzes in die andere rannte. Er buckelte, schlug mit den Hinterläufen aus und war blind vor Angst. Beruhigend murmelte ich seinen Namen und hob die Hände als Zeichen, dass ich ihm nichts tun wollte. Er reagierte auf mich, blieb stehen und schüttelte sich wie ein nasser Hund.

Aufatmend legte ich eine Hand auf seine Nüstern und strich ihm mit der anderen über den Hals. Langsam beruhigte er sich, während ich immer weiter auf ihn einredete.

Das Schnauben der Einhornstute ließ mich erzittern. Sie gesellte sich zu uns, als ob nichts geschehen war, als ob sie nicht gerade mit ihren mächtigen Hufen einen Menschen zerschmettert hätte. Sie stupste Ulan an, machte ihm klar, dass alles in Ordnung war. Die beiden Tiere rieben ihre Köpfe aneinander und knabberten sich zärtlich an den Kruppen.

Nach kurzer Zeit wandte sich die Stute mir zu. Sie musterte mich eine Weile, schnaufte schließlich und gab mir einen sanften Stupser gegen die Schulter. Dann drehte sie sich um und trabte davon, tauchte in die Dunkelheit ein wie ein Geist.

Ich bekam die ganze Nacht kein Auge zu. Der Lärm auf dem Reitplatz hatte die nahen Anwohner aufgeschreckt. Kurz nachdem das Einhorn verschwunden war, tauchten die ersten Männer auf und erblickten die grauenhafte Szene. Einer kam zu mir, berührte mich am Arm und fragte mich immer wieder, was geschehen war, doch ich hüllte mich in Schweigen.

Sie sahen die Einhornspuren und reimten sich schnell eine eigene Geschichte zusammen. Der stolze Vater, der seinem auserwählten Sohn dabei half, ein Einhorn zu fangen, war dabei ums Leben gekommen. Ein tragischer Unfall. Ich ließ sie in dem Glauben – sollte mir recht sein.

Meine Mutter ertrug die Nachricht über den Tod ihres Mannes mit Fassung. Für sie war die Ehe eine Qual gewesen. Yara lächelte sogar, was sie in den vergangenen Tagen nur selten gemacht hatte. Sie ahnte, dass es sich anders abgespielt haben musste. Vater hätte mir nie geholfen.

In der Morgendämmerung fand ich mich mit den anderen Auserwählten am Fuße des Berges ein, wo das Rennen starten sollte. Wir waren einundzwanzig Teilnehmer aus dem ganzen Reich. Außer mir hatten drei weitere kein Reittier, zwei waren bei dem Versuch, eins zu fangen, gestorben, zwei weitere so schwer verletzt worden, dass sie zurücktreten mussten. Immerhin war ich nicht als Einziger gescheitert.

Meine Familie und Marek warteten wie all die anderen Schaulustigen hinter einer Absperrung. Mutter hielt Yara im Arm. Beide wirkten erleichtert und schenkten mir ein warmes Lächeln, wenn ich zu ihnen blickte. Nur der kleine Samir war enttäuscht und schob schmollend die Unterlippe vor. Er hätte seinen Bruder so gern reiten gesehen.

In mir kämpften die Emotionen. Auf der einen Seite war ich froh, dass der Schrecken ein Ende hatte. Ich brauchte mich nicht mehr um die Einhörner und den Orden zu scheren, mein Vater war tot, der Arbeit mit den Pferden stand nichts im Weg. Ich war in Sicherheit. Auf der anderen Seite … Ein Einhorn zu reiten, dieses Rennen zu gewinnen – das war ein Traum, der mir nun wie Sand durch die Finger glitt.

Die anderen Auserwählten kämpften mit ihren Einhörnern, um die Oberhand zu gewinnen. Sie versuchten, sie mit allen Mitteln zu dominieren. Mit großer Wahrscheinlichkeit kam nicht einmal die Hälfte von ihnen lebend oben an der Festung an. Die Einhörner würden sie von den Klippen werfen oder niedertrampeln. Falls es einem dennoch gelang, sein eigenes Reittier zu bändigen, waren da immer noch die anderen Mitstreiter.

Ein Raunen ging durch die Menschenmenge, gefolgt von einem spitzen Aufschrei. Ich vertrieb meine trüben Gedanken und suchte nach der Quelle der Unruhe. Die Schaulustigen teilten sich wie durch eine unsichtbare Macht. Seelenruhig und voller Stolz schritt die Einhornstute durch diese Schneise.

Ungläubig schüttelte ich den Kopf.

Ohne Umschweife stieß das Tier die Absperrung um und stieg drüber hinweg. Das Holz splitterte unter den Hufen. Rufe wurden laut. Eine Mischung aus Angst und Neugierde erfasste die Menge. Die Stute störte sich nicht daran, sondern kam auf mich zu.

Im Licht der aufgehenden Sonne wirkte ihr Fell wie pures Gold. Ihre Pupillen waren silbern und hatten dieses geheimnisvolle Funkeln. Am Tag wirkte das Tier nur halb so gespenstisch.

Direkt vor mir blieb sie stehen, blies laut die Luft durch die Nüstern und stieß mir die Nase in den Bauch. Eine ungewohnte

Stille breitete sich aus. Alle Anwesenden schienen den Atem anzuhalten.

Ich schluckte gegen den Kloß im Hals an und streckte meine zitternden Hände nach dem Einhorn aus. Meine Finger gruben sich in warmes, weiches Fell. Liebevoll strich ich ihm über die Wangen, die Blesse. Die Stute genoss es, schloss die Augen und schmiegte sich an mich. Mein Blick fiel auf die verkrustete Wunde an der Stirn. Bald schon würde dort ein neues Horn wachsen und ich konnte jetzt schon einen Blick auf das wahre Wesen dieses Tieres erhaschen.

Ich lachte befreit auf, ließ meine Hände ihren Hals entlangwandern und trat neben sie. Ohne Bedenken griff ich in die Mähne und zog mich mit Schwung auf den Rücken der Stute. Sie tänzelte zur Seite und schnaubte freudig.

»Lass uns ein Rennen gewinnen, meine Schöne.«

Über die Herausgeberin

SANDRA FLOREAN

Sandra Florean wurde 1974 als echte Kieler Sprotte geboren und wohnt noch jetzt in der Nähe der Kieler Förde. Zum Schreiben schlug sie einen komplizierten Weg ein: Obwohl sie bereits als Jugendliche Geschichten und Gedichte zu Papier brachte, absolvierte sie erst die Fachhochschulreife mit Schwerpunkt Rechnungswesen und dann die Ausbildung zur Schifffahrtskauffrau, um eine solide Grundlage zu haben. Seitdem arbeitet sie als Sekretärin in der Verwaltung. Dem Fantastischen blieb sie jedoch treu und schneidert historische und fantastische Gewandungen, zehn Jahre lang sogar nebenberuflich selbstständig mit einer kleinen Schneiderei. Noch heute trifft man sie regelmäßig in der fantastischen Szene in unterschiedlichen Kostümen an. Erst die »Nachtahn«-Reihe brachte sie zurück zum geschriebenen Wort. Seit ca. 2011 widmet sie sich ihren erdachten fantastischen Welten intensiver und veröffentlicht regelmäßig in unterschiedlichen Verlagen.

Ihr Debüt »Mächtiges Blut« ist im April 2014 erschienen und Band 1 der »Nachtahn«-Reihe und wurde auf dem Literaturportal Lovelybooks zum besten deutschsprachigen Debüt 2014 gewählt.

Mehr über Sandra Florean und ihre Veröffentlichungen:
www.sandraflorean-autorin.blogspot.de